Le poids du souvenir

---

Un allié si attirant

AMANDA STEVENS

# Le poids du souvenir

*Traduction française de*
FABRICE CANEPA

BLACK ROSE

HARLEQUIN

*Collection :* BLACK ROSE

*Titre original :*
KILLER INVESTIGATION



**HARPERCOLLINS FRANCE**
83-85, boulevard Vincent-Auriol, 75646 PARIS CEDEX 13
Service Lectrices — Tél. : 01 45 82 47 47

www.harlequin.fr

ISBN 978-2-2804-3515-4 — ISSN 1950-2753

# 1

La vieille demeure de Tradd Street n'avait quasiment pas changé en dépit des quatorze années qui s'étaient écoulées depuis qu'Arden Mayfair l'avait quittée.

Le piano à queue sur lequel elle avait fait ses gammes trônait au milieu du grand salon, protégé de la poussière par un immense drap blanc. Son ancêtre, dont le portrait était accroché au-dessus de la grande cheminée en marbre, considérait toujours la pièce d'un œil légèrement dédaigneux.

Les volets de bois étaient tirés, ne laissant filtrer que peu de lumière, et la pièce était plongée dans une pénombre ambrée. Les branches des chênes du parc projetaient des ombres sur les murs et le plafond. Ce calme apparent ne suffisait pas à dissiper l'appréhension vague qui s'était emparée d'elle dès l'instant où elle avait franchi le seuil de la demeure.

Il lui semblait toujours percevoir l'écho de la tragédie qui s'était déroulée en ces lieux et qui avait à jamais bouleversé son enfance. Elle n'avait d'ailleurs toujours pas eu le courage d'explorer le jardin. Peut-être n'aurait-elle pas à le faire si elle repartait dès le lendemain…

L'idée de passer la nuit ici la mettait mal à l'aise, et elle regrettait à présent de ne pas avoir pensé à réserver une chambre d'hôtel en ville. Même en faisant abstraction de ces souvenirs, l'endroit ne lui paraissait guère accueillant. Une odeur de poussière et de renfermé flottait dans l'air. Elle aurait bien voulu pouvoir ouvrir les fenêtres en grand mais il faisait encore beaucoup trop chaud à cette heure de la journée.

La demeure n'avait pas toujours été aussi silencieuse et désolée. Autrefois, cette maison qui faisait la joie et la fierté d'Evelyn Berdeaux Mayfair, la grand-mère d'Arden, avait été un endroit riant et plein de vie. Il y avait eu de la musique, des éclats de rire, des conversations passionnées et de délicieuses odeurs qui s'échappaient des cuisines.

Lorsque Arden se remémorait son enfance, avant le meurtre et les années sombres qui avaient suivi, des images idylliques lui revenaient : soirées élégantes, fêtes champêtres improvisées dans le parc, matinées passées dans la vaste salle de jeu, après-midi dans la piscine... Lorsqu'il pleuvait, sa mère et elle organisaient des chasses au trésor ou des parties de cache-cache à l'intérieur.

Elle se rappelait le jour fatidique où elle s'était si bien embusquée sous le grand escalier de bois verni que le personnel avait passé plusieurs heures à la chercher à travers toute la maison avant de la retrouver profondément endormie. Après avoir reçu une réprimande de pure forme, Arden s'était jointe aux invitées de sa grand-mère qui, conformément à la tradition, prenaient le thé chaque après-midi dans le petit salon.

Elle avait écouté distraitement les conversations des adultes tout en grignotant de délicieux biscuits écossais. Elle en avait profité pour glisser discrètement dans ses poches quelques macarons qu'elle comptait offrir ensuite à sa meilleure amie.

Lorsque le soleil avait commencé à décliner, elle

s'était éclipsée discrètement pour se rendre dans le jardin où elle espérait apercevoir l'une des chauves-souris qui nichaient sous le toit de la maison. Et c'était là qu'elle avait découvert le corps sans vie de sa mère.

Juste devant l'orangerie qu'elle aimait tant, Camille Mayfair était allongée sur le dos, les yeux tournés vers le ciel comme si elle contemplait la lune qui venait de surgir au-dessus de la cime des arbres. Arden apprendrait plus tard que le tueur avait placé sur ses lèvres un pétale de magnolia écarlate. Mais sur le moment, elle ne l'avait pas remarqué.

Une horreur sans nom s'était emparée d'elle, submergeant toute pensée rationnelle. Elle avait eu alors la conviction que le meurtrier était toujours là, qu'il l'observait depuis l'intérieur de l'orangerie. Éperdue de terreur, elle s'était détournée de cette scène de cauchemar et s'était enfuie en hurlant en direction de la maison.

Camille Mayfair n'avait été que la première d'une longue série de victimes. Au cours de ce terrible été, de nombreuses autres mères célibataires avaient été assassinées par celui que les médias avaient rapidement baptisé le tueur du crépuscule.

La police avait fini par découvrir l'identité de ce dernier : Orson Lee Finch était un jardinier paysagiste qui travaillait pour de nombreuses familles aisées de Charleston parmi lesquelles il avait sélectionné ses proies. Au cours du procès, les journalistes avaient surnommé les orphelins des victimes les enfants du crépuscule.

Le nom était resté et ressortait chaque fois qu'un reporter en mal de sujet rouvrait le dossier. À l'approche du vingt-cinquième anniversaire de l'arrestation de Finch, les journalistes s'en étaient donné à cœur joie, aiguillonnés par la découverte macabre des victimes d'un autre tueur en série qui avait sévi à la même époque que le tueur du crépuscule.

Arden aurait préféré se tenir à l'écart de cette agitation médiatique. Elle ne tenait absolument pas à ce qu'on vienne l'interviewer au sujet de ce qui s'était passé à l'époque. Mais cela faisait plusieurs mois que sa grand-mère était décédée, et le notaire avait lourdement insisté pour qu'elle vienne prendre possession de son héritage.

Il était d'ailleurs le seul à s'être manifesté : lorsqu'elle était passée en coup de vent pour assister à l'enterrement, les membres de sa famille lui avaient à peine adressé à la parole. Sans doute préféraient-ils éviter de s'attirer les foudres de son grand-père.

Ce dernier n'avait jamais pardonné à Camille Mayfair d'être tombée enceinte si jeune et de n'avoir pas voulu révéler l'identité du père de son enfant. Il ne portait pas non plus sa petite-fille dans son cœur, probablement parce qu'il voyait en elle l'incarnation de ce qu'il considérait comme la déchéance de sa fille.

La façon dont les membres de sa famille éloignée l'avaient ignorée n'avait fait que renforcer la conviction d'Arden : elle n'avait plus sa place à Charleston. Il était donc temps de vendre cette maison et de tirer définitivement un trait sur cette partie de sa vie.

Une fois qu'elle aurait signé tous les papiers nécessaires, elle laisserait le notaire se charger de la vente. Étant donné l'importance de la propriété, cela prendrait peut-être un peu de temps mais Arden était convaincue que la belle demeure finirait par trouver preneur. Quant à elle, elle n'aurait plus la moindre raison de remettre les pieds à Charleston…

Comme elle se faisait cette réflexion, elle crut

entendre des bruits de pas crisser sur l'une des allées gravillonnées du parc. Intriguée, elle s'approcha de la porte-fenêtre la plus proche qu'elle entrouvrit légèrement. À travers le feuillage des arbres, elle discerna effectivement une silhouette qui progressait à vive allure en direction de la maison.

Rationnellement, elle savait qu'elle ne courait aucun danger. Il s'agissait probablement de l'employé que le notaire avait chargé d'entretenir les jardins. Pourtant, le fait de se trouver dans cette maison faisait naître en elle une angoisse insidieuse.

S'écartant vivement de la fenêtre, elle alla décrocher l'antique *katana* qui était accroché au-dessus de la cheminée du salon. C'était un souvenir que sa grand-mère avait rapporté du Japon, des années auparavant. Lorsque Arden le tira de son fourreau, elle constata que la lame étincelante était toujours affûtée comme un rasoir, ce qui la rassura quelque peu.

Quelques instants plus tard, quelqu'un frappa à la porte-fenêtre du salon, la faisant légèrement sursauter. Le cœur battant, elle demeura immobile, s'interrogeant sur la meilleure conduite à tenir.

— Eh, je te vois, s'exclama une voix qui lui parut étrangement familière. Ouvre-moi, Arden !

Elle alla ouvrir le volet de bois et considéra l'homme qui se tenait sur le seuil d'un air interloqué.

— Reid ? articula-t-elle enfin.

Il considéra d'un œil tout aussi stupéfait l'arme qu'elle tenait toujours à la main.

— Est-ce que tu comptes vraiment t'en servir contre moi ? lui demanda-t-il avec une pointe de malice.

Le sourire irrésistible qu'il arborait en cet instant n'avait pas changé : c'était le même qui avait fait chavirer son cœur, à l'époque où tous deux fréquentaient le même lycée.

— Reid Sutton, murmura-t-elle. Mais qu'est-ce que tu fais ici ?

— J'ai appris que tu étais de passage en ville et je me suis dit que j'allais passer te dire bonjour, répondit-il.

Arden lui lança un regard incrédule. À l'entendre, on aurait presque pu croire qu'il ne s'était écoulé que quelques semaines ou quelques mois depuis leur dernière rencontre. Or cela faisait presque quatorze ans qu'ils ne s'étaient pas adressé la parole.

Tout comme cette demeure, Reid appartenait à un passé révolu. Tous deux avaient été proches, autrefois. Peut-être plus qu'elle ne l'avait été jamais été de qui que ce soit. Mais elle avait tourné la page le jour où elle avait quitté Charleston pour l'université avec l'intention de ne jamais y revenir. Elle avait éprouvé le besoin irrépressible de fuir cette ville, l'existence toute tracée qui semblait l'y attendre et le souvenir douloureux de ce qui était arrivé à sa mère.

À ce jour, Arden était toujours convaincue d'avoir agi pour le mieux. Reid et elle s'étaient tout simplement rencontrés trop tôt. Elle avait d'ailleurs beaucoup changé depuis cette époque. Mais en observant Reid elle se prit à songer que tel n'était peut-être pas son cas.

Il émanait de lui ce mélange de décontraction et d'ironie amusée qui le caractérisait autrefois. Reid se faisait fort de ne jamais rien prendre au sérieux. Il avait toujours été un rebelle rétif à toute forme d'autorité, et c'était probablement la raison pour laquelle il avait quitté le prestigieux cabinet d'avocats fondé par son père pour s'établir à son propre compte.

— Comment es-tu entré ? lui demanda-t-elle en se

détournant pour aller raccrocher le sabre au-dessus de la cheminée.

Reid la suivit à l'intérieur.

— De la même façon que tu t'esquivais, autrefois, répondit-il. J'ai escaladé un arbre pour franchir le mur d'enceinte.

— Tu aurais pu sonner à la porte, objecta-t-elle

— Cela aurait été bien moins amusant, rétorqua-t-il en souriant de plus belle.

— J'aurais cru qu'en tant qu'avocat, tu évitais de t'introduire chez les gens par effraction.

— Tout de suite, les grands mots ! railla-t-il. On croirait entendre ta grand-mère. Ne me dis pas que tu as vieilli à ce point.

— J'ai quatorze ans de plus, répondit-elle.

— On ne dirait pas, objecta Reid en lui décochant un regard ouvertement admiratif.

Elle ne put s'empêcher de rougir.

— Toi non plus, tu n'as pas changé, lui dit-elle pour faire diversion. Tu t'habilles exactement de la même façon que lorsque tu avais dix-huit ans.

De fait, Reid portait ce jour-là un jean délavé, un vieux T-shirt arborant le blason de son université et une paire de tongs.

— C'est l'un des avantages qu'il y a à travailler pour son propre compte, déclara-t-il. Je ne suis plus obligé de porter ces affreux costumes lorsque je ne vais pas plaider.

— Ne me dis pas que tu reçois tes clients dans cette tenue.

Il éclata d'un rire terriblement communicatif.

— Non, je te rassure. Mais ceci n'est pas une visite professionnelle.

— À ce propos, tu ne m'as toujours pas dit pourquoi tu étais ici, lui rappela-t-elle.

— Lorsque j'ai appris que tu étais de passage en ville, je me suis dit que nous pourrions en profiter pour reprendre contact…

— Je suis déjà revenue, il y a quelques mois de cela, lui rappela-t-elle.

— L'enterrement de ta grand-mère ne me semblait pas être l'occasion idéale pour discuter.

— C'est pour cela que tu n'es pas venu à la réception ?

— Je suis venu, objecta Reid. Mais je ne suis pas entré…

— Pourquoi ?

— Je n'étais pas certain que tu veuilles m'adresser la parole, étant donné la façon dont les choses se sont terminées entre nous.

— C'était il y a longtemps.

— Je sais. Mais nous n'avons pas mâché nos mots, ce soir-là. Je t'ai dit des choses que je ne pensais pas et que j'ai regrettées par la suite…

— Tu étais en colère, lui rappela-t-elle. Nous l'étions tous les deux. Moi aussi, je t'ai dit des choses que je n'aurais pas dû. J'imagine que c'était notre façon de tourner la page…

— Pour toi, peut-être…

Il y avait une note de reproches dans la voix de Reid.

— Ne fais pas comme s'il s'était agi d'une décision unilatérale, protesta-t-elle. Nous avions choisi des universités différentes et nous étions d'accord pour faire une pause…

Reid secoua la tête.

— Ce n'était pas censé être une rupture, objecta-t-il. Juste une séparation temporaire. Et nous devions nous retrouver ensuite. Mais tu n'es jamais revenue.

— Ce n'est pas vrai, protesta-t-elle. Je suis rentrée plusieurs fois pendant les vacances. Et j'étais là chaque été.

— Tu n'as jamais cherché à reprendre contact avec moi, lui rappela-t-il.

— Toi non plus.

Arden savait bien qu'elle était de mauvaise foi. Elle avait sciemment évité Reid, chaque fois qu'elle était revenue à Charleston. Elle avait en effet longtemps craint de retomber sous son charme et de se retrouver prisonnière de cette ville qu'elle cherchait à fuir.

— Jamais je ne me serais attendue à avoir ce genre de discussion, remarqua-t-elle.

— Je pense au contraire qu'il est grand temps que nous ayons une conversation honnête au sujet de ce qui s'est passé à l'époque, rétorqua Reid sans se démonter. C'est la seule façon pour nous de tourner la page.

— Je l'ai fait, il y a des années de cela, déclara-t-elle en espérant que l'indifférence qu'elle affichait dissimulerait le malaise que lui inspirait la présence de Reid.

— Je suis ravi que cela ait été si facile pour toi, rétorqua-t-il d'un ton amer. Moi, j'avoue que j'ai été un peu surpris lorsque j'ai compris que la femme que j'étais censé épouser et avec qui je devais fonder une famille avait brusquement décidé de couper les ponts…

— Nous n'avons jamais parlé de mariage, lui fit remarquer Arden.

Il haussa les épaules.

— Nous n'avions pas besoin d'en discuter, répondit-il. Cela semblait aller de soi.

À une certaine époque, Arden avait partagé cette

conviction. Reid était le premier garçon avec lequel elle était sortie. Leur relation avait toujours fait figure d'évidence, pour eux comme pour leurs proches.

Ce n'est que lorsqu'elle allait entrer à l'université qu'elle avait soudain pris conscience du fait que sa vie paraissait déjà toute tracée. Et cela l'avait effrayée. Elle avait alors décidé de prendre de la distance, de se donner le temps de découvrir qui elle était réellement.

— Tu ne trouves pas curieux que nous ne soyons mariés ni l'un ni l'autre ? lui demanda alors Reid.

— Ne me dis pas que tu as passé toutes ces années à te morfondre en attendant mon retour, répliqua-t-elle. J'ai entendu parler de tes conquêtes.

— Tu t'es donc renseignée à mon sujet ? lui demanda-t-il d'un ton légèrement amusé.

— Non, bien sûr que non, protesta-t-elle un peu trop rapidement.

Reid éclata de rire.

— Nous pourrions peut-être dîner ensemble, un de ces soirs, suggéra-t-il. Cela nous permettra de rattraper le temps perdu.

Arden sentit un léger frisson dévaler le long de son échine à l'idée d'un tel repas en tête à tête. Elle ne tenait pas du tout à avouer à Reid que sa vie à Atlanta s'était révélée moins exaltante qu'elle ne l'avait espéré. Ces derniers mois, elle avait accumulé les déceptions, tant sur le plan professionnel que sentimental.

— N'est-ce pas précisément ce que nous sommes en train de faire ? lui demanda-t-elle.

— J'imaginais des retrouvailles un peu plus cordiales, objecta-t-il. Tu ne m'as même pas proposé une tasse de thé ou un apéritif.

— Je ne suis pas sûre qu'il reste quoi que ce soit

à la cuisine, répondit-elle. Cela fait des mois que la maison est déserte.

— Tu n'as pas fait de courses ?

Elle secoua la tête.

— Je ne compte pas rester.

— Ne me dis pas que tu comptes repartir dès demain.

Arden soupira intérieurement.

— À vrai dire, c'est ce que j'espérais. Malheureusement, je vais sans doute devoir rester ici un peu plus longtemps que prévu. Je dois m'entretenir avec le notaire. Il faudra sans doute aussi que je supervise quelques travaux avant de pouvoir mettre la maison en vente…

— Tu vas la vendre ? s'étonna Reid.

— C'est pour cela que je suis revenue.

— Ça alors… Je n'ai jamais imaginé que tu renoncerais à la maison de ta grand-mère.

— Je ne me vois vraiment pas vivre ici.

— J'imagine que tu as tes raisons, acquiesça-t-il. Après tout, tu as fait ta vie à Atlanta.

Arden détourna les yeux.

— Il s'est passé quelque chose ? lui demanda Reid.

Elle secoua la tête. Il la considéra avec attention. En dépit de la distance que les années avaient creusée entre eux, il la connaissait suffisamment pour deviner qu'elle lui cachait quelque chose.

— Aux dernières nouvelles, tu étais devenue directrice d'un musée. C'est ce dont tu avais toujours rêvé, n'est-ce pas ?

— Ce n'était pas un musée mais une galerie d'art. Et je n'étais pas directrice mais gérante.

— Tu en parles au passé, remarqua Reid. Est-ce que tu as été licenciée ?

Il n'était pas question pour elle de lui dire ce qui s'était réellement passé.

— C'est moi qui ai décidé de partir, répondit-elle, optant pour une demi-vérité. Les conditions ne me satisfaisaient plus. Et de toute façon, il y a déjà un moment que je songeais à changer. D'ailleurs, il paraît que je ne suis pas la seule. Tu as quitté le cabinet de ton père, n'est-ce pas ?

— Ce n'est pas le terme que j'emploierais, répondit Reid d'un ton légèrement amer. J'ai été jeté dehors. Et mon père en a même profité pour me déshériter. Me voilà pauvre et sans emploi.

— Il me semble pourtant que tu avais hérité de ton grand-père qui était très fortuné, remarqua-t-elle. Ne me dis pas que tu as déjà tout dépensé !

— J'en ai réinvesti une partie pour acheter une maison qui doit aussi me servir de cabinet. Mais ne t'en fais pas, j'ai épargné pour mes vieux jours. Et avec un peu de chance, j'aurai bientôt quelques clients. Je devrais même pouvoir nous offrir une maison à la campagne ou au bord de la mer.

Arden savait qu'il était en train de se moquer d'elle. L'idée que tous deux puissent reprendre le cours de leur histoire passée comme si rien ne s'était passé était parfaitement ridicule. Mais curieusement, l'absurdité de la chose éveillait en elle une certaine mélancolie.

— Rentre chez toi, Reid, soupira-t-elle.

— Tu es sûre de vouloir rester toute seule ici, ce soir ? lui demanda-t-il.

Dans sa voix, elle perçut une certaine sollicitude mais aussi une pointe d'inquiétude qui ne lui ressemblait pas.

— Tu n'es pas venu uniquement pour discuter du passé, n'est-ce pas ? lui demanda-t-elle. Il y a quelque chose que tu ne me dis pas.

Il se mordilla nerveusement la lèvre, comme pris en faute.

— Alors, tu n'as pas entendu.

— Quoi donc ?

— Une femme a été tuée dans le quartier.

# 2

En entendant les mots qu'il venait de prononcer, Arden avait brusquement pâli. Une fois de plus, Reid se demanda s'il n'aurait pas mieux fait de garder cette information pour lui. Il se répéta que tôt ou tard, elle aurait fini par en entendre parler. Et il valait sans doute mieux que ce soit par quelqu'un en qui elle pouvait avoir confiance.

— Est-ce que c'était une mère célibataire ? articula enfin Arden.

Toutes les victimes d'Orson Lee Finch avaient été des mères célibataires appartenant aux familles les plus fortunées de Charleston. La plupart de ceux qui avaient étudié l'affaire supposaient que c'était parce que Finch en voulait à la fois à sa propre mère qui ne s'était jamais mariée et aux gens chez qui elle travaillait comme femme de ménage.

D'autres estimaient que sa rancœur s'expliquait par le rejet dont il avait fait l'objet. On racontait en effet que Finch avait eu une fille avec une jeune femme de bonne famille chez qui il travaillait comme jardinier.

Aux yeux de Reid, l'origine de la psychose de Finch importait peu. Rien ne pouvait justifier ou excuser les meurtres qu'il avait commis.

— J'ignore tout de la victime, répondit-il. Mais nous pouvons au moins être sûrs que le tueur n'est pas Orson Lee Finch. Il est toujours en prison et ne devrait pas en sortir avant de longues années.

— Mais il y a un rapport avec lui, n'est-ce pas ? Si ce n'était pas le cas, tu ne serais pas venu m'en parler.

— C'est vrai, reconnut-il à contrecœur. On a retrouvé un pétale de magnolia sur la scène du crime.

Les yeux d'Arden s'écarquillèrent sous l'effet de l'angoisse, et il la vit se raidir brusquement. L'espace d'un instant, il fut tenté de la prendre dans ses bras pour la réconforter. Mais ce geste aurait probablement eu l'effet inverse de celui recherché.

Il regrettait de jouer les oiseaux de mauvais augure mais son instinct lui soufflait que la présence de ce pétale de magnolia n'était pas un simple hasard. Cela avait été la signature de Finch, et cela faisait aujourd'hui vingt-cinq ans que ce dernier était derrière les barreaux. Peut-être quelqu'un avait-il cherché à célébrer à sa façon ce lugubre anniversaire…

Observant attentivement Arden, il se prit à songer qu'elle était bien différente de la jeune femme qui l'avait quitté, près de quinze ans auparavant. Son visage s'était affiné, perdant les dernières rondeurs de l'enfance et soulignant l'harmonie de ses traits.

Elle était plus belle qu'autrefois mais paraissait aussi moins gaie et moins impulsive. Il avisa aussi les cernes légers qui soulignaient l'éclat de ses magnifiques yeux verts. Visiblement, elle avait eu du mal à trouver le sommeil, ces derniers temps. Était-ce lié à la perte de son emploi ? Ou bien encore à la perspective de revenir à Charleston ?

Il croyait aussi deviner dans son expression une certaine mélancolie qui tranchait nettement avec le souvenir qu'il avait conservé d'elle. Arden était alors la personne la plus joyeuse et la plus rayonnante qu'il ait jamais connue. C'était ce qui l'avait séduit lorsqu'il l'avait rencontrée. Tous deux n'avaient alors que quatre ans mais il avait su alors que c'était avec elle qu'il voulait passer le reste de sa vie.

Ils étaient rapidement devenus inséparables. Puis, à l'adolescence, leur amitié s'était doublée d'une complicité physique indéniable. Elle était la première fille avec laquelle il était sorti et la seule qu'il ait jamais aimée. Mais c'était peut-être là tout le problème : il lui avait fallu la perdre pour comprendre réellement à quel point ce qu'ils avaient eu était rare et précieux.

Mais la femme qui se tenait devant lui était très différente de la jeune fille qui l'avait quitté, des années auparavant. Elle était plus grave, plus sérieuse et infiniment plus distante. Et pourtant, l'attirance qu'elle exerçait sur lui était demeurée intacte – aiguisée, même, par les années de séparation.

Il s'éclaircit la gorge, cherchant à dissiper la nervosité qu'il éprouvait.

— Arden ? Est-ce que ça va ?

— Tu es sûr que le tueur a déposé ce pétale intentionnellement ? lui demanda-t-elle. On trouve ces plantes partout, à Charleston…

— C'est vrai, concéda-t-il. Mais je ne pense pas qu'on aurait mentionné ce détail si la victime avait été retrouvée près d'un massif de fleurs.

— Tu as raison, acquiesça-t-elle à contrecœur. Surtout après ce qui s'est passé récemment…

Reid hocha la tête. Helen Cutler, l'épouse du chef de la police de Charleston, avait récemment été arrêtée pour un meurtre qu'elle avait commis vingt-cinq ans auparavant, juste après l'arrestation de Finch. Elle avait alors laissé croire que cet assassinat était l'œuvre d'un *copycat* du célèbre tueur en série.

Un scandale retentissant avait suivi, poussant le commissaire David Cutler à démissionner. Nombre de personnes étaient aujourd'hui convaincues qu'il avait usé de son pouvoir et de son influence pour protéger sa femme.

— Il y a autre chose, reprit Reid d'une voix légèrement hésitante. Il semblerait que la jeune femme qui a été assassinée soit l'un des enfants du crépuscule.

Il vit Arden frissonner. Il savait que, en cet instant, elle devait être en train de penser à sa mère qu'elle avait retrouvée morte dans le jardin. Tous deux n'avaient alors que cinq ans mais il se rappelait parfaitement la détresse insoutenable de celle qui était alors sa meilleure amie.

Lorsqu'ils s'étaient revus, quelques jours après le drame, il n'avait pas su quoi lui dire. Il s'était alors contenté de la prendre dans ses bras, et elle avait fondu en sanglots. Pendant de longues minutes, il l'avait serré dans ses bras tandis qu'elle pleurait. Il s'était senti terriblement malheureux et désemparé et s'était juré alors de faire tout ce qui serait en son pouvoir pour que plus jamais elle n'éprouve un tel chagrin.

Malheureusement, il n'avait pas su tenir la promesse qu'il s'était faite ce jour-là. Encore aujourd'hui, il ne pouvait se pardonner la façon dont il avait réagi à la fausse couche d'Arden. Au lieu de la soutenir inconditionnellement comme il aurait dû le faire, il s'était replié sur sa propre déception. Au fond, c'était cela bien plus que leur départ pour l'université qui avait eu raison de leur couple.

Il préférait généralement ne pas s'appesantir sur cette période douloureuse de son existence. Au fil du temps, il était même presque parvenu à se convaincre que cet accident tragique avait peut-être été un signe.

Mais il lui suffisait de regarder Arden pour comprendre que cette vieille blessure ne s'était jamais vraiment refermée.

— Il était blanc ou rouge ? lui demanda-t-elle alors, le tirant de ses sombres réflexions.

— Pardon ?

— Le pétale de magnolia qu'on a trouvé sur la victime, précisa-t-elle. De quelle couleur était-il ?

— Blanc, répondit-il. Contrairement à ceux que laissait Finch.

— Tu oublies ceux qu'il a déposés devant le pavillon d'été.

De fait, la nuit où sa mère avait été tuée, quelqu'un avait répandu une pluie de pétales de magnolia blanc sur les marches de la petite bâtisse de style mauresque qui se trouvait dans le parc. C'était la seule fois que l'on avait retrouvé de telles fleurs, et les enquêteurs n'avaient jamais été convaincus que cela ait été l'œuvre de Finch. Arden, au contraire, n'avait jamais eu le moindre doute à ce sujet.

— Comment se fait-il que ce meurtre n'ait pas fait les gros titres des journaux ? s'étonna Arden. Dieu sait que les journalistes raffolent des histoires de ce genre…

— La police n'a pas voulu ébruiter l'affaire. Ils n'ont pas parlé à la presse du pétale.

— Comment l'as-tu appris, alors ?

— Par un inspecteur que je connais et qui passe me voir de temps en temps pour se faire offrir quelques verres de whisky. En échange, il me fournit quelques informations intéressantes de temps à autre…

— Est-ce que la police a déjà un suspect ?

— Mon informateur ne travaille pas sur cette affaire et il n'a pas pu me répondre. Tout ce que je sais, c'est que pour le moment, ils se gardent d'établir un lien avec les crimes du tueur du crépuscule.

— Pour le moment, répéta Arden.

— Rien ne dit qu'il y aura d'autres victimes, s'empressa d'ajouter Reid.

— Mais tu es venu me trouver au cas où.

Il hocha la tête. Arden se détourna pour observer pensivement le jardin que l'on apercevait à travers la porte-fenêtre entrouverte. Il en profita pour l'observer tout à loisir, admirant sa silhouette longiligne que mettait en valeur la belle robe blanche qu'elle portait. Elle avait toujours été très sportive et, de toute évidence, cela n'avait pas changé.

— Quand a-t-elle été tuée ? s'enquit-elle enfin.

— Le corps a été retrouvé ce matin même dans l'une des ruelles qui débouchent sur Logan Street.

La ruelle en question était située à quelques rues seulement de là où lui-même habitait. C'était d'ailleurs la raison pour laquelle son informateur lui en avait parlé.

Arden contemplait toujours le jardin. En cette fin d'après-midi, la lumière avait commencé à décliner, et les ombres grandissantes des nombreuses statues conféraient au parc un aspect presque inquiétant. La grand-mère d'Arden avait éprouvé une véritable passion pour celles qui représentaient des anges, et on en trouvait un peu partout sur la propriété.

Ils avaient toujours mis Reid mal à l'aise, lui faisant penser au décor d'un cimetière. Il aimait en revanche beaucoup le pavillon d'été où Arden et lui étaient souvent venus se retrouver en secret.

— Reid ?

— Désolé, s'excusa-t-il, écartant les souvenirs troublants qui remontaient à la surface de son esprit. Tu disais ?

— Qu'est-ce que tu penses de ce meurtre ?

Il hésita quelques instants, partagé entre la volonté de la mettre en garde et la peur de l'inquiéter inutilement.

— Je pense qu'il est encore trop tôt pour tirer des conclusions, déclara-t-il. La présence de ce pétalc de magnolia n'est peut-être qu'une coïncidence. C'est ce que tendrait à indiquer sa couleur. Peu de gens savent que Finch a semé des pétales blancs sur les marches du pavillon d'été, cette nuit-là. À vrai dire, nous ne sommes même pas complètement certains que c'est bien lui qui l'a fait…

— Je suis certaine que, dans la tête du tueur, chacun de ces meurtres répondait à une symbolique très précise, répondit gravement Arden. Et toi aussi, tu en étais convaincu, à l'époque.

— C'est vrai, reconnut-il. Tu m'avais persuadé que la présence de ces pétales était liée au fait que ta mère avait été la toute première victime.

— Je le pense toujours. Qu'est-ce qui t'a fait changer d'avis, toi ?

Il haussa les épaules.

— Nous n'étions que des enfants. Nos convictions ne reposaient sur aucune preuve concrète… Juste sur l'intérêt que nous portions à cette histoire et sur notre imagination fertile.

— Ce n'était pas uniquement affaire d'imagination, protesta Arden. Nous nous sommes vraiment renseignés sur l'enquête. Nous avons lu des dizaines de livres et d'articles traitant du sujet. Nous avons visité chacun des lieux où avaient été commis ces crimes. Et nous avons même essayé de convaincre l'un des inspecteurs qui avaient été chargés de l'affaire d'en discuter avec nous…

— Et il a catégoriquement refusé de le faire, lui

rappela Reid. Je peux le comprendre, aujourd'hui. Mais je me souviens que nous étions furieux, à l'époque.

— Cela ne nous a pourtant pas découragés, lui fit remarquer Arden.

Pour la première fois depuis qu'ils s'étaient retrouvés, Reid distingua dans le regard de la jeune femme la passion et l'enthousiasme qui l'habitaient autrefois. Il comprit alors que son tempérament fougueux n'avait pas disparu et ne demandait qu'à resurgir. Cette idée avait quelque chose d'étrangement grisant.

— Rien ne nous a jamais découragés, acquiesça-t-il.

Elle hocha la tête, sans relever le double sens de sa remarque.

— Tu pensais que les pétales blancs étaient destinés aux enfants des victimes, reprit-il. Qu'ils symbolisaient leur pureté alors que les rouges représentaient le péché de leurs mères.

— Exact. Et le fait que la nouvelle victime soit l'un des enfants du crépuscule expliquerait qu'elle ait reçu un pétale blanc et non un rouge.

— Mais pourquoi l'aurait-il tué ? objecta Reid. D'après ta logique, les pétales blancs sont signe de pureté…

— Le tueur a peut-être estimé que cette femme était sur le point de la perdre. Qui sait ? En la tuant, il espérait peut-être la sauver d'elle-même.

Elle demeura quelques instants silencieuse, plongée dans ses réflexions.

— Tu sais ce que cela signifierait, n'est-ce pas ? lui demanda-t-elle enfin. Que Finch n'était pas coupable. Ou, à tout le moins, qu'il n'agissait pas seul…

— C'est l'une des hypothèses que nous avons envisagées, à l'époque, concéda Reid. Mais il peut aussi s'agir d'un *copycat*. Ou d'une simple coïncidence.

— Si tu croyais à cette dernière éventualité, tu ne serais jamais venu me parler de ce meurtre, rétorqua-t-elle.

— Je pense tout de même que nous ne devrions pas mettre la charrue avant les bœufs. Finch a été jugé et reconnu coupable. Et ses demandes de remise en liberté ont toujours été rejetées.

— Peut-être, concéda-t-elle. Mais tu sais comme moi que les preuves qui ont permis de le condamner n'étaient que circonstancielles. On n'a jamais retrouvé d'arme ou de traces de sang sur les affaires de Finch.

— Mais il a avoué sa culpabilité, insista Reid.

— Ces aveux lui ont peut-être été arrachés de force. Tu sais comme moi que la police avait très à cœur de résoudre cette affaire au plus vite. On l'a peut-être intimidé pour obtenir cette confession. Ou alors, il s'est dénoncé pour protéger quelqu'un d'autre.

— Pourquoi aurait-il fait une chose pareille ?

Arden haussa les épaules.

— Je l'ignore. Mais nous ne pouvons nous permettre d'écarter aucune éventualité. D'autant que le timing de ce meurtre est assez inquiétant.

— Que veux-tu dire ?

— Qu'il a été commis le jour même où je suis revenue à Charleston. C'est peut-être mon retour qui l'a conduit à passer à l'acte. Après tout, ma mère a été la toute première victime…

— Rien nous permet d'affirmer une chose pareille, protesta vivement Reid. Si je suis venu te parler de ce meurtre, c'est pour que tu fasses preuve de prudence, pas pour que tu cèdes à la panique. Si cela se trouve, l'homme qui a tué cette femme n'a aucun rapport avec le tueur du crépuscule. Il a juste utilisé ce pétale de magnolia pour lancer la police sur une fausse piste.

— Peut-être, admit Arden sans la moindre conviction.

Reid se savait mal placé pour l'accuser d'être paranoïaque. Lui-même avait l'impression troublante d'être surveillé. Il lui avait semblé à plusieurs reprises entrevoir une silhouette embusquée dans la ruelle voisine. La nuit dernière, il avait même été réveillé en sursaut par un bruit provenant de l'entrée. Il était convaincu que quelqu'un avait cherché à actionner la poignée de porte.

Ces incidents avaient débuté le jour où Dave Brody était sorti de prison. Il était venu trouver Reid à son bureau et lui avait indiqué qu'il estimait que le cabinet Sutton & Associés était directement responsable de son incarcération. Il considérait en effet que Boone Sutton, le père de Reid, qui avait été commis d'office pour le défendre, avait négligé de faire citer un témoin qui aurait pu l'innocenter.

Reid ignorait pourquoi Brody n'était pas allé trouver son père. Lui-même étudiait encore à la faculté de droit à l'époque du procès. Certes, il avait participé au procès en appel mais il s'était uniquement chargé de tâches administratives. Brody n'avait donc aucune raison valable de lui en vouloir personnellement.

Mais il était le fils de son père et il paraissait certainement beaucoup plus vulnérable que ce dernier qui jouissait d'appuis au plus haut niveau. Brody avait dû se dire qu'en faisant pression sur lui, il atteindrait aussi Boone.

Si tel était le cas, il serait probablement déçu. Reid ne se faisait aucune illusion au sujet de son père : ce dernier n'était pas le genre d'homme à se laisser intimider – même si l'on s'en prenait à ses proches.

Reid savait que porter plainte contre Brody s'avérerait totalement contre-productif. Loin de l'intimider, le fait d'impliquer la police ne ferait probablement qu'attiser la rage et la rancœur de l'ex-détenu. Il ne pouvait qu'espérer que ce dernier finirait par se lasser de ce petit jeu.

— Je te remercie d'être venu m'avertir, reprit alors Arden d'une voix plus conciliante. Rien ne t'obligeait à le faire, et je te suis reconnaissante d'avoir pris cette peine.

— C'était la moindre des choses, répondit-il. Quelle que soit la façon dont les choses se sont terminées entre nous, cela ne change rien à ce qui s'est passé auparavant. Tu seras toujours quelqu'un d'important à mes yeux, Arden.

Il n'avait pas eu l'intention de la mettre mal à l'aise. Mais en la revoyant après toutes ces années, il avait brusquement pris conscience du fait qu'elle lui avait terriblement manqué. Ce n'était pas uniquement l'ex-petite amie qu'il regrettait. En réalité, Arden Mayfair avait été bien plus que cela : sa meilleure amie, sa confidente, son éternelle complice, la seule personne qui l'ait jamais réellement compris…

Depuis qu'elle était partie, personne n'avait réussi à prendre sa place. Il avait de nombreux amis. Il était sorti avec un certain nombre de femmes. Mais aucun d'entre eux n'était parvenu à combler le gouffre qu'avait creusé en lui la disparition de la jeune femme.

— Je vais te laisser, lui dit-il, luttant contre la mélancolie lancinante qui l'assaillait soudain.

Il fit mine de se détourner pour se diriger vers la porte-fenêtre.

— Reid…, murmura-t-elle alors d'une voix mal assurée.

Il lui jeta un coup d'œil interrogatif, sentant monter en lui un vague espoir qu'il se refusait à analyser. Elle parut hésiter quelques instants avant de reprendre la parole.

— Merci encore, souffla-t-elle.

Il hocha la tête.

— Bienvenue à la maison, lui dit-il.

Sur ce, il quitta la pièce, la laissant seule dans la grande demeure vide.

# 3

Arden n'imaginait pas s'installer dans la chambre qu'avait occupée sa grand-mère. Lorsque Reid eut disparu, elle monta donc ses bagages dans son ancienne chambre. En pénétrant dans cette pièce, elle eut la troublante impression de se retrouver projetée dans le temps.

Rien n'avait changé depuis son départ : les affiches des groupes qu'elle écoutait et des films qu'elle aimait à l'époque étaient toujours accrochées aux murs. Sur une étagère, les peluches dont elle n'avait pas eu le cœur de se débarrasser étaient alignées, la contemplant avec curiosité.

Elle contempla pensivement les livres qui s'alignaient dans la bibliothèque, ses cahiers de lycée empilés sur le bureau et les photographies qui étaient collées sur le miroir surmontant la cheminée. Elle avait perdu de vue nombre de ses amis d'alors – à commencer par Reid qui figurait sur nombre de ces clichés.

Après avoir pris une douche et s'être changée, Arden redescendit à la cuisine en quête de quelque chose à se mettre sous la dent. Elle ne tarda pas à constater que les placards étaient vides, tout comme le réfrigérateur. Plus personne ne vivait dans la maison depuis que sa grand-mère était décédée.

Si elle voulait passer quelques jours ici, elle allait

rapidement devoir faire des courses. En attendant, elle pouvait toujours commander une pizza ou bien se rendre dans le petit restaurant de fruits de mer qui se trouvait à quelques rues de là.

Après avoir longuement hésité entre ces deux possibilités, Arden décida de se passer de dîner. Regagnant le petit salon, elle jeta un coup d'œil dans le vieux coffre de marine qui servait de bar et en sortit une bouteille de bourbon. Le fait de revenir dans cette maison et de se retrouver face à Reid l'avait ébranlée, et elle avait grand besoin d'un remontant.

La douce brûlure de l'alcool ne suffit pas à chasser complètement le malaise qui l'habitait. Elle avait oublié les multiples sons qui peuplaient la vaste demeure à la nuit tombée : craquements du bois qui travaillait, glougloutement caverneux des tuyaux, souffle du vent dans la toiture…

Tendant l'oreille, elle perçut un autre bruit, une sorte de claquement régulier qui lui fit penser au battement régulier d'un cœur. Il provenait du jardin, et elle mit un certain temps à comprendre qu'il devait s'agir de l'un des volets de l'orangerie que l'on avait négligé d'accrocher.

S'approchant de la porte-fenêtre qui donnait sur le parc, elle scruta les ténèbres, hésitant à quitter le refuge de la maison pour aller attacher le battant qui continuait de claquer. Elle ne se considérait pas comme quelqu'un de particulièrement impressionnable mais la discussion qu'elle avait eue avec Reid l'avait mise très mal à l'aise.

Elle tenta de se rassurer. Après tout, aucune preuve n'était jamais venue étayer les doutes qu'elle avait pu avoir au sujet de la culpabilité d'Orson Lee Finch. Il avait été condamné pour la série de meurtres et, depuis qu'il était derrière les barreaux, aucune femme n'avait plus été assassinée de la même façon.

Jusqu'à la veille.

Un frisson glacé dévala le long de son échine. En dépit des efforts que Reid avait déployés pour tenter de la rassurer, elle ne pouvait croire que la présence de ce pétale de magnolia puisse être une simple coïncidence. Mais même s'il s'agissait d'un *copycat* qui avait décidé de célébrer à sa manière l'anniversaire des meurtres du crépuscule, elle ne risquait rien tant qu'elle demeurait dans cette maison.

Les murs qui enceignaient la propriété étaient solides, et la propriété était équipée d'un système d'alarme performant. Si quelqu'un essayait d'entrer par effraction, il ne manquerait pas de le déclencher, et elle aurait tout le temps de se barricader dans la maison et d'appeler la police.

Enhardie par cette idée, Arden ouvrit la porte-fenêtre qui donnait sur le parc pour laisser entrer un peu d'air. Il était chargé de senteurs nocturnes – de jasmin, de rose et de magnolia, ces mêmes odeurs qui flottaient le soir où elle avait découvert le corps sans vie de sa mère.

Réprimant ces souvenirs, elle se concentra sur le claquement qui se faisait toujours entendre. Si elle n'attachait pas rapidement ce volet, il risquait de se briser. Refusant de se laisser dominer par la peur, elle avala une nouvelle gorgée de bourbon avant de poser son verre sur un guéridon tout proche.

Elle emprunta alors la porte-fenêtre pour s'avancer sur la terrasse qui surplombait le parc. La lune était quasiment pleine, ce soir-là, baignant les jardins d'une lueur argentée. Sa grand-mère aurait sans doute été très peinée de voir l'état dans lequel ils se trouvaient.

Depuis qu'elle était décédée, le jardinier ne passait plus aussi régulièrement, et le climat chaud et humide de Charleston avait transformé le parc soigneusement entretenu en véritable forêt vierge. Les massifs de fleurs avaient débordé de leurs plates-bandes, envahissant les pelouses.

L'odeur était presque entêtante, masquant presque celle de l'iode qui lui rappelait que la mer ne se trouvait qu'à quelques centaines de mètres de là. Cette senteur si familière la ramena des années en arrière, lorsqu'elle quittait sa chambre au beau milieu de la nuit pour aller rejoindre Reid dans le pavillon d'été où ils avaient coutume de se retrouver.

Lorsqu'ils étaient jeunes, ils y restaient durant des heures à discuter. Puis étaient venus les premiers baisers, maladroits, tout d'abord, puis de plus en plus passionnés. Et plus tard, ils avaient passé dans le petit pavillon des heures torrides dont le seul souvenir suffisait à éveiller sur sa peau d'irrésistibles petits frissons.

Rétrospectivement, elle prenait conscience du fait que c'était sa liaison avec Reid qui l'avait aidée à surmonter la mort de sa mère. Sa grand-mère, quant à elle, ne s'était jamais remise de la disparition de sa fille. Elle avait sombré dans une forme de mélancolie qui confinait à la dépression.

Arden se demandait parfois si sa propre présence n'avait pas aggravé les choses. Après tout, tout le monde s'accordait en effet à dire qu'elle ressemblait beaucoup à sa mère. La vue de sa petite-fille n'avait-elle pas contribué à maintenir ouverte la plaie qui s'était ouverte dans le cœur d'Evelyn, à la mort de Camille ?

Sans Reid, ce doute aurait peut-être fini par la faire sombrer à son tour. Mais il avait su lui rendre le goût de l'existence et la foi en l'avenir. Il avait été un ami, un amant et il avait même failli devenir le père de son enfant.

Arden sentit son cœur se serrer dans sa poitrine. Sans doute était-il préférable de ne plus songer à ce qui s'était passé cet été-là, aux erreurs qu'ils avaient commises l'un et l'autre. Ils avaient probablement été trop jeunes pour affronter cette nouvelle tragédie.

Mais le simple fait de revoir Reid lui avait inspiré un étrange sentiment de tristesse et de solitude mêlées. Elle ne pouvait s'empêcher de penser à tout ce qui aurait pu être, à la vie qu'ils auraient pu avoir ensemble si les choses avaient été différentes.

Le moment était sans doute mal choisi pour se livrer à ce genre de considérations. Elle se força donc à avancer dans le jardin et suivit l'allée qui remontait jusqu'à l'orangerie. Elle remarqua alors que le battement insistant du volet s'était arrêté sans même qu'elle s'en soit aperçue. La brise légère qui soufflait ce soir-là n'était pourtant pas retombée.

Légèrement inquiète, Arden se figea, tous les sens aux aguets. Et c'est alors qu'elle vit une ombre bouger un peu plus loin devant elle, entre les arbres. Son cœur se mit à battre la chamade, et sa peau se couvrit d'une fine couche de sueur glacée.

Il était bien trop tard pour qu'il puisse s'agir de l'un des jardiniers qui venaient parfois travailler dans le parc. L'espace d'un instant, Arden fut tentée de tourner les talons et de s'élancer vers la maison. Elle résista cependant à cette tentation, pressentant confusément que, si elle fuyait à présent, elle passerait le reste de sa vie à le faire.

— Qui est là ? appela-t-elle d'une voix moins assurée qu'elle ne l'aurait voulu.

— Arden ? C'est vraiment toi ?

La voix qui venait de résonner lui parut terriblement familière. L'homme qui venait de s'exprimer était originaire de Charleston : son accent ne laissait aucun doute à ce sujet.

La silhouette émergea de l'ombre des arbres et s'avança dans l'allée. Il fallut quelques instants à Arden pour identifier l'élégant gentleman que venait de révéler le clair de lune et qui l'observait avec étonnement.

— Oncle Calvin ? balbutia-t-elle, sidérée.

Cela faisait des années qu'elle ne l'avait pas revu. Ses cheveux noirs étaient striés d'argent, et quelques rides venaient souligner le coin de ses yeux mais en dehors de cela, il n'avait guère changé.

— Ça alors, s'exclama-t-il d'un ton cordial. Arden Mayfair ! Jamais je n'aurais imaginé te croiser ici…

— Grand-mère m'a légué la maison, expliqua-t-elle. Et je suis venu à Charleston pour décider de ce que j'allais en faire.

— C'est incroyable, déclara son oncle en s'avançant vers elle pour la contempler plus attentivement. Tu ressembles tellement à ta mère que l'espace d'un instant, j'ai bien cru que je me trouvais face à son fantôme !

Cette remarque la fit légèrement tressaillir.

— Je suis désolé, s'excusa aussitôt son oncle. Ce n'était sans doute pas très fin de ma part.

Calvin Mayfair la rejoignit, et elle remarqua qu'en vieillissant sa ressemblance avec son père s'était renforcée. Il avait le même regard bleu perçant, le même menton volontaire marqué d'une fossette. En revanche, le nez patricien et les pommettes très marqués lui venaient d'Evelyn, sa mère.

— Moi non plus, je ne savais pas que tu vivais de nouveau à Charleston, remarqua Arden.

— Je suis revenu peu de temps après la mort de

maman, acquiesça-t-il. Le temps était venu pour moi de renouer avec mes racines… Mais on dirait que je ne suis pas le seul.

Arden secoua doucement la tête.

— Je ne suis vraiment pas sûre de revenir ici pour de bon, répondit-elle. À vrai dire, je ne comptais même pas rester plus d'une journée.

— J'imagine que cet endroit te rappelle de douloureux souvenirs…

— C'est vrai, reconnut-elle. C'est étrange d'ailleurs. Après tout, j'ai vécu ici pendant treize ans après la mort de maman. Mais maintenant que grand-mère a disparu, elle aussi, cette maison ne me rappelle plus que de tristes souvenirs.

— Je comprends, acquiesça son oncle. Evelyn et toi avez toujours été très proches. Vous vous êtes appuyées l'une sur l'autre pour surmonter ce drame. Et maintenant, tu te retrouves livrée à toi-même, en quelque sorte.

Son oncle laissa échapper un soupir.

— Je suis désolé vraiment de n'avoir pas été là pour toi, lorsque tu étais enfant, lui dit-il.

De fait, elle n'avait que peu connu son oncle. Depuis qu'il avait quitté Charleston, il avait parcouru le monde, visitant de nombreux pays sans jamais s'y implanter réellement. Il ne repassait que rarement par la Caroline du Sud mais, chaque fois que c'était le cas, il rapportait à sa nièce de somptueux cadeaux provenant des endroits les plus reculés de la planète. Aux yeux d'Arden, il avait toujours fait figure d'aventurier aussi mystérieux que fascinant.

— Cela n'a pas dû être facile pour toi non plus, répondit-elle. J'ai perdu ma mère mais toi, tu as perdu ta sœur.

— C'est vrai. Et c'est la raison pour laquelle j'ai fui Charleston. Je pensais qu'en m'éloignant de cet endroit je finirais par trouver un semblant de paix.

— Est-ce que c'est le cas ? s'enquit-elle.

Il secoua la tête, et elle fut frappée par la tristesse qui se lisait dans son regard.

— Il y a certains fantômes que l'on emporte avec soi, où que l'on aille, lui dit-il.

Arden se rendit compte que c'était précisément ce qui s'était passé pour elle. En partant pour l'université, elle avait espéré pouvoir tourner la page, oublier Reid et leur enfant qui était mort avant même de venir au monde. Mais son oncle avait raison : certains souvenirs vous poursuivaient impitoyablement, où que vous alliez.

— C'est aussi ce que j'ai découvert, murmura-t-elle.

Calvin posa sur elle un regard empli de tendresse.

— Il y a quelque chose que j'aimerais te montrer, lui dit-il. Cela te changera peut-être les idées.

Arden le considéra avec curiosité.

— C'est dans l'orangerie, indiqua-t-il.

Il leva les mains, et elle s'aperçut qu'elles étaient maculées de terre.

— J'étais en train de jardiner lorsque j'ai entendu ce maudit volet, précisa-t-il. Il ne cesse de se détacher.

— Je l'ai entendu aussi, acquiesça-t-elle. C'est pour cela que je suis sortie.

— Je l'ai rattaché mais ce n'est que temporaire. Tu devrais peut-être faire venir quelqu'un.

Tout en discutant, ils s'étaient mis en route en direction de l'orangerie. C'était un bâtiment assez impressionnant, bâti comme le pavillon d'été dans un style d'inspiration mauresque.

— Cela fait des années que je n'y suis pas entrée, remarqua Arden tandis que son oncle poussait l'épaisse porte en verre dépoli qui s'ouvrit en grinçant. Lorsque j'étais petite, maman et grand-mère y passaient des heures et des heures. Grand-mère se passionnait pour les orchidées et maman pour les cactus. Lorsqu'ils étaient en fleur, cet endroit devenait un véritable jardin d'Eden…

— Je me rappelle, acquiesça son oncle.

— Après la mort de maman, grand-mère n'a quasiment plus remis les pieds ici. J'imagine que toutes les plantes ont dû mourir.

— Pas toutes, objecta Calvin en souriant.

Il pressa l'interrupteur qui se trouvait sur la gauche de la porte et s'écarta pour la laisser entrer. Arden pénétra dans l'orangerie et tomba en arrêt devant le cactus qui se dressait au centre de la pièce. Il était si grand que son extrémité touchait presque le plafond.

— Incroyable ! s'exclama-t-elle, fascinée. C'est le *Cereus* de maman, n'est-ce pas ?

Son oncle acquiesça.

— Maman a veillé à ce qu'on en prenne soin, expliqua-t-il. Lorsque tu as quitté la maison, c'était la seule chose qu'il lui restait de Camille. D'après Claude, le jardinier, elle passait des heures assise dans l'orangerie à le contempler. Elle l'a entretenu amoureusement jusqu'à la fin, et il a prospéré, comme tu peux le voir. Après sa mort, lorsque je suis revenu m'installer à Charleston, je me suis senti forcé de prendre la relève. Je n'avais pas le cœur à le laisser mourir…

— Je peux le comprendre, murmura Arden en admirant la plante qui était couverte de bourgeons. Il ne va pas tarder à fleurir, n'est-ce pas ?

— D'ici quelques jours, sans doute, confirma son

oncle. Et à en juger par le nombre de boutons, ce devrait être un spectacle réellement magnifique, cette année.

— Il fleurit seulement la nuit, n'est-ce pas ?

— Exact. C'est ce qui lui vaut le surnom très poétique de Princesse de la nuit. Il est très rare d'en voir d'aussi grand, sous nos latitudes.

— On dirait que toi aussi, tu t'y connais en jardinage, remarqua Arden.

Calvin esquissa un petit geste modeste de la main.

— Pas autant qu'Evelyn, lui dit-il. Mais elle nous a transmis son goût pour les plantes et peut-être un peu de son talent. Ta mère aussi était très douée.

Arden hocha la tête. Elle prit alors conscience qu'au fond elle ignorait quasiment tout de son oncle – en dehors du fait qu'il était passionné de voyages et qu'il avait fait fortune dans le commerce des antiquités.

Lorsque ses grands-parents avaient divorcé, Calvin était parti vivre dans la grande demeure familiale des Mayfair avec son père. Quant à Camille, elle était demeurée dans celle des Berdeaux avec sa mère.

Bien qu'ils aient réussi à préserver les apparences, la séparation d'Evelyn et de Clement ne s'était pas faite à l'amiable, loin de là. Rien n'avait pu adoucir la rancœur tenace qu'ils se vouaient l'un à l'autre. Et cette haine avait séparé leurs enfants qui ne se voyaient que très rarement.

C'était d'ailleurs la raison pour laquelle Arden connaissait à peine son grand-père. Lors des rares occasions où elle avait été invitée à la demeure des Mayfair – généralement à l'occasion de grandes fêtes de famille – elle avait découvert un monde totalement différent de celui dans lequel elle vivait.

Contrairement à sa femme, Clement Mayfair était très attaché aux convenances. Il attendait seulement de sa petite-fille qu'elle soit respectueuse et obéissante et qu'elle sache se faire oublier. Il ne lui adressait quasiment jamais la parole, estimant sans doute que la frontière entre le monde des enfants et celui des adultes se devait de demeurer parfaitement étanche.

S'il fallait en croire sa propre expérience, la vie de son oncle n'avait pas dû être particulièrement réjouissante. Et cela expliquait peut-être pourquoi il était parti à l'autre bout du monde durant si longtemps…

S'arrachant à la contemplation du cactus de sa mère, elle se tourna vers Calvin et s'aperçut qu'il l'observait d'un air très grave.

— Tout va bien ? lui demanda-t-elle.

— Oui, lui assura-t-il. C'est juste…

Il se mordilla la lèvre d'un air légèrement embarrassé.

— Je lui ressemble tant que cela ? s'enquit Arden.

— C'est sans doute le fait que nous nous trouvions ici, lui dit-il. Tu sais…

Il parut hésiter, et elle l'encouragea du regard.

— Il nous arrivait régulièrement de nous retrouver dans cette orangerie. Nos parents se détestaient cordialement, et nous n'avions que rarement l'occasion de nous voir. Alors nous avons décidé de nous rencontrer en secret.

Arden le considéra avec étonnement. C'était la première fois qu'il faisait allusion à ces rencontres.

— Nous étions très différents, elle et moi, reprit son oncle. Elle était pleine de vie, débordante d'enthousiasme. Moi, j'étais plus renfermé, plus timide, à l'époque. Mais je l'adorais…

Il se tourna vers le cactus géant qui trônait au milieu de la pièce et sourit.

— Elle adorait cette plante. Il paraît qu'Evelyn et

elle organisaient des soirées spéciales pour assister à l'éclosion des fleurs.

— C'est vrai, confirma Arden en souriant. Ces soirs-là, j'étais même autorisée à me coucher plus tard que d'ordinaire. Je me rappelle les heures que j'ai passées ici à lutter contre le sommeil en attendant que les fleurs se déploient. Je me souviens aussi de l'odeur si particulière, à la fois âcre et sucrée… Une odeur de jungle.

— Nous pourrions organiser une soirée de ce genre en l'honneur de Camille, suggéra son oncle. Nous pourrions déguster des *mint julep* en regardant les fleurs éclore.

— Pourquoi pas ? répondit Arden. Cela pourrait nous donner l'occasion de refaire connaissance. Cela fait tellement longtemps que nous ne nous sommes pas vus…

— C'est vrai, acquiesça tristement Calvin. C'est en grande partie ma faute, bien sûr. J'ai passé tellement de temps à courir le monde…

— Tu n'es pas le seul responsable, protesta-t-elle. Mes grands-parents ont tout fait pour que les deux moitiés de la famille ne se fréquentent pas. Ils n'avaient pas le droit de vous séparer. Vous étiez frère et sœur. Et pourtant, ils vous ont forcés à choisir votre camp…

— Mais ils n'y sont pas parvenus, déclara Calvin. Camille et moi avons continué à nous voir et à veiller l'un sur l'autre. Mais lorsqu'elle est morte j'aurais dû me manifester. J'aurais dû assumer mon rôle d'oncle. Au lieu de cela, je me suis enfui…

— Ne t'en fais pas, répondit-elle, touchée par ce mea culpa. Grand-mère veillait sur moi. Quant à toi, tu avais ta propre vie à mener.

Une fois de plus, elle repensa à Reid et au rôle

central qu'il avait joué dans son existence. Elle se rappela alors un soir semblable à celui-ci. Tous deux ne devaient pas avoir beaucoup plus de six ou sept ans et ils s'étaient assis sur les marches du pavillon d'été pour contempler le ciel.

— *Reid ! J'ai vu une étoile filante !*

— *Il faut que tu fasses un vœu. C'est la règle.*

— *J'en ai déjà fait un.*

— *Lequel ?*

— *Je ne peux pas te le dire, sinon il ne se réalisera pas.*

— *Bien sûr que si. C'était quoi, ton vœu ?*

— *Que nous restions toujours ensemble, toi et moi.*

— *Pas besoin de faire un vœu pour ça. Bien sûr qu'on sera toujours ensemble.*

— *Promis ?*

— *Promis. Alors dépêche-toi de faire un autre vœu. Quelque chose d'important comme une nouvelle paire de rollers ou un nouveau vélo...*

— Arden ?

Elle se tourna vers son oncle et lui décocha un petit sourire d'excuse.

— Désolée, s'excusa-t-elle. J'étais perdue dans mes pensées. Cet endroit me rappelle tant de souvenirs…

— C'est peut-être une bonne chose, remarqua Calvin. Nos souvenirs nous rapprochent de ceux que nous avons perdus. Je m'en suis aperçu en revenant à Charleston. Lorsque je viens ici, je me sens plus proche de maman et de Camille… À ce propos, je me demandais… Est-ce que tu as décidé de ce que tu vas faire de la maison ?

— Je ne sais pas encore, avoua-t-elle.

Il ouvrit la bouche pour dire quelque chose mais sembla se raviser.

— Qu'y a-t-il ? lui demanda-t-elle.

— J'espère juste que tu ne la vendras pas, lui avoua-t-il. Cette demeure appartient à la famille Berdeaux depuis des générations.

Arden se demanda s'il en voulait à sa mère de la lui avoir léguée. Cela aurait été parfaitement compréhensible, bien sûr. Si elle avait voulu se montrer équitable, Evelyn aurait dû lui transmettre au moins la moitié de la propriété.

Mais elle avait dû penser que Calvin hériterait de la totalité de la fortune de son père dans un avenir probablement pas si lointain. Or le patrimoine des Mayfair était infiniment supérieur à celui des Berdeaux.

— Je n'ai pas vraiment envie de vendre la maison à quelqu'un d'autre, reconnut-elle. Mais je ne me vois pas non plus vivre ici. Le mieux serait de la louer, bien sûr, mais le notaire m'a laissé entendre que, étant donné la taille de la propriété, j'aurais beaucoup de mal à trouver quelqu'un d'intéressé. Les gens qui disposent de ce genre de budget préfèrent généralement acheter.

— Je devrais peut-être en parler à mon père, suggéra Calvin. Il pourrait être intéressé, au cas où tu déciderais de vendre. Et cela permettra de maintenir le patrimoine au sein de la famille. Je sais que maman se retournerait probablement dans sa tombe en sachant cela mais j'imagine qu'elle préférerait encore que ce soit mon père plutôt qu'un parfait inconnu…

L'idée de vendre la maison à Clement mettait Arden très mal à l'aise. Elle savait en effet que sa grand-mère ne le lui aurait jamais pardonné. D'un autre côté, cela signifierait que, à plus ou moins long terme, la demeure reviendrait à Calvin qui faisait un héritier bien plus légitime.

— Je vais y réfléchir, répondit-elle.

— Quoi que tu décides, je te conseille d'agir dans la plus grande discrétion. Mon père est un véritable requin. S'il apprend que tu vends et qu'il décide d'acquérir la propriété, il ne reculera devant rien pour parvenir à ses fins.

Cette recommandation ne surprit pas Arden outre mesure. Si Clement Mayfair était parvenu à faire fructifier son héritage familial pour devenir l'un des hommes les plus riches et les plus influents de la ville, ce n'était certainement pas en jouant les enfants de chœur.

— Merci du conseil, répondit-elle.

— Il n'y a pas de quoi. Tu peux compter sur moi pour ne rien dire à personne.

Calvin jeta un coup d'œil à sa montre.

— Il se fait tard, lui dit-il. Je vais te laisser. Si tu as le temps, un de ces jours, n'hésite pas à passer me voir à la galerie. J'aimerais beaucoup te montrer l'un des tableaux que j'ai peints.

— Je ne savais pas que tu peignais, s'étonna Arden.

— À force d'acheter et de vendre des œuvres d'art, j'ai fini par m'y essayer, répondit-il modestement. Je ne suis pas Van Gogh mais je me débrouille. J'ai même réussi à trouver des gens assez fous pour acheter mes toiles.

— Je serais ravie de les voir, en tout cas.

Calvin tira un beau portefeuille en cuir de la poche intérieure de sa veste en lin. Il en sortit une carte de visite qu'il tendit à Arden.

— Passe quand tu veux, lui dit-il. Tu seras toujours la bienvenue. Mais j'imagine que nous nous recroiserons au bal avant cela.

— Au bal ? répéta-t-elle, surprise.

— Le bal du maire, précisa son oncle. Chaque année, il est organisé dans un endroit différent. Cette fois-ci, c'est chez mon père. Il y aura à cette occasion une levée de fonds pour la création d'un nouvel arboretum.

— Je ne sais pas si j'y serai conviée, remarqua Arden.

— Si tu es toujours à Charleston à ce moment-là, tu le seras forcément. Vis-à-vis de ses concitoyens, mon père ne peut pas se permettre de ne pas t'inviter. Cela paraîtrait bien trop mesquin, maintenant qu'Evelyn n'est plus là…

Arden hocha la tête, songeant que pour les mêmes raisons, il lui serait très difficile de décliner une telle invitation. L'idée de se rendre à un bal ne l'enthousiasmait pourtant pas du tout – a fortiori si ce bal était organisé chez son grand-père.

— J'avoue que je suis très curieux d'assister à vos retrouvailles, remarqua alors Calvin avec un sourire amusé.

— Pourquoi donc ?

— Parce que Clement Mayfair est habitué à ce que tout le monde fasse ses quatre volontés. Mais quelque chose me dit que tu as suffisamment de tempérament pour lui tenir tête, le cas échéant.

Elle ne put réprimer un sourire.

— Les Berdeaux ont toujours eu la tête dure, lui rappela-t-elle.

— Je suis bien placé pour le savoir, acquiesça Calvin. Mais j'avoue que lorsqu'il s'agit de mon père, je préfère généralement l'évitement à la confrontation.

Quoi qu'il en soit, je suis heureux que tu sois de retour à Charleston, Arden.

— Moi aussi, lui dit-elle, surprise par sa propre réponse.

C'était pourtant la vérité. Revenir ici n'avait pas été facile et lui avait pris beaucoup de temps. Mais, au fond, elle partageait l'analyse de son oncle : il était peut-être temps pour elle comme pour lui de tourner la page et d'affronter les fantômes du passé. Et si elle devait le faire, ce ne pouvait être qu'ici, à Charleston.

# 4

Reid se gara dans la cour située sur l'arrière de sa nouvelle maison et observa avec attention la bâtisse dont il avait fait l'acquisition. C'était une très belle demeure de style colonial qui avait connu des jours meilleurs. S'il voulait lui rendre son lustre passé, il aurait encore beaucoup de travaux à faire. Mais c'était ce qui lui avait permis de l'acheter pour un prix relativement raisonnable.

Les aménagements qu'il avait déjà réalisés lui avaient permis d'installer ses bureaux au rez-de-chaussée et son appartement au premier étage. Il disposait de bien plus de surface que nécessaire, pour le moment, mais il comptait bien embaucher quelques collaborateurs, dès qu'il aurait suffisamment de clients.

Quant à l'appartement, il demeurerait probablement toujours trop grand. La seule femme avec laquelle il avait jamais imaginé pouvoir fonder une famille lui avait clairement fait comprendre ce soir-là qu'elle n'était plus intéressée et qu'il n'avait aucune chance de réparer ce qui s'était brisé entre eux, des années auparavant.

Cela ne l'avait pas étonné outre mesure. Après tout, si elle avait vraiment voulu se réconcilier avec lui, elle n'aurait probablement pas cherché à l'éviter comme elle l'avait fait jusqu'à ce jour.

Il se répéta sans trop y croire que cela n'avait pas d'importance, qu'il était uniquement venu pour la mettre en garde.

Peut-être avait-il eu tort de le faire, d'ailleurs. Car le simple fait de la revoir avait réveillé des doutes et des sentiments qu'il avait cru disparus. C'était probablement pour s'en défendre qu'il s'était gardé de venir lui présenter ses condoléances, le jour de l'enterrement d'Evelyn Mayfair.

Malheureusement, il ne s'était pas montré aussi prudent, cette fois-ci, et les souvenirs qu'avaient fait resurgir leur rencontre mettraient probablement longtemps à s'effacer.

C'était absurde, bien sûr. Quatorze ans s'étaient écoulés depuis qu'ils s'étaient séparés. Arden n'était plus la même personne que celle qu'il avait aimée à l'époque. Elle avait grandi et avait probablement acquis des goûts et des valeurs différents de ceux de l'adolescente qu'elle était autrefois.

Il savait qu'elle n'était pas mariée et qu'elle n'avait jamais eu d'enfants. Mais rien ne lui permettait de penser qu'elle n'avait pas un petit ami ou un fiancé qui l'attendait à Atlanta.

Cette possibilité fit naître en lui une sensation légèrement nauséeuse. Curieusement, il n'avait pas envisagé cette éventualité auparavant. Or une femme aussi belle et intelligente qu'elle ne devait avoir aucun mal à trouver des prétendants…

Car Arden Mayfair lui paraissait plus séduisante et plus désirable qu'elle ne l'avait été à dix-huit ans. Loin de se flétrir, sa beauté s'était trouvée renforcée par la maturité.

Une fois de plus, il se répéta que tout était peut-être pour le mieux. Aujourd'hui comme hier, Arden avait probablement le pouvoir de lui briser le cœur. Elle l'avait fait, quatorze ans plus tôt, lorsqu'elle l'avait laissé tomber sans même lui donner une chance de se justifier.

Certes, il aurait pu prendre l'initiative d'une telle discussion, aller la trouver et plaider sa cause. S'il ne l'avait pas fait, c'était probablement en partie par fierté, parce qu'il voulait préserver le peu de dignité qu'il lui restait. Mais c'était également parce qu'il avait peur qu'elle ne le repousse pour de bon.

Avec le temps, il avait fini par comprendre qu'elle aussi se sentait probablement perdue, à cette époque. Elle avait perdu un enfant, et il n'avait pas su trouver les mots et les gestes pour la réconforter. Tout comme lui, elle manquait alors de la maturité nécessaire pour affronter un tel drame. Et elle avait préféré faire table rase et repartir à zéro.

Mais cette idée avait été nettement plus facile à accepter lorsque Arden et lui s'étaient trouvés séparés par près de quatre cents kilomètres. Il n'était pas sûr de la façon dont il réagirait si elle décidait brusquement de changer ses plans et de venir s'installer à Charleston.

Réprimant un soupir, Reid descendit de voiture. Il fut surpris par l'obscurité qui régnait dans la cour. De gros nuages étaient venus s'interposer devant la lune, réduisant drastiquement la visibilité. De plus, la veille, il avait retrouvé l'ampoule de la lampe extérieure brisée. Il soupçonnait Dave Brody d'en être responsable.

Ce n'était pourtant pas tant l'ancien détenu qui l'inquiétait, maintenant qu'un véritable meurtrier se promenait dans les parages. L'idée qu'un tel assassinat ait pu être commis dans le voisinage l'intriguait beaucoup. Il avait justement choisi ce quartier parce que c'était l'un des plus tranquilles de la ville.

Mais c'était peut-être là un autre point commun avec le mode opératoire de Finch qui choisissait ses victimes exclusivement dans les beaux quartiers où lui-même travaillait comme jardinier.

Reid traversa à grands pas la cour et gravit les marches qui conduisaient au porche. Après être entré dans la maison, il prit soin de fermer la porte à double tour derrière lui. Il alluma les lumières du rez-de-chaussée pour chasser la pénombre et alla se chercher une cannette de bière à la cuisine.

Il gagna ensuite son bureau et se laissa tomber dans le fauteuil en cuir fatigué mais confortable qu'il avait acheté chez un brocanteur. Il n'avait conservé aucun des meubles contemporains dont il avait fait l'acquisition pour décorer le loft qu'il occupait auparavant.

Au fond, il ne s'était jamais senti vraiment chez lui dans cet appartement dépouillé, fonctionnel et sans âme. Il préférait les vieilles maisons comme celle-ci, qui avaient une âme et un caractère bien à elles.

Dépliant le journal local qu'il avait acheté en revenant de chez Arden, il le parcourut rapidement. Le meurtre qui avait été commis la veille au soir était bien mentionné dans un entrefilet qui ne mentionnait quasiment aucun détail. Il n'était question ni de l'identité de la victime, ni de la présence du pétale de magnolia.

Le journaliste se contentait d'indiquer que la police n'avait aucun suspect à ce stade de l'enquête mais qu'elle interrogerait tous ceux qui avaient pu être en contact avec la victime.

Pour se changer les idées et tenter d'oublier sa rencontre avec Arden, il lut en diagonale le reste des articles. Mais lorsqu'il reposa le journal, il s'aperçut qu'il était encore tôt. Il résista à la tentation d'aller se chercher une autre bière.

Il avait déjà beaucoup trop bu, la veille, dans le bar où il était allé fêter son départ de Sutton & Associés en compagnie des rares employés du cabinet avec lesquels il avait sympathisé. À vrai dire, il se rappelait à peine son retour en taxi.

Il était grand temps de diminuer drastiquement sa consommation d'alcool qui était montée en flèche au cours de ces dernières années, tant parce qu'il assistait à des nombreuses soirées dans le cadre de son travail que parce que, en buvant, il parvenait à évacuer une partie du stress qu'il accumulait chaque jour au sein du cabinet paternel.

En s'installant à son propre compte, il s'était promis de boire moins, de dormir plus longtemps et de faire plus de sport. Il s'était d'ailleurs remis à courir, ce qui lui faisait un bien fou.

Quittant son bureau, il monta à l'étage pour prendre une douche. Après avoir enfilé un caleçon et un T-shirt propres, il alla s'installer sur la balancelle du balcon de sa chambre. Les pieds posés sur la rambarde en fer forgé, les mains croisées derrière la nuque, il observa pensivement les nuages qui dérivaient dans le ciel.

Ce balcon était l'un des détails qui l'avaient séduit lorsqu'il avait découvert cette maison. C'était rapidement devenu l'un de ses endroits préférés, et il venait s'y installer presque chaque jour pour profiter de l'air qui se rafraîchissait légèrement en début de soirée. De là, il pouvait observer les alentours tout en réfléchissant à tête reposée aux dossiers en cours.

Mais ce soir-là, il ne tarda pas à constater qu'il régnait sur le quartier un calme étonnant. Il n'y avait personne dans les rues avoisinantes, et même les chats qui avaient coutume de se battre paraissaient avoir conclu une trêve. On n'entendait pas d'éclats de voix ou de musique.

La ville paraissait suspendre son souffle, comme si quelque chose de terrible était sur le point de se produire. Reid tenta de se convaincre qu'il ne s'agissait que d'une impression, que ce silence n'avait rien d'inquiétant. Mais le souvenir du meurtre le hantait.

Il était possible que les habitants du quartier aient lu l'article à ce sujet ou qu'ils en aient entendu parler par des proches ou des collègues. Après tout, Charleston était une ville aux proportions réduites, et ce genre de rumeur se répandait très rapidement.

Que penseraient-ils s'ils apprenaient que l'on avait retrouvé ce pétale de magnolia sur la victime ? À l'époque des meurtres du crépuscule, la cité tout entière avait vécu durant plusieurs semaines dans un état proche de la psychose…

Reid se redressa et fouilla des yeux les alentours. Il ne tarda pas à repérer une silhouette qui se tenait dans l'ombre de la ruelle qui s'ouvrait presque en face de chez lui. Plissant les yeux, il s'efforça d'apercevoir le moindre détail qui aurait pu le renseigner sur l'identité de la personne qui se trouvait là. En vain.

Il était cependant convaincu de savoir précisément de qui il s'agissait. Refusant de se laisser intimider, il quitta la balancelle, traversa sa chambre et dévala l'escalier pour gagner l'entrée. Malheureusement, Dave Brody avait dû anticiper sa réaction car, lorsqu'il se retrouva sur le perron, Reid n'aperçut aucune trace de lui.

Il hésita quelques instants avant de s'élancer à sa poursuite. Il connaissait bien le quartier et, si Brody n'était pas garé à proximité, il aurait probablement de bonnes chances de le rattraper.

Il n'y avait personne dans la ruelle, et il la remonta en courant. En débouchant dans la rue perpendiculaire, il eut tout juste le temps d'apercevoir Brody qui s'engouffrait dans une autre ruelle située quelques maisons plus loin. Reid s'élança aussitôt à sa suite.

Ce n'est qu'en parvenant devant l'embouchure de la ruelle en question qu'il prit conscience de l'endroit où il se trouvait. Un morceau de rubalise jaune barrait le passage, indiquant qu'il s'agissait d'une scène de crime. Une fois de plus, Brody semblait s'être évaporé.

Reid hésita de nouveau. En franchissant ce ruban, il savait pertinemment qu'il commettrait un délit. Mais à cette heure il y avait peu de chance pour que quelqu'un l'aperçoive. Les façades qui donnaient sur la ruelle étaient presque entièrement aveugles, ce qui expliquait en partie l'absence de témoins.

Refusant de laisser Brody lui échapper, Reid passa sous la rubalise et s'avança dans la ruelle. Il ne pouvait se permettre de perdre trop de temps car dans sa précipitation, il n'avait pas pris le temps de fermer à clé la porte d'entrée de sa maison. Il se demanda si ce n'était pas précisément ce qu'avait espéré Brody. Qui sait ? À l'heure actuelle, il était peut-être en train de fouiller les lieux.

Reid pressa le pas, prenant soin de demeurer du côté le plus sombre de la ruelle. Mais la pénombre qui régnait à cet endroit n'était pas assez épaisse pour masquer les taches qui maculaient le trottoir. Il comprit aussitôt qu'il s'agissait du sang de la victime. Un frisson d'horreur glissa le long de sa colonne.

Il prit conscience du fait qu'il était seul et sans arme dans une rue que personne n'était censé fréquenter. Si Brody était armé, s'il s'était embusqué quelque part avec l'intention de l'attaquer, Reid n'aurait quasiment aucune chance de s'en sortir indemne.

Comprenant un peu tard qu'il avait commis une erreur, il fit mine de faire demi-tour.

— Bonsoir, maître, fit une voix ironique.

Il reconnut aussitôt celle de Brody et se tourna vers l'endroit d'où elle semblait provenir. La silhouette de l'homme se détacha de l'ombre dans laquelle il s'était dissimulé. Reid ne pouvait distinguer ni son visage, ni les tatouages qui recouvraient ses bras nus mais il devinait au son de sa voix le rictus moqueur qui devait se peindre sur ses lèvres en cet instant.

— Qu'est-ce que vous faites ici, Brody ? demanda-t-il sèchement.

— Je pourrais vous retourner la question, ironisa son interlocuteur. Quant à moi, j'ai juste décidé de sortir prendre l'air. J'ai toujours aimé ce quartier. Les rues sont tranquilles, les gens plutôt sympathiques… Peut-être devrais-je me mettre à la recherche d'un appartement dans les parages. Qu'est-ce que vous en pensez ?

L'idée d'avoir Brody pour voisin rendait Reid malade. Mais il était persuadé que l'autre cherchait juste à le provoquer.

— Je vous ai vu surveiller ma maison, déclara-t-il.

— C'est que je la trouve assez jolie, rétorqua Brody sans se démonter le moins du monde. J'espère pouvoir me dégoter quelque chose du même genre, un de ces jours.

— Il y a des lois contre le harcèlement, vous savez, lui signala Reid. Si vous allez trop loin, je pourrais contacter votre agent de probation et faire en sorte que vous retourniez en prison.

— Très franchement, je ne suis pas très inquiet,

cher maître. Vous savez, j'ai eu beaucoup de temps à tuer en prison. Alors j'ai décidé d'apprendre mes droits pour arrêter de me faire entuber par des gens comme votre père et vous. Je sais exactement jusqu'où je peux aller tout en restant dans la légalité…

— Dois-je vous rappeler que vous vous trouvez sur une scène de crime ? C'est un délit.

— Et alors ? Vous comptez appeler la police pour le leur signaler. Si tel est le cas, il vous faudra leur expliquer pourquoi vous aussi, vous avez enfreint cette loi. Et contrairement à moi, vous avez peut-être de vraies raisons de l'avoir fait…

La note légèrement menaçante qui perçait dans la voix de Brody éveilla la méfiance de Reid.

— Qu'est-ce que vous voulez dire, exactement ?

— Que contrairement à moi, vous aviez un lien avec la victime, répondit Brody d'un ton narquois.

— Qu'est-ce que vous racontez ? s'exclama Reid. L'identité de cette femme n'a même pas été dévoilée par la presse. Ils ne disent même pas comment elle a été tuée. Et je ne vois pas comment vous seriez au courant, à moins bien sûr que vous ne soyez le coupable…

— Je n'ai pas pour habitude de m'en prendre aux femmes sans défense, rétorqua durement Brody. Ce n'est pas moi qui l'ai tuée. En revanche, on peut dire que je me suis trouvé au bon endroit, au mauvais moment…

Brody fit un pas en avant, et la lueur du lampadaire révéla un visage buriné surmonté d'une coupe en brosse très courte. Il portait une veste militaire, un jean noir et des rangers fatiguées. Ses bras étaient couverts, ne laissant pas apparaître ses tatouages. Mais il en avait un sur le cou en forme de toile d'araignée et un autre sur sa tempe droite – trois points qui devaient probablement signaler son appartenance à un gang de détenus.

— C'est que, vous voyez, hier soir, j'étais dans ce bar situé sur Upper King Street…

Reid ne put s'empêcher de tiquer. C'était celui dans lequel il avait fêté son départ en compagnie de ses collègues.

— Oui, ce bar-là, confirma Brody avec un sourire cruel. Vous aviez l'air de bien vous amuser avec vos amis. Et vous ne regardiez pas à la dépense. C'est bien d'avoir les moyens… En tout cas, je n'étais pas le seul à avoir repéré votre petit groupe. Une fille était assise au bar qui vous dévorait littéralement des yeux. Au bout d'un moment, elle est venue vous aborder. Vous devez vous souvenir d'elle. Elle était plutôt mignonne, avec des cheveux très blonds, presque blancs.

La description de Brody lui rappelait effectivement quelque chose.

— Comment se fait-il que je ne vous aie pas vu ? demanda-t-il.

Brody secoua doucement la tête.

— Croyez-moi, lorsque je ne tiens pas à ce que l'on me remarque, je sais me montrer très discret.

— Je vous ai vu, tout à l'heure, objecta Reid.

— Qui vous dit que ce n'était pas fait exprès ?

Reid sentit croître la nervosité qui l'habitait. Il avait la désagréable impression que Brody était en train de jouer au chat et à la souris avec lui.

— Tenez, cela vous rafraîchira peut-être la mémoire, lui dit ce dernier en sortant de la poche de son blouson une photo qu'il lança dans sa direction.

Elle tomba aux pieds de Reid qui s'accroupit pour la ramasser. Il reconnut aussitôt le décor du bar de la veille. Lui-même se trouvait au centre de l'image, entouré de plusieurs amis.

Juste derrière lui, accoudée au comptoir, une femme aux cheveux blonds l'observait. Elle était effectivement venue lui parler alors qu'il était en train de commander une tournée, et il l'avait gentiment éconduite.

— Alors ? Vous vous souvenez d'elle ?

Reid hocha la tête.

— Qui est-ce ?

— Qui était-ce ? serait plus juste, rétorqua Brody.

— Qu'est-ce que vous lui avez fait ?

— Je vous l'ai dit : rien du tout. Mais lorsque je suis arrivé dans le quartier, ce matin, j'ai remarqué qu'il y avait de l'agitation de ce côté-ci. Forcément, ça a éveillé ma curiosité. Je suis venu voir ce qui se passait et j'ai trouvé la police en train de boucler la scène de crime. La victime n'était pas encore recouverte et devinez qui c'était ?

Reid ne put réprimer un frémissement.

— Bizarre, non ? poursuivit Brody. Une fille vous aborde dans un bar et voilà qu'on la retrouve morte dans une ruelle située à quelques dizaines de mètres de chez vous…

Il secoua la tête d'un air faussement désolé.

— Un sacré gâchis, si vous voulez mon avis. Elle était plutôt mignonne. Pas autant que la fille que vous êtes allé voir, un peu plus tôt dans la journée, notez bien…

— Vous m'avez suivi ? articula Reid.

Il avait le sentiment désagréable qu'un piège était sur le point de se refermer sur lui. Se pouvait-il vraiment que Brody soit assez fou pour tuer une femme de sang-froid et lui faire ensuite porter le chapeau ?

— Je tenais à m'assurer que vous n'auriez pas de

problème. C'est que je vous considère comme un investissement, vous voyez…

— Non, justement, je ne vois pas du tout.

— J'ai besoin de votre aide, Sutton.

Reid le considéra avec méfiance.

— Quel genre d'aide, exactement ?

— Je veux que vous m'aidiez à rétablir la justice.

— Venant de vous, c'est plutôt surprenant. Vous n'avez pas vraiment été un prisonnier modèle, à ce que je sache.

Brody haussa les épaules.

— Tout ça, c'est du passé. Je veux prendre un nouveau départ. Et, étant donné ce qui s'est passé hier soir, je sais que je peux compter sur vous pour me donner un coup de main.

— Il ne s'est rien passé, hier soir.

— Oh ! si. Cette fille ne s'est pas contentée de vous faire les yeux doux et de venir vous parler, Sutton. Je l'ai vu verser quelque chose dans votre verre.

— Pardon ? articula Reid, sidéré.

— Vous ne vous seriez pas réveillé avec un sacré mal de tête, ce matin ? Vous n'auriez pas du mal à vous rappeler ce qui vous est arrivé, hier soir ?

Reid fronça les sourcils. Il avait effectivement des souvenirs assez flous de la façon dont s'était déroulée la fin de sa soirée de la veille. Il se rappelait vaguement avoir pris un taxi. Lorsqu'il était descendu devant chez lui, il avait entendu des miaulements de chats en train de se battre. Puis… Il avait dû monter se coucher parce qu'il ne se rappelait plus rien avant l'atroce migraine avec laquelle il s'était réveillé ce matin-là.

Il se souvenait avoir entendu des sirènes – probablement celles des policiers qui étaient venus inspecter la scène de crime. Il avait la bouche affreusement sèche et la nausée et il avait dû passer près d'un quart d'heure sous la douche avant de se sentir suffisamment d'attaque pour aller se faire un café.

Mais pourquoi cette fille l'aurait-elle drogué ? N'était-ce pas plutôt Brody qui l'avait fait avant de tuer cette malheureuse ?

— Si je comprends bien, vous vous trouviez par hasard dans un bar où vous avez vu une fille tenter de me droguer, résuma-t-il, histoire de gagner un peu de temps.

— Je n'étais pas là par hasard, objecta Brody. Je vous ai suivi jusque là-bas. Je vous ai dit que je vous tiendrais à l'œil, n'est-ce pas ? Quant à la blondinette, je ne l'avais jamais vue auparavant. J'ignore ce qu'elle espérait obtenir en vous droguant. Peut-être voulait-elle juste vous piquer votre portefeuille. Après tout, il était évident que vous aviez pas mal de liquide sur vous…

— Mais ? l'encouragea Reid qui percevait ses doutes.

— Mais étant donné qu'elle a été retrouvée morte le lendemain matin, j'imagine plutôt qu'elle travaillait pour quelqu'un d'autre. Quelqu'un qui ne recule devant rien pour parvenir à ses fins. On dirait que vous avez le chic pour vous faire des ennemis, cher maître…

Reid chercha vainement qui était susceptible de s'en prendre à lui de cette façon. Mais il n'avait plaidé que peu de dossiers au pénal – et jamais pour de grands criminels.

— Il est possible que la fille ait été chargée de rentrer avec vous. Lorsque celui qui l'avait engagée a découvert qu'elle n'y était pas parvenue, il l'a tuée. Ou bien alors, il comptait la tuer dès le départ et vous impliquer.

— Mais je ne connaissais pas cette fille.

Brody haussa les épaules.

— Il suffira que quelques témoins se rappellent vous avoir vu discuter ensemble pour que vous deveniez un suspect. Et très franchement, si quelqu'un vous voit rôder autour de la scène de crime, cela n'arrangera pas votre cas…

Reid hésita, se demandant si Brody n'était pas en train de se moquer de lui. Peut-être avait-il inventé cette histoire de toutes pièces. La fille du bar n'était peut-être même pas la victime.

— Rien ne me prouve que vous dites la vérité, déclara-t-il enfin. Considérant nos rapports passés, je serais plutôt tenté de parier que vous me mentez.

— Pariez ce que vous voulez, répondit Brody d'un ton assuré. Tôt ou tard, la police finira par diffuser la photo de cette fille. Ou alors, on vous la montrera lors d'une enquête de voisinage. Et vous comprendrez que je dis vrai. Mais s'il n'y a qu'une vérité il y a deux façons distinctes de la présenter…

Reid avait la sensation presque physique que les mâchoires du piège tendu par Brody étaient en train de se refermer sur lui.

— Je peux aller trouver la police pour leur montrer une photo de la blonde et vous en train de discuter dans le bar. Ou alors, je peux leur fournir en cas de besoin une photo où l'on voit la fille verser de la drogue dans votre verre. Inutile de vous dire que ces deux témoignages auraient des conséquences diamétralement opposées.

Un sourire sans joie se dessina sur les lèvres de Brody.

— Vous commencez à comprendre comment marche la justice ? Une simple preuve de plus ou de moins peut faire toute la différence dans un procès. Si votre cabinet avait fait témoigner la personne que je vous avais demandé de faire comparaître, je ne me serais jamais retrouvé en prison.

— La police ne pourra jamais prouver que j'ai tué cette femme, objecta Reid d'une voix plus assurée qu'il ne l'était réellement. Les preuves dont vous parlez sont purement circonstancielles.

— Cela suffit parfois à obtenir une condamnation, rétorqua Brody. Mais même si tel n'est pas le cas, vous serez un homme fini, Sutton. Personne ne voudra recourir aux services d'un avocat mêlé à une sombre affaire de meurtre. Et croyez-moi, la police de Charleston se fera un plaisir de rendre votre arrestation publique. La seule chose que les flics détestent plus que les criminels, ce sont les avocats…

Reid ne pouvait nier qu'un tel scandale nuirait à sa réputation et sonnerait peut-être le glas de son nouveau cabinet.

— Je vois que vous avez beaucoup réfléchi à tout ça, murmura-t-il.

— Pas du tout. Et c'est ça le plus incroyable. L'homme qui a cherché à vous piéger m'a fait une fleur sans même s'en douter. Il faut croire que ma chance est enfin en train de tourner…

— Je vous rappelle qu'une femme est morte !

— Des gens meurent tous les jours, cher maître. Et je vous rappelle que celle-ci avait accepté de vous piéger.

Reid soupira intérieurement. Brody avait réponse à tout.

— Qu'attendez-vous de moi, au juste ? lui demanda-t-il enfin.

— Heureux de voir que vous avez décidé de vous montrer raisonnable, approuva Brody. Cela devrait nous faire gagner un temps précieux. Ce que j'attends de vous est assez simple. Vous avez travaillé pour le cabinet de votre père jusque très récemment. Vous savez donc où sont conservés les dossiers. Vous connaissez les mots de passe. Alors j'aimerais que vous découvriez ce qui est arrivé au seul témoin qui aurait pu confirmer ma version des faits et prouver mon innocence. Elle s'appelle Ginger Vreeland mais je doute qu'elle emploie toujours le même nom aujourd'hui. Elle a disparu la veille du jour où elle était censée témoigner en ma faveur.

— Peut-être a-t-elle pris peur et a-t-elle décidé de quitter la ville, remarqua Reid. Cela arrive régulièrement, vous savez.

— Ce n'est pas le style de Ginger. Cette fille n'avait pas froid aux yeux et elle était loyale envers moi. Nous avons grandi ensemble, et elle ne m'aurait jamais trahi – à moins que quelqu'un ne lui ait fait une offre qu'elle ne pouvait refuser. J'ai essayé de la retrouver mais je n'y suis pas parvenu. Ses anciennes collègues sont muettes comme des tombes. J'ai même engagé un privé pour qu'il la retrouve mais il m'a dit qu'elle avait littéralement disparu de la surface de la terre. Cela ne peut signifier que deux choses : soit elle est morte, soit quelqu'un qui disposait de beaucoup d'argent et de contacts s'est arrangé pour lui offrir une nouvelle vie.

— Et vous pensez que c'est le cas ?

— Je suis même convaincu que c'est Boone Sutton, votre père, qui s'en est occupé.

Reid le considéra avec stupeur.

— Si vous croyez que mon père aurait volontairement perdu un procès qu'il pouvait gagner, c'est que vous le connaissez vraiment très mal. Pour lui, c'est la victoire qui est ce qu'il y a de plus important, bien plus que la culpabilité ou l'innocence de ses clients.

— Je sais, acquiesça Brody. J'ai attentivement étudié la plupart des affaires dont il s'est occupé. Et je suis parfaitement d'accord avec vous : il n'aurait jamais saboté un procès s'il n'avait pas eu une raison impérieuse de le faire.

— Quel genre de raison ?

— Il se trouve que Ginger était une prostituée de luxe. Ses services étaient très appréciés par nombre de personnes très en vue de Charleston. Vous seriez sans doute surpris en apprenant certains de ces noms. Quoi qu'il en soit, votre père en faisait partie. Et je peux vous dire que s'il y a quelque chose qui lui importe plus encore que la victoire au tribunal, c'est la préservation de sa réputation.

Reid fut tenté de protester mais se ravisa aussitôt. Il se rappelait parfaitement toutes les fois où son père ne rentrait pas de la nuit, prétextant généralement un excès de travail. Il se souvenait aussi des violentes disputes qui éclataient régulièrement entre ses parents et qui, au fil du temps, avaient fini par laisser place à la résignation et à l'indifférence.

Cela faisait des années que leur mariage n'était plus qu'un faux-semblant qui ne servait qu'à leur donner un vernis de respectabilité. Il n'y aurait donc rien eu de très étonnant à apprendre que son père fréquentait une call-girl de luxe.

Et si quelqu'un avait les moyens de faire disparaître une personne, c'était bien Boone Sutton. Il disposait de contacts à travers tout le pays et au sein des principales administrations fédérales.

— Rien ne dit que le témoignage de cette demoiselle Vreeland aurait permis de vous innocenter, objecta Reid. Dans mon souvenir, les preuves qui pesaient contre vous étaient solides. Le procureur aurait également cherché à décrédibiliser cet unique témoin, notamment en mettant sa moralité en doute. Il est plus que probable que le procès se serait soldé strictement de la même façon.

Brody le considéra d'un air méprisant, presque apitoyé.

— La question n'est pas là, déclara-t-il. Je méritais un procès équitable. Je méritais un avocat qui fasse passer les intérêts de son client avant les siens. Mes droits ont été bafoués, et ce n'était même pas par l'accusation, cette fois-ci !

— Je comprends votre colère, concéda Reid qui ne pouvait nier la légitimité de telles revendications. Mais je ne suis pas sûr de pouvoir vous aider. Comment voulez-vous que je retrouve une personne qui a disparu depuis près de dix ans et qui se cache ? Je ne travaille plus pour mon père. À vrai dire, nous nous parlons à peine. Le jour où il m'a mis à la porte, il a récupéré mon trousseau de clés. Il a fait changer les codes d'accès du serveur et il m'a fait escorter par des agents de sécurité jusqu'à la porte de l'immeuble. Même si je parvenais à me glisser discrètement dans le bâtiment, je ne pourrais pas accéder au moindre dossier…

— Vous vous débrouillerez, lui assura Brody. Vous êtes un homme plein de ressources, Reid Sutton. À votre place, je commencerais par le bureau que votre père doit avoir chez lui. C'est un homme intelligent et prudent mais il est de la vieille école. Je suis certain qu'il conserve des copies des dossiers les plus sensibles sur lesquels il a travaillé. Et ils seront bien moins protégés chez lui que sur le serveur de son cabinet.

— Vous me demandez de trahir la confiance de mon père, protesta Reid.

Brody éclata d'un rire sardonique.

— Dois-je vous rappeler qu'il vous a ôté la sienne ? Que c'est pour cela que vous ne faites plus partie de son cabinet ? Je vous offre l'opportunité de lui faire regretter son arrogance. Qu'en dites-vous ?

Reid ne répondit pas.

— Je ne vous demande pas une réponse dès à présent, lui dit-il. Réfléchissez-y tranquillement et prenez une décision d'ici demain matin. Je vous appellerai pour savoir ce qu'il en est. En attendant, vous devriez garder cette photo pour vous rappeler les risques que vous courez.

Reid baissa les yeux vers la photo qu'il tenait toujours à la main.

— À votre place, je me débarrasserai aussi du mot que la fille vous a donné. Cela ne plaiderait pas en votre faveur si la police tombait dessus…

— De quel mot voulez-vous parler ? lui demanda Reid, surpris.

— De celui qu'elle a glissé dans votre poche, au bar. Sur le moment, j'ai pensé qu'il s'agissait juste de son numéro de téléphone. Mais à la lueur des derniers événements, il s'agit peut-être de tout autre chose…

# 5

Lorsque Reid trouva enfin la force de sortir de son lit, le lendemain matin, il était déjà 9 heures passées. Il détestait se lever aussi tard : cela lui donnait l'impression d'avoir perdu la moitié de la matinée. Mais la nuit qu'il venait de passer n'avait pas été de tout repos.

Après avoir quitté Brody, il était rentré chez lui et avait fouillé la maison à la recherche du fameux mot que la jeune femme aux cheveux blonds était censée avoir glissé dans sa poche.

Il avait commencé par fouiller les poches de la veste et du pantalon qu'il portait ce soir-là. En vain. Il avait ensuite regardé dans les armoires et sous les meubles, partout où le message aurait pu glisser.

Contrairement aux bonnes résolutions qu'il avait prises, il s'était alors servi un verre pour se remonter le moral. Il avait ensuite repris ses recherches sans plus de succès. Le premier verre avait été suivi d'un second, puis d'un troisième.

Lorsqu'il avait terminé la bouteille, il s'était résigné à aller se coucher et avait sombré dans un sommeil peuplé de vagues cauchemars.

Après avoir avisé l'heure tardive, Reid s'arracha péniblement à son matelas et se traîna jusqu'à la salle de bains où il avala deux aspirines et prit une longue douche brûlante. Il s'habilla ensuite et descendit à la cuisine pour vider une bouteille d'eau minérale tandis que le percolateur lui préparait un pot de café bien fort.

Au bout de la deuxième tasse de ce breuvage revigorant, il commença à se sentir à peu près humain. Il était sur le point de gagner enfin son bureau lorsqu'il entendit sonner à la porte. Il n'attendait pourtant personne, ce matin-là.

Rejoignant l'entrée, Reid alla jeter un coup d'œil à travers le judas de la porte. Sur le seuil se tenait un homme très grand et très mince aux cheveux noirs gominés et au nez en bec d'aigle. Reid avisa alors le badge d'inspecteur de police qui était accroché à sa ceinture.

Il sentit monter en lui une irrépressible bouffée d'angoisse et se demanda si la police était déjà parvenue à faire le rapprochement entre lui et la victime du meurtre ou si Brody avait finalement décidé de le trahir. C'était la première fois de sa vie que la vue de la police l'emplissait d'effroi, et cette réaction n'avait vraiment rien de plaisant.

Il prit une profonde inspiration, se forçant à se détendre, puis ouvrit la porte.

— Bonjour, s'exclama-t-il avec une bonne humeur un peu forcée. En quoi puis-je vous aider ?

Le policier désigna la plaque en cuivre qui était accrochée sur la porte et qui indiquait : « Reid Sutton – avocat à la cour ».

— C'est vous ? s'enquit l'inspecteur d'une voix bourrue.

— Je suis Reid Sutton, confirma ce dernier. Que puis-je faire pour vous, inspecteur… ?

— Graham. J'appartiens à la police de Charleston. J'enquête sur un homicide qui a été commis à proximité d'ici avant-hier soir.

— J'en ai entendu parler, acquiesça Reid en s'efforçant d'adopter un ton parfaitement neutre.

Après avoir vainement fouillé toute la maison, il avait fini par se convaincre que le mot dont lui avait parlé Brody n'avait jamais existé. Or, si tel était le cas, il n'y avait pas de raison de penser que le reste de son histoire soit plus authentique. Il avait probablement juste cherché à lui faire peur.

Malheureusement, pour le moment, il ne pouvait en être absolument certain. Tant qu'il n'aurait pas vu une photographie de la victime du meurtre ou qu'il ne connaîtrait pas son identité, il en serait réduit aux conjectures. Il allait donc devoir redoubler de prudence tout en s'efforçant de glaner ces informations.

— Puis-je vous poser quelques questions ? demanda le policier.

— Bien sûr, répondit Reid. En quoi puis-je vous être utile ?

— Pourrions-nous discuter à l'intérieur ? Il fait une chaleur écrasante, aujourd'hui…

— Entrez, je vous en prie, répondit Reid en s'effaçant pour le laisser passer.

Graham pénétra dans le hall et suivit Reid jusqu'à son bureau.

— Pardonnez le désordre, s'excusa celui-ci en englobant d'un geste de la main les cartons qui étaient entassés dans un coin et les piles de livres qui étaient posées près des étagères. Je n'ai pas encore fini de tout installer.

— Vous venez d'arriver ?

— Je me suis installé, il y a quelques semaines. Mais j'ai eu pas mal de travaux à faire avant de pouvoir ouvrir mes cartons.

— Est-ce que vous occupez aussi l'étage ? s'enquit le policier, curieux.

— Il est réservé à mon appartement privé.

— Et vous travaillez seul ?

— Pour le moment, oui. Mais cela ne devrait pas durer.

— En tout cas, c'est un bien bel endroit que vous avez là, déclara Graham en parcourant d'un œil appréciatif la vaste pièce dans laquelle ils se trouvaient.

— Merci. Puis-je vous offrir quelque chose à boire ? De l'eau ? Un café ?

— De l'eau, ce ne serait pas de refus, répondit le policier.

Reid alla chercher une bouteille et deux verres dans la cuisine voisine. Lorsqu'il revint dans le bureau, il constata que Graham était en train d'observer les livres de droit disposés sur les étagères. Les deux hommes prirent place de chaque côté du bureau, et Reid remplit leurs verres.

— C'est curieux, déclara alors Graham. Il me semble vous avoir déjà vu quelque part. Je ne retiens pas toujours les noms mais je n'oublie jamais un visage…

— C'est possible, répondit Reid. En dehors de la période où je suis parti étudier à l'université, j'ai passé toute ma vie à Charleston. Et cela fait cinq ans que j'exerce le droit. Nous nous sommes peut-être croisés au tribunal.

Le policier hocha la tête.

— Vous devez être de la famille de Boone Sutton, n'est-ce pas ?

— C'est mon père.

L'expression de Graham indiquait très clairement qu'il n'éprouvait guère de sympathie à l'égard de Boone. Cela n'étonna pas Reid outre mesure : la plupart des policiers le considéraient au mieux comme un gêneur, au pire comme un complice des criminels qu'il défendait avec une redoutable efficacité.

— C'est une véritable légende, remarqua Graham.

— Mais il n'est pas très apprécié par les membres de votre profession, à ce que je me suis laissé dire. Vous savez ce qu'on dit : les gens n'aiment pas les avocats… tant qu'ils n'ont pas besoin de recourir à leurs services.

— J'ai déjà entendu ça, en effet, concéda Graham. J'imagine que ce n'est pas tout à fait faux. Quoi qu'il en soit, cela a dû vous faire bizarre de passer des luxueux bureaux de Sutton & Associés sur Broad Street à ici.

— Pour ne rien vous cacher, je préfère mille fois l'ambiance qui règne dans cette maison…

Graham se caressa pensivement le menton.

— Je me souviens à présent, murmura-t-il. Je sais pourquoi votre visage m'est familier…

— Vraiment ?

— Je vous ai arrêté, une nuit, alors que vous rouliez à tombeau ouvert sur l'I-26 au volant d'une voiture de sport. Vous deviez avoir dix-huit ou dix-neuf ans. Je vous ai fait passer un test de sobriété, et vous avez échoué. Vous avez eu vraiment de la chance de ne pas blesser quelqu'un, ce soir-là.

— C'était vous ? s'exclama Reid qui se rappelait parfaitement cet épisode peu glorieux de son existence.

Cela s'était passé peu de temps après sa rupture avec Arden. Il cherchait alors à noyer son chagrin dans l'alcool et les sensations fortes, ce qui lui avait valu de commettre un certain nombre de bêtises qu'il regrettait aujourd'hui. Et Graham avait raison : ce n'était pas uniquement sa vie qu'il avait mise en danger en de telles occasions…

— Vous n'étiez pas un mauvais garçon, reprit Graham. Vous auriez juste eu besoin qu'on vous remette dans le droit chemin. Mais votre père ne voyait apparemment pas les choses de la même façon. Il est intervenu en faisant jouer ses relations, et vous vous en êtes sorti sans même une remontrance. Evidemment, les choses n'ont pas été aussi faciles pour moi. Non content d'outrepasser ses prérogatives, votre père a fait en sorte que je sois sanctionné. Du coup, il m'a fallu cinq ans de plus pour pouvoir devenir inspecteur.

— Je me souviens de ce qui s'est passé cette nuit-là, répondit Reid, mortifié. Vous étiez parfaitement dans votre droit. Je m'étais conduit de façon totalement stupide, et vous avez raison : j'aurais pu faire des victimes. Mais j'ai appris la leçon : après cela, je n'ai plus jamais pris le volant sous l'emprise de l'alcool. Pour ce qui est de l'intervention de mon père, j'ignorais que les choses s'étaient déroulées de cette façon. J'en suis vraiment désolé et je vous présente mes excuses. Vous ne faisiez que votre travail…

Ce mea culpa ne sembla pas convaincre Graham qui le considérait toujours d'un œil réprobateur.

— Le problème, c'est que les gens comme vous ont toujours droit à une deuxième, à une troisième et même à une quatrième chance lorsqu'ils enfreignent la loi. L'argent et le pouvoir suffisent à aplanir presque toutes les difficultés dans cette ville. Et si vous avez appris la leçon, comme vous semblez le penser, ce n'est vraiment pas grâce à votre père. L'attitude des gens comme lui ne rend service à personne, vous savez…

— Je comprends votre position, acquiesça sobrement Reid. Et croyez-le ou non, je suis d'accord avec vous. Un père doit protéger ses enfants, pas leur donner un sentiment de totale impunité. Mais j'imagine que vous n'êtes pas venu pour parler de cette vieille histoire…

— En effet, acquiesça Graham.

— La presse n'a pas dit grand-chose à propos du meurtre, remarqua Reid.

— Cela vaut sans doute mieux, déclara sobrement Graham. Plus les journalistes donnent des détails sur les affaires sur lesquelles nous enquêtons et plus il devient difficile pour nous de faire notre travail. Que savez-vous, au juste ?

— Qu'une femme a été assassinée dans la nuit d'avant-hier. Pas beaucoup plus que cela. Est-ce qu'elle vivait dans le quartier ?

— Il vaut mieux que ce soit moi qui pose les questions, remarqua Graham un peu sèchement.

— Bien sûr, s'exclama Reid en souriant. Désolé, ce doit être la force de l'habitude…

Son interlocuteur demeura imperturbable.

— Où étiez-vous, dimanche soir ?

— Je suis allé retrouver des anciens collègues dans un bar du centre. Nous y avons passé toute la soirée. Nous avons bu quelques verres et mangé un morceau.

— Vers quelle heure êtes-vous rentré chez vous ?

— Un peu plus de minuit, je dirais. Je ne peux pas être plus précis que cela : je ne me rappelle pas avoir regardé l'heure exacte sur ma montre ou mon téléphone portable. En tout cas, les autres avaient décidé de rester encore un peu, mais j'étais fatigué et j'ai appelé un taxi. J'imagine qu'en appelant la compagnie vous pourriez avoir l'heure exacte de la course…

Graham hocha la tête. Reid se demanda si le fait qu'il ne prenne pas de notes était une bonne ou une mauvaise chose.

— En arrivant, avez-vous remarqué quoi que ce soit d'anormal ?

— J'ai entendu deux chats qui se battaient mais cela n'a rien d'étonnant : cela fait plusieurs semaines qu'ils s'écharpent régulièrement.

Graham tira une photographie de la poche intérieure de sa veste et la fit glisser sur le bureau dans sa direction.

— Reconnaissez-vous cette femme ?

Reid comprit que le moment de vérité était arrivé : il allait savoir si Brody lui avait menti ou non. Il ramassa donc le cliché et le considéra très attentivement. Il représentait une femme aux cheveux blonds et aux yeux bleus qui arborait un large sourire. Elle était assez jolie mais pas inoubliable.

Il n'aurait su dire avec certitude s'il s'agissait bien de la même femme que celle qui se trouvait sur le cliché de Brody. Cette dernière avait été photographiée sous un angle totalement différent, de profil, et l'éclairage tamisé du bar ne permettait pas de distinguer ses traits avec beaucoup de précision.

— Est-ce que vous la reconnaissez ?

— Je ne la connais pas, déclara Reid. Mais son visage me paraît vaguement familier. Il est possible que je l'aie croisée auparavant, si elle vivait dans le quartier. Est-ce que vous pouvez me donner son nom ?

— Haley Cooper. Cela vous dit quelque chose ?

— Non, rien du tout, j'en ai peur.

— Elle travaillait dans l'une des boutiques de vêtements de King Street. Sa colocataire nous a dit qu'elle avait quitté leur appartement vers 9 heures, dimanche soir, pour aller retrouver l'un de ses amis dans un bar du quartier. Ce sont les dernières nouvelles que nous ayons d'elle avant qu'elle n'ait été retrouvée morte lundi matin, dans une ruelle située près d'ici.

Graham observa attentivement Reid.

— Est-ce que vous fréquentez les boutiques de King Street ? lui demanda-t-il. Vous auriez pu la rencontrer à cette occasion.

— C'est possible, bien que je n'y aille pas très souvent. Il se peut aussi que son visage me rappelle celui de quelqu'un d'autre…

— Possible, en effet, concéda Graham. Quoi qu'il en soit, le nouveau commissaire devrait faire une déclaration un peu plus tard dans la journée. Mais en attendant, je préférerais que vous gardiez ces informations pour vous. Si jamais quelque chose vous revenait, n'hésitez pas à me contacter.

Graham lui tendit sa carte de visite.

— Je le ferai si je repense à quoi que ce soit, lui assura Reid.

Il se leva et raccompagna l'inspecteur jusqu'à la porte d'entrée. Lorsqu'il ouvrit la porte pour le laisser sortir, il eut la surprise de trouver Arden sous le porche qui s'apprêtait visiblement à sonner. L'espace d'un instant, il tomba en arrêt, frappé par l'irrésistible mélange de charme, de grâce et de beauté qui la caractérisait.

Elle portait une robe estivale jaune toute simple qui mettait parfaitement en valeur sa silhouette athlétique. Avec ses bras nus et ses longues jambes dorés par le soleil, ses cheveux tirés en queue-de-cheval et les adorables taches de rousseur qui constellaient ses pommettes, elle lui paraissait encore plus séduisante que la veille. Il émanait d'elle une impression de fraîcheur et d'assurance qui le renvoya des années en arrière, à l'époque où tous deux s'étaient mis en tête de résoudre ce qu'ils appelaient l'énigme du crépuscule.

— Arden, articula-t-il enfin, qu'est-ce que tu fais là ?

— Je suis passée te dire bonjour, répondit-elle à sa grande surprise.

Étant donné la façon dont s'était déroulée leur rencontre de la veille, il ne s'était pas attendu à la revoir de sitôt.

— J'espère que je ne tombe pas à un mauvais moment, ajouta-t-elle en se tournant vers le policier.

— Je te présente l'inspecteur Graham, lui dit Reid. Il enquête sur un meurtre qui a été commis dans le voisinage. Inspecteur, voici Arden Mayfair, l'une de mes amies d'enfance.

— Enchanté, mademoiselle Mayfair, la salua Graham, visiblement impressionné par la jeune femme.

Celle-ci serra la main qu'il lui tendait.

— Un meurtre ? s'exclama-t-elle alors. C'est inquiétant…

— En effet, confirma sobrement Graham.

— Est-ce que vous avez des suspects, inspecteur ?

— Je ne peux malheureusement pas en discuter pour le moment, répondit-il.

— Bien sûr, s'exclama-t-elle d'un air faussement contrit. Je comprends. Vous ne pouvez pas parler d'une enquête en cours. C'est tout naturel.

Reid ne put s'empêcher de lui jeter un regard admiratif. Elle avait toujours eu le chic pour jouer les ingénues et tirer les vers du nez des personnes les moins coopératives.

— Est-ce que vous habitez dans le quartier ? s'enquit Graham.

— Non. J'habite par là-bas, répondit-elle en désignant d'un geste vague l'extrémité sud de la péninsule. Je suis juste venue rendre visite à Reid. Je voulais jeter un coup d'œil à sa nouvelle maison.

— Vous vous appelez Mayfair. Comme les Mayfair de l'East Bay ?

— Clement Mayfair est mon grand-père, acquiesça-t-elle. Est-ce que vous le connaissez ?

— Bien sûr, railla l'inspecteur. Je suis justement allé dîner chez lui, dimanche…

— Bizarre, rétorqua Arden. Je ne vois aucune trace d'engelures…

La remarque sarcastique prit le policier totalement au dépourvu.

— Je vous demande pardon ?

— L'ambiance chez les Mayfair est souvent glaciale, même au beau milieu de l'été, expliqua-t-elle.

S'il parut un peu décontenancé de l'entendre critiquer aussi ouvertement l'un des hommes les plus puissants de la ville, Graham s'efforça de ne rien laisser transparaître.

— Je vous crois sur parole, conclut-il avant de se tourner vers Reid. Vous ne m'avez pas donné le nom de la compagnie du taxi que vous avez utilisé pour rentrer, remarqua-t-il.

— Les Taxis Verts, répondit Reid. Et je me rappelle même le prénom du chauffeur : c'était Louis.

— Je ne devrais pas avoir trop de mal à le retrouver. Qui sait ? Il a peut-être vu ou entendu quelque chose, après vous avoir déposé.

— Souhaitons-le, acquiesça Reid.

— Mademoiselle Mayfair, monsieur Sutton, les salua Graham.

— Inspecteur, répondirent-ils d'une même voix.

Il descendit les marches et se dirigea vers son véhicule qui était garé non loin de là.

— Pas très cordial, cet inspecteur, commenta Arden lorsqu'il fut hors de portée de voix.

— J'ai l'impression qu'il n'apprécie pas particulièrement les gens de notre espèce.

— Et à quelle espèce appartenons-nous, exactement ?

— À celle des gens qui sont nés au sud de Broad Street avec une cuillère en argent dans la bouche.

Arden haussa les épaules.

— On ne peut pas lui en vouloir, opina-t-elle. Personne ne peut nous supporter. Pas même nous-mêmes, la plupart du temps. Quant à ma cuillère d'argent, je crois bien que je vais devoir la vendre rapidement si je veux pouvoir financer les travaux de rénovation du domaine Berdeaux…

— Je te prêterais bien de l'argent, répliqua Reid d'un ton sarcastique. Malheureusement, j'ai été déshérité.

— Tu parles d'une jeunesse dorée, railla-t-elle. Plus sérieusement, que te voulait ce sympathique inspecteur ?

— Je te l'ai dit : il enquête sur un meurtre qui a été commis dans le quartier.

— Le meurtre dont tu m'as parlé hier ?

Reid hocha la tête, et les yeux d'Arden s'agrandirent sous l'effet de la surprise. Il remarqua à quel point le vert de ses iris était translucide, à la lumière du matin. Il distingua les petites paillettes dorées qui s'y dessinaient et sentit son cœur se serrer dans sa poitrine. Comme chaque fois qu'il se retrouvait face à Arden, il se demanda comment il avait bien pu vivre sans elle.

— Tu ne m'avais pas dit que cela s'était produit dans ton quartier, s'exclama-t-elle.

— Qu'est-ce que cela change ?

— Eh bien… Tout, peut-être, s'exclama-t-elle.

Il lui jeta un regard étonné.

— Tout le monde sait que nous étions très proches, toi et moi. En commettant son crime aussi près de chez toi, le tueur tenait peut-être à ce que tu en entendes parler.

Reid la considéra avec stupeur. Il avait été tellement secoué par les révélations de Brody, la veille, qu'il en avait presque oublié la présence du pétale de magnolia. Si quelqu'un avait réellement cherché à l'atteindre, comme le suggérait Brody, l'utilisation de cet accessoire avait peut-être été délibérée.

Se pouvait-il que l'homme qui, d'après lui, avait engagé la fille du bar ait un rapport quelconque avec l'énigme du crépuscule ?

— Qu'as-tu dit à l'inspecteur, exactement ?

— Que j'ignorais tout de ce meurtre, répondit Reid, troublé. Je ne pouvais pas lui parler de mon informateur au sein de la police. En revanche, il m'a dit qui était la fille qui s'est fait assassiner. Apparemment, elle s'appelait Haley Cooper et travaillait dans un magasin de vêtements sur King Street.

— Mais pourquoi Graham est-il venu te voir, toi ?

— J'imagine qu'il procède à une enquête de voisinage pour tenter de découvrir si quelqu'un a vu ou entendu quelque chose, cette nuit-là.

— J'en doute, objecta Arden. Au cas où tu ne l'aurais pas remarqué, en sortant d'ici, il est directement retourné à sa voiture au lieu d'aller interroger tes voisins.

Reid hésita à lui parler de Brody mais se ravisa. Il ne servait à rien de compliquer les choses tant qu'il n'en saurait pas un peu plus. De plus, en mettant Arden au courant de la situation, il risquait de la mettre elle aussi en danger.

— J'étais peut-être le dernier sur la liste, déclara-t-il. Ou bien, il a brusquement décidé d'aller interroger le chauffeur de taxi qui m'a raccompagné, avant-hier. Comment veux-tu que je le sache ?

Elle le considéra d'un œil légèrement suspicieux mais se garda de tout commentaire.

— Dis-moi, fit-il pour changer de conversation. Pourquoi est-ce que tu es venue ? Je doute que ce soit simplement pour voir ma maison comme tu l'as prétendu.

— Effectivement, acquiesça-t-elle. Je suis venu te faire une proposition.

— Une proposition ? répéta-t-il, passablement étonné. Pourtant, tu semblais surtout très impatiente de te débarrasser de moi, hier soir…

— Ta visite m'a prise complètement au dépourvu, avoua-t-elle. Je ne m'attendais vraiment pas à me retrouver nez à nez avec toi, après toutes ces années. Et puis, tu m'as parlé de ce meurtre, et tous ces souvenirs ont commencé à resurgir… Tu ne pensais tout de même pas que j'allais t'accueillir à bras ouverts puis me mettre à sauter de joie en apprenant que le tueur du crépuscule avait peut-être fait un émule ?

Vu sous cet angle, la froideur dont elle avait fait preuve à son égard s'expliquait effectivement assez bien, fut forcé de reconnaître Reid.

— Écoute, reprit-elle d'un ton conciliant. Je ne suis pas venue me disputer avec toi, bien au contraire. Hier soir, peu de temps après ton départ, j'ai reçu la visite de mon oncle Calvin, le frère de maman. Il m'a expliqué qu'il était revenu vivre à Charleston parce qu'il pensait qu'il était temps pour lui de faire la paix avec son passé. Ça m'a fait réfléchir…

Reid lui jeta un regard étonné.

— Tu as décidé de rester vivre à Charleston ?

— Non, répondit-elle. Mais j'ai décidé de m'accorder un peu de temps pour en décider…

Reid n'était pas certain de savoir ce que lui inspirait cette nouvelle résolution. L'idée qu'Arden vivrait désormais si près de lui l'emplissait d'un mélange d'espoir et d'effroi. Tant qu'elle avait habité à Atlanta, il lui avait été relativement facile de faire comme si elle n'existait pas. À Charleston, il n'aurait plus un tel luxe.

— Tu ne dis rien, remarqua-t-elle.

— Je suis un peu surpris, avoua-t-il. À vrai dire, le terme est faible : je suis stupéfait qu'une simple conversation avec ton oncle que tu n'avais pas revu depuis des années t'ait brusquement convaincue d'opérer un tel changement…

— En fait, cette discussion m'a fait prendre conscience de quelque chose que je sentais déjà confusément, reconnut-elle. Depuis que je suis arrivée à Charleston, j'ai l'impression de me sentir vraiment chez moi. Je me rends compte que cette ville m'a manqué. Ses jardins, ses maisons, la présence de la mer, la gentillesse de ses habitants…

— Je ne te savais pas aussi sentimentale.

— Cela m'arrive, figure-toi, répondit-elle sans relever l'ironie dont il venait de faire preuve. J'imagine que ce doit être un effet de l'âge. Si tu veux tout savoir, il m'arrive même de regretter l'époque où nous étions ensemble.

La fausse désinvolture avec laquelle elle venait de prononcer ces mots eut probablement l'effet qu'elle escomptait. L'espace de quelques instants, Reid demeura silencieux, ne sachant trop comment réagir à cette déclaration aussi inattendue que fracassante. Arden avait toujours eu le don de le déstabiliser et, visiblement, l'âge n'avait pas émoussé ce talent.

— Qu'est-ce que tu mijotes, exactement ? lui demanda-t-il enfin.

— Invite-moi à entrer, et je te l'expliquerai, répondit-elle en lui décochant l'un de ces sourires qui avaient le don de le faire fondre intérieurement.

Alors qu'il s'apprêtait à répondre, un frisson glacé le parcourut de la tête aux pieds. Car de l'autre côté de la rue, négligemment adossé à un lampadaire, il venait d'apercevoir Dave Brody qui les observait d'un air légèrement narquois. Reid se rappela alors qu'il lui avait laissé jusqu'au matin pour prendre une décision au sujet de Ginger Vreeland.

— Entre, dit-il à Arden. Je te rejoins tout de suite.

— Où vas-tu ? lui demanda-t-elle, curieuse.

— Je n'en ai que pour une minute. Il doit encore y avoir du café chaud dans la cuisine, si cela te tente.

Elle le considéra d'un air légèrement suspicieux mais dut comprendre qu'il ne lui en dirait pas plus et finit par hocher la tête. Lorsqu'elle eut disparu à l'intérieur de la maison, Reid dévala les marches et se dirigea vers Brody qui, cette fois-ci, ne fit pas mine de s'enfuir.

Jetant un coup d'œil par-dessus son épaule, Reid constata sans surprise qu'Arden n'avait pas refermé la porte derrière elle. Elle se tenait dans l'embrasure et l'observait avec intérêt, se demandant certainement qui était l'homme patibulaire qu'il venait de rejoindre.

— Elle est encore plus jolie vue de près, remarqua alors Brody.

— Je vous ai dit de la laisser en dehors de tout ça, s'exclama Reid, furieux.

— Et je vous ai déjà dit que votre petite amie ne m'intéressait pas, répliqua Brody. Je suis venu chercher une réponse à la proposition que je vous ai faite, hier soir. Êtes-vous prêt à m'aider, Sutton ?

— Avant tout, j'aimerais savoir si c'est à vous que je dois la visite de cet inspecteur de police, ce matin, répliqua Reid.

— Non, répondit Brody. Je suis flatté que vous puissiez penser que je dispose de ce genre de relations. Quoi qu'il en soit, je peux vous dire que ce que vous avez pu raconter à ce brave Graham ne lui a pas beaucoup plu. Il avait l'air passablement frustré, en sortant de chez vous.

— Comment connaissez-vous son nom ?

— Ce n'est pas bien difficile : Graham est l'inspecteur qui a officiellement été chargé de l'enquête. Je l'ai déjà vu plusieurs fois dans le quartier, au cours de la journée d'hier. Ce qui m'étonne, c'est que vous n'ayez pas été au courant. Dois-je vous rappeler que dans ce genre d'affaire, l'information est capitale ? C'est souvent ce qui fait la différence entre les innocents et les coupables, entre les survivants et les victimes… N'est-ce pas le b.a.-ba du métier d'avocat ?

— Pourquoi serait-il venu me voir, moi spécifiquement ?

Brody haussa les épaules d'un air indifférent.

— Si j'étais à sa place, j'interrogerais tous les riverains, opina-t-il. Evidemment, il est également possible que ce flic ait appris que vous aviez croisé la victime peu de temps avant sa mort. Mais ce n'est pas moi qui le lui ai soufflé.

— Qui l'aurait fait, dans ce cas ?

— Peut-être celui qui a engagé la fille pour vous piéger. Si c'est le cas, je ne vous envie pas. Votre ennemi a le bras long, et il est malin…

— Et si vous aviez tout inventé ? Si c'était vous qui aviez prévenu Graham ?

— Ne soyez pas ridicule, objecta Brody. Quel

intérêt aurais-je à faire ça ? Vous êtes l'une des rares personnes sur lesquelles je puisse compter pour m'aider à retrouver Ginger.

Reid ne pouvait nier la logique de la chose.

— D'accord, acquiesça-t-il. Admettons que j'ai réellement un ennemi. S'il a déjà fait savoir à la police que j'avais rencontré cette fille au bar, je n'ai plus aucune raison de vous aider.

— Vous oubliez que je dispose de photos montrant la fille en train de verser quelque chose dans votre verre. Cela pourrait vous aider à vous disculper le cas échéant. Et puis je dispose maintenant d'un autre élément compromettant que vous n'aimeriez sans doute pas voir tomber entre les mains de la police…

Reid sentit monter en lui une pointe d'angoisse. Il connaissait suffisamment Brody à présent pour savoir que ce dernier était bien plus intelligent qu'il ne voulait le laisser paraître. Continuer à le sous-estimer constituerait une erreur impardonnable.

— Je vais vous montrer un petit extrait, reprit Brody en sortant un téléphone portable de sa poche. Ces appareils sont infiniment plus perfectionnés que ceux que nous avions à l'époque où l'on m'a envoyé en prison. C'est incroyable tout ce que l'on peut faire avec…

Après avoir localisé ce qu'il cherchait, il tendit le téléphone à Reid qui activa la lecture de la vidéo qui s'affichait à l'écran. Il ne lui fallut que quelques instants pour comprendre ce qu'il était en train de regarder et comprit qu'il s'était fait piéger.

Il se vit approcher de la rubalise mise en place par la police et hésiter quelques instants avant de la franchir et de s'avancer sur la scène de crime. Tout en avançant vers l'endroit où il avait été commis, il observait attentivement les alentours, paraissant notamment intéressé par les fenêtres susceptibles de donner sur la ruelle.

Reid se rappelait effectivement s'être demandé si quelqu'un avait pu voir ou entendre quelque chose. Mais cette attitude prenait un tout autre sens si on le considérait comme le suspect de ce meurtre.

— Je ne suis pas policier mais très franchement, si je recevais un tel film, je me poserais des questions à votre sujet, remarqua Brody.

— Vous m'avez piégé, murmura Reid. Vous êtes une belle ordure !

— Je tiens juste à m'assurer que vous m'apporterez l'aide que votre père m'a refusée, il y a dix ans de cela, rétorqua durement Brody.

— Cette vidéo ne prouve rien du tout, vous le savez très bien.

— Je suis aussi très bien placé pour savoir que les tribunaux se contentent parfois de preuves purement circonstancielles pour prononcer une condamnation. Je ne suis pas un saint mais quoi que vous en pensiez, j'étais innocent du crime dont on m'accusait. Cela ne m'a pas empêché d'en prendre pour dix ans.

— Vous seriez prêt à m'envoyer sur la chaise électrique pour un crime que je n'ai pas commis ? s'exclama Reid.

— Je ne me fais aucune illusion à ce sujet, rétorqua Brody. Les preuves sont effectivement purement circonstancielles. Et contrairement à moi, vous disposerez d'un avocat vraiment motivé. Vous ne devriez avoir aucun mal à faire valoir votre innocence. En revanche, ce procès sonnera le glas de votre réputation et de votre carrière. Mais il n'y a aucune raison pour que les choses en arrivent là. Tout ce que je vous demande, c'est de m'aider à retrouver la femme qui aurait pu m'innocenter, il y a dix ans.

Reid jeta un coup d'œil en direction d'Arden qui les observait toujours depuis la maison. Même sans entendre ce qu'ils se disaient, elle devait percevoir la tension entre eux et elle ne manquerait pas de lui poser des questions à ce sujet. Il la connaissait suffisamment pour savoir qu'il aurait désormais beaucoup de mal à les éluder.

— Même si je parvenais à retrouver Ginger Vreeland après tout ce temps, reprit-il, croyez-vous vraiment que je vous laisserais vous venger de ce qu'elle vous a fait à l'époque ?

Brody secoua doucement la tête.

— Une fois de plus, vous vous méprenez sur mes intentions, Sutton. Je n'en veux pas à Ginger. Elle a dû lutter bec et ongles pour échapper au caniveau, et c'est quelque chose que je respecte. Si quelqu'un lui a permis de se tirer de la misère et d'arrêter de faire le trottoir, je ne peux pas lui reprocher d'avoir accepté. Elle méritait mieux que la vie qu'elle avait. Ce que je veux, c'est qu'elle me confirme que c'est bien votre père qui a acheté son silence. Je veux aussi savoir ce qu'il craignait tant qu'elle ne laisse échapper au tribunal. Car je ne pense pas que dans votre milieu une simple infidélité conjugale aurait suffi à ruiner sa réputation. Il doit y avoir autre chose. Et lorsque je l'aurai découvert, je ferai en sorte qu'il me dédommage à mon tour pour ces dix années que j'ai passées à l'ombre…

— Vous ne parviendrez jamais à le faire chanter, objecta Reid.

— Si c'est vraiment ce que vous pensez, vous n'avez aucune raison de ne pas m'aider, remarqua Brody. Mais entre nous soit dit, je suis certain que cela ne vous ennuierait pas trop de faire tomber votre père de son piédestal. Je suis sûr que votre mère a beaucoup souffert de ses mensonges et de ses incartades. D'ailleurs, vous devriez aller la voir : cela vous donnerait une excellente raison de repasser dans votre belle maison de Walter Street et de jeter un coup d'œil dans le bureau de votre père…

— Laissez ma mère en dehors de tout cela, le prévint Reid.

— Tant que vous m'aidez, je n'ai aucune raison de la mettre dans la confidence. Évidemment, si vous refusez ou si vous traînez des pieds, je pourrais aller lui parler de tout cela. Ne dit-on pas qu'il n'est pire furie en enfer qu'une femme offensée ? Peut-être acceptera-t-elle de me laisser fouiller les papiers de votre père en apprenant ce qu'il a fait…

Reid ne se faisait aucune illusion : Brody le tenait et en refusant de faire ce qu'il lui demandait, il placerait sa mère et lui-même dans une situation très délicate. De plus, si Brody avait vu juste au sujet de son père, ce dernier ne méritait vraiment pas d'être protégé.

— Très bien, s'inclina-t-il enfin. Vous avez gagné. Je vais vous aider à retrouver cette fille. Mais je vous préviens, vu toutes les années qui se sont écoulées depuis sa disparition, cela risque de me prendre un certain temps.

— Je vous laisse jusqu'à vendredi. Si d'ici là, vous n'avez fait aucun progrès, nous renégocierons notre petit arrangement. En attendant, je préfère vous prévenir, Sutton…

Brody le fixa droit dans les yeux, et Reid avisa dans son regard un mélange de froideur et de cruauté qui lui rappela s'il en était besoin qu'il avait affaire à un criminel endurci.

— N'essayez pas de me doubler. J'ai des amis qui ne s'encombrent pas d'autant de principes que moi et qui n'hésiteraient pas à vous trancher la gorge ou à trancher celle d'un proche si je le leur demandais gentiment…

Le regard qu'il jeta alors en direction d'Arden était suffisamment éloquent pour se passer de commentaire.

# 6

— Qui était-ce ? s'enquit Arden lorsque Reid la rejoignit enfin dans le vestibule de la maison.

— Personne, éluda-t-il.

— Je n'en crois pas un mot, répliqua-t-elle. Vous paraissiez presque sur le point d'en venir aux mains, tous les deux. Je suis content que tu ne l'aies pas fait, d'ailleurs, parce qu'il n'avait pas l'air commode.

— C'est un ancien client, éluda-t-il. Nous avons eu quelques différends mais rien de bien grave.

— Vraiment ? fit-elle d'un ton dubitatif. Ce qu'il t'a dit a pourtant l'air de t'inquiéter…

Il haussa les épaules.

— Désolé pour cette interruption, lui dit-il. Où en étions-nous ? Ah oui, tu me parlais d'une proposition que tu avais à me faire…

Il aurait préféré se retrouver seul pour réfléchir aux conséquences du pacte avec le diable qu'il venait de passer. Mais il ne tenait pas à ce qu'Arden croise Brody dans le quartier. Mieux valait donc la garder ici le temps que ce dernier se soit éloigné.

Comprenant sans doute qu'il n'en dirait pas plus, Arden s'était avancée dans le hall et contemplait l'intérieur de la maison avec une évidente curiosité. Elle observa successivement le vestibule, le grand escalier qui conduisait à l'étage et son bureau que l'on distinguait par la porte restée ouverte.

— Alors ? lui demanda-t-il enfin. Qu'est-ce que tu en penses ?

Elle se tourna vers lui et le regarda gravement.

— Honnêtement ? lui demanda-t-elle.

— Je n'en attends pas moins de ta part, répliqua-t-il en souriant.

— Eh bien… Tu as pas mal de travail devant toi, déclara-t-elle. Il va te falloir faire rénover les parquets, changer les fenêtres qui doivent être de véritables passoires énergétiques, probablement changer la chaudière et faire remettre l'électricité aux normes. Il faudra aussi arracher les papiers peints, changer un certain nombre de boiseries et tout repeindre. Bref, ça risque de coûter assez cher et de te prendre pas mal de temps. Mais à part ça…

Un large sourire illumina le beau visage de la jeune femme.

— C'est un endroit splendide, Reid. Je l'adore, vraiment. La maison est magnifique, l'emplacement idéal, et il y a énormément de lumière.

Elle s'avança dans son bureau et jeta un coup d'œil par les fenêtres qui donnaient sur le jardin.

— C'est tout à fait le genre de maison dans lequel j'aurais rêvé d'habiter, quand j'étais petite. Elle est vieille et pleine de charme, comme celle de ma famille, mais contrairement au domaine Berdeaux elle est bâtie à taille humaine.

— Je me rappelle que tu trouvais la maison de ta grand-mère un peu oppressante.

— C'est vrai. Mais toi, tu rêvais d'habiter dans un immense loft avec vue sur la mer.

— Et j'ai réalisé mon rêve, acquiesça-t-il. J'y ai

vécu pendant plusieurs années avant de me rendre compte que l'endroit manquait d'âme.

Arden lui lança un regard étonné. Elle n'avait pas l'habitude qu'il s'exprime de cette façon. Mais face à elle, Reid prenait brusquement conscience de tous les changements qui s'étaient opérés en lui depuis qu'elle était partie. L'adolescent qu'il était à l'époque aurait probablement eu du mal à reconnaître l'homme qu'il était devenu.

Il se demanda alors si elle aussi avait changé à ce point. Avait-elle renoncé à ses rêves d'autrefois ? En avait-elle forgé de nouveaux ? Il se prit à songer qu'au fond, il ne savait plus vraiment qui elle était. Mais il avait terriblement envie de le découvrir.

Hélas, le moment était très mal choisi pour cela. Brody lui avait donné jusqu'au vendredi pour obtenir les premiers éléments d'information au sujet de Ginger Vreeland. Et s'il ne s'exécutait pas, l'autre n'hésiterait probablement pas à s'en prendre à sa mère ou à Arden.

De plus, il était évident que l'inspecteur Graham l'avait dans son collimateur. Il ne pouvait donc pas se permettre de commettre la moindre erreur. Il lui fallait aussi en apprendre un peu plus au sujet de l'homme mystérieux qui, s'il fallait en croire Brody, semblait avoir fomenté toute cette histoire.

En l'espace de deux jours seulement, sa vie était devenue terriblement compliquée…

— Est-ce que je peux t'offrir quelque chose à boire ? demanda-t-il à Arden. Il doit me rester du thé glacé dans le réfrigérateur.

— Avec plaisir. Le trajet était plus long que je ne l'avais pensé, et il fait une chaleur écrasante.

— Je suis désolé, je n'ai pas encore fait réparer l'air

conditionné, s'excusa Reid. Je suis un peu débordé, ces temps-ci.

Il récupéra la bouteille d'eau et le verre que Graham avait utilisé et les rapporta à la cuisine. Il en sortit un nouveau et prit la carafe de thé glacé au citron qui se trouvait dans le réfrigérateur. Ces quelques minutes lui permirent de recouvrer un semblant de calme.

De retour dans le bureau il remplit leurs verres de thé. Arden avait déjà pris place sur l'un des fauteuils qui faisaient face à son bureau. Reid s'aperçut que l'une des bretelles de sa robe avait glissé et il résista à la tentation de la remettre en place.

Il ne comprenait pas réellement comment un détail aussi innocent pouvait lui paraître chargé d'un tel érotisme. Pourtant, il sentait tout son corps s'enfiévrer à la seule vue de l'épaule ronde et soyeuse qui s'offrait à ses regards. Fort heureusement, Arden ne paraissait pas s'apercevoir de son trouble.

— On dirait que tu as beaucoup de travail, remarqua-t-elle en désignant tous les dossiers qui étaient ouverts sur son bureau et sur la grande desserte située derrière.

— Pour le moment, je ne travaille que sur deux dossiers, répondit-il modestement. Mais l'un des deux est une action collective, et je représenterai des dizaines de plaignants.

— Cela doit représenter un travail colossal, remarqua-t-elle.

— En effet, répondit-il. Mais tu voulais me parler de quelque chose.

— De deux choses, en fait, acquiesça-t-elle. La première a trait à la vente de la maison de ma grand-mère…

— Je croyais que tu avais décidé de rester, objecta Reid.

— J'ai décidé d'envisager toutes les hypothèses : vendre et repartir pour Atlanta comme j'en avais originellement l'intention, garder la maison et rester à Charleston ou même vendre la maison pour racheter quelque chose de plus petit à Charleston.

Reid hocha la tête. Il pouvait effectivement comprendre que le domaine Berdeaux puisse paraître bien trop vaste – et trop onéreux à entretenir – pour une personne seule.

— Je t'ai dit que mon oncle était passé, hier soir. Je lui ai parlé de mes projets, et il a paru un peu troublé à l'idée que la maison puisse être vendue à quelqu'un d'extérieur à la famille. Il m'a rappelé qu'elle était aux mains des Berdeaux depuis des générations. Je peux comprendre son inquiétude. Bien qu'il n'ait pas vécu là longtemps, cette demeure fait partie de son héritage. Malheureusement, je n'ai pas les moyens d'entretenir une propriété de cette taille si je n'y vis même pas…

— Ta grand-mère devait le savoir en te la léguant. Ça a pourtant été sa décision.

— C'est vrai, concéda-t-elle. Mais c'est une raison de plus pour ne pas prendre les choses à la légère. Le domaine Berdeaux faisait la joie et la fierté de ma grand-mère. Quoi qu'il devienne, je tiens à m'assurer que les lieux et sa mémoire seront respectés. Grand-mère a établi un fonds qui doit servir à entretenir la maison mais il ne durera pas éternellement. Je ne peux donc pas me permettre d'attendre indéfiniment avant de prendre une décision.

— Tu pourrais mettre le domaine en vente en l'état, suggéra Reid. Qui sait ? Tu seras peut-être agréablement surprise. Je reconnais qu'il n'y a pas beaucoup de particuliers qui peuvent s'offrir une propriété de cette envergure. Mais elle pourrait être rachetée par une entreprise ou une fondation quelconque. Ce serait l'endroit idéal pour organiser des colloques ou des séminaires, par exemple. Quelqu'un pourrait aussi décider d'en faire un grand hôtel ou un centre de soins.

— J'en viens à la deuxième chose que m'a dite mon oncle. À vrai dire, initialement, c'était une suggestion de sa part. Il pensait que mon grand-père pourrait être intéressé par le rachat de la maison. Et c'est vrai qu'il s'est toujours intéressé aux grandes propriétés historiques de la ville.

— Ton oncle a raison, approuva Reid. Ce serait la solution parfaite, non ? La maison resterait dans votre famille mais tu serais libérée de cette écrasante responsabilité.

— Le seul problème, objecta Arden, c'est que je connais Clement Mayfair. Il ne fait jamais rien par pur altruisme. Or ma grand-mère et lui en étaient venus à se haïr. Qui dit qu'il ne va pas raser la maison et récupérer le terrain ? Ce serait une façon pour lui de se venger de son ex-épouse…

— Tu exagères, protesta Reid.

Arden secoua la tête.

— Tu ne te rends pas compte à quel point ces deux-là se détestaient, objecta-t-elle. À la fin, cela n'avait plus rien de rationnel. Rends-toi compte : ils étaient tellement décidés à rompre tout contact entre eux qu'ils ont séparé leurs enfants et en ont pris un chacun !

— Mais tu crois vraiment que Clement Mayfair dépenserait autant d'argent, de temps et d'énergie pour se venger de quelqu'un qui n'est même plus de ce monde ? objecta Reid, dubitatif.

— Probablement, acquiesça-t-elle. Et puis, ce ne serait pas une perte sèche non plus : s'il rase la demeure historique, il pourra toujours faire construire plusieurs maisons modernes et revendre la propriété par lots. Le connaissant, il serait même capable de réaliser un bénéfice au passage.

Reid pensa à ses propres parents qui éprouvaient tout au plus une profonde indifférence l'un envers l'autre. S'ils n'avaient jamais divorcé, c'était surtout pour s'épargner un scandale.

Sa mère n'avait pas non plus la chance de disposer d'une fortune comparable à celle de la grand-mère d'Arden et, si elle décidait de partir, elle devrait drastiquement diminuer son train de vie.

Reid n'était pas sûr de savoir quelle solution était la meilleure. Il lui semblait surtout très triste que des couples puissent en arriver à de telles extrémités.

— Est-ce que tu sais ce qui leur est arrivé pour que les choses prennent de telles proportions ? demanda-t-il à Arden.

Arden haussa les épaules, et il ne put s'empêcher de remarquer que sa bretelle avait glissé encore un peu plus, révélant la naissance de son sein. En dépit des circonstances, il ne put réprimer un brusque élan de désir qui le traversa de part en part.

— Grand-mère n'a jamais voulu en parler mais j'ai cru comprendre qu'il s'agissait de quelque chose de très grave. Quoi qu'il en soit, si mon grand-père parvient à mettre la main sur le domaine Berdeaux, il prendra probablement un malin plaisir à le détruire.

— Mais il ne pourra pas faire n'importe quoi, objecta Reid. Les demeures historiques comme Berdeaux sont soumises à des règles très strictes.

— Mon grand-père a probablement le bras suffisamment long pour obtenir le déclassement. Au pire, il pourra toujours se débrouiller pour qu'un incendie accidentel détruise le bâtiment…

La détresse d'Arden était manifeste. De toute évidence, elle était convaincue que la haine que se vouaient ses grands-parents pouvait réellement pousser Mayfair à de telles extrémités. Connaissant l'attachement qu'elle avait toujours éprouvé envers sa grand-mère qui l'avait élevée, il n'était pas étonné qu'elle prenne les choses tant à cœur.

— Que puis-je faire pour t'aider ? lui demanda-t-il gravement.

Le regard qu'elle lui lança était empli de reconnaissance.

— J'ai peur qu'Ambrose, notre notaire, ne soit un peu trop facile à manipuler. Il se fait vieux et il défend à la fois mes intérêts et ceux de mon grand-père qu'il connaît depuis toujours. Il vaudrait mieux que je trouve quelqu'un d'autre pour me représenter, et j'ai pensé à toi.

— Tu veux que je devienne ton avocat ? s'étonna Reid.

— Oui. À moins que tu ne le veuilles pas, bien sûr…

— Ce n'est pas cela, protesta-t-il vivement. Mais je pense que tu serais mieux conseillée par un spécialiste de l'immobilier.

— Le problème, c'est que même si je trouve un spécialiste en la matière, je ne pourrai pas être certaine que mon grand-père ne va pas le corrompre ou l'intimider. Tu es le seul en qui j'ai totalement confiance, Reid. Je sais que tu ne céderas jamais à la pression, même si elle est exercée par un homme aussi influent que Clement Mayfair.

Reid ne put s'empêcher de penser à la conversation qu'il venait tout juste d'avoir avec Brody. Ne venait-il pas précisément de céder à un chantage ? Il tenta de se convaincre que, dans ce cas précis, c'était une preuve de sagesse plus que de faiblesse mais n'y parvint pas totalement.

Ce qu'il ne comprenait pas, c'était comment en l'espace d'une journée Arden avait pu passer de la défiance à la confiance. Que savait-elle vraiment de lui, au fond, après ces quatorze ans de silence radio ?

Il réprima la pointe de colère et de rancœur qui montait en lui, sachant que de tels sentiments s'avéreraient totalement contre-productifs.

— J'avoue que je suis un peu étonné par cette soudaine déclaration de confiance, déclara-t-il enfin.

— Tu ne devrais pas, répondit-elle. J'ai toujours eu confiance en toi, Reid. Depuis notre plus tendre enfance, tu as toujours été là pour moi.

Reid fut tenté de lui rappeler la terrible exception à cette règle qui avait conduit à leur rupture.

— Est-ce que tu es d'accord pour t'occuper de ce dossier ? lui demanda-t-elle.

— Dans un premier temps, je veux bien commencer par jeter un coup d'œil au testament de ta grand-mère.

— Bien sûr, acquiesça-t-elle.

— En revanche, tu dois savoir que dès l'instant où tu vas demander ce genre de documents à Ambrose, il risque de comprendre que tu consultes quelqu'un d'autre. Et il ne mettra probablement pas très longtemps à comprendre de qui il s'agit…

— Je sais. Et je ne compte pas le prendre en traître. Très franchement, je ne crois pas qu'il m'en voudra. Au contraire, il sera probablement soulagé de ne plus se trouver pris au beau milieu d'un tel conflit d'intérêts…

— Tu as peut-être raison, concéda Reid. Mais je dois aussi t'avertir qu'en cas de contentieux la situation pourrait devenir très épineuse. Ton grand-père a suffisamment de ressources pour faire durer un procès durant des années s'il lui en prend la fantaisie. Il faut que tu sois vraiment certaine que ça en vaut la peine.

— J'en suis sûre, déclara-t-elle sans la moindre hésitation. Ma grand-mère m'a transmis ce combat, et il n'est pas question que je la laisse tomber. Il est temps que Clement Mayfair découvre que tout le monde n'est pas prêt à se soumettre à ses quatre volontés. Il a déjà suffisamment fait de mal comme cela !

— D'accord, acquiesça Reid. Dans ce cas, je vais commencer par me renseigner discrètement, histoire de découvrir s'il a réellement des vues sur le domaine Berdeaux. Il serait stupide de monter au créneau pour rien.

— Merci beaucoup, Reid.

— Ne me remercie pas encore, protesta-t-il. Pour le moment, tout ce que nous avons à faire, c'est rester sur nos gardes et tenter de trouver un autre acheteur qui pourrait être intéressé par le domaine.

Arden hocha la tête et demeura quelques instants silencieuse.

— Il me semble que tu avais évoqué un deuxième sujet, lui rappela Reid.

— C'est vrai, acquiesça-t-elle. J'ai l'impression que tu es un peu débordé, en ce moment. Du coup, tu n'as même pas eu le temps de ranger ton bureau. Je ne suis pas sûre que ce soit très rassurant pour les clients qui viennent te voir de voir ces piles de livres et de dossiers stockées dans le plus grand désordre.

— Je sais, soupira Reid. Et je suis d'accord avec toi. Malheureusement, je n'ai vraiment pas le temps de m'en occuper. Le plus simple serait sans doute de recruter quelqu'un pour le faire et me donner un coup de main mais je n'ai pas non plus le temps d'organiser un recrutement…

— Je pourrais m'en occuper pour toi, suggéra Arden.

Il la considéra avec étonnement.

— Pourquoi ferais-tu une chose pareille ?

— Tu as besoin d'aide. Quant à moi, si je veux prolonger mon séjour à Charleston, je ferais bien de me trouver une source de revenus.

— Tu voudrais travailler pour moi ? s'exclama Reid, sidéré.

— Je pense en être capable, lui dit-elle, sur la défensive. Je sais que ce n'était pas vraiment ma spécialité, à Atlanta, mais j'ai quelques connaissances en matière de droit et d'administration.

Reid secoua la tête.

— Je ne mettais pas en cause tes compétences, lui assura-t-il. Te connaissant, je suis certain que tu serais plus que capable de m'assister. Mais je ne suis vraiment pas sûr que ce soit une bonne idée.

— Ne me dis pas que c'est à cause de ce qui s'est passé entre nous, il y a quatorze ans, protesta-t-elle.

Reid ne put s'empêcher de tiquer. Considérait-elle vraiment que leur relation avait été si négligeable ? Ne se rendait-elle pas compte à quel point leur rupture l'avait affecté – à quel point elle l'affectait encore aujourd'hui ?

Il essaya de prendre de la distance, de considérer les choses de façon plus dépassionnée. Mais il en fut incapable. Et en cet instant, il prit conscience du rôle central qu'avait joué dans son existence leur vie commune et, peut-être plus encore, leur séparation. Au fond, son histoire d'amour avec Arden avait conditionné bon nombre de ses valeurs et de ses aspirations.

— Si tu avais quelqu'un pour t'aider, tu pourrais

te concentrer sur les choses les plus importantes, plaida Arden. Je me chargerais de trier les dossiers, de classer les pièces, de taper les témoignages, de faire des recherches… Cela te ferait gagner un temps précieux, et tu pourrais même accepter de nouvelles affaires qui rentabiliseraient ton investissement. Si tu n'es pas sûr que je puisse y arriver, tu n'as qu'à me prendre à l'essai. Laisse-moi un mois pour que je puisse faire mes preuves…

— C'est long, un mois, objecta Reid qui se demandait surtout comment il parviendrait à cohabiter au quotidien avec la jeune femme.

Parviendrait-il à se concentrer sur son travail s'il devait passer entre six et dix heures par jour dans le même bureau qu'elle ? Saurait-il seulement résister à un tel supplice de Tantale ?

— Disons deux semaines, dans ce cas, proposa-t-elle. Mais ça ne peut pas être moins. Je vais tout de même devoir me familiariser avec ce nouveau métier.

— Arden, je ne pense vraiment pas que ce soit une bonne idée, répéta Reid d'un ton nettement plus tranchant que précédemment.

Elle se figea brusquement et le considéra avec un mélange d'étonnement et de déception. Arden Mayfair ne devait pas être le genre de femme à qui l'on disait souvent non. Lorsqu'ils étaient enfants, déjà, elle avait pris l'habitude qu'il satisfasse la moindre de ses envies.

— Nous formions une bonne équipe, autrefois, insista-t-elle. Nous nous complétions parfaitement. Nous devinions toujours ce que l'autre pensait avant même qu'il n'ouvre la bouche. Lorsque nous étions tous les deux, rien ni personne ne pouvait nous arrêter.

— C'était il y a longtemps, rétorqua froidement Reid.

Elle le considéra longuement, comme si elle cherchait à lire au plus profond de son âme.

— C'est parce que je suis partie, n'est-ce pas ?

Il ne répondit pas.

— Tu m'en veux toujours parce que tu considères que je t'ai laissé tomber, le jour où je suis partie pour l'université.

— N'est-ce pas ce qui s'est passé ?

— Cela faisait déjà longtemps que notre relation battait de l'aile, lui rappela-t-elle. Je n'ai fait que mettre des mots sur une réalité dont nous avions tous deux conscience.

— Contrairement à toi, je ne me suis jamais dit que notre histoire était condamnée, objecta-t-il. Jusqu'au bout, j'ai continué d'espérer que nous pourrions recoller les morceaux.

Une lueur douloureuse passa dans les yeux d'Arden.

— Vraiment ? répondit-elle d'une voix très douce. Et que faisais-tu pour cela, au juste ? Nous ne nous voyions quasiment plus. Tu passais ton temps avec tes amis. Et lorsque nous étions ensemble, tu étais froid et distant. Est-ce ainsi que tu pensais recoller les morceaux, comme tu dis ?

Reid ne répondit pas. Il ne pouvait nier le fait que ses accusations étaient parfaitement fondées. La perte de leur enfant avait été si douloureuse pour lui qu'il s'était replié sur lui-même, sur toutes ces choses inconséquentes qui ne risquaient pas de le faire souffrir. Et pendant ce temps, il n'avait pas vu s'élargir le gouffre béant qui s'était creusé entre eux.

— Je ne tiens pas à faire l'autopsie de notre histoire d'amour, lui dit-il. Tout ce que je sais, c'est que passer huit heures par jour dans le même bureau n'est sans doute pas le meilleur moyen de tourner la page et d'aller de l'avant.

Alors même qu'il prononçait ces mots, Reid prit conscience que, ce faisant, il avouait implicitement que lui-même n'avait pas encore été capable de le faire. Mais à quoi aurait-il servi de se mentir ? L'éloignement d'Arden lui avait permis de se donner l'illusion qu'il était passé à autre chose. Pourtant, il avait suffi qu'il la revoie pour comprendre à quel point il s'était leurré à ce sujet.

— Je comprends, murmura-t-elle. Tu as sans doute raison. C'était une idée idiote. Si j'avais réfléchi un peu plus, j'en serais probablement venue à la même conclusion…

— Arden…

— Inutile d'ajouter quoi que ce soit, l'interrompit-elle. Lorsque tu es venu me voir, hier, j'ai cru que nous allions pouvoir renouer des liens mais je me suis trompée. Je vais te laisser. Je t'enverrai une copie du testament de grand-mère – si tu es toujours d'accord pour devenir mon avocat, bien sûr…

— Je t'ai dit que j'y jetterai un coup d'œil, et c'est ce que je ferai, lui assura-t-il.

Arden se redressa et fit mine de se diriger vers la sortie. Un brusque accès de panique envahit alors Reid. Il lui semblait que s'il la laissait sortir, ils risquaient de ne jamais se revoir. Et cette idée lui était parfaitement intolérable.

— Attends ! s'exclama-t-il.

Elle s'immobilisa et se tourna à demi vers lui. Reid se maudit intérieurement pour la faiblesse dont il s'apprêtait à faire preuve.

— Nous finirons sans doute par le regretter amèrement mais j'ai peut-être quelque chose à te confier…

Il hésita, partagé entre les deux possibilités qui s'offraient à lui : il pouvait la charger de ranger le bureau et d'effectuer quelques tâches subalternes en espérant qu'elle finirait par se lasser de ce travail. Ou alors, il pouvait la mettre réellement à contribution et lui confier une mission aussi délicate qu'utile.

— Reid ? fit-elle, l'arrachant à ses réflexions.

— Désolé, je réfléchissais. J'ai des rendez-vous extérieurs pendant une bonne partie de la journée, aujourd'hui. Je ne serai de retour qu'en fin d'après-midi. Tu auras donc les bureaux pour toi toute seule. Familiarise-toi avec les lieux et réfléchis à la meilleure façon d'utiliser l'espace dont nous disposons. À terme, nous pourrions si besoin abattre quelques cloisons ou en monter de nouvelles. Mais pour le moment, le mieux serait de faire avec ce que nous avons. L'étage supérieur est exclusivement réservé à mon usage privé, en revanche. Pas question d'y mettre quoi que ce soit qui ait un rapport avec le travail.

— D'accord, acquiesça-t-elle. Je devrais pouvoir faire ça.

— Et puisque tu m'as proposé de te charger de faire des recherches, tâche de te renseigner sur cette femme, ajouta-t-il en écrivant le nom de Ginger Vreeland sur un morceau de papier qu'il lui tendit.

— Qui est-ce ? s'enquit Arden.

— Il y a dix ans de cela, mon père a été commis d'office pour défendre un homme appelé Dave Brody. Il était accusé de meurtre. Les preuves qui pesaient contre lui étaient accablantes mais il y avait un témoin, cette Ginger Vreeland, qui prétendait pouvoir corroborer l'alibi de Brody. Or elle a disparu la veille du procès. Brody a été reconnu coupable et condamné à quinze ans de prison ferme. Il vient tout juste d'être remis en liberté au bout de dix ans pour bonne conduite.

— Tu penses que cette Ginger a pu être enlevée ou tuée ? s'enquit Arden.

— Non. Je pense que quelqu'un a acheté son silence.

— Je ne comprends pas, objecta Arden. Tu as bien dit que c'était ton père qui avait plaidé ce procès, n'est-ce pas ?

Reid hocha la tête.

— Dans ce cas, en quoi est-ce que cela te concerne ?

— Disons que Brody est devenu mon problème depuis qu'il a été libéré de prison et qu'il cherche des réponses. Il pense que je peux l'aider à les trouver.

— Et tu as accepté de t'occuper de cette affaire ? lui demanda Arden, étonnée.

— C'est compliqué, répondit sobrement Reid.

Il alla récupérer un épais dossier dans l'un des tiroirs de son bureau.

— Il faudrait passer au crible les informations qui se trouvent là-dedans, lui conseilla-t-il. Cela nous permettrait déjà d'y voir un peu plus clair. Il y a notamment les notes de l'avocat qui a interrogé Ginger et l'a préparée à témoigner. En les épluchant, tu trouveras peut-être un début de piste. Je te préviens, ce ne sera pas évident. Dix ans se sont écoulés depuis le procès, et elle semble n'avoir resurgi nulle part, ce qui indique qu'elle a réussi à se procurer une ou plusieurs pièces d'identité convaincantes.

— Est-ce qu'il ne serait pas possible de retrouver sa trace par l'intermédiaire des impôts ? lui demanda Arden.

— Ginger travaillait comme call-girl à l'époque, et je doute qu'elle ait déclaré ses revenus. Même si elle l'a fait, son dossier doit être vierge depuis plus de dix ans.

— Je vais avoir besoin d'un ordinateur, remarqua Arden.

— Tu peux prendre mon portable. Je vais te créer un compte. Autre chose : dès que je serai parti, ferme la porte à clé derrière moi. Surtout ne laisse entrer personne en mon absence, d'accord ?

— Et s'il s'agit de clients ? objecta-t-elle.

— Ne laisse entrer personne, insista-t-il. Si quelqu'un veut me joindre, il n'a qu'à me laisser un message téléphonique, et je le rappellerai dès que possible.

— Que se passe-t-il, exactement, Reid ? lui demanda gravement Arden. Il y a d'abord eu ce type avec lequel tu t'es disputé et puis cette mystérieuse call-girl portée disparue. Et maintenant, tu me demandes de laisser les clients à la porte. À quoi es-tu mêlé, au juste ?

— Je ne le sais pas très bien encore, reconnut-il. Ce que je sais, en revanche, c'est que quelqu'un a bel et bien tué une femme à deux pas d'ici en prenant soin de laisser un pétale de magnolia. Quel que soit le responsable, il a prouvé qu'il était prêt à tout. Alors je ne tiens à courir aucun risque.

Une lueur d'inquiétude passa dans le regard d'Arden. Mais loin de se décourager ou de prendre peur, elle redressa la tête avec cet air de défi qu'il connaissait si bien.

— Je te promets que je serai prudente, lui dit-elle. Je fermerai à clé derrière toi et je ne laisserai entrer personne avant ton retour. Mais je tiens à ce que tu saches une chose : cette fois-ci, quoi qu'il arrive, je ne t'abandonnerai pas.

Reid hocha la tête.

— C'est justement ce qui m'inquiète, lui avoua-t-il.

# 7

En sortant du tribunal où il avait rencontré plusieurs de ses collègues, Reid aperçut une énorme Mercedes de couleur noire qui attendait au bas des marches du palais de justice. Il crut tout d'abord qu'il s'agissait de celle de son père mais se rappela que ce dernier avait revendu la sienne peu de temps après son soixantième anniversaire.

À la place, il s'était acheté une voiture de sport hors de prix avec laquelle il paradait à travers toute la ville. Ce n'était là que l'un des multiples avatars de la quête de jeunesse éternelle dans laquelle s'était lancé son père à grand renfort de chirurgie esthétique. Boone Sutton refusait avec entêtement l'idée que, comme tout le monde, il puisse être amené à vieillir.

Le chauffeur de la Mercedes s'avança vers Reid.

— Vous êtes bien monsieur Sutton ?

— En effet, répondit-il en tentant vainement s'apercevoir l'occupant de la voiture à travers les vitres teintées.

— M. Mayfair aimerait beaucoup s'entretenir avec vous.

— Calvin ou Clement Mayfair ? s'enquit-il, très étonné.

— Clement Mayfair, précisa le chauffeur en lui ouvrant la portière arrière.

De plus en plus intrigué par la tournure que prenaient les événements, Reid décida d'accepter l'énigmatique invitation. Au cours de toute son existence, il n'avait pas dû échanger plus de quatre ou cinq phrases avec le tout-puissant patriarche de la famille Mayfair.

Lorsqu'il était encore enfant, il avait été bien trop impressionné par le grand-père d'Arden. Devenu adulte, il avait vite compris que tous deux ne fréquentaient pas du tout le même monde.

L'intérieur de la voiture était entièrement tendu de cuir, rehaussé de panneaux de bois précieux. Il prit place sur la banquette libre et remarqua alors qu'une odeur subtile flottait dans l'habitacle, se mêlant à celle plus prégnante du cuir. Elle lui parut étrangement familière sans qu'il parvienne réellement l'identifier.

Il se concentra donc sur l'homme qui était assis devant lui. Clement Mayfair se tenait très droit, parfaitement immobile, et l'expression de son visage était aussi inexpressive que si Reid s'était trouvé devant une statue de pierre. Il savait que son interlocuteur devait être âgé de plus de soixante-dix ans mais il en paraissait facilement dix ou quinze de moins.

En fait, il ne paraissait pas avoir changé le moins du monde depuis le jour où Arden le lui avait présenté pour la première fois, alors que tous deux étaient encore enfants. Ses cheveux étaient déjà blancs, à cette époque, et il portait des lunettes cerclées de métal très semblables. Elles encadraient un regard bleu qui semblait vous clouer sur place et avait alors le don de priver Reid de tous ses moyens.

— Je suis enchanté de vous revoir, monsieur Mayfair, déclara-t-il avec une parfaite mauvaise foi. Il paraît que vous souhaitez me parler.

— Si cela ne vous ennuie pas, j'ai demandé à mon

chauffeur de rouler pendant notre entretien. C'est un quartier très fréquenté, et je n'aime pas gêner inutilement la circulation.

— Je n'y vois aucun inconvénient, répondit Reid en jetant un rapide coup d'œil à sa montre. En revanche, il faut que je sois de retour au tribunal d'ici une demi-heure.

— Cela ne devrait pas poser problème, lui assura Clement Mayfair tandis que la voiture démarrait.

Reid observa le palais de justice qui s'éloignait en se demandant s'il ne venait pas de commettre une erreur. Il avait distinctement l'impression qu'il venait de pénétrer de son propre chef dans la tanière d'un dangereux prédateur. Il s'efforça cependant de dissimuler son trouble.

— Que puis-je pour vous, monsieur Mayfair ? demanda-t-il pour dissiper le silence qui commençait à s'éterniser.

Son interlocuteur esquissa un sourire parfaitement dénué de chaleur.

— Voilà qui est rafraîchissant, commenta-t-il. D'ordinaire, les gens avec lesquels je m'entretiens se demandent bien plus souvent ce que moi, je peux faire pour eux.

Cela ne surprit guère Reid. Clement Mayfair était indubitablement l'un des hommes les plus puissants de la région, voir de tout le sud des États-Unis.

— Vous serez peut-être étonné d'apprendre que j'ai suivi de près l'évolution de votre carrière, depuis que vous êtes sorti de l'université.

— Pourquoi donc ? s'enquit Reid que cet aveu stupéfiait effectivement.

— Vous avez été quelqu'un d'important dans la vie de ma petite-fille, autrefois, expliqua Mayfair. Et je dois dire que j'ai compris pourquoi elle vous trouvait si intéressant. En dépit de l'image de dilettante que vous aimez donner de vous-même, vous êtes quelqu'un de brillant. Vous êtes sorti major de votre promotion. Puis vous avez décroché le barreau dès votre première tentative…

— Je suis flatté que vous ayez pris le temps de vous intéresser à moi, déclara Reid.

En réalité, il se sentait beaucoup moins flatté qu'intrigué et passablement suspicieux. La conversation qu'il venait d'avoir avec Arden ne faisait évidemment que renforcer ses doutes. Il n'imaginait pas un instant que cette prise de contact puisse être un simple hasard. Clement Mayfair avait dû avoir vent de ses retrouvailles avec sa petite-fille.

Toute la question était de savoir ce qu'il avait en tête. Reid comprit qu'il se trouvait désormais en terrain miné et allait devoir se montrer très prudent. Face à un homme tel que lui, la moindre erreur pouvait se révéler fatale.

— Vous auriez pu rejoindre n'importe quel cabinet du pays, poursuivit Mayfair sans tenir compte de son interruption. Au lieu de cela, vous avez décidé de revenir à Charleston pour intégrer le cabinet de votre père. J'ai déjà eu affaire à lui par le passé. Et je vous avoue que Boone Sutton n'est pas quelqu'un que j'apprécie beaucoup – ou en qui j'ai confiance.

— Je vous comprends, acquiesça Reid d'un ton parfaitement décontracté.

Pour la première fois depuis qu'il était monté dans la voiture, il crut percevoir une infime hésitation chez son interlocuteur.

— J'ai d'abord cru que vous comptiez vous positionner comme le dauphin naturel de Boone, déclara-t-il. Vous auriez pu reprendre le cabinet, le moment venu. Mais au lieu de cela, vous avez démissionné…

— On vous a mal informé, objecta Reid. Mon père m'a jeté dehors.

— Disons donc que vous vous êtes arrangé pour vous faire mettre à la porte. Avec pertes et fracas, si j'ai bien compris.

Malgré lui, Reid fut impressionné.

— Une fois de plus, je m'attendais à vous voir rejoindre une grosse firme de droit qui vous aurait permis de toucher de substantiels honoraires. Mais à nouveau vous m'avez étonné en montant votre propre cabinet à Charleston. Est-ce une façon de tuer le père ? Espérez-vous vraiment pouvoir mettre à genoux Sutton & Associés ?

— Ça alors ! Jamais je n'aurais imaginé que vous m'aviez fait venir pour me psychanalyser, remarqua Reid d'un ton légèrement narquois.

Un éclair de colère passa dans les yeux de Clement Mayfair.

— Vous n'êtes pas si différent de votre père que vous semblez le penser, rétorqua-t-il. Sous des dehors charmants et hâbleurs, vous cachez le même manque de profondeur. Vous êtes intelligent mais vous ne serez jamais un grand penseur. Au mieux, un malin. Vous n'avez jamais été digne de ma petite-fille.

— Sur ce point, au moins, nous sommes d'accord, répondit Reid en s'efforçant de contrôler la colère qui commençait à bouillonner en lui.

Il n'avait plus l'âge de se faire traiter de cette façon par qui que ce soit. Mais Mayfair était bien trop intelligent pour se contenter de provocations gratuites : il avait forcément un objectif secret, et Reid était bien décidé à le découvrir.

— Si vous le pensez, pourquoi êtes-vous allé la trouver dès le jour où elle est arrivée à Charleston ?

— Les nouvelles vont vite, on dirait. Laissez-moi deviner : c'est votre fils qui vous a parlé de cette visite ?

— Cela fait des semaines que je ne lui ai pas parlé, répondit Mayfair d'un ton dédaigneux. Et vous n'avez pas répondu à ma question. Vous avez déjà failli gâcher la vie d'Arden une fois. Ne pensez-vous pas que vous devriez la laisser tranquille ?

— Intéressante analyse, railla Reid. Savez-vous que c'est elle qui m'a laissé tomber et non l'inverse ?

— Je ne parle pas de votre rupture mais du fait que vous lui ayez fait un enfant alors qu'elle avait à peine dix-huit ans.

— C'était également mon cas, lui rappela Reid.

— Vous étiez suffisamment âgé pour prendre des précautions.

— Vous n'avez jamais considéré que nous désirions peut-être cet enfant, elle et moi ?

— Ne soyez pas ridicule ! Vous étiez tous deux à la veille de partir pour l'université…

Reid demeura quelques instants silencieux.

— Nous n'avons parlé de la grossesse d'Arden à personne, remarqua-t-il enfin. Et elle a perdu le bébé avant que cela ne devienne nécessaire. Comment l'avez-vous appris ?

— Vous ne comprenez pas vraiment qui je suis, n'est-ce pas ? Cette ville a été en grande partie bâtie par mes ancêtres. Je la connais aussi bien que ma propre maison. Pensiez-vous réellement que vous pouviez aller consulter à l'hôpital de Charleston sans que cela ne remonte à mes oreilles d'une façon ou d'une autre ?

— J'avais la faiblesse de croire au secret médical, murmura Reid.

— Ma petite-fille ne pouvait le comprendre, à l'époque, mais cette fausse couche a peut-être été la meilleure chose qui lui soit jamais arrivée.

Une série d'images défila dans son esprit. Il revit Arden étendue sur son lit d'hôpital, le visage livide et les yeux brouillés de larmes. Il pouvait presque sentir la pression de sa main sur la sienne.

— Je ne peux pas parler pour votre petite-fille mais en ce qui me concerne, je n'aurais pas été d'accord à l'époque et je ne le suis toujours pas aujourd'hui. Et j'espère pour vous qu'elle ne connaît pas toute l'étendue de votre cynisme…

Mayfair ne répondit pas. Sortant un mouchoir en tissu de sa poche, il s'en servit pour essuyer ses lunettes. Reid remarqua alors que ses ongles étaient soigneusement manucurés et qu'il portait une chevalière en or à l'auriculaire droit. Elle était frappée d'un étrange pentacle, et Reid se demanda ce que ce signe pouvait bien signifier.

— Vous êtes-vous demandé ce que vous seriez devenus, l'un et l'autre, si les choses avaient été différentes et si cet enfant était venu au monde ? Auriez-vous épousé Arden ? L'auriez-vous emmenée à La Nouvelle-Orléans ? L'auriez-vous cloîtrée avec votre enfant dans votre studio d'étudiant pendant que vous alliez suivre vos cours ? Que serait-elle devenue, alors ?

— Nous ne sommes plus au XIXe siècle, au cas où vous ne l'auriez pas remarqué, répliqua Reid que cette conversation commençait à exaspérer. Je ne vois pas pourquoi Arden n'aurait pas pu poursuivre ses études de son côté. Nous avions la chance de pouvoir engager une nounou pour s'occuper de notre enfant.

— Je suis convaincu que ce mariage n'aurait pas duré. Vous étiez beaucoup trop jeune. Tôt ou tard, vous vous seriez senti prisonnier et vous seriez parti. Et Arden se serait retrouvée seule avec l'enfant.

— Ce n'est plus de la psychanalyse, remarqua Reid, narquois. C'est carrément de l'uchronie. Vous savez ce qui est le plus triste, dans tout ça ? C'est que nous ne saurons jamais si ce que vous dites est vrai. Cet enfant est mort. Et Arden est partie. Ce que je me demande, en revanche, c'est pour quelle raison vous semblez brusquement vous soucier du bien-être de votre petite-fille. Autant que je sache, vous ne vous êtes quasiment jamais occupé d'elle. Même lorsqu'elle venait dîner chez vous, il lui arrivait de prendre seule ses repas parce que vous étiez trop occupé pour perdre votre temps avec une gamine…

— Elle vous a dit cela ?

— Arden me disait tout. C'est certainement une notion qui vous échappe mais nous nous aimions profondément depuis notre plus tendre enfance.

— Un homme dans ma position a certaines obligations qu'il ne peut se permettre de négliger, déclara Mayfair. Je plaide coupable : il m'est arrivé de la laisser dîner seule. Mais je suis bien décidé à rattraper mes erreurs passées. Maintenant qu'Evelyn n'est plus là pour lui dire du mal de moi, elle me verra peut-être pour ce que je suis réellement : l'un des derniers membres de sa famille.

— Très franchement, je doute qu'elle attende encore quelque chose de vous.

— Je ne vous laisserai pas la détourner de moi.

— Si vous pensez que j'exerce ce genre d'influence sur votre petite-fille, c'est vraiment que vous la connaissez mal.

— Je pense que vous sous-estimez l'attachement qu'elle vous porte, déclara Mayfair. Très franchement, j'aurais préféré qu'elle tire définitivement un trait sur votre passé mais il est évident que cela n'arrivera pas. Alors j'aimerais pouvoir vous considérer comme un allié plutôt que comme un adversaire.

— Je ne suis pas sûr de comprendre où vous voulez en venir…

— Vous savez mieux que moi que toute la différence entre un avocat à succès et un avocat crève-la-faim dépendant exclusivement des aides juridictionnelles, c'est une question de carnet d'adresse.

— Puis-je savoir où vous voulez en venir ? demanda Reid qui ne pensait que trop le savoir.

Clement Mayfair prit le temps de chausser ses lunettes et de ranger son mouchoir avant de lui répondre.

— J'ai toujours été un homme de l'ombre. Je préfère être de ceux qui tirent les ficelles en coulisse plutôt que de ceux qui s'agitent sur le devant de la scène. Mais ne vous méprenez pas : un mot de moi peut bâtir ou détruire une réputation. Je peux vous apporter plus de clients que vous n'oseriez l'imaginer. Je peux même faire en sorte que certains clients décident soudain d'opter pour le fils plutôt que pour le père. Et bien sûr, je peux faire en sorte que vous mettiez la clé sous la porte d'ici six mois. Douze, si vous avez vraiment les reins solides.

Reid prit une profonde inspiration, luttant une fois encore contre la colère qui bouillonnait en lui. Mais il savait qu'y céder serait faire preuve de faiblesse. Clement Mayfair cherchait visiblement à provoquer chez lui une réaction – de la peur, de la soumission, de la colère… Mais Reid était bien décidé à ne pas lui donner satisfaction.

— C'est étrange, déclara-t-il posément. Vous prétendez m'avoir observé de loin durant des années. Et pourtant, il semblerait qu'une chose vous ait échappé. Je suis totalement imperméable aux menaces et aux ultimatums. Si vous en doutez, vous pouvez toujours interroger mon père qui l'a appris à ses dépens…

Un sourire torve se dessina sur les lèvres de Mayfair.

— J'ai plutôt l'impression que cela s'est fait à vos dépens, pour le moment. Il me semble que vous avez été déshérité. J'espère que votre petit baroud d'honneur en valait le coup.

La voiture ralentit, et Reid s'aperçut qu'ils étaient de retour devant le tribunal.

— Je vous remercie pour cette conversation, dit-il. Elle a été réellement très instructive pour moi…

Comme il se penchait pour ouvrir la portière, la main de Clement Mayfair se referma sur son poignet. Reid fut frappé par la froideur de sa paume. Il se rappela brusquement ce qu'Arden avait dit à l'inspecteur Graham :

*L'ambiance chez les Mayfair est souvent glaciale, même au beau milieu de l'été.*

Résistant à l'envie qu'il avait de se dégager de cette désagréable étreinte, il soutint le regard de Mayfair.

— Y a-t-il autre chose ?

— Ne vous approchez plus de ma petite-fille.

Reid haussa les épaules d'un air faussement nonchalant.

— C'est à elle d'en décider.

Il sentit la poigne de Mayfair se resserrer légèrement.

— Croyez-moi, Reid, vous ne voulez pas de moi comme ennemi.

— Malheureusement, j'ai l'impression qu'il est déjà trop tard, répliqua-t-il.

— Vous ne pourrez pas me reprocher de ne pas vous avoir averti. Vous n'avez aucune idée du mal que je peux vous faire.

Reid fut frappé par la haine glacée qui se lisait en cet instant dans les yeux du vieil homme. Il repensa soudain à la mise en garde de Dave Brody qui lui avait laissé entendre qu'il avait un ennemi puissant, quelqu'un qui était prêt à tout pour lui faire du mal.

Se pouvait-il qu'il s'agisse de Clement Mayfair ? Était-ce lui qui avait payé cette fille pour le piéger, au bar ? Avait-il été jusqu'à la faire assassiner ou avait-elle été victime d'une malencontreuse coïncidence ?

Alors même que ces questions l'assaillaient, il comprit soudain pourquoi l'odeur qu'il avait perçue en rentrant dans la voiture lui avait paru si familière. C'était celle des fleurs de magnolia. Et elle semblait émaner de Clement Mayfair lui-même.

Reid s'efforça de se convaincre que cette fragrance était uniquement le fruit de son imagination. Mais alors même que le vieil homme libérait son poignet, lui permettant enfin d'ouvrir la portière et de se couler hors de la voiture, il se demanda si Clement Mayfair n'était pas bien plus dangereux encore qu'il ne l'avait imaginé étant enfant…

Arden avait passé la majeure partie de la matinée à tracer des plans et à dresser des listes d'objets de façon à préparer le réaménagement des bureaux. Ainsi, dès que Reid lui aurait donné son accord, il ne leur resterait plus qu'à déplacer les meubles et à en commander quelques-uns.

Ensuite, en l'espace d'une journée ou deux, elle devrait pouvoir procéder au rangement de l'ensemble des pièces. Cela leur permettrait de disposer d'une salle d'attente, de trois bureaux, d'une grande salle de réunion et d'une bibliothèque juridique où il serait possible d'effectuer des recherches.

C'était évidemment plus qu'il ne leur en fallait pour tous les deux mais Arden était convaincue que le cabinet ne tarderait pas à s'agrandir et à intégrer de nouveaux collaborateurs.

Lorsqu'elle eut terminé ce travail, elle décida d'aller jeter un coup d'œil à l'appartement de Reid. Elle estimait en effet que l'interdiction qu'il lui avait faite de s'occuper de la partie privative de la maison ne signifiait pas pour autant qu'elle n'avait pas le droit de la visiter.

Forte de cette interprétation très libérale de ses instructions, elle gravit le grand escalier de bois qui débouchait sur un vaste salon qui ne comportait pour le moment qu'une grande bibliothèque, un canapé, un fauteuil en cuir un peu usé et une table basse.

Un petit couloir en partait qui desservait la chambre principale. Elle était assez grande et très claire grâce à la double porte-fenêtre qui permettait d'accéder à un balcon sur lequel était installée une balancelle à l'ancienne.

Il y avait deux autres chambres plus chichement meublées et une dernière pièce que Reid destinait visiblement à servir de bibliothèque et de salle de billard.

Ce rapide tour d'horizon confirma l'idée qu'Arden s'était faite de la maison : c'était précisément le genre d'endroit dans lequel elle aurait aimé habiter autrefois. Il n'était pas difficile d'imaginer une réalité parallèle dans laquelle elle vivrait ici avec Reid et l'enfant qu'ils avaient failli avoir ensemble.

Cette vision idyllique éveilla en elle une puissante mélancolie. Depuis qu'elle était de retour à Charleston, le souvenir de l'existence qu'elle avait menée autrefois avait resurgi en elle presque intact. Rétrospectivement, sa vie à Atlanta lui faisait l'effet d'une parenthèse presque irréelle. Il lui semblait presque que durant toutes ces années, sans même s'en rendre compte, elle avait endossé un rôle qui n'était pas le sien.

Peut-être était-ce juste une façon pour elle de prendre de la distance vis-à-vis de la débâcle professionnelle et sentimentale qu'elle avait connue au cours de ces derniers mois. Mais il lui semblait qu'il y avait plus que cela.

Sans vraiment qu'elle ne s'en rende compte, le temps avait cicatrisé la blessure que lui avait causée sa fausse couche et la rupture qui avait suivi. Elle ne gardait plus de cette époque que le souvenir de l'amour qui les unissait alors, Reid et elle, et des moments merveilleux que tous deux avaient partagés.

Ravalant cette douce nostalgie, Arden redescendit à la cuisine pour se préparer un déjeuner. Avisant le contenu du réfrigérateur aux trois quarts vide, elle ne put réprimer un sourire mi-amusé, mi-réprobateur et se promit d'aller faire des courses dignes de ce nom dès le lendemain.

Après s'être préparé un sandwich, elle alla s'installer au bureau de Reid, activa son ordinateur portable et ouvrit le dossier qu'il lui avait remis au sujet de Ginger Vreeland. Elle commença par le lire en entier tout en prenant des notes. Elle s'interrompait parfois pour effectuer une recherche sur Internet puis se replongeait dans sa lecture.

Elle n'aurait su dire combien de temps s'était écoulé au juste lorsqu'elle fut tirée de son travail par un bruit métallique provenant de l'extérieur. Elle comprit aussitôt qu'il devait s'agir de la porte donnant sur la cour intérieure et songea que Reid devait être de retour.

Elle était sur le point de se remettre au travail lorsqu'elle se rappela ce qu'il lui avait dit : il était censé enchaîner les rendez-vous jusqu'à la toute fin de l'après-midi. Prise d'un doute, elle se dirigea vers la cuisine dont la porte donnait sur la cour.

C'est alors qu'elle l'aperçut par la fenêtre.

Arden eut tout juste le temps de se rejeter en arrière, le cœur battant à tout rompre. L'homme qui se trouvait dehors était entièrement vêtu de noir, et son visage était entièrement dissimulé par une cagoule. Elle se rappela alors les mises en garde pressantes de Reid.

Un bruit la fit violemment sursauter. L'homme venait d'actionner la poignée de la porte de la cuisine. Fort heureusement, Reid avait pris soin de la fermer à clé avant de partir. Mais elle ne se faisait aucune illusion : l'inconnu ne s'était probablement pas attendu à la trouver ouverte. Il devait donc posséder de quoi la crocheter ou l'enfoncer.

Comprenant qu'elle n'avait pas une minute à perdre, Arden regagna le bureau. Elle n'aurait probablement pas le temps d'appeler la police avant que l'homme ne parvienne à entrer. Et même dans ce cas, il faudrait compter plusieurs minutes avant qu'une voiture de patrouille ne les rejoigne.

Le plus sûr pour elle était encore de se cacher en attendant. Elle récupéra donc son téléphone portable et gagna le vestibule au moment précis où l'intrus venait à bout de la serrure et pénétrait dans la cuisine. Terrifiée, Arden opta pour l'escalier qu'elle gravit quatre à quatre en priant pour que l'homme n'entende pas le craquement des marches.

Se rappelant l'immense armoire qu'elle avait vue dans la chambre de Reid, elle se dirigea vers celle-ci sur la pointe des pieds. Se glissant à l'intérieur, elle se plaqua contre la paroi de gauche et s'accroupit. Sa main effleura alors un morceau de papier qui avait dû tomber de l'une des poches de Reid. Machinalement, elle le glissa dans sa poche.

Pendant ce qui lui parut durer une éternité, elle demeura tapie là, l'oreille aux aguets et le cœur battant la chamade. Puis, soudain, elle entendit le bruit qu'elle redoutait depuis le début : des pas dans l'escalier. Luttant contre la panique, elle comprit qu'il était trop tard pour espérer s'enfuir.

Elle attendit donc, terrifiée, tandis que les bruits de pas se rapprochaient. Quelques minutes plus tard, l'intrus pénétra dans la chambre de Reid. Il en fit le tour et elle entendit à plusieurs reprises un petit bruit qu'elle mit du temps à identifier. C'était celui d'un déclencheur d'appareil photo.

Les portes de l'armoire s'ouvrirent alors en grand, et Arden se mordit les lèvres jusqu'au sang pour réprimer un hurlement de terreur. Un nouveau cliquetis se fit entendre puis les battants se refermèrent tout aussi brusquement. Quelques instants plus tard, l'homme quitta la chambre.

Éperdue de soulagement, elle l'entendit descendre l'escalier. Puis, au bout de quelques minutes de plus, un claquement métallique se fit entendre, et elle comprit que le mystérieux visiteur venait de ressortir par la porte de la cuisine par laquelle il était entré.

Elle se força à attendre, craignant qu'il ne revienne. Mais les minutes se succédaient sans que le moindre bruit ne se fasse entendre. Finalement, elle déplia péniblement ses jambes ankylosées et se redressa pour sortir de l'armoire. Sur la pointe des pieds, elle gagna le pallier et tendit de nouveau l'oreille. Ne percevant toujours rien, elle entreprit de faire le tour de la maison.

Lorsqu'elle se fut assurée qu'elle était bel et bien seule, Arden redescendit dans le bureau de Reid. Ce n'est qu'alors qu'elle se rappela le morceau de papier qu'elle avait ramassé dans son armoire. Le tirant de sa poche, elle le déplia et lut le nom qui était inscrit dessus, « Haley Cooper », suivi d'un numéro de téléphone portable et signé d'un baiser imprimé au rouge à lèvres.

Il ne lui fallut que quelques instants pour comprendre pourquoi le nom lui semblait vaguement familier. C'était celui de la victime sur laquelle on avait retrouvé un pétale de magnolia.

# 8

Arden ne put s'empêcher de sursauter en entendant la porte d'entrée s'ouvrir. Après le départ de l'intrus, elle s'était remise au travail mais, sans surprise, elle avait eu beaucoup de mal à se concentrer.

— Arden ?

Rassurée d'entendre la voix de Reid, elle se leva et alla le rejoindre dans le vestibule.

— Salut, s'exclama-t-il joyeusement en déposant deux gros sacs arborant le logo de l'un des restaurants italiens préféré d'Arden. Je nous ai rapporté de quoi dîner…

Il s'interrompit brusquement et fronça les sourcils.

— Que se passe-t-il ? lui demanda-t-il, inquiet.

— Quelqu'un est entré dans la maison par effraction après ton départ, lui annonça-t-elle tout de go.

Il la considéra avec un mélange de stupeur et d'inquiétude.

— Est-ce que tu vas bien ? Il ne t'a pas fait de mal ?

Elle secoua la tête.

— Non. Il ne m'a même pas vue. Lorsque j'ai compris que ce n'était pas toi qui rentrais, je me suis cachée dans ton armoire à habits.

— Quand est-ce arrivé ?

— Il y a trois heures, à peu près.

— Est-ce que tu as appelé la police ?

Elle secoua la tête, et il s'approcha d'elle pour poser ses mains sur ses épaules. Il la considéra gravement, comme pour s'assurer de ses propres yeux qu'elle allait bien. Elle fut frappée par l'intensité de son regard, par le mélange d'angoisse rétrospective et de tendresse qui s'y lisait.

Elle repensa alors à ce qu'il lui avait avoué le matin même : que, contrairement à elle, il n'était jamais vraiment parvenu à tourner la page, à oublier leur histoire d'amour. Et elle se demanda s'il éprouvait toujours de sentiments pour elle. Mais le moment était très mal choisi pour s'adonner à de telles spéculations.

— Raconte-moi ce qui s'est passé en détail, lui demanda alors Reid.

Elle hocha la tête et prit une profonde inspiration avant de commencer son récit.

— J'étais en train de travailler lorsque j'ai entendu du bruit dans la cour. Croyant que c'était toi, je suis allée jeter un coup d'œil dans la cuisine, et c'est là que je l'ai vu.

— Est-ce que c'était Brody ?

Elle fronça les sourcils.

— Dave Brody, précisa Reid. L'homme tatoué aux cheveux en brosse avec lequel je discutais ce matin.

— Je ne sais pas, avoua-t-elle. Celui qui est venu ici portait une cagoule et un blouson qui couvrait ses manches. Et je ne l'ai entraperçu que quelques fractions de seconde avant de me cacher.

— Je vois. Que s'est-il passé ensuite ?

— Je suis allée dans le bureau pour récupérer mon portable. Pendant ce temps, il est entré. Il n'a pas forcé la porte. Soit il est très doué pour le crochetage, soit il possédait un double des clés.

Reid ne put réprimer un juron.

— Depuis le temps que je me dis que je devrais faire changer les serrures…

— Reid ! s'exclama-t-elle d'un ton incrédule. C'est l'une des toutes premières choses que l'on est censé faire lorsque l'on rachète une maison.

— Je sais, soupira-t-il. Mais j'ai été un peu débordé, ces derniers temps.

Il se mordilla la lèvre et lui lança un regard désolé.

— Tout est ma faute, lui dit-il. Je n'aurais jamais dû te laisser seule ici…

— Je ne comprends pas ce qui se passe, Reid, murmura-t-elle. Qui était cet homme ? Que voulait-il, exactement ?

— Je l'ignore.

— Pourtant, tu paraissais inquiet à l'idée que je reste ici toute seule. Tu m'as même demandé expressément de n'ouvrir à personne.

— Un meurtre a été commis à quelques centaines de mètres d'ici, lui rappela-t-il. Et le tueur court toujours.

— À ce propos, lui dit-elle, pourquoi ne m'as-tu pas dit que tu connaissais la victime ?

Reid la considéra avec stupeur.

— Parce que ce n'est pas le cas, répondit-il.

Il paraissait sincère, et Arden le connaissait depuis suffisamment longtemps pour être convaincue qu'il ne lui mentait pas. Mais cela n'expliquait pas le papier qu'elle avait découvert dans son armoire. Elle le sortit de sa poche et le lui tendit sans dire un mot. Visiblement étonné, Reid le déplia et lut ce qui y était écrit.

— Tu l'as trouvé, murmura-t-il.

À ces mots, Arden sentit les battements de son cœur s'emballer dans sa poitrine. Elle ne pouvait croire qu'elle se soit trompée à ce point au sujet de Reid.

— Je ne comprends pas ce qui se passe, articula-t-elle en s'efforçant de dominer la peur panique qui menaçait de la submerger.

— Moi non plus, soupira Reid.

— Tu viens de me dire que tu ne la connaissais pas.

— C'est vrai, confirma-t-il. Mais apparemment, je l'ai rencontrée le soir même où elle a été tuée.

— Apparemment ?

— J'étais avec mes anciens collègues dans un bar, en train de fêter mon départ. Il y avait une fille au bar qui m'a abordé et m'a donné son numéro. J'ai dû le mettre dans ma poche et je n'y ai plus prêté attention… Jusqu'à ce que j'apprenne qu'elle avait été assassinée. Mais ce n'est pas le plus bizarre…

Il passa la main dans ses cheveux.

— Je crois que j'ai besoin d'un verre, lui dit-il. Et toi aussi.

Arden hocha la tête et le suivit dans l'escalier. Dans le salon, il ouvrit une armoire qui servait de bar et leur servit deux verres de bourbon. Arden alla prendre place sur le canapé, et Reid se laissa tomber dans le fauteuil club qui lui faisait face.

— Je t'écoute, lui dit-elle lorsqu'il eut avalé une gorgée de whisky.

— En ce qui concerne le meurtre de cette fille, je n'ai pas grand-chose à ajouter, lui dit-il. Nous nous sommes croisés dans un bar, elle m'a dragué et m'a donné son numéro. Puis elle s'est fait tuer.

— À côté de chez toi, lui rappela Arden. Et par quelqu'un qui a laissé un pétale de magnolia sur son corps.

Reid la regarda longuement avant de répondre.

— Es-tu en train de m'accuser de l'avoir tuée, Arden ?

— Bien sûr que non ! s'exclama-t-elle. Comment peux-tu penser une chose pareille ?

— Parce que c'est probablement ce que se dirait n'importe quel flic à ce stade de l'enquête, répondit-il posément. Et je crois que tu le sais : c'est pour cela que tu n'as pas appelé la police, n'est-ce pas ?

Arden ne put s'empêcher de détourner les yeux.

— Brody avait raison, soupira Reid. Quelqu'un essaie de me piéger.

— Brody ? L'ancien client de ton père ? Que vient-il faire là-dedans ?

— C'est là que les choses se compliquent, répondit Reid. Je te l'ai dit : Brody estime que mon père l'a trahi en ne faisant pas comparaître Ginger.

— C'est ce que tu m'as expliqué. Mais j'avoue que je ne comprends pas très bien pourquoi il aurait fait une chose pareille, si cette fille pouvait innocenter son client.

— Tu sais déjà que Ginger était une call-girl. Brody prétend que mon père la fréquentait. En apprenant qu'elle devait comparaître, il aurait eu peur qu'elle ne parle de lui et aurait décidé de la faire disparaître.

— C'est une blague ? articula Arden, sidérée par ces révélations.

— Malheureusement, je crains que non, soupira Reid. Mon père n'a jamais été un modèle de fidélité. Et l'idée qu'il ait pu fréquenter une call-girl ne me surprend pas outre mesure.

— Mais quel intérêt aurait-elle eu à parler de leur relation ?

— Je vois deux possibilités. Mon père a pu prendre peur à l'idée que le contre-interrogatoire du procureur risquait de la pousser dans ses retranchements. Ou bien c'est Ginger qui l'a fait chanter en laissant entendre que s'il ne l'aidait pas, elle se servirait de son témoignage au tribunal pour tout révéler.

— Incroyable…, murmura Arden. Boone Sutton et une call-girl… Il faut dire que ça aurait fait grand bruit à Charleston.

— Assez de bruit pour coûter à Sutton & Associés un certain nombre de ses clients, confirma Reid.

— Et tu crois que ton père aurait pu la faire disparaître de cette façon ?

— Il a suffisamment d'argent et de relations pour cela.

— Mais pourquoi Brody tient-il tant à retrouver Ginger ?

— Parce qu'il pense pouvoir la convaincre de révéler toute la vérité au sujet de mon père. De cette façon, il pourrait se venger de ce qu'il considère comme une trahison.

— Je vois, murmura Arden.

Elle réfléchit durant quelques instants à ce qu'il venait de lui dire.

— Il y a quelque chose qui ne colle pas, lui dit-elle.

— Quoi donc ?

— Si Brody veut faire tomber ton père, pourquoi fait-il appel à toi ? Ne vaudrait-il pas mieux qu'il engage un détective privé, par exemple ?

— Il l'a fait. Mais le détective en question n'a rien trouvé. Moi, en revanche, je devrais pouvoir accéder aux dossiers de mon père…

— Mais pourquoi le ferais-tu ?

— C'est là que l'affaire se complique. En sortant de prison, Brody a rapidement compris qu'il aurait besoin de mon aide. Alors il a commencé à me suivre et à me harceler – tout en restant dans les limites de la légalité. Et c'est en me filant dans ce bar qu'il a vu cette fille me draguer. Le lendemain matin, alors qu'il se rendait dans mon quartier, il est tombé sur la scène de crime qui venait tout juste d'être découverte par la police. En reconnaissant le visage de la fille, il s'est dit qu'il disposait d'un moyen de pression idéal. Il m'a menacé d'envoyer à la police des photos qu'il avait prises au bar et sur lesquelles on me voyait discuter avec Haley Cooper.

— Pourquoi n'es-tu pas allé trouver la police ? lui demanda Arden. Après tout, tu n'as rien à te reprocher. Tu n'as fait que croiser cette fille dans un bar.

— Mais elle s'est fait tuer juste à côté de chez moi. Et ce n'est pas tout : Brody s'est débrouillé pour me filmer sur le lieu du crime, le lendemain soir…

Reid entreprit de lui raconter par le menu ce qui s'était passé, le soir où il était revenu de chez elle.

— Est-ce que tu crois que c'est lui qui a fait le coup ? s'enquit Arden lorsqu'il eut terminé son récit. Aurait-il pu aller jusqu'à tuer cette fille simplement pour te forcer à coopérer ?

Reid hésita quelques instants avant de secouer la tête.

— Très franchement, non. Ce type n'est pas très recommandable mais je ne l'imagine pas tuer quelqu'un de sang-froid simplement pour me forcer la main. Et il y a autre chose… Quelque chose d'encore plus étrange que tout ce que je viens de te raconter.

Arden attendit qu'il poursuive.

— Brody pense que cette fille ne m'a pas abordé par hasard, déclara-t-il. Il pense que quelqu'un l'avait chargé de le faire. Et il a une photo la montrant en train de verser quelque chose dans mon verre.

— Et tu crois que c'est ce même homme qui a tué Haley Cooper ?

— Oui, répondit Reid sans hésiter.

Arden prit quelques instants pour digérer l'ensemble

de ces informations. La situation était effectivement bien plus complexe qu'elle ne l'avait imaginé.

— Penses-tu que le meurtre ait un rapport avec l'énigme du crépuscule ?

— Je n'en sais vraiment rien, avoua Reid. Mais mon instinct me dit que oui.

— Je pense que tu devrais tout raconter à la police.

Reid secoua la tête.

— Tu as vu qui est en charge de cette affaire ?

— L'inspecteur Graham ?

— Le moins qu'on puisse dire, c'est qu'il ne me porte pas dans son cœur. Et je ne peux pas lui en vouloir. Il a de bonnes raisons pour cela… Il se trouve que j'ai déjà croisé Graham à une époque où je n'allais pas très bien. Je buvais beaucoup, et cela ne m'empêchait pas de prendre le volant. Il m'a arrêté un soir. Apparemment, mon père est intervenu. Non seulement il a fait en sorte que je ne sois pas inquiété mais, en plus il a fait en sorte que Graham soit saqué.

— Ton père a vraiment le bras long, on dirait.

— C'est vrai. Mais dans ce cas précis, il n'a pas eu besoin de déployer beaucoup d'efforts. Il lui a suffi de menacer le commissaire de porter plainte contre ses services parce que j'avais été tabassé.

— Graham t'a frappé ? s'exclama Arden, révoltée.

— Pas directement, non. Je me suis fait passer à tabac par deux petites frappes qui appartenaient à un gang de la ville. Ils étaient ravis de pouvoir se défouler sur un gosse de riche comme moi.

— Et personne n'est intervenu ?

— Très franchement, je pense que ces types n'étaient pas là par hasard. À mon avis, Graham devait savoir que je m'en tirerais avec un rappel à la loi et une amende. Alors il a fait en sorte de me donner une bonne leçon…

— Mon Dieu.

— Très franchement, je ne lui en veux même pas. Ce que j'ai fait ce soir-là était criminel. C'est une chose de courtiser la mort, c'en est une autre de mettre en danger les autres en le faisant…

Arden sentit une boule se former au creux de sa gorge.

— Quand est-ce arrivé, exactement ? lui demanda-t-elle d'une voix mal assurée.

— Cela n'a aucune importance, éluda-t-il.

Sa réponse ne fit que confirmer les soupçons d'Arden.

— C'était après notre rupture, n'est-ce pas ?

Reid haussa les épaules.

— J'ai traversé une période un peu difficile, à cette époque, lui avoua-t-il.

Elle dut faire appel à toute la force de sa volonté pour résister à l'envie qu'elle avait d'aller vers lui et de le prendre dans ses bras. Mais elle savait pertinemment où un tel geste risquait de les conduire. Et elle était bien décidée à aller jusqu'au bout de cette histoire avant tout.

— Je suis désolée ; articula-t-elle.

— Tu l'as dit toi-même : c'est du passé…

Elle n'était absolument pas dupe mais il ne lui laissa pas le temps de le lui faire comprendre.

— Graham m'en veut toujours, reprit-il. Si Brody lui offre ma tête sur un plateau, il n'hésitera pas à la prendre. Et bien que les preuves ne soient que circonstancielles, je me retrouverais probablement en prison le temps d'être jugé. Ce serait la fin de mon cabinet. Mais ce n'est pas ce que je crains le plus : pendant ce temps, l'homme qui a tué Haley Cooper courrait toujours. Et je ne pourrais strictement plus rien faire pour te protéger.

Arden lutta de toutes ses forces pour ravaler les larmes qui lui montaient aux yeux. Une fois de plus, Reid venait de lui démontrer à quel point il tenait à elle. Et le plus étrange, c'est qu'il ne semblait même pas s'en être rendu compte.

Elle avala une gorgée de bourbon pour se redonner un semblant de contenance.

— Dis-moi, Reid, murmura-t-elle enfin, tu es sûr que ton père n'est pas impliqué là-dedans ? Tu m'as dit qu'il t'avait renvoyé de son cabinet et qu'il t'avait déshérité. Pour en arriver à de telles extrémités, vous avez dû gravement vous disputer. N'aurait-il pas pu monter toute cette histoire pour te piéger ?

— Mon père est un beau salopard dénué de tout scrupule, c'est vrai, déclara Reid. Mais je ne crois pas que ce soit un assassin.

— La fille n'était peut-être pas censée mourir. Il comptait peut-être juste te faire peur…

— C'est possible, concéda Reid. Mais cela me paraît hautement improbable. Notamment si Brody est dans le coup : étant donné leurs relations passées, je doute fort que mon père ait fait appel à lui. Et s'il l'avait fait, Brody ne chercherait pas aujourd'hui à retrouver Ginger pour le piéger…

— As-tu d'autres ennemis ?

— Je suis avocat, lui rappela Reid avec un sourire plein d'autodérision. Nous avons toujours des tas d'ennemis : des clients déçus, des gens qui se sentent lésés, des victimes qui nous en veulent d'avoir défendu leurs agresseurs… Mais très sincèrement, jusqu'à aujourd'hui, je n'aurais pas imaginé que quelqu'un puisse me haïr suffisamment pour me faire accuser de meurtre…

— Tu ne veux pas parler de Graham, j'imagine, remarqua Arden en fronçant les sourcils.

— Non. Graham ne m'aime pas mais il reste un flic. Jamais il ne ferait une chose pareille.

— Qui d'autre, alors ?

— Cela risque de ne pas te plaire.

— Parce que tu penses peut-être que quelque chose m'a plu, dans tout ce que tu viens de me dire ? répliqua-t-elle en lui décochant un rictus ironique.

— Mais cette fois, c'est plus personnel. Lorsque je suis sorti du tribunal, tout à l'heure, une voiture m'attendait au pied des marches. Tu ne devineras jamais qui était à l'intérieur.

Elle esquissa un haussement d'épaules.

— Ton grand-père, Clement Mayfair en personne.

— Ça alors… Mais que pouvait-il bien te vouloir ?

— Il voulait que je me tienne à l'écart de toi.

— Pardon ? s'exclama Arden, partagée entre incrédulité et colère.

Reid hocha la tête.

— Maintenant que ta grand-mère est décédée, il compte apparemment reprendre contact avec toi. Et il ne tient pas à ce que tu perdes ton temps avec quelqu'un dans mon genre. J'imagine qu'il a d'autres projets pour toi.

— Je n'arrive pas à y croire ! s'emporta Arden. Cela fait des années qu'il m'ignore cordialement et me traite comme de la bouse de yack et voilà qu'il se décide à jouer les grands-pères protecteurs ? Sans même m'en parler ?

Un demi-sourire se dessina sur les lèvres de Reid.

— Je t'avais dit que ça n'allait pas te plaire. Mais

plus sérieusement, j'étais aussi surpris que toi par cette tirade.

— Cela prouve qu'oncle Calvin avait raison : il mijote quelque chose.

— Très probablement, acquiesça Reid. Et tant que nous ne saurons pas ce dont il s'agit exactement, je te suggère de garder tes distances.

— Tu veux rire ? protesta Arden d'une voix vibrante de fureur à peine contenue. Je vais aller le trouver dès ce soir et lui dire ce que je pense de ses procédés !

— Ne fais pas ça, lui conseilla Reid.

— Je ne vais pas le laisser s'en tirer aussi facilement ! s'exclama-t-elle. Il n'a pas le droit de me dire ce qui est bon pour moi ou pas. Et il n'a pas le droit de menacer mes proches pour parvenir à ses fins !

— Calme-toi, Arden. Je comprends parfaitement ce que tu ressens et je peux te dire que j'ai éprouvé la même chose pendant qu'il était en train de me menacer. Mais j'ai tourné la langue sept fois dans ma bouche avant de lui répondre.

— Ce n'est pas ton genre, remarqua Arden d'une voix légèrement accusatrice.

— Effectivement. Mais Clement est certainement l'homme le plus puissant de cette ville. Si nous comptons nous en prendre à lui, nous allons devoir le faire de façon intelligente et réfléchie. Nous ne pouvons nous permettre de perdre notre sang-froid ou il exploitera chacune de nos faiblesses sans le moindre état d'âme. Il m'a dit que si je m'opposais à lui, il me ruinerait et je suis persuadé qu'il est en position de le faire.

— Est-ce que cela signifie que tu as changé d'avis ? lui demanda Arden, déçue. Que tu ne veux plus m'aider à défendre le patrimoine de grand-mère ?

— Je n'ai pas dit cela, objecta-t-il.

— Je sais mais j'avoue que je t'ai un peu forcé la main. Je ne veux pas que tu te sentes obligé de me venir en aide simplement parce que tu me l'as promis alors que tu ne savais pas à quoi tu t'exposais. Si tu veux renoncer à l'affaire, je ne t'en voudrai pas, Reid. D'autant que tu as déjà suffisamment de problèmes comme cela, ces temps-ci.

— Je n'ai pas plus apprécié que toi la façon dont il a tenté de me forcer la main, objecta-t-il. Et je suis bien décidé à le lui faire payer, d'une façon ou d'une autre. Mais pas n'importe comment.

Arden prit une profonde inspiration, se forçant à maîtriser la fureur qu'elle sentait bouillonner en elle.

— D'accord, acquiesça-t-elle. Tu as raison…

À mesure qu'elle recouvrait son calme, elle prit conscience de quelque chose.

— Tu as dit que jusqu'à aujourd'hui, tu ne pensais pas avoir d'ennemi capable d'aller jusqu'au meurtre pour te nuire. Tu penses donc que mon grand-père pourrait faire une chose pareille ?

— Très franchement, je ne sais pas, répondit prudemment Reid. Ce que je peux te dire, en revanche, c'est que personne ne m'avait jamais regardé avec autant de haine et de mépris dans le regard. Il y a chez ton grand-père une violence contenue que je trouve assez effrayante.

— C'est un homme impitoyable, acquiesça Arden.

— Toute la question est de savoir jusqu'où il serait capable d'aller pour imposer ses idées… Et très franchement, tant que nous n'aurons pas la réponse, nous allons devoir redoubler de prudence, Arden. Ce qui vient de se passer montre à quel point la situation est explosive.

— À ton avis, qui était l'homme qui s'est introduit chez toi ? Et que cherchait-il ?

— Tout est possible à ce stade. Il pourrait aussi bien s'agir de Brody, d'un homme envoyé par mon père ou par ton grand-père ou même de l'inspecteur Graham à la recherche d'un indice…

— Il pourrait aussi s'agir du tueur aux magnolias, murmura Arden que cette hypothèse terrifiait plus encore que les autres.

— Qui pourrait lui-même être n'importe qui…

# 9

Le lendemain matin, Reid venait d'attaquer sa deuxième tasse de café de la journée lorsque Arden le rejoignit. Il avait déjà fait venir un serrurier qui, par acquit de conscience, avait remplacé les serrures des deux portes donnant sur l'extérieur ainsi que celle de la cour située à l'arrière de la maison.

Reid s'était couché tôt, la veille, et il avait dormi d'une traite jusqu'au matin, ce qui lui avait permis de récupérer. Arden, au contraire, faisait peine à voir. Les cernes qui se dessinaient sous ses yeux semblaient indiquer qu'elle n'avait quasiment pas fermé l'œil de la nuit.

— Que se passe-t-il ? lui demanda-t-il d'un ton plein de sollicitude.

— J'ai eu du mal à m'endormir, soupira-t-elle. Et je me suis réveillée à l'aube sans parvenir à retrouver le sommeil.

— Tu aurais pu rester chez toi pour te reposer.

Elle secoua la tête.

— Au contraire, lui dit-elle, j'avais vraiment besoin de me changer les idées.

— C'est à cause de ce qui s'est passé hier, j'imagine.

— Même pas, lui assura-t-elle. Je crois que c'est à cause de cette maison. Je n'aurais jamais imaginé qu'y séjourner toute seule puisse me mettre aussi mal à l'aise. Chaque fois que je sors dans le jardin, les images de ma mère me reviennent. Je la revois étendue sur la pelouse, baignant dans son sang, avec cet affreux pétale de magnolia sur les lèvres…

— Je ne comprends pas, objecta Reid. Tu as vécu durant des années dans cette maison, après la mort de ta mère. Et à l'époque, tu ne semblais pas en souffrir.

— C'est vrai, reconnut-elle. Je ne me l'explique pas vraiment. C'est peut-être parce que j'étais encore enfant. Les enfants sont dotés d'une capacité de résilience bien supérieure à celle des adultes. En ce temps-là, je me croyais probablement invincible. Et puis, je t'avais toi pour me protéger…

— Je suis toujours là, lui assura-t-il.

Elle lui décocha un pâle sourire plein de reconnaissance.

— Je pense que c'est à cause du meurtre de Haley Cooper, opina-t-il enfin. Cela a probablement réactivé tes souvenirs et tes angoisses.

— Sans doute, concéda-t-elle. Il faut dire que l'idée qu'un second tueur aux magnolias se balade en liberté dans Charleston n'est pas vraiment faite pour me rassurer. À ce propos, j'ai vu que tu avais changé les serrures. Tu as fait vite !

— J'ai un ami qui possède une entreprise spécialisée dans les équipements de sécurité. Lorsque je l'ai appelé hier soir pour lui dire que les bureaux avaient été visités, il m'a promis d'envoyer quelqu'un rapidement. Je ne pensais pas que ce serait à ce point.

— Je me demandais justement si je ne devrais pas faire la même chose au domaine Berdeaux, déclara-t-elle. Je sais déjà que mon oncle a une clé, de même que les jardiniers et les anciens domestiques. Dieu sait combien de personnes ont obtenu un double, à un moment ou à un autre.

— Tu n'as qu'à appeler mon ami de ma part. Tu peux lui faire entièrement confiance. Cela fait des années que je le connais, et c'est vraiment un type bien. En fait, il a été mon tout premier client ! Demande-lui aussi de vérifier ton système d'alarme et les caméras, s'il y en a. Et n'oublie pas de lui demander de t'expliquer comment changer tous les codes.

— Tu as vraiment peur qu'il m'arrive quelque chose, murmura-t-elle.

— À vrai dire, c'est moins le tueur aux magnolias que ton grand-père que je redoute. Il a nettement plus de chance de connaître quelqu'un qui possède un trousseau de clés et accepterait de le lui céder.

— Tu n'as pas tort, soupira-t-elle. Franchement, nous aurons de la chance si nous ne devenons pas complètement paranoïaques avant que cette affaire ne soit résolue.

Arden traversa le bureau pour venir s'asseoir sur l'un des sièges qui lui faisaient face. Elle posa alors sur sa table de travail le sac de toile qu'elle avait apporté et entreprit de déballer les épais cahiers qu'il contenait.

— Qu'est-ce que c'est ? s'enquit Reid, curieux.

— Tu ne les reconnais pas ? Ce sont les carnets dans lesquels nous avions rédigé les comptes rendus de notre enquête au sujet de l'énigme du crépuscule.

Stupéfait, Reid prit l'un d'eux et le parcourut, reconnaissant leurs écritures respectives qui alternaient avec des articles de journaux et des photocopies de passages de livres qu'ils avaient empruntés à la bibliothèque.

— Je n'arrive pas à croire que tu aies conservé tout ça ! s'exclama-t-il.

— Pourquoi ne l'aurais-je pas fait ? Nous avons travaillé très dur, cet été-là. Comme je n'arrivais pas à dormir ce matin, j'ai commencé à relire certains passages. Il y a des choses vraiment très intéressantes. Par exemple, est-ce que tu te souvenais qu'Orson Lee Finch avait travaillé au domaine Berdeaux, pendant un temps ?

— Si je me souviens bien, il travaillait pour de nombreuses familles aisées du quartier historique. C'était un jardinier très apprécié.

— En revoyant une photo de lui à l'époque, je me suis brusquement rappelé l'avoir vu dans le parc. Il m'avait même offert un paquet de bonbons.

— Tu sais, il paraît que Ted Bundy était un garçon charmant, la plupart du temps, répondit Reid. Je ne sais pas si tu as vu beaucoup de documentaires sur les tueurs en série mais, la plupart du temps, leurs voisins tombent complètement des nues. Ils les décrivent très souvent comme des gens charmants, discrets et très polis.

— C'est vrai, concéda Arden. Mais il m'est venu une idée en parcourant la liste des endroits où Finch travaillait. Si comme nous le pensions à l'époque, il est effectivement innocent des crimes dont on l'accuse, s'il a été piégé, il était la victime parfaite. Le véritable meurtrier pouvait l'observer tout à loisir et se concentrer sur des maisons où il travaillait…

— Arden, protesta Reid, je te rappelle que je ne crois plus à notre théorie. Je suis persuadé aujourd'hui que Finch a bien commis les meurtres dont on l'accuse.

— Ne me dis pas que ce qui s'est passé avant-hier à deux pas d'ici n'a pas réveillé en toi ne serait-ce que l'ombre d'un doute !

— Je pense que si le tueur a sciemment utilisé ce

pétale de magnolia, c'était pour nous adresser un message à nous, parce qu'il savait que ces fleurs – et a fortiori les blanches – avaient une signification particulière pour nous. Cela ne signifie pas pour autant qu'il est le tueur du crépuscule qui a commis tous ces meurtres. Je te rappelle que c'était il y a vingt-cinq ans.

— S'il avait entre vingt et trente ans, il en aurait entre quarante-cinq et cinquante-cinq aujourd'hui, objecta Arden. Il pourrait parfaitement être notre tueur.

— Est-ce que tu as entendu parler du rasoir d'Ockham ?

— Le principe selon lequel en présence de deux solutions possibles, la plus simple a plus de chance d'être vrai ?

— Je ne l'aurais pas mieux dit. Et tu trouves vraiment plus simple le fait que le meurtrier soit toujours en liberté après toutes ces années et qu'il se remette soudain à tuer sans raison ou bien le fait que quelqu'un essaie juste de nous faire peur en se servant de la mort de ta mère ?

— Tu négliges un détail, objecta-t-elle.

Il haussa un sourcil interrogatif.

— La couleur du pétale. Si une personne lambda cherchait juste à nous faire peur, elle aurait employé un pétale rouge. Tout le monde sait que ceux qui se trouvaient sur les lèvres des victimes étaient rouges. En revanche, quasiment personne n'a entendu parler des pétales blancs que j'ai retrouvés sur les marches du pavillon d'été.

Cet argument prit Reid de court. Il ne pouvait nier la logique de sa démonstration.

— Il y a autre chose, ajouta-t-elle, profitant de son avantage. D'après Brody, quelqu'un serait en train d'essayer de te piéger, de faire en sorte que ce soit toi qui sois accusé du meurtre de Haley Cooper. Selon ma théorie, c'est très précisément ce que le tueur a fait à Finch, la dernière fois.

— Arden..., soupira Reid.

— Il n'y a pas de « Arden » qui tienne, protesta-t-elle vivement. Tout ce que je te demande, c'est de garder l'esprit ouvert, d'envisager toutes les possibilités. Parce que de toute façon, pour le moment, nous n'avons pas l'ombre du début d'une piste.

— Écoute, moi aussi j'ai réfléchi à toute cette histoire. Et je suis parvenu à la conclusion que j'avais peut-être eu tort de venir te parler de ce meurtre. Je pensais que cette histoire de pétale était peut-être en lien avec toi. Mais pour le moment le seul qui soit lié à ce meurtre, en dehors de la victime, c'est moi. Il vaudrait peut-être mieux que tu restes à l'écart de tout ça. Si quelqu'un cherche effectivement à me piéger pour une raison ou une autre, je ne tiens pas à ce qu'il puisse se servir de toi pour parvenir à ses fins.

— Il est trop tard, déclara Arden d'un ton sans appel. Je suis déjà impliquée. Et contrairement à toi je pense que cette histoire me concerne aussi directement. Et puis, franchement, tu penses que c'est parce que je resterai sagement sur la touche que le tueur évitera de s'en prendre à moi. Tout le monde ou presque à Charleston sait que nous sommes sortis ensemble pendant des années. Et si l'on veut te piéger, quel meilleur moyen que de tuer ton ex-petite amie. Il sera facile de faire croire que tu as agi par vengeance, parce que je t'avais laissé tomber pour partir à l'université et que tu ne l'as jamais accepté...

Reid ne put s'empêcher de grimacer. Ce scénario lui paraissait un peu trop proche de la réalité.

— Penses-y, poursuivit Arden sur sa lancée, nous

serons beaucoup plus en sécurité ensemble que séparément. Tu n'as jamais vu de films d'horreur ?

— Nous ne sommes pas dans un film, malheureusement, répondit-il. Rien ne dit que les gentils vont gagner à la fin. Je te rappelle qu'une femme est déjà morte. Des tas de femmes, même, si ta théorie se révélait exacte.

— Nous sommes une équipe, insista-t-elle.

— C'est absurde, Arden, protesta Reid. Quatorze ans se sont écoulés depuis l'époque où nous étions une équipe, comme tu dis. Il y a encore trois jours, nous n'avions plus aucun lien. N'as-tu pas mieux à faire que de jouer les assistants détective ? Je croyais que tu voulais rénover la propriété de ta grand-mère. Tu devrais faire venir des architectes, demander des budgets, dresser des plans…

— Crois-moi, si je devais passer mes journées entières au domaine, je deviendrais complètement folle.

— Dans ce cas, cherche un travail dans ton domaine de compétence. Il y a plusieurs musées et des tas de galeries à Charleston. Et la plupart rêveraient d'embaucher quelqu'un avec ton expérience.

— Tu te trompes. Aucun de ces lieux ne m'embauchera jamais.

Reid la considéra d'un air interdit.

— Pourquoi pas ?

Elle hésita quelques instants avant de lui répondre.

— Je n'ai pas été tout à fait honnête avec toi au sujet des circonstances dans lesquelles j'ai perdu mon emploi précédent, avoua-t-elle enfin.

— Tu as été renvoyée ?

— Non. Mais si je n'avais pas démissionné, c'est exactement ce qui se serait produit.

— Que s'est-il passé ? lui demanda Reid, surpris.

Aux dernières nouvelles, tu adorais ton travail, et tout se passait à merveille…

— Il y a quelques mois de cela, les propriétaires de la galerie ont nommé un nouveau gérant pour remplacer l'ancien qui partait à la retraite. Il était beau, plein d'humour et très charismatique…

À ces mots, Reid sentit monter en lui un incoercible accès de jalousie. Il avait parfaitement conscience de l'absurdité de la chose, bien sûr. Cela faisait quatorze ans qu'Arden et lui étaient séparés, et elle avait sans doute eu plusieurs petits amis depuis lors. Mais c'était plus fort que lui. L'imaginer avec un autre homme le rendait malade.

— Nous avions beaucoup de choses en commun, poursuivit Arden sans s'apercevoir de sa réaction. Nous aimions les mêmes livres, les mêmes films, la même musique… Alors nous avons fini par devenir très proches.

Reid serra les dents. Fallait-il vraiment qu'elle rentre dans les détails ? Il se garda pourtant de l'interrompre, devinant à son expression que cette idylle avait dû très mal se terminer.

— Ce que je ne savais pas, articula-t-elle d'une voix piteuse, c'est qu'il était marié. Il s'était bien gardé de me le dire, évidemment. Quant à moi, je n'ai rien vu. Je ne sais pas si c'était de la naïveté, s'il était particulièrement doué ou si au fond je m'en doutais mais que je ne voulais pas regarder la vérité en face… Toujours est-il qu'un jour, à la galerie, j'ai vu arriver cette femme. Elle était furieuse et s'en est tout de suite prise à moi. C'était au beau milieu d'un vernissage, en présence de dizaines de clients et d'employés…

— Comment a réagi son mari ? s'enquit Reid partagé entre jalousie et compassion.

— Elle paraissait croire que c'était moi qui lui avais fait des avances et qui l'avais harcelé jusqu'à ce qu'il finisse par céder. Elle pensait qu'il m'avait ensuite repoussée et que j'avais continué à le harceler de plus belle. Sur le moment, je n'ai pas saisi pourquoi il ne la reprenait pas, pourquoi il la laissait présenter les choses de cette façon. Et puis, soudain, j'ai compris…

— C'est lui qui lui avait tout raconté de cette façon, n'est-ce pas ?

— Oui. Et le temps que j'en prenne conscience, il était trop tard pour me défendre. J'ai maladroitement essayé de dire ce qui s'était réellement passé mais en accusant son mari, je donnais l'impression que j'étais bel et bien la harceleuse qu'elle avait décrite et que je cherchais juste à me tirer d'un mauvais pas… C'était horrible.

— Tous ceux qui te connaissaient ont dû comprendre qu'elle mentait, objecta Reid.

— Mes véritables amis, oui. Mais j'ai découvert ensuite que ce salopard avait joué un double jeu depuis le début : il avait semé le doute depuis longtemps dans l'esprit de nos collègues, prétendant que j'étais obsédée par lui et qu'il ne parvenait pas à se défaire de moi.

— Charmant garçon, commenta Reid.

— Ce n'est pas tout, soupira-t-elle. Quelques jours plus tard, il m'a convoquée dans son bureau et m'a clairement fait comprendre que si je ne démissionnais pas, il me renverrait pour faute lourde.

— Pourquoi est-ce que tu ne m'as pas raconté tout ça, hier ? lui demanda Reid qui bouillonnait de rage.

S'il s'était écouté, il aurait sauté dans le premier avion pour aller trouver cet homme et lui faire passer un très mauvais quart d'heure.

— Parce que j'avais honte, avoua-t-elle d'une voix

misérable. Parce que ce qui m'est arrivé va à l'encontre de tout ce que j'ai essayé de devenir depuis le jour où j'ai quitté Charleston pour partir à l'université. Je voulais être forte, indépendante et brillante. Au lieu de cela, je me suis fait manipuler et humilier. Il faut croire que je ne valais pas grand-chose à ses yeux…

— Cela prouve s'il en était besoin que ce type était un imbécile fini, déclara Reid d'un ton sans appel.

À ces mots, Arden laissa échapper l'ombre d'un sourire et, dans ses yeux, il lut un remerciement muet. Une fois de plus, il aurait voulu la prendre dans ses bras et la serrer contre lui, lui répéter qu'elle était la femme la plus merveilleuse du monde jusqu'à ce qu'elle finisse par le croire.

— Ça, au moins, ça n'a pas changé, souffla-t-elle. Depuis que nous sommes tous petits, tu as toujours su trouver les mots pour me consoler…

— J'essaierai toujours, lui promit-il en luttant contre l'émotion qui l'étreignait en cet instant. En tout cas, ce que j'ai appris, c'est que nous commettons tous des erreurs, à un moment ou à un autre. L'important, c'est ce que l'on en fait par la suite.

— C'est ce que tu as découvert après notre rupture ? lui demanda-t-elle gravement.

— Oui, mais cela m'a pris du temps.

Arden hocha la tête.

— Tu sais, lui avoua-t-elle enfin, je n'avais pas du tout l'intention de venir te demander du travail, hier. Je voulais juste que tu me donnes des conseils au sujet de la propriété. Mais lorsque j'ai vu cette maison, il m'a semblé comprendre immédiatement ce que tu comptais en faire. C'est la réponse à Sutton & Associés, n'est-ce pas ? Ce que tu veux fonder, c'est un cabinet à taille humaine, où des gens ordinaires pourront venir en toute confiance exposer leurs problèmes et tenter d'y trouver des solutions…

— On apprend de ses erreurs, acquiesça Reid. Et le cabinet de mon père en était une pour moi, tout comme la vie que je menais du temps où j'y travaillais. Ce que j'avais peut-être négligé, ajouta-t-il avec une pointe d'autodérision, c'est que pour établir des relations différentes avec ses clients, il faut déjà en avoir…

— Je ne me fais aucun souci pour ça, lui assura Arden. Les gens finiront par comprendre ce que tu proposes et, ensuite, cela fera boule de neige. En attendant, je pense réellement pouvoir t'aider. La plupart du temps, je ne suis pas trop stupide et je travaille dur. La seule chose que je te demande, si tu veux que cela fonctionne entre nous, c'est de ne plus me traiter comme une petite fille qu'il faudrait défendre de tout, y compris d'elle-même.

— Oh ! crois-moi, le fait que tu ne sois plus une petite fille ne m'avait pas du tout échappé, rétorqua-t-il d'une voix malicieuse.

Arden rougit légèrement, et il se prit à songer qu'il y avait peut-être encore un espoir pour leur couple.

— Alors, est-ce que tu es d'accord pour que je reste et que je t'aide à démêler cette affaire ?

Reid savait qu'il avait déjà perdu cette bataille vingt-huit ans auparavant, peut-être, la première fois où cette petite fille de quatre ans lui avait souri à l'autre bout du bac à sable. Mais en bon avocat, il comptait bien négocier une dernière fois avant de capituler.

— Si nous devons travailler ensemble, il faut que nous établissions certaines règles, déclara-t-il.

— D'accord, acquiesça Arden.

Il la regarda droit dans les yeux.

— C'est mon cabinet et ma maison. En cas de

désaccord, c'est donc moi qui aurai le dernier mot. Si je ne veux pas prendre un client ou si je considère qu'une affaire est trop risquée ou trop délicate, nous laissons tomber.

— Pas de problème, acquiesça-t-elle.

Il fronça les sourcils d'un air suspicieux.

— Tu t'attendais probablement à ce que je discute tes conditions, lui dit-elle d'un air entendu. C'est effectivement très tentant. Sauf qu'au fond je pense que tu as raison. Nous sommes tous deux aussi têtus, impulsifs et passionnés l'un que l'autre. Tôt ou tard, nous finirons donc par être en désaccord. Et il faudra bien que quelqu'un tranche. C'est effectivement ton cabinet, et je pense que c'est à toi de le faire.

— Je trouve hautement suspect que nous soyons d'accord à ce sujet, lui dit-il.

— Ne t'inquiète pas, lui dit-elle d'un ton goguenard, cette clause ne vaut que sur le plan professionnel. Sur le plan personnel, nous aurons toute latitude pour nous écharper.

Reid n'était pas sûr de gagner au change.

— Maintenant que nous avons réglé la question du modus vivendi, est-ce que tu veux entendre le plan que j'ai conçu pour retrouver Ginger Vreeland ?

— Avec plaisir, acquiesça-t-il.

— J'ai étudié très attentivement le dossier que tu m'as confié hier, et tout particulièrement la retranscription de son entretien avec l'avocat chargé de la préparer au contre-interrogatoire du procureur.

Reid hocha la tête, attendant qu'elle poursuive.

— Savais-tu que Ginger avait été mariée, juste après le lycée ? Elle a épousé un militaire qui est parti en service actif à l'étranger quelque mois plus tard. Ils ont divorcé lorsqu'il a été démobilisé. Apparemment, il a découvert que Ginger avait déjà commencé ses « activités professionnelles », ainsi qu'elle les appelle pudiquement.

— Et tu penses qu'il pourrait nous aider à la localiser ?

— Non, hélas. Il est mort dans un accident de moto, il y a quelques années de cela. En revanche, son parent le plus proche est un oncle qui habite en banlieue de Charleston. C'est lui qui la recueillait lorsque sa sœur déraillait, ce qui arrivait apparemment très régulièrement.

— Je doute que le détective privé engagé par Brody ne l'ait pas retrouvé. Or, d'après ce dernier, la famille de Ginger a obstinément refusé de donner la moindre indication sur l'endroit où elle pouvait se trouver à l'heure actuelle.

— C'est ce que j'ai cru comprendre, acquiesça Arden avec un sourire entendu. Mais le détective en question s'est probablement contenté de poser la question. Ce qu'il nous faut, c'est une motivation. L'avantage de cette maudite insomnie, c'est que j'ai eu tout le temps d'y réfléchir. Et j'ai fini par avoir une idée…

En l'écoutant parler, Reid avait l'impression de se retrouver projeté des années en arrière, lors de ce fameux été où elle l'avait convaincu de passer ses vacances à enquêter avec elle sur les circonstances de la mort de sa mère.

Elle avait toujours en elle la même fougue, le même enthousiasme qui ne demandait qu'une étincelle pour l'embraser tout entière.

— Je t'écoute, l'encouragea-t-il, fasciné.

— Il y a quelques années, j'ai participé à une action en justice collective contre une banque qui avait ouvert des comptes aux noms de ses clients sans leur demander leur avis. Or j'ai lu très récemment qu'une autre banque était actuellement en procès pour la même raison. À l'époque, je n'avais appris le résultat du procès que parce que de l'argent avait un jour été versé sur mon compte au titre du dédommagement.

— Je crois que je vois où tu veux en venir, acquiesça Reid en souriant.

— Nous n'avons qu'à contacter l'oncle de Ginger et lui dire que son mari vient de percevoir un dédommagement de ce genre. Suite à son décès, seule Ginger aurait la possibilité de toucher cette somme à condition de se manifester assez rapidement. Il faudrait que le montant soit suffisamment important pour la pousser à se manifester mais pas trop, de peur que cela n'éveille sa méfiance. Quant à nous, nous n'aurons qu'à dire que nous sommes une firme spécialisée dans la recherche d'héritiers et que, moyennant une commission, nous nous chargeons de tous les papiers, une fois établie l'identité de la demandeuse…

— En d'autres termes, nous mentons comme des arracheurs de dents, résuma malicieusement Reid.

— Est-ce que cela te pose un problème ?

— Pas si cela nous permet de retrouver Ginger avant Brody, répondit Reid sans hésiter. Je ne suis toujours pas certain que lorsqu'il la retrouvera, il se contentera de l'interroger au sujet de mon père. Après tout, c'est en partie à cause d'elle qu'il a passé dix ans en prison…

— Alors ? Qu'est-ce que tu en penses ?

— Que c'est assez tordu pour avoir une chance de marcher, déclara Reid d'un ton appréciatif. Mais nous n'aurons pas le droit à l'erreur. Car si Ginger soupçonne quoi que ce soit, elle risque de disparaître définitivement de la surface de la terre.

— Nous pourrions accroître nos chances en créant un site Internet qui donnerait à notre fausse entreprise un peu plus de crédibilité. Il va aussi nous falloir un téléphone portable anonyme. Nous ne pouvons pas courir le risque qu'elle tombe sur ton nom.

— Combien de temps te faudrait-il pour créer le site web ?

— Deux jours, je dirais.

— D'accord, acquiesça Reid. Tu as le feu vert pour lancer l'opération. Pendant ce temps, je vais faire le tour de tous mes informateurs pour tenter de trouver tout ce que je pourrai sur Haley Cooper, Ginger Vreeland et Dave Brody…

# 10

Cela faisait quelques heures que Reid était parti et qu'Arden avait commencé à plancher sur le site Internet de leur société fantôme. Vers 1 heure, constatant sans surprise que le réfrigérateur était toujours désespérément vide, elle décida d'aller manger dans un petit café situé sur Queen Street qui proposait une carte de wraps et de salades très variés.

Tout en mangeant, elle passa en revue les notes qu'elle avait prises au sujet dc Ginger. Elle savait en effet qu'une fois qu'ils seraient parvenus à entrer en contact avec elle, il leur faudrait trouver les mots justes pour la convaincre de coopérer avec eux.

Après avoir avalé son café, Arden quitta le café et se prépara à rentrer au cabinet. Mais c'est alors que de l'autre côté de la rue, elle aperçut la silhouette très reconnaissable de Dave Brody.

Pensant qu'il était en train de la surveiller, elle sentit les battements de son cœur s'emballer dans sa poitrine. Mais elle ne tarda pas à constater qu'il était bien trop absorbé par sa conversation téléphonique pour prêter la moindre attention à ce qui l'entourait.

Arden recula donc précipitamment et s'embusqua dans le café en attendant que Brody le dépasse. Il paraissait très en colère contre son correspondant, ce qui le rendait d'autant plus intimidant. Au bout de quelques mètres, il finit par raccrocher et s'éloigna à grands pas, manquant percuter un passant qui ne s'était pas écarté suffisamment rapidement.

Arden comprit qu'elle tenait une occasion inattendue d'en apprendre un peu plus à son sujet. Ce dernier avait apparemment passé beaucoup de temps à épier Reid. Peut-être était-il temps de lui rendre la pareille.

Certes, elle avait promis à Reid de se montrer prudente. Mais en demeurant à distance respectueuse de Brody elle pourrait l'observer tout à loisir et peut-être même découvrir où il vivait et avec qui il était en contact.

Elle attacha ses cheveux en queue-de-cheval et enfila ses lunettes de soleil, regrettant de ne pas avoir pris un sweat ou un manteau doté d'une capuche. Elle quitta alors le café en prenant soin de se placer derrière une famille de cinq personnes qui progressait dans la même direction que Brody.

Elle profita de cet écran sur deux pâtés de maisons avant que la famille ne s'engouffre dans une rue perpendiculaire, la laissant exposée. Arden se rapprocha alors des bâtiments qui bordaient le trottoir de façon à se trouver dans leur ombre.

Elle se sentait désormais beaucoup plus exposée et fut presque tentée de renoncer à cette filature improvisée. Mais Dave Brody ne faisait pas mine de regarder derrière lui, ni même sur les côtés. Il progressait toujours d'un pas décidé, paraissant savoir précisément où il allait.

Arden commença à se détendre légèrement. Déjà, son esprit échafaudait de nouvelles hypothèses. Si Brody avait menti à Reid et travaillait pour la personne qui essayait de le piéger, elle pourrait peut-être découvrir son identité. Même s'il disait la vérité, elle saurait où le trouver en cas de besoin.

Ils remontaient toujours Queen Street en direction de l'ouest. Lorsque Brody dépassa Logan Street, elle comprit qu'il ne se rendait pas chez Reid. Ils dépassèrent encore Rutledge avant de tourner à gauche sur Wentworth. S'ensuivit une série de tours et de détours dans un dédale de petites ruelles.

Arden ne connaissait pas du tout ce quartier et ne tarda pas à se sentir totalement désorientée. Elle craignit même un moment que Brody ne cherche à la semer. Mais s'il fallait en croire Reid, c'était le genre d'homme qui préférait de très loin la confrontation à l'évasion. S'il l'avait repéré, il aurait probablement fait volte-face pour courir droit sur elle. Et dans ce cas, elle n'aurait plus eu qu'à espérer que les heures passées dans sa salle de sport d'Atlanta n'avaient pas été totalement inutiles…

Par acquit de conscience, elle creusa cependant la distance qui les séparait. Brody opéra un dernier virage et, en s'engageant dans cette nouvelle rue, Arden reconnut enfin le quartier dans lequel ils se trouvaient.

Les maisons qui se dressaient là avaient connu des jours meilleurs mais elles avaient quasiment toutes des jardins. Les arbres qui y poussaient offraient une ombre bienfaisante en cette heure chaude de la journée.

Arden se plaça derrière deux étudiants qui avaient dû s'installer en colocation dans cette partie de la ville située non loin de l'université et où les loyers demeuraient relativement modestes.

Brody, quant à lui, s'était arrêté devant une maison qui se dressait sur deux niveaux. Une grille en fer forgé barrait l'accès au jardinet que traversait un sentier de briques rouges. Plongeant dans une allée latérale, Arden s'embusqua derrière une rangée de boîtes aux lettres d'où elle pouvait observer Brody sans craindre qu'il ne l'aperçoive.

Elle le vit sortir un trousseau de clés et ouvrir la grille avant de s'avancer dans le jardin. Une femme d'une cinquantaine d'années qui portait un bermuda et un T-shirt informe sortit alors de la maison et l'interpella.

Ils étaient trop loin pour qu'Arden puisse entendre tout ce qu'ils se disaient mais ils ne tardèrent pas à élever la voix, et elle comprit que cette femme devait être la propriétaire de la maison et qu'elle réclamait à Brody le versement de son loyer en retard.

La conversation devenait de plus en plus tendue, et Arden commençait à craindre que Brody n'en vienne aux mains. Elle se prépara à intervenir au cas où il deviendrait réellement violent, tout en sachant qu'elle avait très peu de chances de pouvoir retourner la situation.

Finalement, Brody gravit l'escalier extérieur qui menait à l'étage, déverrouilla la porte et disparut à l'intérieur avant de ressortir quelques minutes plus tard en brandissant une liasse de billets qu'il lança en direction de sa logeuse. Celle-ci essaya de les rattraper maladroitement au vol avant de ramasser ceux qui s'étaient répandus sur le gazon.

Brody la considéra d'un air narquois avant de refermer la porte de son appartement et de redescendre l'escalier. Quelques instants plus tard, il s'éloignait à grands pas dans la direction d'où il était arrivé. Arden se plaqua contre la palissade qui se trouvait derrière les boîtes aux lettres pour être sûre de ne pas être vue.

Lorsque Brody eut pris suffisamment de distance, elle voulut se remettre en route. Mais l'attitude étrange de la logeuse éveilla son attention. Elle avait fini de ramasser les derniers billets et observait fixement son locataire qui s'éloignait à grands pas.

Au bout de quelques instants, elle gravit l'escalier qui menait à l'étage et, après s'être assurée que Brody était loin et qu'il ne regardait pas dans sa direction, elle souleva un pot de fleurs pour récupérer une clé qui était cachée dessous. Quelques instants plus tard, elle pénétra dans l'appartement de son locataire.

Brody était maintenant beaucoup trop loin pour qu'Arden puisse espérer le rattraper. En revanche, elle avait peut-être une chance d'explorer l'intérieur de son appartement à la recherche d'un indice quelconque. Elle attendit donc patiemment que la propriétaire finisse par ressortir. Après s'être assurée que personne ne l'observait, celle-ci replaça la clé sous le pot et redescendit.

Lorsqu'elle fut rentrée chez elle, au rez-de-chaussée, Arden prit une profonde inspiration pour tenter de dissiper la tension nerveuse qui montait en elle. Elle pouvait sentir les effets de l'adrénaline qui coulait à flots dans ses veines.

Cela faisait une éternité qu'elle ne s'était pas sentie aussi excitée, aussi vivante. Cela lui rappelait ce qu'elle avait éprouvé lorsque Reid et elle avaient emprunté le bateau à voile de Boone Sutton pour aller naviguer de nuit. Au bout d'un moment, la brise légère qui soufflait jusque-là avait brusquement forci tandis que les vagues grossissaient soudain.

Ils avaient alors dû faire la course contre cette tempête naissante, filant sur une mer de plus en plus démontée. En dépit de la peur qu'elle avait éprouvée alors, elle s'était sentie plus libre qu'elle ne l'avait jamais été.

Elle ignora donc la petite voix dans sa tête qui lui conseillait de rentrer au cabinet et sortit de sa cachette pour s'avancer vers la maison de Brody. Elle ne craignait pas trop l'idée de se faire surprendre pas la propriétaire. Elle pourrait toujours prendre son air le plus naïf et expliquer qu'elle avait dû se tromper de maison.

Si jamais on la trouvait à l'intérieur de l'appartement, elle laisserait entendre qu'elle avait passé la nuit avec Brody, qu'elle avait oublié son portable chez lui et qu'il lui avait indiqué où se trouvait la clé de secours.

Evidemment, si c'était Brody lui-même qui la surprenait, elle se retrouverait dans une situation nettement plus délicate – a fortiori si c'était lui qui avait tué Haley Cooper. Mais il venait tout juste de partir de chez lui, et elle estimait avoir un peu de temps devant elle.

Elle était en tout cas convaincue que cette petite visite pouvait s'avérer très instructive. Brody sortait tout juste de prison après dix ans d'incarcération et il passait le plus clair de son temps à espionner Reid et à le suivre. Alors où trouvait-il l'argent nécessaire pour payer un loyer en plein centre-ville ? Même dans un quartier relativement modeste comme celui-ci, la dépense était loin d'être négligeable.

Le fait même qu'il le verse sous forme de liquide tendait à indiquer que cet argent était d'origine illicite. Qui donc le payait et pourquoi ? En répondant à la question, elle ferait certainement un pas décisif vers l'élucidation de l'énigme que constituait le meurtre de Haley Cooper.

Bien sûr, elle savait pertinemment ce que lui dirait Reid, s'il se trouvait là. Il insisterait pour qu'elle retourne directement au cabinet et pour qu'elle s'y enferme à double tour. Mais elle se refusait à laisser échapper une telle opportunité.

D'ailleurs, à une certaine époque, Reid l'aurait probablement encouragée en ce sens. Et elle ne désirait rien tant que redevenir cette fille intrépide qui se souciait moins de sa propre sécurité que de vivre pleinement en accord avec qui elle était et ce en quoi elle croyait.

Qu'aurait pensé cette fille de la vie qu'elle avait menée au cours de ces dernières années ? De la façon dont elle s'était fait manipuler et humilier ? Du fait qu'elle ait fui pour échapper à l'humiliation au lieu de faire face à celui qui s'était servi d'elle ?

Aiguillonnée par ces pensées, elle gravit l'escalier et alla récupérer la clé qui se trouvait sous le pot de fleurs. Après avoir déverrouillé la porte, elle remit la clé en place, ce qui lui laisserait peut-être une chance de s'esquiver discrètement si Brody revenait plus tôt que prévu.

Se glissant à l'intérieur, elle ôta ses lunettes de soleil. L'appartement était plongé dans la pénombre. Il était de taille relativement modeste mais très fonctionnel. La minuscule entrée dans laquelle elle se trouvait desservait une petite salle de bains, sur sa gauche, la chambre à coucher, sur sa droite et le salon, en face d'elle, au fond duquel se trouvait la cuisine américaine séparée par un bar.

Elle pénétra dans la pièce principale et remarqua aussitôt l'ordinateur portable et l'imprimante flambant neufs qui se trouvaient sur la table ainsi que la télévision à écran plat dernier cri qui n'était probablement pas incluse dans la location. Une fois de plus, elle se demanda comment un homme qui ne faisait rien de productif de ses journées pouvait bien s'offrir un tel luxe.

Ne perdant pas un instant, elle commença à fouiller les lieux, commençant par la liasse de papiers qui se trouvait sur la table. Il s'agissait principalement de formulaires administratifs et de factures. Elle pressa la barre espace de l'ordinateur et découvrit avec satisfaction qu'il était seulement en veille et que Brody n'avait pas pris la peine de le protéger par un mot de passe.

Elle commença par le répertoire où il rangeait ses photos et découvrit plusieurs sous-dossiers contenant des images de surveillance classées par dates et par lieux. Cela faisait apparemment des jours que Brody suivait Reid. On pouvait voir ce dernier à la fenêtre de sa maison, sur son balcon, devant le palais de justice, en train de faire ses courses et même devant la demeure Berdeaux, le jour où il lui avait rendu visite.

Elle trouva également les clichés et les films que Brody avait pris dans le bar, le soir où Haley Cooper avait été tuée. Arden ne tarda pas à constater que les photos que Brody avait prises à cette occasion visaient surtout à laisser penser qu'il s'était passé quelque chose entre Haley et Reid, ce soir-là.

La jeune femme était visiblement complice. À plusieurs reprises, elle s'était positionnée de façon à ce qu'elle ait l'air de faire partie du groupe avec lequel Reid avait passé la soirée. Sur l'un des clichés, elle se tenait juste derrière lui et riait aux éclats comme s'il venait de lui raconter une excellente plaisanterie. Sur un autre, Brody avait utilisé un effet de perspective de façon à montrer le regard amoureux que Haley jetait à Reid.

Prise séparément, les images étaient accablantes pour ce dernier. Mais en considérant la série dans son ensemble, il devenait évident qu'il s'agissait d'une très habile mise en scène. Visiblement, Brody était à la fois bien plus intelligent et plus retors qu'il ne voulait bien le faire croire.

Arden n'avait pas de clé USB sur elle et elle n'eut

d'autre choix que d'envoyer les photos par groupes de cinq sur sa propre messagerie. Il y en avait un grand nombre, et le transfert lui prit un certain temps. Elle effaça ensuite tous les messages de la boîte d'envoi et prit soin de vider la corbeille avant de réactiver l'écran de veille.

Estimant qu'elle avait déjà passé beaucoup trop de temps dans l'appartement, elle renonça à contrecœur à explorer le reste du disque dur et se prépara à quitter les lieux. Mais alors même qu'elle s'approchait de la porte d'entrée, elle entendit des pas dans l'escalier.

Le cœur battant à tout rompre, elle se rua dans la pièce qui lui parut la plus sûre – la salle de bains. Là, elle pénétra dans la baignoire et tira le rideau. Elle venait tout juste de le rabattre lorsqu'elle entendit la serrure cliqueter et la porte d'entrée s'ouvrir.

Un frisson glacé courut sur sa peau, et elle pria pour que Brody ne décide pas soudain de prendre une douche pour se rafraîchir. La sonnerie d'un téléphone portable retentit alors.

— Brody, j'écoute…, entendit-elle.

Un silence s'ensuivit.

— Oui, je sais que je suis en retard. Désolé, j'ai eu un contretemps…

Elle l'entendit ouvrir un tiroir. Puis un cliquetis métallique se fit entendre, et elle ne put s'empêcher de penser à la lame d'un couteau à cran. Avait-elle commis une erreur ? Il ne lui semblait pas avoir déplacé l'ordinateur. Et elle avait pris soin de remettre les papiers à l'endroit précis où elle les avait trouvés…

Les battements de son cœur s'accélérèrent, et elle se raidit, prête à bondir dès l'instant où Brody poserait la main sur le rideau de douche.

— Du calme, s'exclama-t-il alors au téléphone. Je

ne suis pas du genre à me dégonfler. Tant que vous me payez ce que vous me devez, vous pouvez compter sur moi… Oui, je pars tout de suite.

Quelques instants plus tard, il ressortit de l'appartement, claquant la porte derrière lui. Éperdue de soulagement, Arden s'assit sur le bord de la baignoire pour soulager ses jambes flageolantes. Là, elle attendit cinq minutes, le temps de s'assurer que Brody n'avait pas oublié quelque chose.

Puis elle quitta la salle de bains. Une fois dans l'entrée, elle hésita. Elle pouvait rester ici et continuer à explorer le disque dur de Brody à la recherche de nouveaux indices. Ou alors, elle pouvait le suivre et découvrir avec qui il avait rendez-vous. Car elle était prête à parier que cette personne n'était autre que le mystérieux commanditaire qui les avait engagés, Haley et lui, pour piéger Reid.

Estimant qu'elle pourrait toujours revenir ultérieurement pour s'occuper de l'ordinateur – en compagnie de Reid, cette fois – elle quitta l'appartement et dévala l'escalier. Brody avait déjà pris une belle avance sur elle, et elle se mit à courir pour le rattraper.

Lorsqu'elle estima s'être suffisamment rapprochée, elle ralentit le pas et se maintint à distance prudente. Ils traversèrent une partie du centre jusqu'à l'artère commerçante très fréquentée de King Street.

Là, la filature que menait Arden se fit nettement plus délicate. À plusieurs reprises, elle crut perdre sa cible. Elle n'osait pourtant pas se rapprocher trop de Brody qui paraissait à présent nettement plus attentif à son environnement et jetait fréquemment des regards alentour.

Au bout d'un moment, elle le vit tourner sur la droite pour s'engager dans une rue perpendiculaire. Une fois de plus, elle pressa le pas. Mais lorsqu'elle atteignit à son tour l'embouchure, Brody avait disparu.

Il avait dû pénétrer dans l'une des boutiques ou l'un des immeubles qui bordaient la rue mais elle n'avait strictement aucun moyen de déterminer lequel. Par acquit de conscience, elle avança le long de la rue sur quelques dizaines de mètres en inspectant attentivement les environs. En vain.

Frustrée, elle ne put réprimer un juron qui lui valut un regard réprobateur de la part d'une mère de famille entourée de trois enfants qui semblaient trouver la chose particulièrement réjouissante. Arden lui décocha un pâle sourire d'excuse et regagna la rue principale.

Qu'était-elle censée faire, à présent ? Attendre que Brody finisse par sortir de l'un des bâtiments dans l'espoir de pouvoir déterminer qui il y avait rencontré ? Profiter du fait qu'il était occupé pour retourner fouiller son disque dur ? Ou bien encore appeler Reid pour en discuter ?

— Arden ?

Elle sursauta, surprise, et se tourna vers l'homme qui venait de l'interpeller.

— Oncle Calvin ! s'exclama-t-elle, soulagée. Mais qu'est-ce que tu fais là ?

— Et moi qui croyais que tu venais me voir, s'exclama-t-il en souriant. Ma galerie est située juste au coin, ajouta-t-il en désignant l'une des vitrines.

On y voyait toutes sortes d'œuvres d'art exotiques : des statuettes de divinités hindoues, des masques africains, des poteries indiennes, des tissus brodés aux motifs chamarrés provenant du Mexique ou du Pérou…

— J'étais sortie faire quelques courses, improvisa-t-elle. Mais je ne savais pas que ta boutique se trouvait ici.

— Si tu as le temps, je peux te faire visiter, proposa son oncle.

Arden hésita un instant. À présent que l'adrénaline commençait à se dissiper, elle ne se sentait plus vraiment le courage de retourner à l'appartement de Brody.

— Je te suis, répondit-elle avec un sourire.

Elle le suivit jusqu'à la petite boutique d'antiquités qu'il avait fondée. En pénétrant à l'intérieur, elle ne put réprimer une exclamation admirative. C'était une véritable caverne d'Ali Baba, emplie de toutes sortes d'objets en provenance du monde entier. Une entêtante odeur d'encens emplissait l'air dans lequel flottait la douce mélopée d'une flûte indienne.

— C'est magique, s'exclama-t-elle, totalement sous le charme.

— Merci, répondit modestement son oncle. C'est un peu l'œuvre d'une vie. Durant des années, mon père m'a répété que je perdais mon temps à parcourir le monde. Mais tous ces objets ont été fabriqués par des gens que j'ai rencontrés au fil de mes voyages…

S'approchant de l'étagère la plus proche, Arden admira les œuvres qui y étaient disposées. Il était évident que chacune d'entre elles avait été choisie avec soin. Loin du bric-à-brac de pacotille qui caractérisait d'ordinaire ce genre de boutique, cette méticuleuse sélection trahissait un goût très sûr fondé sur une connaissance intime des pays d'origine.

De petites étiquettes ornées d'une élégante écriture précisaient d'ailleurs l'origine et la fonction précises de chaque pièce.

— C'est un endroit fabuleux, déclara-t-elle en se tournant vers Calvin.

— Je suis content que ça te plaise.

Elle le suivit à travers la boutique, écoutant avec intérêt les commentaires et les anecdotes que lui inspiraient certains des objets exposés. En l'entendant parler, elle prit conscience du fait qu'il avait parcouru sans relâche le monde entier. Et elle se prit à se demander si, ce faisant, il avait cherché à se fuir ou à se retrouver.

— Viens, lui dit-il alors, je vais te montrer mon jardin secret.

Curieuse, elle le suivit dans l'arrière-boutique qui était constituée de deux salles distinctes. La première, plongée dans la pénombre, était un espace de stockage dans lequel étaient entreposés tous les objets qui n'avaient pas encore trouvé leur place dans la boutique.

La seconde était inondée de lumière grâce à l'immense verrière qui s'ouvrait au plafond. Elle tenait lieu à la fois de jardin intérieur, peuplé de toutes sortes de fleurs, d'arbustes et de plantes exotiques, et d'atelier d'artiste.

Un chevalet trônait au centre, sur lequel était disposée une toile en cours de création. Elle représentait le domaine de Berdeaux qu'un ciel d'orage parait de lueurs inquiétantes. La pluie qui tombait au premier plan conférait à la vieille bâtisse une apparence presque onirique.

— C'est magnifique, s'exclama Arden, fascinée par l'inquiétante étrangeté qui en émanait.

— Je n'ai jamais autant peint que depuis que je suis de retour à Charleston, déclara son oncle. C'est comme si je m'étais reconnecté avec la magie de cette ville…

— Je crois que je vois précisément ce dont tu veux parler, lui avoua-t-elle. J'ai la même impression depuis que je suis revenue.

Il hocha la tête.

— J'ai toujours pensé que tu étais très sensible

à ces choses-là, lui dit-il. Ta mère l'était aussi. Bien plus que je ne le serai jamais, sans doute. Elle était parfaitement en phase avec la magie de Charleston…

Arden sentit son cœur se serrer en avisant l'expression à la fois tendre et triste qui se peignait dans les yeux de Calvin. Il semblait soudain très loin de cet atelier, perdu dans ses souvenirs d'enfance.

— Je suis désolé, s'excusa-t-il, semblant émerger soudain de cette rêverie. Je ne voulais pas te rappeler de mauvais souvenirs…

— Au contraire, protesta Arden. Aujourd'hui, tu es peut-être la seule personne qui puisse me parler de maman.

— C'est vrai, acquiesça-t-il gravement. Il ne se passe pas un jour sans que je pense à elle, tu sais. Tu ne l'as connue qu'adulte, bien sûr. Mais moi, je me souviens de l'enfant qu'elle était. Il y avait en elle une forme de pureté, une beauté intérieure que je n'ai retrouvée que chez de rares personnes par la suite…

Arden fut frappée par l'intensité qui transparaissait dans sa voix. Elle songea qu'il avait dû profondément aimer sa sœur et songea que la séparation que leur avaient imposée leurs parents après le divorce avait dû être terriblement douloureuse pour lui.

— Est-ce que je peux t'offrir à boire ? lui proposa-t-il alors. Je dois avoir du thé glacé et de la limonade.

— Un thé glacé serait parfait, merci.

Il hocha la tête et se dirigea vers le réfrigérateur qui trônait près d'un immense évier à l'autre bout de la pièce.

— N'hésite pas à jeter un coup d'œil à mes autres toiles, si tu veux, l'encouragea-t-il.

Elle s'approcha des tableaux qui étaient entreposés contre le mur du fond. Il devait y en avoir une vingtaine qui figuraient pour la plupart des vues de Charleston et de la région environnante. Elle fut frappée par le fascinant mélange de précision formelle et de puissance évocatrice qui caractérisait le style de son oncle.

Si ses sujets étaient toujours représentés de façon très fidèle, la perspective à travers laquelle ils étaient représentés était souvent déroutante et inattendue. Il en émanait une impression de distance et de mélancolie, comme si le peintre avait voulu signifier la dissociation qui existait entre lui et les lieux qui l'entouraient.

Elle avait toujours eu l'impression que son oncle était un homme original, doté d'une forte sensibilité artistique. Ces tableaux lui en donnaient l'éclatante confirmation.

Elle tomba alors en arrêt devant une toile qui représentait l'intérieur de l'orangerie de la demeure Berdeaux vue à travers l'une des verrières. Le *Cereus* de sa mère occupait le centre de l'image. Calvin avait parfaitement su rendre le contraste entre l'atmosphère feutrée des lieux et l'impression de puissante majesté qui émanait de l'immense cactus.

— Celui-ci n'a pas été facile à peindre, remarqua son oncle qui était de retour avec leurs verres de thé glacé. La texture de cette plante est très particulière, et je ne suis pas certain d'avoir tout à fait réussi à la restituer…

— Tu plaisantes ? protesta vivement Arden. On dirait presque une photographie tant les détails sont bien rendus.

— Merci, répondit son oncle en lui tendant son verre. Cette toile doit faire partie d'un diptyque. La seconde sera réalisée sous la même perspective, mais montrera le *Cereus* en fleurs.

— C'est une excellente idée, approuva Arden. Je

suis vraiment très impressionnée. Je ne savais pas que tu étais aussi doué. Est-ce que tu peins tes tableaux de mémoire ?

— La plupart d'entre eux, acquiesça Calvin. Mais il m'arrive de m'appuyer sur des croquis ou sur des photographies lorsqu'il s'agit d'endroits que je connais un peu moins bien.

Arden avala une gorgée de thé glacé. Il était délicieux, avec un très léger arrière-goût d'amande et de vanille. Se tournant de nouveau vers la toile représentant le *Cereus*, elle secoua doucement la tête.

— C'est incroyable, murmura-t-elle. J'ai vraiment l'impression de regarder par la fenêtre de l'orangerie. Ça me donne presque l'impression…

— L'impression ? l'encouragea Calvin lorsqu'elle laissa sa phrase en suspens.

— Tu vas croire que je suis folle.

— Les artistes possèdent tous un grain de folie, répondit Calvin en souriant. Qui serais-je pour te juger ?

— C'est comme si maman et grand-mère étaient encore dans l'orangerie, lui dit-elle. Tu ne les as pas peintes, bien sûr, mais j'ai l'impression de sentir leur présence. Peut-être à cause de cette lumière dorée qui entoure le *Cereus*…

— Incroyable, murmura son oncle.

Elle lui jeta un coup d'œil interrogatif, et il hocha la tête.

— Cette toile m'a été inspirée par un souvenir d'enfance, expliqua-t-il. Je me promenais dans le parc lorsque j'ai vu de la lumière dans l'orangerie. Je me suis approché et j'ai vu ta mère et la mienne qui jardinaient à l'intérieur. Le *Cereus* n'existait pas encore, à cette époque. Mais ce que j'ai voulu exprimer en le représentant, c'est qu'il servait en quelque sorte de réceptacle, comme s'il abritait les âmes de maman et de Camille…

Arden perçut un léger tremblement dans la voix de son oncle. Il était évident que cette œuvre était importante à ses yeux.

En contemplant l'atelier en forme de serre dans lequel elle se trouvait, elle se demanda si la perspective du tableau ne symbolisait pas la façon dont il avait vécu la rupture de ses parents. Ce divorce l'avait brutalement séparé de sa mère et de sa sœur, le laissant métaphoriquement à l'extérieur de l'orangerie dans laquelle elles se retrouvaient toutes les deux.

— J'ai un présent pour toi, lui annonça alors son oncle en déposant son verre de thé glacé sur un petit établi envahi d'orchidées.

Il alla chercher un petit cadre qu'il rapporta à Arden en prenant soin de le présenter de dos de façon à ménager la surprise.

— C'est mon cadeau de bienvenue, en quelque sorte, lui dit-il. J'espère qu'il te plaira autant qu'à moi. Et avant que tu ne dises quoi que ce soit, je ne tolérerai aucun refus de ta part.

Arden lui sourit, touchée par cette attention. Après avoir posé son propre verre, elle lui prit le cadre des mains et le retourna. Le choc qu'elle éprouva en le découvrant fut tel qu'elle faillit lâcher la toile.

C'était un portrait en buste de sa mère peinte devant le pavillon d'été que l'on devinait en arrière-plan. La perfection avec laquelle il avait su reproduire non seulement les traits de son visage mais surtout l'expression de son regard et de son sourire donnait à Arden l'impression de se trouver véritablement face à sa mère.

Tout était là, de ce regard bleu malicieux à l'infime

fossette qui se dessinait au coin de sa bouche, de la courbe de ses lèvres au minuscule grain de beauté juste sous son oreille.

Une fois remise du choc initial qu'elle avait éprouvé, Arden commença à remarquer certains détails. Le portrait avait été représenté de nuit, de façon à ce que le visage de Camille paraisse nimbé de la douce lumière qui provenait du pavillon d'été.

La robe du soir rouge qu'elle portait était l'une de ses préférées, et Arden se souvenait parfaitement qu'elle l'avait portée, quelques jours seulement avant sa mort, pour se rendre à une réception chez les Sutton. Et dans ses cheveux blonds, sa mère avait piqué une fleur de magnolia immaculée.

— J'espère qu'il te plaît, lui dit alors son oncle, l'arrachant à sa contemplation fascinée.

— C'est le plus beau cadeau que l'on m'ait jamais fait, articula Arden sous le coup d'une émotion qu'elle avait beaucoup de mal à réprimer.

— En tout cas, tu comprends pourquoi j'ai été saisi en t'apercevant dans le jardin, l'autre jour.

De fait, sans même qu'elle s'en aperçoive, la ressemblance d'Arden avec sa mère s'était renforcée au fil des années.

— Quand l'as-tu peint ? demanda-t-elle.

— Il y a quelques années, en m'inspirant d'une photographie qui avait été prise la nuit du bal du maire chez les Sutton.

— Je me rappelle très bien cette soirée, acquiesça Arden d'une voix tremblante. Elle est venue m'embrasser dans ma chambre avant de partir. Je lui ai dit qu'elle ressemblait à une princesse, et elle a ri. Je me rappelle aussi cette fleur qu'elle avait dans les cheveux. C'est étrange, n'est-ce pas ? Qu'elle ait choisi un magnolia…

— C'est ce que j'ai pensé aussi, acquiesça son oncle. Lorsque je l'ai vu, cela m'a fait l'effet d'une belle et terrible prémonition.

Tous deux demeurèrent quelques instants silencieux, absorbés par la contemplation de la toile.

— Je vais l'emballer et je le ferai porter directement chez toi, lui dit enfin Calvin.

— Tu es vraiment sûr que tu veux t'en séparer. C'est un tableau magnifique.

— Il te revient de droit, Arden. Je ne le savais pas au moment où je l'ai peint mais je l'ai fait pour toi.

— Merci infiniment.

— Il n'y a vraiment pas de quoi.

Après avoir reposé la toile, son oncle alla chercher une clé qui était accrochée à un clou, près de la porte de l'atelier.

— Tiens, lui dit-il, je voulais te rendre ceci. C'est la clé de la poterne que ta grand-mère m'avait donnée. Je l'utilisais pour aller m'occuper du *Cereus* mais, maintenant que tu es là, je n'en aurai plus besoin.

— Garde-la, répondit Arden en souriant. Tant que je serai là, tu seras toujours le bienvenu à la maison. En revanche, je te donnerai bientôt une nouvelle clé parce que je compte rapidement faire changer toutes les serrures de la maison.

Calvin la considéra avec une pointe d'étonnement puis hocha la tête.

— Tu as sans doute raison, lui dit-il. Dieu sait combien de doubles ont été réalisés au fil des années et qui les possède aujourd'hui. D'autant que tu vis seule sur cette immense propriété…

Arden sentit un léger frisson couler le long de l'échine. Elle s'était souvent fait cette réflexion au cours des derniers jours. Et elle avait presque été tentée de demander asile à Reid. Mais elle avait renoncé à le faire, craignant qu'une telle suggestion ne vienne fausser les rapports qu'ils étaient en train d'établir.

— Je vais devoir te laisser, dit-elle en songeant qu'elle ferait mieux de rentrer au cabinet avant que Reid ne s'inquiète à son sujet.

— Bien sûr, s'exclama Calvin en la raccompagnant jusqu'à la porte de l'atelier. N'hésite pas à repasser quand tu voudras, en tout cas. J'aimerais beaucoup que tu me parles de ta vie à Atlanta.

Arden ne put s'empêcher de sourire.

— Ce ne sera guère passionnant pour quelqu'un qui a parcouru le monde en tous sens ! Mais je reviendrai pour que tu me parles de tes voyages, justement.

— Entendu, acquiesça son oncle.

En sortant de l'atelier, Arden scruta les alentours, au cas improbable où elle aurait aperçu Brody. Il n'y avait aucune trace de l'ex-détenu, bien sûr, mais en s'éloignant de la boutique de son oncle, elle ne put se défaire de l'impression que quelqu'un était en train de l'observer.

# 11

Après avoir rendu visite à ses informateurs habituels pour leur demander de se renseigner discrètement sur Haley Cooper, Ginger Vreeland et Dave Brody, Reid décida impulsivement de faire un détour par la maison de ses parents avant de regagner le cabinet.

Il se gara à quelques rues de là et couvrit le reste du trajet à pied pour se donner le temps de réfléchir. D'ordinaire, le mercredi, sa mère passait son après-midi à jouer au bridge avec des amies et elle donnait congé à Tess, leur gouvernante. Reid avait donc bon espoir de trouver la maison déserte, ce qui lui permettrait de fouiller le bureau de son père, ainsi que le lui avait suggéré Brody.

L'idée de ce qu'il s'apprêtait à faire ne l'enthousiasmait pas particulièrement mais il estimait que s'il avait une chance de découvrir la vérité au sujet de Ginger Vreeland, il ne pouvait se permettre de la négliger.

Reid n'avait pas d'idée précise de ce qu'il cherchait, exactement. Un journal personnel, des factures, un carnet d'adresses où figureraient les coordonnées de Ginger…

Il commença par sonner à la porte et attendit longuement. Ne voyant personne venir, il utilisa la clé que ses parents lui avaient fournie en cas de besoin et composa le code de l'alarme en priant pour qu'il n'ait pas changé depuis. Il appela d'une voix forte sa mère puis Tess sans obtenir la moindre réponse.

Rassuré sur le fait qu'il se trouvait bel et bien seul dans la maison, il se dirigea droit vers le bureau de son père qui se trouvait à l'arrière de la maison. La porte n'était pas verrouillée, et il entra dans la pièce luxueusement meublée dont les fenêtres donnaient sur la piscine extérieure.

Les tiroirs du bureau étaient tous fermés, bien sûr, mais Reid savait depuis sa plus tendre enfance que la clé se trouvait dans une petite niche située juste sous le plan de travail. Il la récupéra et s'apprêta à commencer sa fouille lorsqu'un bruit de moteur se fit entendre à l'extérieur. Il était bien trop proche pour provenir de la rue. Quelqu'un venait donc de se garer juste devant la maison.

Sans perdre un instant, Reid replaça la clé dans sa cachette et quitta le bureau en prenant soin de refermer la porte derrière lui. Il entendit alors s'ouvrir la porte de la cuisine et se demanda si Tess avait décalé son jour de congé, cette semaine-là. Il prit tout juste le temps d'inventer un prétexte à sa présence et se dirigea vers la cuisine.

C'était une pièce immense au milieu de laquelle se dressait un immense plan de travail recouvert de marbre autour duquel pouvaient travailler jusqu'à six ou sept personnes. Boone Sutton venait tout juste d'y poser un verre qu'il était en train de remplir généreusement de whisky.

Reid l'observa par la porte entrouverte, se demandant s'il fallait voir là un aperçu de son propre avenir. Cette idée n'était guère réjouissante. Son père n'avait jamais été un homme d'abord facile, et Reid n'était pas certain de l'avoir jamais aimé.

Brillant et ambitieux, il avait connu la réussite sur le plan professionnel. Mais Reid n'était pas convaincu qu'il était un homme très heureux. Sa vie de famille pouvait quant à elle être qualifiée d'échec : son mariage ne tenait plus que par la force de l'habitude, il avait déshérité son fils et il n'entretenait quasiment plus de relations avec ses frères et sœurs.

Était-ce ce qui le poussait à rentrer boire tout seul chez lui au beau milieu de l'après-midi ? Une telle conduite ne cadrait guère avec l'image que Boone entendait généralement projeter. Mais Reid se demanda soudain s'il n'en était pas lui-même victime si, à force de s'isoler, cette image n'était pas la seule chose qui lui restait.

Reid toussota pour signaler sa présence, et son père redressa brusquement la tête, passablement stupéfait de le trouver là.

— Qu'est-ce que tu fabriques ici ? lui demanda-t-il sans prendre la peine de le saluer.

— Je suis venu voir maman.

— Ta mère se rend à son club de bridge tous les mercredis depuis plus de trente ans, objecta Boone. Tu le sais aussi bien que moi.

— Je n'ai pas fait attention au fait que nous étions mercredi, répondit Reid en haussant les épaules. Cela explique que Tess ne soit pas là non plus.

— À ce propos, comment es-tu entré ?

— J'ai toujours une clé, répondit Reid. Tu m'as renié mais pas maman, que je sache.

— Le terme est un peu excessif, tu ne crois pas ? railla Boone avant de vider son verre d'un trait.

— Je ne crois pas, non. Dois-je te rappeler ce qui s'est passé ? Non content de me renvoyer, tu m'as fait escorter hors du bâtiment par les membres de la sécurité. Là, tu m'as dit que je n'étais plus ton fils, que je ne toucherai pas un sou de mon héritage et que je ferais mieux de ne pas chercher à exploiter le nom de Sutton pour faire carrière. Si ce n'est pas cela que tu appelles renier quelqu'un, nous ne parlons effectivement pas la même langue.

Alors même qu'il rapportait les paroles de son père, Reid prit soudain conscience du fait qu'elles l'avaient blessé bien plus profondément qu'il ne voulait l'admettre. Sur le moment, il s'était convaincu que cela n'avait aucune importance, que c'était l'aboutissement logique d'une incompréhension profonde qui n'avait cessé d'enfler entre eux au fil des années. Mais il se rendait compte à présent qu'il n'était peut-être pas aussi immunisé qu'il le croyait aux critiques et au mépris de son père.

— J'étais en colère, soupira Boone. Et tu avais fait preuve d'insubordination et d'irrespect. Je t'ai traité comme je l'aurais fait avec n'importe lequel de mes collaborateurs.

— Je m'efforçais de protéger un client, lui rappela Reid. Un client que l'un de tes amis t'avait demandé de lâcher parce qu'il s'agissait de l'un de ses concurrents. C'était contraire à toute déontologie.

— Ce n'était pas seulement un ami, objecta Boone. C'était l'un de nos plus gros clients. Si je n'avais pas agi comme je l'ai fait, je l'aurais perdu. Et je ne pouvais pas me le permettre. Il apporte plus d'affaires au cabinet chaque année que tu n'en verras jamais en l'espace de toute une vie. Je comprends que tu n'aies pas été d'accord. Mais c'est mon cabinet, et c'était donc à moi de prendre la décision.

*Tel père, tel fils*, se prit à songer Reid qui se rappela

avec une pointe d'autodérision le discours qu'il avait tenu à Arden, le matin même.

— Tu sais quel est ton problème ? lui demanda alors son père.

— Non, mais je suis sûr que tu brûles d'envie de me le dire.

— Tu es comme ta mère. Tu transformes tout en question personnelle, ce qui fait que tu n'arrives pas à tourner la page. Moi, au contraire, je finis toujours par faire la part des choses et par mettre de l'eau dans mon vin… ou dans mon whisky, en l'occurrence. Tu en veux un ?

— Il est encore un peu tôt pour moi, objecta Reid qui vint pourtant prendre place sur l'un des tabourets qui entouraient le plan de travail.

— Tu sais ce qu'on dit…, répliqua son père en allant lui chercher un verre qu'il remplit généreusement. C'est toujours l'heurc de l'apéritif, quelque part dans le monde.

Il fit glisser le verre jusqu'à Reid avant de remplir de nouveau le sien. Reid se contenta de faire tourner son verre entre ses doigts.

— Qu'est-ce que tu fais ici à cette heure ? demanda-t-il à son père.

Boone haussa les épaules.

— J'avais besoin d'être au calme. Tu sais ce que c'est : au cabinet, il se passe toujours tellement de choses qu'on n'a plus le temps de réfléchir.

— Tu aurais pu aller à l'appartement, remarqua Reid.

Son père était sur le point de porter son verre à ses lèvres mais il s'immobilisa et lança un regard étonné en direction de son fils.

— Oui, je suis au courant, répondit celui-ci. Tous

ceux qui travaillent au cabinet sont au courant. Et je suis même prêt à parier que maman l'est aussi.

Boone esquissa une petite grimace avant d'avaler une nouvelle gorgée de whisky.

— À propos d'appartement, j'ai entendu dire que tu avais vendu le tien pour racheter l'une de ces vieilles maisons sur Logan. Il paraît aussi que tu y as installé un nouveau cabinet. Est-ce que les affaires marchent bien ?

— C'est encore un peu tôt pour le dire, répondit Reid. Mais j'ai déjà quelques clients.

— Oui, apparemment, tu as même eu une entrevue avec Clement Mayfair, hier. Tu essaies de ferrer un très gros poisson, on dirait.

— Qui te l'a dit ? s'étonna Reid.

— Oh ! tu connais Charleston. C'est un petit monde, et les gens sont bavards. Tu veux un conseil ?

— Pourquoi pas ?

— Réfléchis-y à deux fois avant de t'associer avec Mayfair. C'est l'un des types les plus vicieux et les plus vindicatifs que je connaisse. Et si tu commets la moindre erreur, tu t'en feras un ennemi à vie

Reid repensa aux paroles du grand-père d'Arden.

— Il m'a dit qu'il avait travaillé avec toi, par le passé, et qu'il ne te portait pas dans son cœur. Pour être honnête, il m'a laissé entendre qu'il ne m'appréciait pas beaucoup plus. Tu as été son avocat ?

— C'était il y a des années, répondit Boone.

— Que s'est-il passé ?

— Rien de très extraordinaire. Mais ta mère et moi étions très proches d'Evelyn. Nous le sommes restés lorsqu'ils se sont séparés, et Mayfair nous a ostracisés à cause de cela. Très franchement, cela ne m'a pas attristé plus que cela. Je pensais déjà que c'était un beau salopard.

— Est-ce que tu sais pourquoi ils se sont séparés ? s'enquit Reid.

— Ce n'était pas à cause de moi, si c'est ce que tu insinues. Evelyn était une très belle femme dans sa jeunesse mais elle était un peu trop âgée pour moi. Nous étions juste amis, et c'était quelqu'un que je respectais énormément.

— Je ne sous-entendais rien, objecta Reid. Je suis juste curieux. D'après Arden, leur séparation a été très violente. Ils ont même été jusqu'à se partager les enfants. Aucun juge n'aurait toléré une chose pareille, de nos jours.

— À l'époque non plus, théoriquement. Mais Clement Mayfair a le bras très long et les poches très profondes.

— Je ne comprends pas comment Evelyn a pu accepter une chose pareille.

Un sourire mauvais se dessina sur les lèvres de son père.

— Est-ce que ta petite amie t'a déjà montré les albums de photos de sa famille ?

— Arden n'est plus ma petite amie, objecta Reid.

— Pourtant, elle est venue vivre chez toi.

— Elle travaille avec moi mais elle vit dans la maison de sa grand-mère.

— Si tu le dis…, répondit Boone qui ne semblait pas du tout convaincu. Quoi qu'il en soit, demande-lui de te remontrer ces albums. Tu verras que Calvin, le fils de Clement et Evelyn tient à la fois de son père et de sa mère. En revanche, si tu considères Camille, la fille, et Arden, la petite-fille, la ressemblance avec

Evelyn est flagrante. Mais je te mets au défi d'en trouver une avec Clement.

— Est-ce que tu suggères qu'il n'était pas le père de Camille ?

— Je ne suggère rien du tout, répondit Boone d'un ton qui suggérait précisément le contraire. Je me contente de faire une remarque…

Reid se demanda si son père n'avait pas déjà bu avant même de rentrer à la maison. Ses yeux étincelaient, et son regard était légèrement trouble. Peut-être était-ce la raison pour laquelle il s'exprimait si librement sur le sujet.

En tout cas, si cette hypothèse se révélait exacte, elle expliquerait pourquoi la rupture du couple avait été si violente. Cela justifierait aussi le fait que Clement ait laissé Evelyn emmener Camille alors que lui-même conservait son fils légitime auprès de lui.

— Pourquoi t'intéresses-tu à cette vieille histoire ? lui demanda alors son père, curieux.

— Parce que Arden soupçonne son grand-père de vouloir lui reprendre la demeure Berdeaux.

— Intéressant, opina Boone. À vrai dire, je ne peux pas dire que cela me surprend beaucoup. Il a toujours eu un faible pour cette maison. Je crois qu'elle représente tout ce qu'il a toujours désiré sans pouvoir l'obtenir : la légitimité, la respectabilité, la véritable noblesse du vieux Sud…

— Je ne comprends pas, objecta Reid. La demeure des Mayfair est facilement deux fois plus grande et plus luxueuse que celle des Berdeaux. Et cette famille remonte aux premiers temps de Charleston…

— C'est vrai. Mais le grand-père de Clement, à moins qu'il ne s'agisse de son arrière-grand-père, a perdu la maison et toute la fortune familiale dans une série d'affaires toutes plus suspectes les unes que les autres. C'est une autre famille qui a repris la propriété jusqu'à ce que Clement fasse fortune et parvienne à la racheter. Malgré cela, il est toujours *persona non grata* dans certains cercles qui n'ont pas oublié cette période de déchéance.

Boone se remplit un nouveau verre qu'il fit tourner quelques instants entre ses doigts avant de le vider d'un trait.

— Seul le mariage de Clement avec Evelyn lui avait rouvert ces portes, reprit-il enfin. Après son divorce, il a préféré se retirer plutôt que de courir le risque d'être ostracisé. C'est à partir de cette époque qu'il a commencé à vivre en reclus, ne sortant quasiment plus de chez lui. Mais j'ai entendu dire que, ces derniers temps, il tentait de redorer son image. C'est même lui qui accueille le bal du maire, cette année. Qui sait ? C'est peut-être une opération de charme destinée à regagner le cœur de sa petite-fille. Même si tel est le cas, je pense qu'elle a raison de se tenir sur ses gardes.

— Mais tu n'as pas entendu parler d'opérations immobilières en lien avec la demeure Berdeaux ?

— Pas pour le moment mais si ça t'intéresse, je garderai l'oreille aux aguets. Si j'apprends quoi que ce soit, je te ferai signe.

— Merci, répondit Reid.

Son père le considéra longuement, paraissant hésiter à lui poser une question qui lui brûlait les lèvres.

— Alors comme ça, se lança-t-il enfin, Arden et toi, vous n'êtes plus que de simples collègues…

Reid avala sa toute première gorgée de whisky, histoire de se donner un peu de temps.

— J'ai accepté de la conseiller pour cette affaire immobilière et, en échange, elle me donne un coup de main dans le cadre d'une autre affaire. Il s'agit d'un ancien client à toi, d'ailleurs. Dave Brody.

Boone ne parvint pas complètement à dissimuler le choc que lui causait cette révélation. Mais il se ressaisit très rapidement.

— Qui ça ? fit-il, feignant l'ignorance.

— Dave Brody. Cela m'étonne qu'il n'ait pas essayé de prendre contact avec toi.

— Je ne suis pas un homme que l'on contacte facilement, remarqua Boone. Les seuls qui sont sûrs de pouvoir me parler sont ceux qui connaissent mon numéro de téléphone. Et je ne le communique qu'avec une extrême parcimonie.

— Brody a été condamné à la prison pour meurtre, il y a dix ans. Tu étais son avocat commis d'office. Il a été libéré, voici quelques semaines de cela et, depuis lors, il me harcèle. Il me suit partout, se poste devant chez moi pour m'observer pendant des heures, me photographie…

L'expression de Boone trahissait désormais une inquiétude qu'il ne parvenait pas réellement à dissimuler.

— Et que te veut-il, exactement ?

— Que je l'aide à retrouver une certaine Ginger Vreeland, répondit Reid.

Une ombre passa dans le regard de son père.

— Cela t'évoque quelque chose ?

— Qu'est-ce qu'il t'a raconté, à son sujet ?

— Il est convaincu que c'est à cause de toi que Ginger a quitté la ville la veille du jour où elle devait témoigner en sa faveur au procès.

— Pourquoi aurais-je fait une chose pareille ?

— Toujours d'après lui, cette fille travaillait comme call-girl, et tu étais l'un de ses clients. Tu avais peur de ce qu'elle pourrait raconter devant le tribunal lors du contre-interrogatoire.

— C'est absurde, protesta Boone en reposant son verre si violemment sur le plan de travail que la paroi se fêla. Brody était une véritable ordure. Il était coupable de ce crime, cela ne faisait strictement aucun doute. Mais il a toujours préféré se défausser de ses responsabilités en accusant les autres. Je te conseille de te tenir à distance de ce type, Reid. Demande une ordonnance restrictive, si c'est nécessaire…

— Malheureusement, je ne peux pas faire ça. D'après lui, quelqu'un essaie de me coller un meurtre sur le dos. Et il est le seul qui puisse m'innocenter.

— Un meurtre ? répéta Boone, sidéré. Mais qu'est-ce que tu racontes ?

— Tu as entendu parler de cette fille qui a été retrouvée morte lundi matin, pas très loin de chez moi ? Il s'avère que la victime et moi étions dans le même bar, la veille. Je ne me souvenais pas d'elle mais elle m'a abordé à un moment et m'a donné son numéro de téléphone. Brody a des photos qui le prouvent. Il est prêt à les donner à la police si je refuse de l'aider à localiser Ginger Vreeland.

— Tu ferais peut-être mieux de me laisser me charger de ce Brody, déclara Boone.

Reid repensa aux soupçons qu'avait exprimés Arden. Il ne pouvait croire que son père ait monté cette histoire de toutes pièces dans le seul but de le punir, même dans l'hypothèse où la mort de Haley Cooper n'aurait été qu'un accident involontaire.

— Il n'y a pas que Brody, hélas, reprit Reid. L'inspecteur chargé de l'enquête est un certain John Graham. Il m'a arrêté pour avoir conduit en état d'ivresse, il y a quelques années de cela. Il pense que tu es intervenu non seulement pour que je sois libéré mais aussi pour que lui-même soit cassé. Et il est bien décidé à se venger s'il en a l'occasion. Pouvoir me faire tomber pour meurtre le transporterait probablement de joie.

— Je me rappelle très bien ce flic, acquiesça Boone. Il avait mauvais caractère et se prenait pour Dieu le père. C'est à cause des types comme lui que les gens finissent par haïr la police. Je t'assure que si sa carrière n'a pas progressé comme il le voulait, c'est uniquement à cause de son incompétence et de sa mauvaise attitude. Il avait déjà été suspendu pour usage excessif de la violence. Et il a sciemment laissé ces deux voyous te passer à tabac. Si tu veux mon avis, on aurait dû le virer sans autre forme de procès…

— Comment se fait-il qu'il ne l'ait pas été, alors ?

— Tu sais comment les choses fonctionnent, dans cette ville. Quelqu'un de bien placé a dû estimer qu'il pourrait lui être utile. Mais si tu veux, je peux passer quelques coups de téléphone et faire en sorte qu'il soit mis sur une autre affaire…

— Ce n'est pas la peine, lui assura Reid qui craignait que ce genre d'intervention ne cause plus de tort. En revanche, si tu peux mettre la main sur la dernière adresse connue de Ginger Vreeland, cela pourrait m'être utile…

— Tu espères pouvoir marchander avec Brody, n'est-ce pas ? Mais as-tu pensé que Ginger avait peut-être plus d'un nom dans son carnet d'adresses ?

— Je ne suis pas sûr de comprendre ce que tu veux dire.

— Que de tous ceux qui la fréquentaient, je ne suis certainement pas celui qui aurait eu le plus à perdre si elle avait décidé de se mettre à table. Bon sang, tout le monde sait que je trompe ma femme, même elle. Au risque de te décevoir, Reid, je n'ai strictement rien à voir avec le départ de Ginger. Elle a quitté la ville parce qu'elle avait peur de quelqu'un.

— Peur de qui ? s'enquit Reid.

— Je l'ignore, répondit Boone. Et je ne veux surtout pas le savoir. Mais tout ce que je peux te conseiller, c'est d'oublier cette fille. Tu n'as vraiment pas idée de la boîte de Pandore que tu t'apprêtes à ouvrir, fiston…

# 12

En dépit de sa mésaventure de la veille, Arden ne leva même pas les yeux de son écran en entendant quelqu'un ouvrir la porte d'entrée. Reid pénétra dans le bureau et se laissa tomber sur l'un des sièges situés face à elle.

— Quelle journée ! s'exclama-t-il.

— Je ne me suis pas ennuyée non plus, répondit-elle en s'efforçant de maîtriser l'excitation qui perçait dans sa voix. Tu ne devineras jamais ce que j'ai réussi à trouver.

— Tu travailles sur le site Internet ? lui demanda-t-il en désignant l'ordinateur devant lequel elle se trouvait.

— Non, répondit-elle. J'étais en train de regarder des photos…

Tout en se débarrassant de sa cravate et de sa veste, Reid la considéra d'un air étonné.

— Quel genre de photos ?

Elle hésita, sachant déjà qu'il ne verrait pas d'un très bon œil les risques qu'elle avait pris ce jour-là.

— Tu dois me jurer de ne pas te mettre en colère…

Il fronça légèrement les sourcils.

— Cela ne me dit vraiment rien qui vaille, soupira-t-il. Qu'est-ce que tu as encore fait, Arden Mayfair ?

— Rien que tu n'aurais fait toi-même à ma place, lui assura-t-elle. Et il ne m'est rien arrivé de grave.

Alors ce n'est vraiment pas la peine de te mettre dans tous tes états, d'accord ?

— Mon Dieu, murmura-t-il. Je ne suis même pas sûr d'avoir envie de savoir…

Arden se mordilla nerveusement la lèvre.

— Je ferais mieux de te montrer directement les images, décida-t-elle. Ensuite, je te dirai comment je les ai obtenues. Mais tu dois me promettre de ne pas crier, d'accord ?

— Arden…

— D'accord, d'accord, soupira-t-elle. Viens voir…

Il contourna le bureau en remontant les manches de sa chemise, révélant ses avant-bras musclés. Elle prit soudain conscience du fait que Reid était aujourd'hui très différent de l'adolescent qu'elle avait connu autrefois.

Jusqu'alors, elle s'était bien gardée de s'appesantir sur ce genre de réflexions. Elle avait bien conscience qu'il était un homme extrêmement séduisant, bien sûr. Mais il était pour elle hors d'atteinte. Leur rupture avait été un moment terriblement douloureux pour elle comme pour lui. Elle avait creusé entre eux un gouffre qu'Arden avait toujours cru infranchissable.

Mais depuis qu'elle était de retour à Charleston, elle s'était rendu compte avec un mélange d'étonnement, de fascination et d'angoisse que, en dépit des années qui s'étaient écoulées, l'attirance que lui inspirait Reid était toujours là, intacte. Et elle était prête à parier que la réciproque était vraie.

Il y avait toujours entre eux la même complicité instinctive, la même compréhension qui se jouait bien au-delà des mots. Plus elle passait de temps auprès de lui et plus elle avait du mal à comprendre comment ils avaient pu renoncer à cette entente profonde que tant de gens cherchaient sans jamais la trouver.

Qu'y avait-il d'étonnant dès lors à ce qu'elle réagisse à l'attrait physique que Reid n'avait jamais cessé d'exercer sur elle ? Quelle raison aurait-elle eu de chercher à y résister alors que son être tout entier n'aspirait qu'à retrouver cette magie qu'ils avaient su faire naître chaque fois qu'ils s'enlaçaient ?

— Arden ?

— Pardon ? balbutia-t-elle, complètement désarçonnée par le cours qu'avaient pris ses pensées.

— Tu étais censée me montrer quelque chose. Qu'est-ce qui t'arrive ? Tu es très bizarre, ce soir…

— Je sais, répondit-elle en lui décochant un sourire embarrassé. Les photos…

Elle se tourna vers son écran et double-cliqua sur le dossier qui contenait les photos qu'elle avait récupérées.

— Brody a bien pris des clichés de toi avec la victime dans ce bar, déclara-t-elle en les faisant défiler une à une. Ce qu'il ne t'a pas dit, c'est qu'il s'agissait d'une mise en scène et que la fille et lui étaient forcément complices…

— Attends une minute, protesta Reid, passablement sidéré. Comment as-tu fait pour mettre la main sur ces photos ?

— Quelqu'un me les a envoyées par mail, répondit-elle.

— Qui ?

Elle hésita, anticipant la discussion qui allait suivre. Malheureusement, elle avait su dès l'instant où elle avait pris Brody en filature que les choses en arriveraient là.

— C'est moi qui me les suis envoyées, soupira-t-elle.

— Et où les as-tu trouvées ?

— Sur le disque dur de l'ordinateur portable de Dave Brody…

Elle le vit écarquiller les yeux.

— … Que j'ai trouvé dans son appartement…

Reid ouvrit la bouche mais elle ne lui laissa pas le temps de parler.

— … Où j'étais entrée sans effraction. Je n'ai pas forcé la porte : j'ai utilisé la clé qui se trouvait sous le pot de fleurs…

— Sous le pot de fleurs, articula Reid. Bien sûr…

Elle entreprit de lui raconter sa rencontre inopinée avec Brody, sa filature, la façon dont elle s'était introduite chez lui, son retour soudain et la seconde filature qui s'était soldée par un échec.

— Mais qu'est-ce qui t'a pris ? s'exclama Reid qui avait eu le plus grand mal à conserver son calme pendant tout ce récit. As-tu seulement pensé à ce qui se serait passé s'il t'avait surprise dans son appartement ?

— Il ne l'a pas fait, objecta-t-elle. Je vais parfaitement bien, et il n'a aucun moyen de soupçonner que quelqu'un a eu accès à ses fichiers.

— Mais bon sang, Arden, nous ne sommes pas dans un film policier ! Ça aurait pu très mal se terminer. Brody n'a rien d'un enfant de chœur. D'après mon père, il était bel et bien coupable du meurtre dont il était accusé. Et, à voir ces photos, rien ne dit que ce n'est pas lui qui a tué Haley pour me faire porter le chapeau !

— Bravo, Arden, railla-t-elle en contrefaisant la voix de Reid. Beau travail, ma petite. Sans toi, nous n'aurions jamais mis la main sur ces photos et nous ne serions même pas sûrs qu'elles existent. Le cabinet Sutton Jr. est fier de toi.

— Ce n'est vraiment pas drôle, protesta-t-il, luttant pour ravaler le sourire qui lui montait aux lèvres. Tu t'es mise en danger inutilement. Et tu as prouvé que je ne pouvais pas te faire confiance.

— Tu exagères, protesta-t-elle. Je ne suis pas morte, que je sache.

— Tu te rappelles ce que je t'ai dit, ce matin : que c'était mon cabinet et que tu devrais accepter de procéder à ma façon !

— Je te signale que techniquement je n'étais pas au cabinet. J'étais en train de prendre une pause déjeuner.

— Légalement, les pauses déjeuner font partie du temps de travail, objecta-t-il.

— D'accord. Puisque tu le prends comme ça, où est mon contrat de travail ? Je n'ai rien signé, que je sache. Alors, légalement, je ne suis pas encore ton employée.

Reid la considéra, bouche bée.

— Cette conversation est absurde, reprit-elle, profitant de son avantage. Depuis quand jouons-nous selon les règles ? Dois-je te rappeler que tu as suivi Brody dans une ruelle obscure alors que tu ne savais même pas s'il était armé ? Que tu t'es introduit sur une scène de crime parfaitement identifiée ?

— Ce n'est pas la même chose…, objecta Reid d'une voix qui manquait quelque peu de conviction.

— Pourquoi ? Parce que tu es un homme et moi une femme ?

— Non, bien sûr que non… Simplement, c'est mon problème, pas le tien. Et je refuse que tu te mettes en danger à cause de moi.

— Contrairement à ce que tu penses, ce n'est pas uniquement ton problème. Ce pétale de magnolia est une allusion directe au meurtre de ma mère. Rien ne dit que je ne suis pas la prochaine victime sur la liste.

— Ça n'arrivera pas, protesta vivement Reid.

— Si nous voulons en être sûrs, il va nous falloir identifier celui qui a tué Haley Cooper et l'empêcher de nuire. Car ce n'est pas l'inspecteur Graham qui risque de trouver le coupable. C'est la raison pour laquelle j'ai suivi Brody. Je me disais que je parviendrais peut-être à découvrir pour qui il travaillait. Et en analysant ces photos, je crois que j'ai trouvé un nouvel indice !

— Arden…

— Écoute, Reid, l'interrompit-elle d'un ton excédé, j'ai vu Brody et j'ai dû prendre une décision. Si c'était à refaire, je referais exactement la même chose. Sans la moindre hésitation. Alors, si c'est vraiment quelque chose qui te paraît inacceptable, tu n'as qu'à ne pas m'engager. Mais je refuse catégoriquement de laisser la peur me dicter mes actions. Surtout lorsque la vie des gens que j'aime est en jeu !

Le silence qui suivit lui parut durer une éternité. Dans les yeux de Reid, elle discernait un mélange de stupeur et d'incompréhension.

— Arden…, murmura-t-il enfin.

— Quoi ? répliqua-t-elle vertement.

— Je suis désolé.

— Désolé de quoi ?

— De me conduire parfois comme Boone Sutton, répondit-il.

Elle se demanda ce qu'il pouvait bien vouloir dire par-là. Mais une chose était évidente : si absurde que puisse lui paraître cette assertion, l'angoisse qu'elle semblait inspirer à Reid semblait bien réelle.

— Reid Sutton, lui dit-elle gravement, tu n'as jamais été, tu n'es pas et tu ne seras jamais comme ton père.

— Merci, souffla-t-il.

Il se pencha vers elle suffisamment lentement pour qu'elle comprenne ce qu'il s'apprêtait à faire, pour qu'elle ait tout le temps de le repousser si tel était son souhait. Mais tout ce dont Arden avait envie, en cet instant, c'était qu'il la dévore de baisers, qu'il pose ses mains sur elle, qu'il comble enfin cette sensation de manque qui pulsait en elle, impérieuse.

Mais ses lèvres ne firent qu'effleurer les siennes en un chaste baiser.

— Désolé, lui dit-il de nouveau.

— Pourquoi ?

— Parce que je me conduis parfois comme l'ancien Reid Sutton…

Elle sentit s'épanouir sur ses lèvres un sourire à la fois tendre et amusé.

— Ne sois jamais désolé pour cela ! L'ancien Reid Sutton était quelqu'un de bien. Et je l'ai aimé passionnément…

Reid hésita un instant.

— Et le nouveau ? souffla-t-il enfin.

— Il se pourrait que ce soit quelqu'un de plus extraordinaire encore que l'ancien, avoua-t-elle d'une voix légèrement étranglée.

Le regard qu'ils échangèrent alors disait mieux que des mots le mélange d'espoir et d'angoisse qui les habitait. Car ils avaient conscience l'un et l'autre de l'enjeu considérable que faisaient peser sur eux les quatorze années de séparation qui venaient de s'écouler. Ils savaient tous deux que cette fois, ils n'auraient pas le droit à l'erreur.

— L'avenir nous le dira, déclara Reid d'un ton faussement badin qui cachait mal son émotion. Mais tu me parlais d'un nouvel indice…

— Oui, murmura-t-elle, s'efforçant de dominer le trouble qui s'était emparé d'elle. Un nouvel indice…

Elle passa en revue les photos, cherchant celle qui avait ébranlé toutes ses certitudes.

— Que suis-je censé regarder ? lui demanda Reid lorsqu'elle s'afficha à l'écran.

— Regarde la scène et dis-moi ce que tu vois.

— Eh bien… C'est assez sombre. Je reconnais quelques-uns de mes anciens collègues, au fond. Je me tiens près du bar, et Haley Cooper se trouve juste derrière moi. Elle me regarde avec tendresse, ce qui n'a aucun sens puisque nous ne nous connaissons même pas…

— Oublie le contexte, objecta-t-elle. Dis-moi juste ce que tu vois.

— D'accord, soupira-t-il. Je vois un type un peu éméché debout près du bar en train de parler. Et derrière lui, sa petite amie le regarde avec une tendresse amusée.

Il poussa un juron.

— Elle est vraiment très douée… Était…, se reprit-il aussitôt. Je n'arrive pas à croire que je ne me sois rendu compte de rien !

— Continue, l'encouragea Arden.

Il se pencha vers l'écran, observa le reste de l'image et se figea soudain, comme elle l'avait probablement fait, une heure auparavant.

— Ce n'est pas possible, murmura-t-il.

Il jeta un coup d'œil interloqué à Arden.

— Ça ne peut pas être lui…

— Qui ? lui demanda-t-elle, se refusant à l'influencer.

— John Graham…, murmura Reid en se tournant de nouveau vers l'écran. Alors lui aussi est dans le coup ?

— Ou alors, il passait par-là tout à fait par hasard, rétorqua Arden. Cela me paraît à peu près aussi probable que de deviner le tirage du loto…

— Tu es sûre que c'est lui ?

— Non. C'est pour cela que je t'ai laissé me dire ce que tu en pensais. Comme tu l'as fait remarquer, la photo est très sombre. Et Graham – si c'est bien lui – se tient dans un recoin, à l'écart de votre groupe, comme s'il ne voulait surtout pas être vu. Ceci étant dit, je parierais le contenu de mon compte en banque qu'il s'agit bien de lui.

— Je ne sais pas, murmura Reid. Ce type est un flic… Et tout semble indiquer que c'est quelqu'un d'intègre. Il n'a pas hésité à m'arrêter pour conduite en état d'ivresse alors qu'il devait savoir que mon père me sortirait de cellule en moins de dix minutes.

— Tu n'as pas envisagé le fait qu'il t'avait peut-être arrêté non pas pour faire respecter le Code de la route mais parce qu'il déteste… Comment as-tu formulé ça, l'autre jour ? « Les gens nés au sud de Broad Street avec une cuillère en argent dans la bouche ? »

— Rien ne prouve que ce soit vrai, objecta Reid. Ce type est peut-être le dernier des Incorruptibles…

— J'en doute, répondit Arden. Lorsque j'ai compris qu'il était au bar, ce soir-là, j'ai fait quelques recherches à son sujet. Et j'ai découvert que John Graham avait un sacré passif. Il a été suspendu à plusieurs reprises Il a fait l'objet de deux enquêtes des affaires internes. Et je ne te parle pas de sa vie personnelle : divorcé deux fois, interdit de jeu dans plusieurs casinos, endetté jusqu'aux yeux… Très franchement, si je devais essayer d'acheter un des flics de Charleston, je crois que ce serait mon premier choix.

— Mais où est-ce que tu as trouvé toutes ces informations ? lui demanda Reid d'un ton admiratif.

— Sur des forums de policiers, des sites d'information, le blog d'un ancien policier ayant travaillé avec lui et les réseaux sociaux de ses deux ex-épouses… C'est la magie du XXIe siècle : nous sommes tous des livres ouverts.

— Tu crois que ce pourrait être lui qui est venu au cabinet, hier ?

Arden réfléchit à la question, s'efforçant de comparer la stature du policier à celle de l'homme masqué.

— Possible, concéda-t-elle enfin. Mais il pourrait tout aussi bien s'agir de Brody…

— Tiens, cela me fait penser que ces deux-là ont un point commun, remarqua Reid, pensif.

— Ce sont tous deux de véritables salopards ?

Reid secoua la tête.

— Ils ont tous deux une raison d'en vouloir à mon père : Brody parce qu'il le soupçonne d'avoir exfiltré le témoin qui aurait pu l'innocenter ; Graham parce qu'il estime que mon père lui a mis des bâtons dans les roues…

— Je crois qu'il serait grand temps de parler à ton père, déclara Arden.

— C'est fait, répondit Reid. Je sors tout juste de chez lui.

Arden lui jeta un regard incrédule.

— Je croyais que vous ne vous parliez plus, remarqua-t-elle.

— C'était le cas. Et à vrai dire, je ne comptais pas le rencontrer. Au contraire, même, je me suis rendu à la maison parce que je pensais qu'il n'y aurait personne là-bas et que je pourrais fouiller le bureau de mon père à la recherche d'un indice quelconque au sujet de Ginger Vreeland.

— Et tu as trouvé quelque chose ?

— Mon père est arrivé à la maison avant que j'aie eu le temps d'inspecter le bureau. J'ai prétendu que j'étais venu voir maman mais je ne suis pas convaincu qu'il m'ait cru. Heureusement, il avait bu, et j'ai pu noyer le poisson. Pour faire diversion, je lui ai parlé de Brody et de Ginger Vreeland. Il m'a indiqué que si elle avait quitté la ville, c'était parce que quelqu'un lui avait fait peur. Quelqu'un de très influent, d'après ce que j'ai compris à demi-mot.

— Il n'a pas donné de nom ?

— Non mais il m'a très clairement fait comprendre que je ferais mieux de laisser tomber cette enquête.

— Et c'est ce que tu comptes faire ?

— Je t'avoue que ses mises en garde ont surtout aiguillonné ma curiosité.

— Dans ce cas, je vais me remettre au travail sur le site web et les cartes de visite. Plus vite nous contacterons son oncle et plus vite nous aurons une chance de trouver Ginger.

— Je suis d'accord, acquiesça Reid.

— Cela devra attendre demain, par contre, déclara Arden. La journée a été longue, et j'ai encore pas mal de choses à faire, une fois de retour à la maison.

— Est-ce que tu veux que je te raccompagne ? suggéra Reid.

— Ce n'est pas la peine, lui assura-t-elle. Je peux rentrer à pied.

— Je n'en doute pas. Mais la nuit ne va pas tarder à tomber, et j'avoue qu'étant donné les circonstances je préfère ne pas te laisser te promener toute seule. Et avant que tu ne m'accuses de sexisme, je tiens à préciser que c'est seulement une question de bon sens. Tous les ennemis que nous avons pu identifier savent pertinemment que nous travaillons ensemble.

— Tu as raison, concéda gracieusement Arden. Il ne sert à rien de prendre des risques inutiles.

Arden éteignit l'ordinateur de Reid, et tous deux quittèrent la maison.

*
* *

— Sacré bolide, remarqua Arden en découvrant le coupé sport qui était garé dans la cour à l'arrière de la maison.

Reid ouvrit galamment la portière, et Arden s'engouffra à l'intérieur. Il contourna ensuite la voiture pour venir s'installer au volant.

— C'est un vestige de mon ancienne vie, expliqua-t-il en mettant le contact.

Le moteur fit entendre un grondement sourd, presque félin.

— Je pensais m'en débarrasser lorsque j'ai vendu le loft, poursuivit-il en faisant marche arrière pour sortir de la cour. Dieu sait qu'un peu plus de trésorerie ne serait pas inutile. Mais je n'ai pas pu…

— Cela ne m'étonne pas, remarqua Arden en souriant. Je me souviens que lorsque tu avais six ou sept ans, tu ne pouvais pas te mettre à courir sans faire des bruits de moteur avec la bouche.

— C'est vrai, s'exclama Reid en riant. J'avais complètement oublié !

— Pas moi ! Ça me rendait complètement folle. Après ça, tu t'es mis à collectionner les modèles réduits. Et lorsque nous avions quatorze ans, tu as découvert le kart et tu me traînais sur le circuit presque tous les week-ends.

— Mais tu étais vraiment très douée, si je me souviens bien.

— Parce que j'espérais que si je parvenais à te battre, tu finirais par te dégoûter. Malheureusement, ça n'a pas fonctionné.

— Et moi qui croyais que tu adorais ça ! s'exclama Reid, sidéré.

— Je t'adorais toi, gros bêta, répliqua-t-elle.

Le regard qu'il lui lança alors était empli de tant

de nostalgie qu'elle sentit sa gorge se nouer. Durant plusieurs minutes, tous deux demeurèrent silencieux, plongés dans leurs souvenirs.

— Bizarre, murmura alors Reid.

— Qu'y a-t-il ?

— Ne te retourne pas, lui dit-il. J'ai l'impression que nous sommes suivis. La berline beige, deux voitures derrière nous.

— Tu es sûr ?

— Non. Mais nous allons rapidement en avoir le cœur net. Accroche-toi, ça risque de secouer…

# 13

Reid accéléra brusquement, et la voiture bondit en avant, devançant rapidement leur poursuivant. Au bout de quelques centaines de mètres, sans même ralentir, il tourna à angle droit et s'engagea dans une rue perpendiculaire.

Fort heureusement, elle était quasiment déserte, à cette heure, et il put la remonter à toute allure avant de tourner de nouveau. Mais au lieu de poursuivre sa route, il s'engouffra dans une petite allée, pila et coupa le moteur et les phares.

Pendant tout ce temps, Arden était restée agrippée à son siège, partagée entre angoisse et exaltation.

— Tu es complètement dingue ! s'exclama-t-elle lorsqu'ils se retrouvèrent à l'arrêt. Tu as failli me provoquer une crise cardiaque !

— Je t'avais prévenue, objecta-t-il, les yeux rivés sur le rétroviseur. Et puis, je croyais que tu aimais les montées d'adrénaline ?

— C'est vrai, reconnut-elle en riant nerveusement. Mais ça ne veut pas dire que tu n'es pas complètement fou.

— Tu as remarqué aussi ? railla Reid. C'est très étrange, tu sais : j'ai noté que ça se produisait presque chaque fois que tu étais dans les parages.

— Très drôle… Est-ce que tu crois que nous avons

semé notre poursuivant, si tant est que tu n'aies pas halluciné ?

— Je suis quasiment sûr qu'il nous filait. Attendons une minute ou deux pour en avoir le cœur net.

Alors même qu'il prononçait ces mots, ils virent passer derrière eux à toute allure la berline beige qu'ils avaient repérée un peu plus tôt.

— On dirait que ce n'était pas une hallucination en fin de compte, soupira Arden.

— Malheureusement, il allait tellement vite que je n'ai pas eu le temps de voir qui conduisait.

— Brody, tu crois ?

— Ou Graham… Il pourrait s'agir d'une voiture banalisée.

Reid redémarra et quitta la ruelle pour prendre la direction opposée à celle que la berline venait d'emprunter.

— J'ai bien peur que cette manœuvre ne nous serve pas à grand-chose, remarqua-t-il alors. Qu'il s'agisse de Brody ou de Graham, ils savent pertinemment où nous habitons et ne mettront pas très longtemps à nous retrouver. Je n'aime pas ça. Nous sommes trop exposés. Nos ennemis savent tout de nous alors que nous ignorons quasiment tout d'eux, à commencer par ce qu'ils veulent réellement…

Arden hocha la tête. Elle avait espéré qu'en suivant Brody elle en saurait un peu plus. Mais ce qu'elle avait découvert n'avait fait qu'épaissir un peu plus le mystère. Quelqu'un avait engagé Haley Cooper, Dave Brody et probablement John Graham pour piéger Reid. Mais qui. Et à quelle fin ?

Plus elle y réfléchissait et plus les réponses paraissaient se dérober. Et lorsqu'ils atteignirent la demeure Berdeaux, quelques minutes plus tard, elle se sentait presque plus nerveuse que lorsqu'elle s'était aventurée dans l'appartement de Brody.

Elle actionna le bipeur qui permettait d'ouvrir la grille principale, et Reid remonta l'allée qui conduisait à la majestueuse demeure. Il se gara devant le perron et coupa le moteur.

— Je fais un rapide tour de la maison pour m'assurer que tout est en ordre, proposa-t-il.

— Ce n'est pas la peine, tu sais. J'ai changé le code de l'alarme. Même si quelqu'un avait utilisé une clé pour entrer, il aurait déclenché l'alarme, et l'agence de sécurité m'aurait aussitôt prévenue.

En dépit de l'assurance qu'elle affichait, Arden était loin de se sentir rassurée. Et Reid dut le sentir.

— Si ça ne t'ennuie pas, je vais quand même jeter un coup d'œil. Pour ma propre tranquillité d'esprit…

Il se pencha pour ouvrir la boîte à gants et récupéra à l'intérieur un revolver de petit calibre.

— Je ne savais pas que tu te promenais avec une arme.

— J'ai un permis.

— Depuis longtemps ?

— Depuis que je suis entré chez Sutton & Associés. Ils obligent tous leurs collaborateurs à faire un stage de formation au tir. Mon père dit souvent que les avocats ont le don de se faire des ennemis et le droit de s'en protéger. D'ordinaire, cette arme ne quitte pas le coffre-fort du bureau mais cette fois, nous avons affaire à des gens qui n'hésitent pas à tuer pour arriver à leurs fins.

Arden hocha la tête. Comment aurait-elle pu lui reprocher de se munir d'une arme quand elle-même avait posé le sabre japonais de sa grand-mère près de son lit, la nuit précédente ?

Ils descendirent de voiture et gravirent les marches qui conduisaient à la porte d'entrée. Arden la déverrouilla et désamorça l'alarme. Ensemble, ils parcoururent une à une les pièces du rez-de-chaussée, passant rapidement en revue tous les recoins qui auraient pu tenir lieu de cachette.

Ils poursuivirent ensuite leur inspection à l'étage.

— Je suis content que tu aies insisté pour m'accompagner, en fin de compte, avoua-t-elle à Reid. Cette maison me donne parfois la chair de poule.

— Pourquoi n'irais-tu pas t'installer à l'hôtel, le temps que les choses rentrent dans l'ordre ? lui demanda-t-il.

— Parce que si je le fais, je sais que je n'aurai jamais le courage de revenir m'installer ici. Je suis prête à prendre toutes les précautions qu'il faudra mais je refuse de me laisser chasser de ma propre maison. Sinon, autant la vendre tout de suite à mon grand-père… Tu crois toujours que c'est lui qui pourrait être derrière tout ça ?

— Je ne sais pas, soupira Reid. Embaucher Brody et soudoyer Graham, pourquoi pas ? Me faire accuser d'un crime que je n'ai pas commis, possible. Te faire peur pour que tu quittes la maison de ta grand-mère, je veux bien le croire. Mais tuer Haley Cooper ? Cela me paraît tout de même un peu extrême. Pourtant…

— Pourtant ? l'interrogea-t-elle.

— Eh bien, mon père m'a dit quelque chose de très étrange, tout à l'heure. Quelque chose qui m'a beaucoup fait réfléchir…

Il s'interrompit, paraissant se raviser.

— Tu en as dit trop ou pas assez, insista-t-elle.

— Eh bien, il a laissé entendre que Clement Mayfair n'était peut-être pas le père biologique de ta mère.

— Pardon ? balbutia Arden.

Parmi toutes les folles révélations de ces dernières heures, celle-ci était incontestablement la plus étrange pour elle.

— Tu n'as jamais entendu de rumeurs à ce sujet ?

— Jamais, lui assura-t-elle. Mais si ce que tu suggères est vrai, ce ne serait pas étonnant : j'aurais vraiment été la dernière devant qui on en aurait parlé.

Elle réfléchit aux implications d'une telle éventualité.

— Cela expliquerait bien des choses, reprit-elle. Le divorce de mes grands-parents, en premier lieu et le fait que grand-mère ait eu le droit d'emmener sa fille mais pas son fil. Ou bien encore pourquoi mon grand-père en a tellement voulu à ma mère lorsqu'elle est tombée enceinte et qu'elle a refusé de dire qui était le père. Et bien sûr, l'absence totale d'intérêt que je lui ai toujours inspiré…

— À ce propos, est-ce qu'il a pris contact avec toi au sujet de la maison ?

— Non, toujours pas. Mais je me demande si je ne ferais pas mieux d'anticiper une éventuelle démarche de sa part. Je pourrais aller le voir et lui dire que je ne compte pas lui vendre la maison de grand-mère et que je ne me laisserai pas intimider.

— Je ne crois pas que ce soit une bonne idée, objecta Reid. Tout ce dont nous avons parlé n'est que pure spéculation, y compris son intérêt éventuel pour la maison. Il ne servirait à rien de le provoquer alors que ses intentions ne sont peut-être pas négatives. Après tout, il est possible qu'il ait réellement décidé à la mort d'Evelyn de faire amende honorable et de se rapprocher de toi.

— Ce n'est pas ce que semblait penser mon oncle Calvin, remarqua-t-elle.

— Mais de son propre aveu Calvin n'est plus très

proche de son père. Il a très bien pu se méprendre, lui aussi…

— J'imagine, concéda Arden sans grande conviction.

Ils poursuivirent leur visite au deuxième étage puis Reid fit un rapide tour du grenier. S'étant assurés que la maison était bel et bien déserte et que rien d'anormal ne semblait s'y être produit durant la journée, ils redescendirent au rez-de-chaussée.

— J'aimerais faire le tour du jardin avant que la nuit ne tombe, déclara alors Reid. Tu n'es pas obligée de venir. La journée a été longue.

Arden fut tentée de saisir la perche qu'il lui tendait. Si la maison la mettait parfois mal à l'aise, le jardin était bien pire – particulièrement à la tombée de la nuit. Mais elle songea qu'en s'y aventurant en compagnie de Reid elle aurait peut-être justement l'occasion de conjurer ses angoisses.

— Est-ce que tu crois que nous allons croiser ton oncle ? lui demanda Reid tandis qu'ils se dirigeaient vers l'orangerie.

— A priori, non. Je l'ai rencontré par hasard, tout à l'heure. Il m'a dit qu'il ne comptait pas revenir ici avant la floraison du *Cereus* de maman. Il a même proposé de me rendre sa clé.

— Tu ne l'as pas reprise ?

— Non. Mais de toute façon, elle sera bientôt inutile. J'ai appelé l'ami dont tu m'avais donné le numéro pour qu'il vienne changer toutes les serrures de la propriété. Il va en avoir pour un petit moment.

— Est-ce que ton oncle t'a reparlé des intentions de son père ?

— Non. Je crois qu'ils ne se voient pas beaucoup. Ce n'est pas surprenant, d'ailleurs. Ils ont des tempéraments radicalement opposés. Mon grand-père ne s'intéresse qu'au pouvoir et à l'argent. Oncle Calvin est un artiste, lui. J'ai vu les tableaux qu'il réalise, et il m'en a même offert un qui est magnifique. Il représente maman, quelques jours avant sa mort, alors qu'elle était sur le point de se rendre au bal du maire. Tu ne peux pas imaginer à quel point elle était belle…

Reid lui décocha un petit sourire.

— Ce n'est pas très difficile, objecta-t-il. Tous ceux qui l'ont connu disent que tu es son portrait tout craché.

— Une pâle copie, tout au plus, objecta-t-elle. J'aurais aimé que tu puisses mieux la connaître.

— Moi aussi, acquiesça Reid gravement. Et j'aurais surtout aimé que tu n'aies pas à traverser une telle épreuve. Tu étais si jeune…

— Tu te souviens de cet été-là ?

— Je me rappelle que tout le monde était terrifié. Même dans la cour de récréation, les autres enfants ne parlaient que de ça. Moi, je ne pensais qu'à toi et j'étais désolé que tu ne sois pas là.

— Je suis restée absente plus d'un mois.

Reid hocha la tête.

— J'aurais voulu pouvoir faire quelque chose, n'importe quoi, lui dit-il. Mais ma mère ne voulait plus me laisser sortir. C'était un peu absurde. Finch ne s'en est jamais pris à un enfant. C'est alors que j'ai décidé de t'écrire.

Arden ne put réprimer un sourire au souvenir des longues missives que Reid lui faisait parvenir presque chaque jour.

— Sans tes lettres, je crois que je serais devenue folle, lui avoua-t-elle. Grand-mère était tellement sous le choc qu'elle ne voulait même plus que je quitte l'enceinte de la maison. De toute façon, pour rien au monde je ne serais retournée dans le parc. Presque chaque nuit, je rêvais de ce qui s'était passé et je me réveillais en hurlant. Et pendant la journée il m'arrivait de fondre en larmes de façon complètement incontrôlable. Comme tu peux l'imaginer, personne ne parlait du tueur du crépuscule en ma présence. Mais je savais bien que ce n'était pas terminé, qu'il y avait d'autres victimes et que ce monstre ne s'arrêterait jamais…

— Mais la police a fini par le coincer.

— J'aimerais en être certaine, soupira-t-elle. Mais il m'arrive encore de penser que ce profileur s'est trompé et qu'ils ont arrêté la mauvaise personne.

— Si c'était le cas, il y aurait eu d'autres victimes, objecta Reid.

— Qui nous dit qu'il n'y en a pas eu ? Pas à Charleston, bien sûr, mais ailleurs, dans d'autres villes. À moins bien sûr que le tueur n'ait changé de mode opératoire. Cela s'est déjà vu.

— Nous en avons déjà parlé. Mais rien ne nous permet de le supposer. Ce que nous savons, en revanche, c'est que lorsque Finch a été arrêté, les meurtres ont brusquement cessé.

— Tu oublies Haley Cooper, protesta-t-elle.

— Nous ne sommes toujours pas sûrs que la mort de Haley ait un quelconque rapport avec le tueur du crépuscule ou un éventuel *copycat*. Toutes nos découvertes nous ramènent vers un crime crapuleux : un ex-détenu, un policier véreux, une prostituée en fuite qui en savait trop sur ses clients et une comédienne payée pour flirter avec moi…

— Haley Cooper était actrice ?

— Une aspirante actrice, en tout cas. Elle travaillait dans ce magasin de King Street en attendant de percer. C'est ce qu'expliquait la courte nécrologie qui est parue dans le journal, aujourd'hui. La police s'est enfin décidée à publier le nom de la victime.

— Et si toute cette mise en scène n'était qu'un subterfuge particulièrement élaboré pour trouver un nouveau bouc émissaire ? objecta-t-elle.

— Ce serait stupide, déclara Reid avec conviction. Je t'accorde que Finch aurait fait un bouc émissaire idéal. Il vivait seul. Il connaissait toutes les victimes de près ou de loin. Il avait accès à la plupart des scènes de crime. Il n'avait pas de famille. Et il était pauvre, ce qui signifie qu'il ne pouvait s'offrir les services d'un bon avocat…

— Je pensais que tu le croyais coupable, objecta Arden.

— J'essaie juste de jouer les avocats du diable. Ta thèse d'un Finch bouc émissaire tient la route. Il avait le profil parfait pour cela. Moi, en revanche, j'ai de nombreux amis et de la famille, Je connais mes droits et les procédures policières. J'ai de quoi me payer le meilleur avocat de l'état ou même me défendre moi-même, si besoin était… Franchement, je ferais le pire des boucs émissaires !

— C'est vrai, admit Arden.

— Écoute, lui dit-il doucement, je sais que j'ai été le premier à imaginer un lien entre le meurtre de Haley et le tueur du crépuscule. C'est même pour cette raison que je suis venu te trouver. Mais je suis de plus en plus convaincu que j'ai fait fausse route. Il se peut que les choses soient beaucoup plus simples. Brody sort de prison et veut se venger de mon père. Pour cela, il explore simultanément deux pistes : retrouver Ginger qui pourrait lui permettre de ruiner la réputation de Boone et m'envoyer en prison pour meurtre tout comme mon père l'a envoyé lui en prison.

— Alors Graham aurait été dans ce bar par hasard ?

— Il se peut que Brody l'y ait attiré. Ou qu'il l'ait payé comme il a payé Haley.

— Et où ce type qui sort tout juste de prison après dix ans d'incarcération aurait-il trouvé de quoi payer Graham et Haley ? Comment se serait-il offert cet ordinateur et cette télévision à écran plat ? Et à qui demandait-il de l'argent quand je l'ai entendu discuter au téléphone ?

— D'accord, concéda Reid à son tour. Cette théorie ne tient pas non plus. Il doit y avoir un commanditaire. Mais je te promets que tôt ou tard nous trouverons de qui il s'agit.

Tout en devisant, ils étaient parvenus en vue du pavillon d'été.

— Je suis curieux de voir à quoi le pavillon peut bien ressembler, après toutes ces années, remarqua Reid.

— Je n'en ai aucune idée, avoua Arden.

— Tu n'y es pas retournée ?

Elle secoua la tête.

— Mais tu adorais cet endroit, lui rappela-t-il. C'était notre repaire, notre havre de paix, l'endroit où personne ne pouvait nous atteindre…

— C'est aussi là que j'ai trouvé les pétales qui m'étaient destinés.

— Nous ne sommes toujours pas certains que ces pétales avaient été laissés par le tueur, objecta-t-il. Et encore moins qu'ils t'étaient destinés ainsi que tu l'as toujours cru. Et même si tel était le cas, cela ne t'a pas empêché de retourner dans ce pavillon par la suite. Personnellement, j'en garde des souvenirs très agréables…

Arden ne put s'empêcher de rougir en songeant

aux nuits passionnées qu'ils avaient effectivement passées ici.

— Viens, l'encouragea Reid en souriant. Si cela se trouve, les bons fantômes ont fini par vaincre les mauvais, à l'intérieur…

Il lui tendit la main, et elle la prit, incapable de lui résister. Ils gravirent la petite volée de marche et poussèrent la porte de bois qui s'ouvrit avec un léger chuintement. À l'intérieur, les moucharabiehs des fenêtres imprimaient sur le sol et les murs leurs motifs complexes. La salle en forme de dôme avait conservé son aura de mystère.

En revanche, les draperies et les coussins qui ornaient autrefois les lieux avaient disparu, de même que les quelques meubles de style mauresque. Une odeur de poussière et de renfermé flottait dans l'air, témoignant du fait que l'endroit était demeuré inutilisé durant des années.

Elle ne put s'empêcher de remarquer leurs initiales enlacées que Reid et elle avaient gravées à la base de l'un des piliers. Leur vue l'emplit d'une profonde tristesse, et elle songea une fois de plus à tout ce qu'elle avait sacrifié, lorsqu'elle avait décidé de quitter Charleston, quatorze ans plus tôt.

— L'endroit a connu des jours meilleurs, commenta Reid en parcourant la pièce du regard. Mais les souvenirs sont toujours là. Tu te rappelles notre premier baiser ?

Il y avait tant de douceur et de nostalgie dans sa voix qu'elle se sentit fondre intérieurement. Elle ne parvenait plus à comprendre comment elle avait bien pu renoncer à cet homme qu'elle avait aimé plus que tout et qui le lui avait rendu au centuple.

— Je t'ai embrassé juste ici, reprit-il en désignant le

pilier qui arborait leurs initiales. Et toi, tu t'es enfuie en courant. Mon ego en a pris un sacré coup, ce jour-là.

— J'ai eu peur, avoua-t-elle.

— De moi ?

— Jamais ! protesta-t-elle vivement. Comment aurais-je pu avoir peur de toi ? Tu étais la personne que j'aimais le plus au monde. Mais c'est ça qui me faisait peur, justement. Je savais qu'après ce baiser plus rien ne serait jamais pareil. Et j'avais très peur de perdre mon meilleur ami.

— Tu ne l'as jamais perdu, déclara-t-il.

Elle lui jeta un regard éperdu de doute.

— Nous ne nous sommes même pas parlé pendant quatorze ans, lui rappela-t-elle.

— Et nous pourrions ne plus le faire pendant vingt ans de plus. Cela ne changerait rien. Tu seras toujours ma meilleure amie, Arden.

Tendant la main vers elle, il la posa doucement sur sa joue et effaça du pouce une larme qui perlait au coin de sa paupière.

— Je serai toujours là pour toi, lui dit-il presque solennellement.

Il lui sourit.

— Tu vois ? ajouta-t-il. Il n'y a rien dont tu doives avoir peur ici.

Arden le contemplait, fascinée par la tendresse qui se lisait dans son regard, espérant de tout son cœur qu'il prendrait l'initiative de ce baiser dont elle avait tant besoin. Mais alors que son visage descendait lentement vers le sien, un battement sourd et répétitif se fit entendre au loin.

— Tu as entendu ? souffla-t-il.

— Cela provient de l'orangerie. Le volet a dû se détacher une fois de plus.

Au grand désarroi d'Arden, Reid libéra sa joue et recula d'un pas.

— Nous devrions aller voir, déclara-t-il.

Elle hocha la tête à contrecœur, et tous deux quittèrent le pavillon pour remonter à grands pas l'allée qui conduisait à l'orangerie. Tandis qu'ils en approchaient, Arden ne put s'empêcher de repenser à ce que lui avait dit son oncle au sujet de son tableau représentant le *Cereus*.

— Dis-moi, demanda-t-elle soudain à Reid, si ce qu'a dit ton père est vrai et si Clement Mayfair a bel et bien découvert que Camille n'était pas sa fille, crois-tu qu'il l'ait dit à mon oncle Calvin ?

— Excellente question, répondit Reid. Malheureusement, nous ne pouvons pas vraiment courir le risque de l'interroger à ce sujet. S'il n'est pas au courant, je ne pense pas que ce soit à nous de l'en informer.

— Tu as sans doute raison, concéda Arden.

Parvenus devant l'orangerie, ils repérèrent aussitôt le volet qui s'était décroché. Reid le rabattit et releva le crochet qui était censé le maintenir en place.

— Le ressort qui maintient la pression est usé, remarqua-t-il. Il suffirait d'un simple coup de vent pour que le volet se détache de nouveau. Ce qu'il nous faudrait, c'est de la ficelle ou du fil de fer…

— Il doit y en avoir dans l'orangerie, suggéra Arden. On s'en sert souvent pour confectionner des tuteurs.

Elle gagna la porte du bâtiment et ouvrit la porte vitrée.

— Là-bas, indiqua-t-elle à Reid qui la suivait de près. Sur l'établi, il y a tout ce qu'il nous faut.

Elle s'avança dans cette direction lorsqu'elle entendit Reid pousser un cri juste derrière elle.

— Arden, attention !

Avant qu'elle ait pu comprendre ce qui était en train de se produire, Reid la percuta violemment, les projetant tous deux à plus d'un mètre de l'endroit où elle se tenait debout. L'instant d'après, elle entendit un énorme choc suivi d'une sorte d'explosion et des centaines de bouts de verre fusèrent à travers la pièce.

Contrairement à Reid qui faisait barrage de son corps pour la protéger, Arden ne fut pas touchée. Il lui fallut pourtant quelques secondes pour se remettre du choc qu'elle avait éprouvé et comprendre que l'une des énormes plaques de verre qui formaient le toit de l'orangerie venait de tomber.

Si Reid ne l'avait pas poussée, Arden se serait trouvée exactement sur sa trajectoire.

# 14

S'il fallait en croire les spécialistes qu'Arden avait fait venir pour inspecter l'orangerie dès le lendemain de l'accident, celui-ci avait été causé par la corrosion de plusieurs rivets métalliques combinée au délitement des joints de silicone qui reliaient la plaque de verre à celles qui l'entouraient.

Selon eux, le fait que la structure ait cédé au moment précis où Arden se trouvait au-dessous était une malencontreuse coïncidencc. Elle avait accepté ce diagnostic sans pouvoir se départir de l'idée que ladite coïncidence lui paraissait un peu énorme. En son for intérieur, elle continuait de penser qu'elle avait peut-être été victime d'un sabotage.

Suivant les conseils des spécialistes, elle avait décidé de faire démanteler complètement l'orangerie. Les travaux de remise en état auraient en effet été aussi onéreux que la construction d'une toute nouvelle serre.

Avant de procéder au démantèlement, les ouvriers avaient déplacé le *Cereus* de sa mère à l'aide d'un chariot élévateur. Après réflexion, Arden l'avait fait installer sur la terrasse. Elle pourrait ainsi le contempler tous les jours et n'aurait même plus besoin de sortir de la maison pour observer sa floraison, le moment venu.

Pendant qu'elle supervisait les travaux, Reid était parti travailler au cabinet. Les multiples éclats de verre qu'il avait reçus lors de l'accident n'avaient heureusement causé que des lésions bénignes, et il ne conserverait de cet accident que quelques cicatrices superficielles.

Lorsque les ouvriers eurent entièrement démonté l'orangerie, Arden se remit au travail sur le site web qui devait donner plus de poids à cette histoire d'héritage. Elle fit également imprimer des cartes de visite frappées du logo de leur fausse société de recouvrement.

Dès le lendemain, juste après avoir mis le site en ligne, Arden essaya de contacter Tate Smith, l'oncle de Ginger Vreeland qui, d'après le témoignage de celle-ci, était un retraité qui avait travaillé toute sa vie comme soudeur sur un chantier naval.

Malheureusement, le numéro de téléphone dont il disposait avait été réattribué à quelqu'un qui n'avait jamais entendu parler de Smith. Refusant de se décourager, Reid et Arden décidèrent de se rendre directement chez ce dernier. L'adresse qu'ils avaient trouvée était située sur Oak Island, dans les terres marécageuses qui s'étendaient au sud de Charleston.

Mais là encore, ils furent déçus. La maison perdue devant laquelle ils finirent par arriver paraissait être à l'abandon depuis plusieurs mois, voire plusieurs années. Ils frappèrent par acquit de conscience et firent même le tour de la propriété mais ne trouvèrent pas signe de vie.

En désespoir de cause, ils allèrent s'entretenir avec les voisins de Tate Smith. Mais ceux-ci ne répondirent à leurs questions que de manière très évasive, sans qu'ils puissent dire si c'était parce que Smith menait une vie d'ermite ou si les gens de la région se méfiaient des citoyens comme eux. Peut-être y avait-il un peu des deux.

Sans trop y croire, ils glissèrent dans la boîte aux

lettres de la maison une carte de visite ainsi qu'une lettre qui résumait la situation dans les grandes lignes. Puis Reid et elle repartirent pour Charleston, le moral en berne.

Le week-end qui suivit s'écoula sans le moindre incident mais Arden ne parvenait pas à se détendre. Cette sérénité apparente lui faisait l'effet du calme avant la tempête, et elle s'attendait à tout moment à ce que quelque chose de terrible se produise.

Pourtant, bien que le délai qu'il avait imparti à Reid soit écoulé, Dave Brody ne donna plus signe de vie. Il avait apparemment décidé de renoncer à suivre Reid ou à se poster devant chez lui. L'inspecteur Graham ne se manifesta pas non plus. Ni la presse, ni l'informateur de Reid ne signalèrent aucun progrès dans l'enquête concernant la mort de Haley Cooper. Quant à Boone Sutton et Clement Mayfair, ils ne donnèrent pas de nouvelles.

Il aurait presque été tentant de se convaincre que Haley Cooper avait été victime d'une agression qui avait dégénéré, que Brody travaillait seul et cherchait juste à se venger de Boone Sutton, que Graham s'était trouvé dans ce bar par hasard et que tout ceci n'avait strictement aucun rapport avec les crimes commis par le tueur du crépuscule, vingt-cinq ans auparavant. Mais ni Reid ni Arden n'étaient capables de se mentir à ce point.

Pour s'occuper l'esprit, Arden alla travailler au cabinet le samedi matin et rangea une bonne partie de la bibliothèque juridique de Reid. De retour chez elle, elle dressa la liste de tous les travaux qu'il faudrait entreprendre au cours des semaines et des mois à venir, les classant par ordre de priorité. Elle établit également un budget prévisionnel et comprit qu'elle allait très probablement devoir solliciter un emprunt pour couvrir une partie des dépenses.

Le dimanche qui suivit fut particulièrement éprouvant pour les nerfs d'Arden. Elle commençait à comprendre ce qu'avaient dû éprouver les habitants de Charleston, à l'époque où le tueur du crépuscule fauchait régulièrement de nouvelles victimes.

Le lundi matin, c'est avec soulagement qu'elle se rendit au cabinet où Reid était en réunion avec un client potentiel, un ancien marin pêcheur qui avait fait fortune et avait progressivement constitué une véritable flotte de crevettiers. Pendant que les deux hommes s'entretenaient des modalités d'une éventuelle collaboration, Arden acheva de ranger la bibliothèque, réceptionna les nouveaux meubles que Reid avait commandés pour les bureaux et mit sa comptabilité à jour.

Après avoir raccompagné son visiteur jusqu'à la porte, Reid pénétra dans leur salle de travail où il esquissa une série d'entrechats qui manquaient de grâce mais débordaient d'enthousiasme.

— J'en déduis que tout s'est passé comme tu le souhaitais, constata Arden en riant.

— Nous avons un nouveau client !

— Félicitations, lui dit-elle.

Elle entreprit de lui raconter ce qu'elle avait fait de sa matinée, et il fit mine de l'écouter attentivement. Mais elle le connaissait suffisamment pour deviner qu'en réalité, il était en train de penser à tout autre chose.

Percevant les reproches muets qui se devinaient probablement dans son regard, il lui décocha un sourire d'excuse.

— Je suis désolé, s'excusa-t-il. J'avais la tête ailleurs.

— C'est ce que j'ai cru remarquer. Puis-je savoir à quoi tu pensais ?

— À rien…, éluda-t-il.

— Reid ? insista-t-elle.

Il laissa échapper un soupir.

— J'étais seulement en train de me demander ce qui se serait passé si tu n'étais pas partie, il y a quatorze ans…

Cet aveu la prit complètement au dépourvu. Depuis leur baiser manqué dans le pavillon d'été, Reid avait volontairement repris de la distance, se conduisant en collègue et en ami sans jamais laisser percer la moindre ambiguïté à son égard.

Passée sa déception initiale, Arden s'était sentie plutôt soulagée par cette décision. Car elle sentait bien que les liens d'amitié qui les unissaient autrefois étaient progressivement en train de se reconstituer. Il leur faudrait encore du temps pour se faire vraiment confiance, bien sûr, mais elle était persuadée qu'ils sauraient y parvenir.

Leurs rapports professionnels, quant à eux, étaient parfaitement harmonieux. Tous deux se comprenaient à demi-mot et se complétaient à merveille. Jamais encore elle n'avait connu une relation de travail à la fois si stimulante et épanouissante.

Son seul sujet d'inquiétude, à vrai dire, provenait du fait que Reid ne lui avait encore jamais parlé du renouvellement de son contrat. Elle n'avait aucune idée de ce qu'il comptait faire lorsque sa période d'essai prendrait fin. Elle n'osait cependant pas lui poser la question, ne voulant pas avoir l'air de lui mettre le couteau sous la gorge.

— Pourquoi cette question ? demanda-t-elle lorsqu'elle fut revenue de sa surprise. Je croyais que nous avions tourné la page, toi et moi, que nous avions recréé une nouvelle relation…

— C'est le cas, acquiesça-t-il. Mais est-ce que tu n'as pas l'impression parfois que certaines choses ne sont pas encore complètement réglées entre nous ?

À ces mots, Arden sentit monter en elle un mélange étrange de nervosité, d'angoisse et d'impatience.

— Qu'est-ce que tu veux dire, exactement ? lui demanda-t-elle.

— Eh bien..., hésita-t-il, par exemple, je peux comprendre que tu sois partie. Nous venions de traverser une mauvaise passe, et tu avais peut-être l'impression que nous étions arrivés au bout d'une étape... Ce que je n'ai toujours pas compris, en revanche, et même après toutes ces années, c'est comment tu avais pu t'en aller de cette façon : sans même un adieu. Après tout ce que nous avions vécu ensemble, je méritais quand même mieux que cela, tu ne crois pas ?

Arden détourna les yeux, incapable de supporter le désarroi qu'elle lisait dans ceux de Reid.

— Ce n'est pas un reproche, lui assura-t-il. Nous avons dépassé ce stade depuis longtemps. Mais j'avoue que j'aimerais juste comprendre.

Rassemblant son courage, Arden prit une profonde inspiration et se tourna de nouveau vers lui.

— C'est très simple, lui dit-elle. Si j'avais dû te dire au revoir, Reid, je ne serais jamais partie. Malgré tout ce qui s'était passé, malgré toutes les souffrances que nous avions traversées au cours des mois précédents, je t'aimais encore. Mais j'étais convaincue que tant que nous resterions ensemble, nous ne trouverions pas de solution. Nous avions tous deux besoin de prendre de la distance. Nous nous l'étions même dit. Mais comment se distancie-t-on de quelqu'un qui est à la fois son amant, son meilleur ami, son confident, son frère… Tu étais tout cela et bien plus, pour moi. Et je ne pouvais pas te dire adieu.

Arden sentait les larmes qui roulaient à présent le long de ses joues. Mais elle ne chercha pas à les dissimuler ou à les essuyer. Au fond, Reid avait raison. Ils méritaient tous deux ce moment de vérité qu'ils avaient esquivé durant plus de quatorze ans.

— D'accord, acquiesça-t-il d'une voix légèrement étranglée par l'émotion. Je comprends : tu as opté pour la technique du pansement que l'on arrache d'un coup sec. Mais après ? Tu dis que nous devions prendre de la distance. Pourquoi pas ? Mais après ? Au bout de quelques semaines de réflexion ? De quelques mois, même… Quand tu es revenue pour les vacances, tu aurais pu me parler, ne serait-ce que pour me dire que tu ne m'aimais plus, que tu me haïssais pour ce qui s'était passé et pour la façon dont j'avais réagi. Tout aurait été préférable à ce silence…

— Tu te trompes, Reid. À aucun moment, je ne t'ai haï. Pas une seule fois je ne t'ai tenu pour responsable de ce qui s'était passé. C'était tout le contraire, en fait. Je m'en voulais d'avoir perdu le bébé, de n'avoir pas su prendre soin de moi, de n'être pas allé voir un médecin plus tôt… Mais je m'en voulais encore plus parce qu'une partie de moi était soulagée d'avoir perdu cet enfant. J'imagine que cela doit te paraître atroce mais c'est la vérité, la terrible, l'horrible vérité. Je me sentais coupable et je n'osais plus te regarder dans les yeux.

— Tu n'étais pas responsable de la perte du bébé, protesta vivement Reid.

— Je le sais, aujourd'hui. Et je crois que je le savais déjà, à l'époque. Mais la culpabilité que j'éprouvais déformait tout. Et le pire, c'était que d'habitude, lorsque j'avais un problème, c'était toujours vers toi que je me tournais. Mais cette fois, c'était impossible. Tu ne pouvais pas être juge et partie…

— Si seulement nous nous étions dit tout cela, à l'époque, nous aurions peut-être pu trouver une solution.

— Si cela peut te remonter le moral, je ne le pense pas, Reid. Nous arrivons à parler de tout cela justement parce que quatorze ans se sont écoulés. Et même aujourd'hui, cela reste douloureux. À l'époque, nous étions à vif, toi et moi…

Reid médita quelques instants sur ce qu'elle venait de lui dire et hocha la tête.

— Tu as probablement raison, concéda-t-il. Au fond, ton grand-père n'avait pas complètement tort, en fait.

— Que veux-tu dire ?

— Lorsqu'il m'a convoqué à l'arrière de sa voiture, il m'a dit que nous étions beaucoup trop jeunes pour avoir un enfant, à l'époque. Sur le moment, j'ai protesté. Mais c'est lui qui avait raison. Nous manquions tous deux de maturité.

— Je ne sais pas, objecta-t-elle tristement. Je crois que si le bébé avait survécu, tout se serait passé très différemment. Nous aurions mûri pour lui et avec lui. Et je pense que nous aurions formé une belle famille, tous les trois.

Le sourire qui illumina le visage de Reid trahissait autant de tendresse que de nostalgie, et elle eut l'impression qu'il lui transperçait le cœur.

— Les choses ne fonctionnent pas toujours comme on le souhaite, soupira-t-elle.

— Sans doute, concéda Reid. Mais parfois, la vie nous surprend dans l'autre sens. Je ne m'attendais plus à ce que tu reviennes, Arden. Mais je suis heureux que tu l'aies fait.

Elle hésita quelques instants à lui poser la question qui lui brûlait les lèvres depuis quelques jours.

— Dis-moi, je viens de recevoir une invitation pour assister au bal du maire chez mon grand-père, samedi.

— Il s'y est pris un peu au dernier moment, remarqua Reid. Je crois avoir reçu la mienne voici plusieurs semaines.

— À sa décharge, il ne pouvait pas deviner que je serais à Charleston, remarqua-t-elle. Est-ce que tu comptais y aller ?

— L'un des avantages qu'il y a à être à son compte, c'est que l'on n'est plus obligé d'aller faire des courbettes lorsqu'on n'en a pas envie. Et je t'avoue que ma dernière discussion avec Clement Mayfair m'a définitivement convaincu de passer mon tour. Et toi ? Est-ce que tu as l'intention de t'y rendre ?

— Ce serait peut-être l'occasion de faire la paix, remarqua-t-elle.

— Peut-être, acquiesça Reid. D'autant que mon père est convaincu que Mayfair organise cette soirée pour tenter de redorer son image. D'après lui, c'est peut-être justement dans l'espoir de se réconcilier avec toi.

— Peu probable. Cela fait plusieurs mois qu'il a dû accepter d'organiser cette soirée. Si cela se trouve, grand-mère était encore vivante, à l'époque.

— Ce n'est pas faux, concéda Reid, songeur. Mais tu ne m'as pas vraiment répondu : est-ce que tu comptes y aller ou pas ?

— Oui, répondit-elle, prenant enfin une décision qu'elle n'avait que trop repoussée. Cela me permettra peut-être de deviner enfin ce qu'il mijote.

— Tu te méfies toujours de lui, même si tu penses qu'il pourrait vouloir faire la paix ? s'enquit Reid, perplexe.

— Mon grand-père est forcément en train de manigancer quelque chose. C'est dans sa nature de toujours préparer le coup d'après… Qu'il soit en ma faveur ou contre mes intérêts est une question totalement indépendante.

— Voilà qui est parlé comme une véritable joueuse de poker, commenta Reid, amusé…

— Exact. Mais pour être sûr d'emporter la partie, je vais avoir besoin d'un as dans ma manche. Quelque chose qui me permettrait de déstabiliser mon grand-père.

— Et tu as une idée de ce que cela pourrait être ?

— Oui, répondit-elle sans hésiter. Toi à mon bras.

Reid ouvrit de grands yeux.

— Tu veux faire croire à ton grand-père que nous sortons de nouveau ensemble ? s'exclama-t-il. Il va être fou de rage.

— Précisément. Et cela pourrait l'amener à commettre un impair. De ton côté, est-ce que tu ne trouverais pas cela amusant, après la façon dont il t'a traité l'autre jour ?

Reid la considéra comme si elle était devenue folle.

— À peu près aussi amusant que d'aller tirer les moustaches d'un tigre dans son repaire, répondit-il.

— Où est passé ton goût de l'aventure ? s'exclama-t-elle malicieusement. Et ce sera l'occasion de faire la promotion du cabinet. Il y aura là-bas tout ce que Charleston compte de personnalités. Ce sera l'endroit idéal pour nouer de nouveaux contacts. D'autant que tout le monde doit savoir qu'Ambrose Foucault ne va pas tarder à prendre sa retraite. Ses clients actuels vont tous devoir se mettre à la recherche d'un nouveau conseiller juridique.

— Je ne te savais pas si retorse, Arden, commenta Reid en souriant.

— C'est parce que je n'avais encore jamais travaillé pour toi, répliqua-t-elle. J'ai bien l'intention de faire en sorte que ce cabinet se développe et prospère. Comme cela, je pourrai peut-être te demander une augmentation, un de ces jours.

— Si nous parvenons à récupérer ne serait-ce que quelques-uns des clients d'Ambrose, nous allons surtout devoir embaucher rapidement.

— Est-ce que cela veut dire que tu es d'accord ? lui demanda-t-elle.

— Je vais y réfléchir…

— Pas besoin de réflexion, protesta-t-elle. Au fond de toi, tu sais que j'ai raison. Je crois me souvenir que j'ai vu un smoking dans ton armoire.

— Tout au fond, là où je range les choses dont je préfère éviter de me servir, acquiesça Reid.

— Sors-le de la naphtaline pour cette soirée au moins. Quant à moi, je te promets de porter ce que je trouverai de plus provocant.

— Voilà qui promet…

— L'invitation est pour 8 heures, ce qui signifie que pour faire vraiment sensation, nous ne devrions pas arriver avant 9 heures et demie. Se garer sera sûrement un véritable cauchemar alors je te suggère de venir chez moi en voiture. De là, nous irons chez mon grand-père à pied.

— Je vois que tu n'as rien laissé au hasard.

— Exact. La seule chose que tu as à faire, c'est d'arriver à l'heure. Le reste, je m'en charge.

— Je crains le pire.

— Ne sois pas si négatif. Je te promets que ce sera très amusant…

***

Le samedi suivant, Arden passa la matinée à se préparer à la soirée qui l'attendait. Elle alla récupérer sa robe chez la couturière à qui elle l'avait confiée. Puis elle apporta son collier préféré à la bijouterie pour faire remplacer le fermoir qui donnait des signes de faiblesse.

Pendant que le joaillier procédait à la réparation, elle alla jeter un coup d'œil aux vitrines de King Street. Dans l'une d'elle, elle repéra une ceinture ornée de cristaux qui se marierait parfaitement avec sa robe. En entrant pour en demander le prix, elle eut la surprise d'apercevoir la photographie de Haley Cooper qui trônait dans un cadre noir accroché au mur.

Reid lui avait effectivement indiqué que la jeune femme travaillait comme vendeuse sur King Street en attendant de percer à la scène ou à l'écran.

— C'est bien Haley, n'est-ce pas ? demanda-t-elle à la vendeuse tandis qu'elle emballait la ceinture.

— Oui. Vous la connaissiez ?

Arden secoua la tête.

— J'ai juste vu sa photo aux informations.

La jeune femme hocha tristement la tête.

— Au moins, vous avez retenu son nom. La plupart des gens me demandent juste si c'est bien « la fille qui s'est fait tuer ». Ils oublient qu'elle avait une famille et des amis auxquels elle manque toujours affreusement…

La voix de la vendeuse se brisa, et elle essuya les larmes qui perlaient au coin de ses yeux.

— Je suis désolée, s'excusa-t-elle. Je ne devrais pas vous raconter tout ça. Mais ces deux dernières semaines ont été terribles…

— Je comprends, répondit Arden. Vous n'avez pas à vous excuser. Il est parfois plus facile de parler à un inconnu. Est-ce que vous étiez proches, toutes les deux ?

— Nous sommes devenues amies depuis qu'elle a commencé à travailler ici, l'année dernière. C'était une fille adorable. Intelligente, drôle avec beaucoup de personnalité. Toutes les clientes l'adoraient. C'est pour cela que j'ai accroché sa photo. Pour qu'on ne l'oublie pas. Certaines personnes me disent qu'elles trouvent ça macabre…

— Pas du tout, protesta Arden. Vous rendez hommage à votre amie, et c'est parfaitement naturel.

— Vous voyez la bougie qui brûle à côté de son portrait ? Je me suis promis d'en laisser une allumée jusqu'à ce que le meurtrier soit traduit en justice. Mais cela fait presque deux semaines qu'elle est morte, et je commence à perdre espoir…

— Croyez-moi, je comprends parfaitement ce que vous ressentez à l'heure actuelle. Ma mère s'est fait assassiner lorsque j'étais enfant. Il s'est écoulé des mois avant que l'on n'arrête quelqu'un.

— Je suis vraiment désolée, murmura la vendeuse.

— C'était il y a longtemps mais ce n'est pas le genre de choses que l'on oublie. Est-ce que vous savez si la police a des suspects ?

— Ils m'ont dit qu'ils en avaient un, acquiesça la vendeuse en finissant d'empaqueter la ceinture d'Arden.

Celle-ci s'efforça d'adopter un ton parfaitement neutre pour formuler la question qui lui brûlait les lèvres.

— Vous ont-ils dit de qui il s'agissait ?

La jeune femme jeta un coup d'œil alentour pour s'assurer que personne ne pouvait les entendre.

— Vous savez ce qu'on dit : la plupart du temps, c'est le mari ou le petit ami qui est responsable.

— Haley voyait quelqu'un ?

— Oui. Je ne l'ai jamais rencontré, et elle n'en parlait pas beaucoup. Mais d'après ce que j'ai cru comprendre, c'était un homme plus âgé qu'elle. Quelqu'un de fortuné. Il la couvrait de cadeaux somptueux. Haley aimait les jolies choses, vous savez…

— Et elle n'a jamais mentionné son nom ?

— Oh ! non ! Elle était très discrète à son sujet. Elle m'a dit un jour que son ami serait très déçu si elle parlait de lui à tort et à travers, que c'était quelqu'un qui tenait beaucoup à son intimité… C'était d'ailleurs la seule chose qu'elle lui reprochait : il ne sortait jamais avec elle. Je crois qu'ils se retrouvaient toujours chez lui…

— Pourtant, le soir de sa mort, elle avait passé la soirée dans un bar. Vous croyez qu'elle était avec quelqu'un d'autre ? Cela pourrait expliquer que son ami s'en soit pris à elle…

La vendeuse secoua la tête.

— Non, son ami savait parfaitement où elle était, ce soir-là. C'est lui qui l'avait envoyée dans ce bar pour faire une blague à l'un de ses amis. Une histoire d'enterrement de vie de garçon, je crois… Elle m'a dit que ça lui donnerait l'occasion de tester ses talents d'actrice.

Elles furent interrompues par deux clientes qui venaient de pénétrer dans la boutique. La jeune femme encaissa Arden et lui tendit la boîte contenant sa ceinture.

— Revenez quand vous voudrez, lui dit-elle.

— C'est promis, répondit Arden. Et j'espère que la prochaine fois que je viendrai vous voir, la bougie sera éteinte.

— Merci…

Au moment même où Arden quitta la boutique, une sonnerie se fit entendre dans son sac à main. Il lui fallut quelques instants pour comprendre que c'était celle du téléphone portable qu'elle avait acheté afin de pouvoir contacter Ginger Vreeland.

D'une main légèrement tremblante, elle s'en empara et décrocha sans attendre.

— Arden Mayfair, j'écoute.

Un long silence s'ensuivit.

— Est-ce qu'il y a quelqu'un ? demanda Arden en priant pour que son mystérieux interlocuteur ne raccroche pas.

— J'ai entendu dire que vous me cherchiez, fit une voix de femme.

— Ginger ? C'est vous ?

— Ne prononcez pas ce nom !

— Je suis désolée. Est-ce que votre oncle vous a transmis mon message ?

— Qu'est-ce que vous me voulez, exactement ?

— Comme je l'expliquais dans ma lettre, votre ex-mari était détenteur d'un compte…

— Ne me prenez pas pour une idiote. Ce genre d'arnaque, ça ne prend pas avec moi. Vous avez dix secondes pour me dire qui vous êtes et ce que vous me voulez.

— Il faut que je vous parle.

— À quel sujet ?

— Saviez-vous que Dave Brody était sorti de prison ?

— Qu'est-ce que ça peut bien vous faire à vous ?

— Je travaille pour un avocat nommé Reid Sutton. C'est le fils de Boone Sutton qui assurait la défense de Brody. Ce dernier a menacé mon patron de faire de sa vie un enfer s'il ne lui donnait pas ce qu'il voulait.

Ginger laissa échapper un juron.

— Alors il travaille toujours pour lui, murmura-t-elle.

— Pour qui ?

— Brody vous a dit qu'il avait besoin de me retrouver

parce que mon témoignage pouvait l'innocenter, c'est bien ça ?

— Oui.

Ginger laissa échapper un rire sans joie.

— C'est exactement ce qu'il avait dit au père de votre patron. Mais c'était un simple prétexte. Je n'aurais jamais pu témoigner pour ou contre Brody pour la simple et bonne raison que je ne le connaissais même pas !

— Je ne comprends pas…

— Ça ne m'étonne pas. Il vous a embobiné comme il avait embobiné Boone Sutton. Heureusement, Sutton avait un faible pour les filles comme moi, et j'ai réussi à le convaincre de me laisser filer.

— Mais si vous ne pouvez pas témoigner pour Brody, pourquoi cherche-t-il tant à vous retrouver ?

— Parce que Brody travaille pour le tueur du crépuscule.

— Finch ?

Ginger laissa échapper un petit rire méprisant.

— Finch n'a jamais tué personne. Ce n'est qu'un pantin.

— Pourquoi le tueur du crépuscule cherche-t-il à vous localiser ?

— Parce que je sais qui il est, bien sûr.

— Dites-moi son nom…

— Vous êtes malade ? s'exclama Ginger. La seule raison pour laquelle je suis encore vivante, c'est qu'il sait que je garderai le silence.

— Nous pouvons vous aider, plaida Arden. Nous obtiendrons une protection policière…

— Vous n'êtes pas croyable. Les flics de Charleston sont tous plus pourris les uns que les autres. Je vais raccrocher maintenant. Mais je vous préviens, moi aussi, j'ai des relations, figurez-vous. Et si vous continuez à importuner mon oncle avec cette histoire, je ferai en sorte que vous et votre petit ami alliez nourrir les crabes au fond de la baie de Charleston. Je ne plaisante pas.

— Attendez, Ginger, je vous en prie…

Son interlocutrice avait déjà raccroché. Immédiatement, Arden pressa la touche de rappel. Mais presque sans surprise, elle tomba sur une bande enregistrée qui lui signalait que le numéro qu'elle venait de composer n'était pas attribué.

# 15

En arrivant chez Arden, ce soir-là, Reid se sentait presque aussi nerveux que le soir où tous deux étaient officiellement sortis ensemble pour la première fois. Cela s'était produit quelques jours seulement après leur premier baiser cataclysmique dans le pavillon d'été.

C'était parfaitement absurde, bien sûr. Arden lui avait clairement indiqué qu'il ne s'agissait pas d'un rendez-vous amoureux mais d'un subterfuge uniquement destiné à déstabiliser son grand-père.

Il se gara devant la vieille demeure des Berdeaux et descendit de voiture. La nuit venait tout juste de tomber, et le chant des grillons résonnait dans l'air. Reid gravit les marches menant à la porte d'entrée et sonna. Quelques instants plus tard, le battant s'ouvrit, révélant la silhouette d'Arden.

Au mépris de toutes les règles de politesse qu'avait essayé de lui inculquer sa mère, il laissa échapper un sifflement admiratif qui arracha à Arden un sourire mi-amusé, mi-embarrassé.

À ses yeux, Arden avait toujours été la plus belle de toutes les femmes. C'était l'un des axiomes de son existence, une vérité aussi évidente pour lui que le fait qu'elle serait toujours la seule et unique femme de sa vie.

Mais jamais encore elle ne lui avait semblé aussi

belle que ce soir-là. La robe rouge qu'elle portait mettait parfaitement en valeur sa silhouette élancée. Le bustier était à la fois pudique et suggestif, soulignant de façon harmonieuse la courbe de sa poitrine dont il avait le bon goût de ne rien révéler. Il ne dénudait que ses bras au galbe parfait qu'ornaient deux bracelets d'argent délicatement torsadés.

Ses cheveux blonds étaient tirés en arrière, soulignant à merveille la douceur de son front, l'audace de ses pommettes et l'émeraude obsédant de deux yeux que ne soulignait qu'un trait de crayon habilement minimaliste.

Ce n'est que lorsqu'il avisa la fleur de magnolia piquée dans ses cheveux qu'il comprit d'où provenait l'étrange impression de familiarité qu'il avait éprouvée en la découvrant sur le seuil.

— C'est incroyable, murmura-t-il. Tu ressembles au tableau comme deux gouttes d'eau…

Il secoua la tête d'un air incrédule.

— Je ne comprends pas, reprit-il.

— J'ai reçu un appel de Ginger, lui dit-elle. Nous avions raison depuis le début !

— Attends une minute. Qu'est-ce qu'elle t'a dit, au juste ?

— Que cette histoire de témoignage dont a parlé Brody est une pure fiction, que s'il cherchait à la retrouver grâce à ton père puis grâce à toi, c'est parce qu'elle sait qui est le tueur du crépuscule.

— Tout le monde le sait, objecta Reid.

— Ce n'est pas Finch, répondit-elle.

— T'a-t-elle dit qui c'était ?

— Non. Elle avait bien trop peur qu'il ne la retrouve.

— Comment sais-tu qu'elle ne t'a pas menti ? objecta Reid. Qu'elle n'a pas inventé toute cette histoire ?

— Tu ne l'as pas entendue, Reid, protesta Arden. Elle était terrifiée. Je ne peux pas être certaine que ce qu'elle a dit est la vérité, bien sûr. Mais ce que je peux te dire, en tout cas, c'est qu'elle-même y croyait dur comme fer.

— Cela n'explique pas pourquoi tu as décidé d'assister à ce bal habillé comme ta mère, remarqua-t-il.

— Parce que cela pourrait nous aider à démasquer le tueur, déclara-t-elle. Je suis allée à la boutique pour laquelle travaillait Haley et j'ai discuté avec l'une de ses amies. Elle m'a dit que Haley sortait avec un homme très riche et plus âgé qu'elle. C'est lui qui l'a poussée à se rendre dans ce bar pour te faire du charme. Il lui a fait croire que la vidéo servirait à ton enterrement de vie de garçon.

— Tu es en train de me dire que Haley était en couple avec le tueur du crépuscule ? s'exclama Reid en la contemplant d'un air sidéré.

— Exact, confirma-t-elle. Un homme d'un certain âge assez fortuné… À ton avis, quelle chance y a-t-il pour qu'il assiste à la soirée de mon grand-père ?

Reid demeura momentanément sans voix.

— Est-ce que tu te rends compte du risque que tu t'apprêtes à courir ? articula-t-il enfin.

— Tout à fait, acquiesça-t-elle gravement. Si tout se passe comme je l'espère, il va se retrouver confronté à sa toute première victime : celle dont le meurtre a conditionné tous les autres. Je sais que je joue avec le feu. Mais si nous avons une chance de démasquer ce monstre et de venger ma mère après toutes ces années, le jeu en vaut la chandelle.

— C'est de la folie ! protesta Reid.

— C'est un risque calculé. Nous serons au milieu d'une foule. Il y aura des vigiles. Et tu seras juste à côté de moi. Je ne pense pas que le tueur puisse réellement passer à l'acte. Tout ce que nous voulons, c'est qu'il se trahisse.

— Pourquoi ne m'as-tu pas appelé pour que nous en discutions ? protesta Reid.

— Justement parce que je savais que tu ne serais jamais d'accord.

— Bien sûr que je ne suis pas d'accord ! s'exclama-t-il. Tu pars du principe que le tueur va forcément se trahir. Mais que se passera-t-il s'il parvient à se maîtriser ? Crois-tu que la pulsion que tu auras réveillée en lui va disparaître aussi rapidement qu'elle est apparue ? Tu vas lui offrir sur un plateau l'occasion de renouveler son frisson initial, son meurtre originel... Il n'y résistera pas. Et on te retrouvera assassinée dans ce parc qui a vu ta mère mourir ! Pour l'amour du ciel, Arden, renonce à ce plan suicidaire pendant qu'il en est encore temps !

— Et ensuite ? répliqua-t-elle. Que se passera-t-il ? Combien de femmes vont mourir parce que moi qui avais une chance d'intervenir, je n'ai rien fait ? Crois-tu vraiment que je pourrai vivre avec ça ? Que je pourrai me regarder dans la glace chaque matin sans me demander s'il n'y a pas quelque part une femme qui est allongée, baignant dans son propre sang, un pétale de magnolia posé sur les lèvres ?

Reid ne répondit pas. En dépit de l'angoisse et de la frustration que lui inspirait le plan qu'avait conçu Arden, il savait qu'elle avait raison, que cette mise en scène était peut-être la seule façon de refermer le livre sanglant dont l'assassinat de sa mère avait constitué le terrible prologue.

— Si cela peut te rassurer, j'ai fait en sorte de minimiser les risques au maximum. Toutes les serrures de la propriété sans exception ont été changées. L'ami dont tu m'avais donné les coordonnées a entièrement rénové le système d'alarme et de vidéosurveillance. La demeure Berdeaux est désormais aussi sécurisée qu'une ambassade. Alors essaie de te détendre, Reid. Que dirais-tu de boire un verre avant de partir ? Cela nous aidera à nous détendre un peu.

— À me détendre, tu veux dire. Toi, tu sembles aussi décontractée que si tu sortais tout juste d'un bain moussant !

— Détrompe-toi, intérieurement, je suis survoltée.

Reid lui jeta un regard réprobateur.

— Ne me dis pas que tout ça t'amuse.

— Ce n'est pas le terme que je choisirais, non. Mais c'est quand même assez excitant, n'est-ce pas ?

Sur ce, elle se dirigea vers le petit salon, suivie par Reid qui se sentait partagé entre résignation et désespoir. Sur la table basse était disposé un seau rempli de glace au milieu duquel trônait une bouteille de champagne. À côté étaient posées deux flûtes ainsi qu'un plateau d'argent sur lequel on trouvait toutes sortes de petits canapés.

Tandis qu'Arden débouchait la bouteille et remplissait leurs verres, Reid en profita pour l'observer à la dérobée. Elle était réellement splendide dans cette robe, et tout portait à croire qu'elle le savait.

— C'est vraiment celle de ta mère, n'est-ce pas ? demanda-t-il.

— Oui. Je l'ai trouvée dans son armoire. Grand-mère avait gardé presque toutes ses affaires. J'ai chargé une couturière de faire quelques petites retouches mais je me suis rendu compte que maman et moi avions quasiment la même taille.

Elle lui tendit sa flûte, et ils trinquèrent.

— À ta mère, lui dit-il.

Un sourire doux et triste illumina le beau visage de la jeune femme, et elle hocha la tête.

— À maman. Puisse-t-elle trouver enfin la paix.

Ils burent en silence, et Reid se prit à songer que si le plan audacieux d'Arden portait ses fruits, il mettrait un point final à une enquête que tous deux avaient commencée près de vingt ans auparavant, alors qu'ils étaient encore des enfants.

Se pouvait-il vraiment qu'ils réussissent là où tant de policiers et de reporters avaient échoué avant eux ?

— Nous devrions peut-être y aller, suggéra-t-il en jetant un coup d'œil à sa montre.

— Je vais avoir besoin de ton aide, lui dit-elle.

— Que puis-je faire pour toi ?

— J'ai réussi à remonter la fermeture Éclair de la robe mais il doit y avoir un petit crochet au-dessus. Pourrais-tu l'accrocher ?

— Bien sûr, répondit-il en posant sa flûte sur la table basse.

Elle lui présenta son dos, et il ne put s'empêcher d'admirer sa nuque magnifique et la courbe délicate de ses épaules.

— Tu le vois ? fit-elle.

— Euh, oui…, articula-t-il s'efforçant de réprimer l'accès de désir presque incontrôlable qu'il sentait monter en lui.

Le moment était vraiment mal choisi pour succomber à l'envie lancinante qu'il avait d'elle depuis le jour où il était venu la trouver dans cette maison pour la mettre en garde.

D'une main légèrement tremblante, il attrapa le fermoir de la robe et se pencha légèrement vers elle pour le raccrocher. L'odeur de sa peau vint lui chatouiller les narines, s'insinuant en lui et faisant remonter le souvenir de toutes les fois où il avait couvert son corps de baisers. C'était un véritable supplice de Tantale, et il serra les dents, se répétant qu'il était parfaitement capable de le surmonter.

— Reid ? articula-t-elle d'une voix légèrement rauque.

Il comprit alors qu'il n'était pas le seul à percevoir l'érotisme de cet instant.

— J'ai presque fini, souffla-t-il.

Il la sentit frissonner doucement sous ses doigts tandis qu'il parvenait enfin à fixer ce maudit crochet. D'ici quelques instants il reculerait d'un pas, s'arrachant à la magie de ce moment.

— Reid, répéta-t-elle en penchant légèrement la tête de côté, lui offrant sa nuque.

Cette fois, il fut incapable de résister à la tentation d'y poser ses lèvres. Ce n'était pas vraiment un baiser, à peine un effleurement, une caresse plus douce que l'aile d'un papillon mais il la sentit tressaillir des pieds à la tête, et un petit gémissement inarticulé lui échappa.

Le cœur d'Arden battait la chamade.

En sentant les lèvres de Reid effleurer sa peau, elle avait compris que ce qui était en train de se passer était très précisément ce qu'elle avait espéré depuis l'instant où elle l'avait vu entrer. Si elle était parfaitement honnête, depuis le moment où elle avait décidé de se rendre à cette soirée avec lui.

Mais à présent que le moment était arrivé, le désir impétueux qu'elle avait de lui se doublait d'une angoisse presque insoutenable. Cela faisait plus de quatorze ans qu'il ne l'avait pas tenue dans ses bras…

Elle connaissait suffisamment Reid pour savoir qu'il lui suffirait d'un pas en avant pour dissiper le sortilège auquel tous deux étaient sur le point de succomber. Il respecterait sa décision, quelle qu'elle soit. Ils en seraient quittes pour un moment un peu gênant mais l'amitié qu'ils éprouvaient l'un pour l'autre leur permettrait probablement de le surmonter.

Ou bien elle pouvait se retourner et prendre le risque de plonger de nouveau dans l'inconnu, de s'offrir à lui corps et âme. Car elle ne se faisait aucune illusion : avec Reid Sutton, il ne s'agirait jamais d'une simple aventure, d'une nuit sans lendemain…

Lentement, elle se retourna de façon à lui faire face. Lorsque leurs regards se rencontrèrent, elle fut frappée par l'intensité de celui de Reid. Lui aussi connaissait toute la portée de cet instant.

— Tu es sûre ? murmura-t-il pourtant, lui offrant une ultime échappatoire avant que la passion qui les habitait ne les consume l'un et l'autre.

— Oui, répondit-elle sans hésiter.

Un sourire légèrement tremblant naquit sur les lèvres de Reid.

— Nous risquons d'être un peu en retard, lui signala-t-il.

— Très en retard, j'espère, répliqua-t-elle.

— Est-ce que tu penses vraiment que j'avais besoin d'une pression supplémentaire après quatorze ans passés à t'attendre ? gémit-il.

Elle éclata d'un rire un peu rauque.

— Quatorze ans, c'est long, reconnut-elle en recouvrant presque aussitôt son sérieux. Que se passera-t-il si la magie n'est plus là ?

Il posa doucement la main sur sa joue brûlante.

— Alors nous resterons les meilleurs amis du

monde, répondit-il. Mais si j'en crois ce que je ressens en ce moment, je pense que nous n'avons pas à nous en faire pour cela.

— Reid ?

— Oui ?

— Est-ce que tu comptes m'embrasser un jour ? lui demanda-t-elle avec un sourire moqueur.

Il se pencha alors vers elle. Et à l'instant où leurs lèvres se touchaient, deux révélations s'imposèrent simultanément à elle.

La magie était bel et bien toujours là.

Elle n'avait jamais cessé d'aimer Reid.

Mais lorsqu'elle ouvrit la bouche pour le lui dire, elle sentit sa langue effleurer la sienne et perdit soudain le contrôle de ses pensées et de son corps qui se mit à trembler convulsivement.

La partie la plus rationnelle de son esprit qui tentait désespérément de surnager essayait vainement de comprendre comment un simple baiser pouvait provoquer un tel déferlement de sensations.

Il lui semblait qu'une digue venait de céder en elle, libérant un flot impétueux qu'elle était parvenue à contenir durant toutes ces années mais face auquel elle était à présent impuissante. Comprenant qu'il serait vain de le combattre, elle se laissa donc emporter corps et âme.

Déjà les doigts de Reid avaient dégrafé le petit crochet qui était à l'origine de leur baiser. Alors même qu'ils continuaient à se dévorer de baisers passionnés, elle sentit la fermeture Éclair glisser lentement vers le bas. Le contact de l'air frais était une bénédiction pour sa peau brûlante. Car entre les bras de Reid, elle avait l'impression de se consumer intérieurement.

Ils s'écartèrent l'un de l'autre, le temps pour elle

de lui ôter son nœud papillon et de déboutonner sa chemise immaculée, révélant son corps à la fois si familier et si différent du souvenir qu'elle en avait conservé. Si elle avait eu besoin d'une preuve du fait que Reid était devenu un homme, elle se trouvait à présent sous ses yeux.

Incapable de résister à la tentation, elle laissa ses paumes glisser sur son torse, s'émerveillant de sa force. Ce simple contact arracha à Reid un violent frisson. S'enhardissant, elle se pencha légèrement vers lui pour le couvrir d'une pluie de petits baisers. Sous ses lèvres, elle sentait tressaillir doucement sa peau qui devait être aussi brûlante que la sienne.

Il repoussa alors les bretelles de sa robe qui glissa le long de son corps comme une caresse pour venir se poser à ses pieds. Face à Reid, Arden n'avait jamais éprouvé la moindre pudeur, peut-être parce que tous deux s'étaient toujours connus et qu'il l'avait vue grandir.

Mais pour la première fois de sa vie, elle se sentit presque embarrassée. Elle aussi avait changé. Elle n'était plus l'adolescente au physique nerveux et longiligne qu'il avait connue. Et elle ne pouvait s'empêcher de se demander s'il la désirerait autant qu'autrefois.

S'écartant légèrement de lui, elle croisa son regard et ce qu'elle y lut eut raison de ses angoisses. C'était une faim dévorante, impérieuse, une fièvre qui balaya ses doutes et ses incertitudes.

Tandis qu'ils se dévoraient des yeux en silence, elle repensa à tous ces moments qui avaient forgé ce lien indéfectible que quatorze interminables années de séparation n'avaient su effacer. Elle se rappelait la première fois qu'elle avait croisé le regard de ce petit garçon aux yeux farouches. Elle se rappelait le contact de leurs cuisses l'une contre l'autre, ce jour où ils étaient assis côte à côte au bord du lac, et où elle avait brusquement pris conscience que ce qu'elle éprouvait était peut-être un peu plus que de l'amitié.

Elle se souvenait de sa fuite éperdue du pavillon d'été alors que la brûlure de leur tout premier baiser s'insinuait au plus profond d'elle-même, éveillant des réactions qui l'émerveillaient et la terrifiaient simultanément.

Elle se rappelait la vive douleur qui l'avait foudroyée lorsqu'elle l'avait senti entrer maladroitement en elle pour la toute première fois. Elle se rappelait son regard inquiet, et cette sensation qui avait brusquement déferlé en elle, transformant la souffrance en plaisir et la peur en joie.

Elle se souvenait de la première fois où il lui avait dit qu'il l'aimait. Elle se rappelait avoir pensé alors que c'était simultanément la chose la plus évidente et la plus importante qu'il lui avait jamais dite.

Elle se souvenait de la joie infinie qu'elle avait ressentie lorsque le médecin lui avait appris qu'elle allait devenir maman. Et de la tristesse incommensurable qui avait bien failli la détruire lorsqu'elle avait perdu son bébé.

Elle se rappelait les larmes de Reid à l'hôpital et cette sensation de vide et d'indifférence qui avait envahi son propre cœur.

Elle se souvenait de la dernière fois où ils avaient fait l'amour avec toute la passion et le désespoir de deux êtres qui pressentaient déjà qu'ils étaient sur le point de se perdre.

Tous ces moments de l'espace et du temps lui semblaient converger en cet instant où ils prenaient brusquement un sens nouveau.

Et tandis qu'il la prenait par la main pour l'entraîner

vers la chambre qui l'avait vue grandir, il lui sembla soudain comprendre au plus profond de son être et de sa chair à quel point Reid et elle avaient toujours été faits l'un pour l'autre – destinés l'un à l'autre.

# 16

Tandis qu'ils parcouraient lentement l'immense salon de la demeure des Mayfair, Reid était incapable de détacher son regard du visage rayonnant d'Arden. Il savait pourtant qu'il aurait dû guetter la réaction des gens qui l'entouraient, tenter de discerner parmi tous ces visages lequel pouvait être celui du tueur du crépuscule.

Mais comment aurait-il pu ne pas la regarder, après ce qui venait de se passer entre eux, ce soir-là ? Il pouvait encore sentir résonner en lui l'écho de leur étreinte passionnée. Jamais ils ne s'étaient aimés de cette façon. Et il sentait confusément que ce n'était pas seulement l'effet de leurs retrouvailles, après toutes ces années de séparation.

Une conviction s'était imposée à eux, qui dépassait de loin la touchante déclaration d'amour qu'ils s'étaient faite mutuellement entre le rire et les larmes. Car ce qui les unissait était bien plus que ce sentiment indéfectible qu'ils éprouvaient l'un pour l'autre.

Reid ne s'était jamais défini comme un mystique, bien au contraire. Mais il y avait dans sa relation avec Arden quelque chose qui échappait à toute rationalité. Elle était son âme sœur, une partie de lui-même dont il avait été privé durant toutes ces années. Et en la retrouvant, il s'était en quelque sorte retrouvé lui-même.

En cet instant, il aurait tout donné pour se retrouver seul avec elle. Mais Arden avait insisté pour qu'ils assistent à cette réception ainsi qu'ils l'avaient prévu. Et elle avait eu raison, bien sûr. L'enjeu de cette soirée était bien trop important, et leur bonheur devrait attendre encore un peu.

Au prix d'un prodigieux effort de volonté, Reid détourna les yeux d'Arden pour observer les lieux. Il n'aurait su dire précisément quand il était venu dans cette maison pour la première fois.

Arden et lui n'étaient alors que des enfants, et elle avait insisté pour qu'il l'accompagne parce que la perspective de passer une soirée entière seule en compagnie de son grand-père lui était intolérable.

Clement Mayfair n'avait guère apprécié de le voir se joindre à eux. Tout au long du dîner, Reid avait dû supporter les regards glaciaux et méprisants du vieil homme. Mais il avait tenu le coup par amitié pour Arden, parce qu'elle comptait sur lui et que pour rien au monde, il n'aurait voulu la décevoir.

Avec une pointe d'autodérision, il se prit à songer que, en dépit des années qui s'étaient écoulées depuis lors, les choses n'avaient guère changé…

— Je me suis toujours dit que cette maison était la plus belle de tout Charleston, déclara alors Boone Sutton, tirant Reid de ses réflexions.

— Peut-être un peu trop tape-à-l'œil à mon goût, objecta-t-il en parcourant du regard la salle de réception dans laquelle ils se trouvaient.

— C'est parce qu'il ne s'agit pas réellement d'une maison, déclara son père.

Reid lui jeta un regard interrogatif.

— C'est un manifeste, expliqua Boone. Une démonstration de force déguisée en une belle demeure.

Les Mayfair l'ont construite pour signifier à tous les habitants de la ville qu'ils étaient la véritable famille royale de Charleston. Et cette fête est une façon pour notre hôte de démontrer qu'il est toujours le maître incontesté de la ville…

Boone observa pensivement Arden qui était en train de discuter avec sa femme.

— Ce pauvre Clement risque d'avoir un choc, déclara-t-il. J'ai bien failli avoir une attaque, tout à l'heure, lorsque vous êtes entrés tous les deux.

— Pourquoi ?

— Parce qu'Arden est le portrait craché de sa mère au même âge. Et cette robe ressemble comme deux gouttes d'eau à celle que Camille portait lors du bal du maire organisé à la maison, peu de temps avant sa mort…

Boone se tourna vers son fils et le regarda droit dans les yeux.

— Qu'est-ce que vous mijotez, exactement, tous les deux ?

— Je ne vois pas ce que tu veux dire, répondit Reid de sa voix la plus innocente.

Mais il en fallait bien plus pour tromper un renard aussi rusé que son père.

— Je suis content que vous soyez de nouveau ensemble, en tout cas, déclara Boone. Cette fille a toujours fait ressortir ce qu'il y avait de meilleur en toi.

— Nous ne sommes pas ensemble.

— Bien sûr, acquiesça Boone en riant. Les cochons volent et les poules ont enfin des dents.

Reid ne put s'empêcher de sourire.

— Ce que je veux dire, se reprit-il, c'est que je ne sais pas combien de temps ça va durer.

Curieusement, lorsque Boone se tourna vers lui,

l'amusement avait cédé place dans ses yeux à une gravité empreinte de tristesse.

— Tout est là, fiston, répondit-il. Dans la vie, on ne sait jamais combien de temps les choses peuvent durer. Mais cela ne doit pas nous empêcher de saisir la chance lorsqu'elle se présente à nous.

— Je ne savais pas que tu devenais philosophe, sur tes vieux jours, répliqua Reid avec une légèreté un peu forcée.

En réalité, il était persuadé que ce que Boone venait de lui dire constituait la clé de lecture de sa personnalité à la fois terriblement agaçante et irrésistiblement attachante. Et cela faisait bien longtemps qu'il ne s'était pas senti aussi proche de son père.

— Sache que j'ai toujours été philosophe, décréta sentencieusement ce dernier. Et que si tu t'avises encore de prononcer les mots « vieux jours » en parlant de moi, je te déshérite… pour de bon, cette fois. Et pour te prouver que je suis toujours aussi jeune et fringuant, je vais de ce pas aller inviter ma future belle-fille à danser.

Arden avait oublié à quel point le père de Reid pouvait se montrer charmant lorsqu'il s'en donnait la peine. C'était aussi un merveilleux cavalier, ce qui lui permettait de se laisser guider en toute confiance tandis qu'elle scrutait la foule qui les entourait à la recherche du moindre indice susceptible de trahir le tueur qu'elle était venue démasquer.

— C'est la même robe, n'est-ce pas ? lui demanda soudain Boone.

Surprise, elle se tourna vers lui et frissonna légèrement en avisant l'intensité de son regard.

— C'est la robe que portait votre mère au bal du maire que j'ai organisé à la maison, il y a vingt-cinq ans de cela.

Ce n'était pas une question.

— J'ai dansé avec elle, ce soir-là, reprit Boone.

Il y avait dans ses yeux une puissante nostalgie.

— Elle était vraiment très belle, vous savez…

Un nouveau frisson parcourut Arden. Elle ne connaissait que trop bien la réputation de séducteur de Boone Sutton.

— Est-ce que… ?

Elle s'interrompit, ne sachant comment formuler une telle question.

— Vous vous demandez si nous avons été amants, n'est-ce pas ?

Arden hocha la tête.

— Non, répondit-il. Ce n'est pas l'envie qui m'en aurait manqué, remarquez. Mais votre mère était une romantique. Elle n'a jamais aimé qu'un seul homme.

— Mon père ?

Boone acquiesça.

— Savez-vous qui c'était ?

— Elle ne me l'a jamais dit, non. C'était une femme très discrète, vous savez. Tout comme sa mère, d'ailleurs.

— Reid m'a dit que vous pensiez que ma mère n'était peut-être pas la fille de Clement Mayfair.

— Ce n'est qu'une théorie. Mais cela n'a plus d'importance, aujourd'hui, n'est-ce pas ?

— J'imagine que vous avez raison, murmura-t-elle. Même s'il est un peu étrange pour moi d'en savoir si peu sur mes origines…

— Dites-vous que cela vous rend plus libre, répondit Boone. Vous n'avez à répondre de vos actes devant personne. Vous pouvez faire de votre existence ce que bon vous semble, ce qui est loin d'être le cas de la majorité des gens…

Arden se demanda si Boone parlait d'expérience. Pour la première fois depuis qu'elle le connaissait, elle se demanda si, sous ses dehors de bon vivant et de séducteur, ne se cachait pas une âme bien plus complexe et torturée.

— Arden, lui dit-il gravement, j'avais quelque chose à vous demander.

— Je vous écoute.

— Ginger m'a appelé…

Arden ne put s'empêcher de sursauter, manquant un pas de danse. Imperturbable, Boone la fit tourner sur elle-même, avant de la reprendre dans ses bras, parfaitement en rythme.

— Vous êtes toujours en contact avec elle ? balbutia Arden qui avait du mal à revenir de sa surprise.

— Bien sûr, répondit-il. Ginger est quelqu'un de très important pour moi.

— Alors vous savez pourquoi elle a quitté la ville.

— Oui.

— Est-ce qu'elle vous a dit qui… ?

— Non, l'interrompit-il brusquement. Et je ne veux surtout pas le savoir. J'ai vu trop de gens se faire tuer à cause de cette histoire. À commencer par votre mère. Et je ne veux pas que Reid et vous soyez les prochains sur la liste. Alors je vous en prie, Arden, renoncez à ce que vous êtes en train de faire. C'est du suicide…

— Nous ne pouvons pas le laisser continuer à tuer toutes ces femmes.

— Vous pensez peut-être pouvoir l'arrêter ? Regardez ce qui est arrivé à ce pauvre James Merrick. Ou à Orson Lee Finch. À présent, ce monstre cherche à piéger Reid. Il n'est peut-être pas trop tard pour éviter le piège dans lequel vous êtes en train de vous précipiter, tous les deux. Tout ce que je vous demande, c'est d'y réfléchir…

À cet instant, le morceau au rythme duquel ils étaient en train d'évoluer toucha à sa fin. Boone s'écarta alors d'Arden et s'éloigna avant qu'elle ait pu répondre quoi que ce soit. Toujours sous le choc de ce qu'il venait de lui dire, elle le suivit des yeux tandis qu'il se frayait un chemin en direction du buffet.

L'esprit en ébullition, elle se mit alors à la recherche de Reid mais ne l'aperçut nulle part. Avisant les portes grandes ouvertes qui donnaient sur la terrasse, elle décida de tenter sa chance de ce côté-ci.

Au dehors, soufflait une douce brise qui l'aida à recouvrer ses esprits. Elle parcourut du regard les petits groupes d'invités qui devisaient à la lueur des torches. La bonne humeur qui semblait prévaloir tranchait avec son propre trouble.

Ne voyant Reid nulle part, elle se prépara à regagner le grand salon. Mais quelqu'un lui barra alors la route. Surprise, elle constata qu'il s'agissait de Clement Mayfair.

— Grand-père, s'exclama-t-elle. Je ne t'avais pas vu…

Il ne répondit pas, se contentant de la fixer d'un air étrange.

— Je cherchais Reid, lui indiqua-t-elle. Est-ce que tu l'aurais vu, par hasard ?

— Non, répondit-il d'une voix glaciale.

Il n'y avait dans son attitude pas la moindre trace de tendresse ou d'affection et, se rappelant ce que Reid lui avait raconté au sujet de leur entrevue, elle se demanda pourquoi Clement Mayfair avait pris la peine de décourager ses avances.

— Félicitations pour cette fête, lui dit-elle pour meubler le silence oppressant qui menaçait de s'éterniser. Tu t'es surpassé.

— Toi aussi, répondit-il en jetant un regard appuyé à sa robe.

Elle jugea préférable de ne pas relever.

— J'ai été un peu étonnée en apprenant que c'était toi qui avais décidé d'accueillir le bal du maire. Je croyais que tu n'appréciais pas beaucoup ce genre de mondanités. Mais il est vrai que je suis restée loin de Charleston pendant longtemps. Et tout le monde change, n'est-ce pas ?

— Pas toi, visiblement, répliqua son grand-père. Tu es une adulte, à présent. Et j'espérais que tu aurais un peu mûri, après tout ce temps. Mais tu es exactement comme ta mère. Evelyn a toujours cru qu'elle était le centre de l'univers…

Un frisson glacé dévala le long de la colonne vertébrale d'Arden.

— Evelyn était ma grand-mère, objecta-t-elle. Je suis Arden…

— Rentre à la maison, rétorqua son grand-père qui ne semblait pas l'avoir entendue. Et ne reviens que lorsque tu auras appris à te conduire comme quelqu'un de ton rang ! Cela ne t'a donc pas suffi de flirter avec ce pauvre type. Il fallait encore que tu tombes enceinte… Tu n'es qu'une garce !

Clement Mayfair fut brusquement interrompu par un concert de clameurs émanant de l'intérieur de la maison. Il se détourna brusquement et regagna le salon. Revenant de sa stupeur, Arden lui emboîta le pas.

La musique s'était arrêtée laissant place à un brouhaha. Au milieu de la piste de danse, Reid était entouré de deux policiers en uniforme. Face à lui, se tenait l'inspecteur Graham.

— Que se passe-t-il ? s'enquit Arden, luttant contre la panique qui montait en elle.

— Veuillez reculer, mademoiselle, lui intima le policier le plus proche.

— Reid, est-ce que ça va ? demanda-t-elle.

— Ne t'en fais pas pour moi. L'inspecteur Graham a quelques questions à me poser. Apparemment, cela ne pouvait pas attendre demain.

— Peut-on savoir à quoi rime cette comédie ? s'exclama Clement Mayfair d'un ton impérieux.

L'inspecteur Graham se tourna vers lui.

— Je suis vraiment désolé d'interrompre votre réception, monsieur Mayfair. Mais il s'agit d'une affaire de la plus haute importance.

— Je suppose que l'importance de l'affaire en question est proportionnelle au nombre de journalistes qui vous attendent dehors ? intervint alors Boone Sutton. Est-ce que par hasard vous envisageriez de briguer le poste de commissaire, Graham ?

— Je ne fais que mon travail, monsieur Sutton, répondit l'inspecteur avec onctuosité. Votre fils est le principal suspect dans une affaire de meurtre.

— Est-ce que vous l'arrêtez ? s'enquit Boone.

— Je veux juste lui poser quelques questions.

— Ne dis pas un mot, ordonna Boone à son fils. Pas un mot, tu m'entends ? Je suis son avocat, ajouta-t-il à l'intention de Graham. Je vous rejoins tout de suite au commissariat.

Graham se rembrunit mais se garda de protester de peur, sans doute, d'être accusé par la suite d'entrave à la justice. Il se contenta de faire signe aux deux policiers qui escortèrent Reid en direction de la porte d'entrée. Boone et Arden suivirent le petit groupe.

— Il faut que vous alliez chez Reid, lui souffla le père de ce dernier tandis qu'elle s'apprêtait à appeler un taxi.

— Pourquoi ?

— Pour le moment, Reid n'est pas en état d'arrestation, expliqua Boone. Et si nous voulons éviter que cela ne change, nous allons devoir travailler ensemble, tous les deux.

— Graham essaie de le piéger, lui dit-elle.

— Je suis bien d'accord. C'est pour cela que nous devons nous séparer. Je vais assister à l'interrogatoire en tant qu'avocat. Vous, pendant ce temps, filez chez Reid et assurez-vous que tout est en ordre.

— Que voulez-vous dire ?

— Qu'un flic corrompu comme Graham n'hésitera pas à fabriquer de fausses preuves si cela peut lui permettre d'incriminer Reid.

— L'arme du crime, murmura-t-elle. Vous croyez qu'il a pu cacher l'arme qui a servi à tuer Haley Cooper chez Reid ?

— C'est tout à fait possible, confirma Boone. Il n'y a pas une minute à perdre. Filez là-bas et nettoyez la maison avant que Graham n'ordonne une perquisition.

— D'accord, répondit-elle. Mais tâchez de le tirer de là.

— Ne vous en faites pas. C'est mon métier.

Arden descendit du taxi qui l'avait conduite jusque chez Reid et elle se précipita vers la porte d'entrée du cabinet. Après avoir déconnecté l'alarme, elle referma à clé derrière elle et, suivant le conseil de Boone, elle commença à fouiller méticuleusement la maison.

Elle commença par leurs bureaux avant de passer à la bibliothèque et la cuisine. N'ayant rien trouvé, elle passa à l'étage qu'elle parcourut méthodiquement, ne négligeant aucun meuble, aucun recoin susceptible de servir de cachette.

Lorsqu'elle eut terminé, elle recommença. Après une troisième inspection, elle dut se rendre à l'évidence : Graham n'avait rien caché de compromettant dans cette maison. Soulagée, elle était sur le point d'appeler Boone lorsqu'un doute s'insinua en elle.

Reid et elle avaient clairement fait comprendre à tous ceux qui se trouvaient chez Clement Mayfair ce soir-là qu'ils étaient désormais en couple. Elle devait donc également s'assurer que l'arme du crime ne se trouvait pas chez elle. Sans attendre, elle commanda un nouveau taxi qu'elle attendit en faisant nerveusement les cent pas devant la maison.

Moins d'un quart d'heure plus tard, elle était de retour chez elle. Après avoir payé, elle franchit le portail et se dirigea à grands pas vers la demeure qu'illuminait le clair de lune. Mais lorsqu'elle parvint en vue de la terrasse sur laquelle elle avait fait transporter le *Cereus* massif de sa mère, elle se figea, partagée entre stupéfaction et inquiétude.

L'immense cactus avait apparemment fleuri pendant la soirée. Mais quelqu'un avait rageusement tranché toutes les fleurs avant de s'acharner dessus, les réduisant littéralement en charpie. Les pétales étaient répandus au pied de la plante comme une pluie de confettis.

Arden sentit les battements de son cœur s'emballer dans sa poitrine et ses cheveux se dresser sur sa nuque. De toute évidence, le stratagème qu'elle avait mis au point ce soir-là avait porté ses fruits. Elle avait réussi à attirer l'attention du tueur du crépuscule.

Ce qu'elle n'avait pas prévu, en revanche, c'était qu'elle puisse se retrouver seule face à lui dans le jardin où il avait assassiné sa première victime, vingt-cinq ans auparavant. Horrifiée, elle fit volte-face et se précipita en courant vers le portail.

Elle s'était presque attendue à ce que le tueur l'attende devant et constata avec soulagement que la voie était libre. Accélérant encore l'allure, elle se rua sur la porte métallique. Ce n'est qu'alors qu'elle s'aperçut que le portail était à présent fermé par une épaisse chaîne semblable aux antivols dont se servaient les motards.

L'angoisse d'Arden redoubla, et elle ne put réprimer un gémissement de désespoir. Elle entendit alors un craquement derrière elle et se retourna, pantelante.

Dans l'ombre des arbres qui bordaient l'allée centrale, elle aperçut la silhouette d'un homme qui s'avançait dans sa direction. Il ne paraissait pas particulièrement pressé et jouait négligemment avec un bout de bois.

— Le moment de vérité est venu, s'exclama l'homme en émergeant lentement de l'ombre. Enfin, nous allons nous retrouver en tête à tête, toi et moi. Nous avons tant de choses à nous dire.

Arden gémit en découvrant que ce qu'elle avait pris pour un bâton était en réalité le sabre japonais de sa grand-mère dont le tueur du crépuscule s'était probablement servi pour vandaliser le *Cereus*.

— Comment as-tu pu faire une chose pareille ? murmura-t-elle d'une voix brisée. Elle était ta sœur !

— Justement, répondit son oncle d'une voix très douce, il fallait que je la sauve. Si je n'avais pas été là, Camille serait devenue comme sa mère, une catin.

D'un geste presque négligeant, Calvin fit siffler le

sabre qu'il tenait à la main. De toute évidence, ce n'était pas la première fois qu'il se servait de cette arme, et il la maniait avec une mortelle précision.

— Ce doit être une sorte de malédiction, reprit son oncle en contemplant pensivement la lame.

Calvin secoua tristement la tête.

— Si tu savais comme je l'ai aimée… Il m'arrivait de me réveiller la nuit et de me glisser dans sa chambre pour la regarder dormir. Maman m'a surpris, une fois, et elle en a parlé à mon père. Ils m'ont envoyé en internat, après ça. Je ne la revoyais plus que pendant les vacances. Mais même là ils faisaient tout ce qu'ils pouvaient pour nous séparer. C'est pour cela que maman est partie avec Camille, en fin de compte. Elle avait peur pour elle. Peur de moi, son propre fils…

Il se remit à avancer dans sa direction, et Arden comprit que si elle ne se forçait pas à bouger elle se retrouverait prise au piège. Au prix d'un incroyable effort de volonté, elle se força à s'éloigner de la porte.

— Je venais ici aussi souvent que je le pouvais, reprit son oncle. Je la regardais, et cela suffisait à faire mon bonheur. Mais j'ai fini par comprendre qu'elle ne serait jamais vraiment à moi. Les gens ne pouvaient pas comprendre…

Arden savait que sa seule chance était de courir se réfugier à l'intérieur. Là, elle n'aurait qu'à s'enfermer dans l'une des pièces et appeler les secours. Malheureusement, son oncle se trouvait entre elle et la maison.

— Un soir, je l'ai aperçue près du pavillon, murmura son oncle en s'immobilisant de nouveau. Elle portait sa belle robe rouge et avait piqué une fleur de magnolia dans ses cheveux blonds. Elle était magnifique. C'est à ce moment précis que j'ai compris ce qu'il fallait que je fasse.

Le pavillon, songea Arden, partagée entre terreur et exultation. Si elle y arrivait avant lui, elle pourrait s'y barricader.

— Cette nuit a été magique, reprit Calvin. Dans la mort, Camille est devenue mienne comme jamais elle n'aurait pu l'être de son vivant. Je n'ai jamais retrouvé cela… Cette intimité, cette communion…

Calvin fit de nouveau siffler son sabre, tranchant rageusement le buisson près duquel il se tenait.

— Toutes celles qui ont suivi n'ont été que de pâles copies, de mauvaises imitations. La plupart des gens ne peuvent pas imaginer comme il est difficile de réaliser un meurtre vraiment satisfaisant. C'est un peu comme une rencontre amoureuse… J'en étais presque venu à me dire que je ne retrouverai plus jamais cette sensation. Jusqu'à ce qu'Evelyn meure. Lorsque je t'ai vue à l'enterrement, j'ai su que j'avais droit à une seconde chance… Il me fallait juste être patient, attendre le bon moment…

Calvin fit un pas dans sa direction.

— Lorsque je t'ai vue entrer dans le salon de papa, ce soir, j'ai su que ce moment était venu. Alors, j'ai décidé de passer à l'action. Je n'avais qu'un coup de téléphone à passer pour me débarrasser de ce pauvre Reid. Et nous voilà enfin en tête à tête…

— Tu es un monstre, articula Arden. Comment as-tu pu tuer toutes ces femmes ?

— Je sais que c'est difficile à comprendre, répondit Calvin d'une voix très douce. Mais la mort n'est pas ce que tu crois. Si tu me fais confiance, tu verras, Arden. La mort n'est pas la souffrance mais la délivrance de toute souffrance. Laisse-moi te montrer…

Comprenant que son oncle s'apprêtait à passer à l'attaque, Arden tourna brusquement les talons et s'élança en avant, courant aussi vite que le lui permettaient sa robe et ses chaussures à talon.

— Tu perds ton temps, Arden, lui cria son oncle sur le ton qu'il aurait pu employer pour réprimander un enfant malicieux.

Elle pressa encore l'allure et ne tarda pas à apercevoir le pavillon d'été. Éperdue de soulagement, elle se précipita vers la porte et agrippa la poignée. Mais lorsqu'elle tira dessus, elle constata avec horreur que la porte était fermée à clé. Luttant désespérément contre la panique qui menaçait à tout moment de la submerger, elle fit volte-face et constata que son oncle la suivait de près.

Elle se remit donc à courir à travers le parc, comprenant qu'elle était prise au piège. Calvin se trouvait toujours entre la maison et elle. Et à force de fuir elle ne tarderait pas à se retrouver bloquée par le mur d'enceinte de la propriété.

Au moment même où elle se faisait cette réflexion, son pied heurta violemment une sorte de petit muret et elle s'étala de tout son long sur le sol. Le souffle coupé, elle demeura quelques instants immobile, s'efforçant de ne pas perdre connaissance.

Elle comprit alors qu'elle était étendue sur les dalles de l'ancienne orangerie, à l'endroit même où une partie de la toiture s'était effondrée. Quelques morceaux de verre gisaient encore çà et là, rappelant l'accident dont elle avait bien failli être victime.

— Tu sais que c'est juste à côté d'ici qu'elle est morte, fit la voix de son oncle.

Arden attrapa l'un des morceaux de verre qui lui

entailla la peau. Péniblement, elle se redressa à quatre pattes.

— Je suis heureux que tu aies choisi cette robe, ajouta Calvin qui venait d'enjamber le petit muret sur lequel Arden venait de trébucher. Ce jour marquera pour moi l'achèvement d'un cycle qui a débuté il y a vingt-cinq ans de cela.

Calvin l'avait rejointe à présent. Il s'accroupit à son côté, posant son sabre en travers de ses cuisses.

— Si tu te souviens bien, lui dit-il, je t'avais laissé un petit présent, sur les marches du pavillon. J'en ai un autre, aujourd'hui…

Il plongea une main dans la poche de sa veste et en tira une poignée de pétales de couleur rouge qu'il laissa filer entre ses doigts. Une douce odeur de magnolia se mit à flotter dans l'air.

— Adieu, ma nièce, lui dit-il en faisant mine de se relever.

Arden se détendit alors, brandissant le morceau de verre qu'elle avait ramassé. Avec un hurlement sauvage, elle l'abattit en direction de son oncle qui eut tout juste le temps d'interposer son bras. Elle sentit son arme improvisée s'enfoncer profondément dans sa chair, lui arrachant un cri de surprise et de souffrance mêlées.

Ils roulèrent sur le sol, luttant sans merci tandis que les autres éclats de verre qui jonchaient le sol les tailladaient l'un et l'autre. Arden crut un moment qu'elle parviendrait à prendre l'ascendant mais, en dépit de sa blessure qui continuait de saigner abondamment, son oncle était plus fort qu'elle.

Agrippant ses cheveux des deux mains, il cogna violemment son crâne contre les dalles. Tout se mit à tourner autour d'elle, et elle lutta de nouveau pour ne pas sombrer dans l'inconscience.

Mais lorsque sa vision commença à se stabiliser et que sa nausée reflua, elle constata avec horreur que son oncle avait récupéré son sabre et se tenait juste au-dessus d'elle.

— Embrasse Camille de ma part, lui dit-il en levant sa lame.

Mais à l'instant même où il allait l'abattre, il fut percuté violemment de côté. Au prix d'un immense effort, Arden se redressa en position assise. À moins d'un mètre d'elle, Calvin et Reid étaient en train de lutter l'un contre l'autre.

Mais cette fois-ci, son oncle n'avait pas lâché son sabre et il se mit à frapper son adversaire à l'aide du pommeau de l'arme. Il parvint ainsi à se dégager et se redressa suffisamment pour pouvoir espérer se servir de la lame.

Une violente détonation retentit alors à quelques mètres de là. Touché de plein fouet, Calvin s'écroula lourdement sur le sol.

Arden se précipita alors vers Reid qu'elle aida à se redresser. Son visage était tuméfié, et son arcade sourcilière ouverte saignait abondamment mais il était bien vivant. Il écarta les bras, et elle se pressa contre lui, laissant libre cours à un torrent d'émotions contradictoires parmi lesquelles dominait le soulagement.

Tenant toujours son arme à la main, le policier qui venait de tirer sur Calvin s'était approché de lui. Du bout du pied, il fit basculer son corps sur le dos. S'agenouillant auprès de lui, il s'assura qu'il avait bel et bien rendu son dernier soupir.

Pendant ce temps, les sanglots qui secouaient Arden avaient commencé à s'espacer, et elle parvint à recouvrer un semblant de calme. Reid l'aida alors à se relever et l'entraîna à l'écart tandis que les policiers commençaient à s'activer autour de la scène de crime.

— J'ai cru qu'il allait me tuer, murmura-t-elle.

— Moi aussi, répondit Reid d'une voix étranglée.

Elle se dégagea doucement et le regarda droit dans les yeux, puisant un peu de réconfort dans la tendresse qu'elle y lisait.

— Comment avez-vous su que j'étais là ?

— Grâce à ton grand-père. Lorsqu'il a compris ce que Calvin s'apprêtait à faire, il est venu au commissariat et a tout raconté…

— Il savait tout depuis le début ? murmura Arden, horrifiée. Il a laissé toutes ces femmes se faire tuer simplement pour protéger son fils ?

— Je ne crois pas, répondit Reid. Je pense que pendant des années, il n'a pas voulu voir la réalité en face. Il a voulu se convaincre que Finch était bien le tueur. Puis Calvin est revenu à Charleston, Haley Cooper a été tuée, et notre enquête a commencé à faire resurgir un passé qu'il espérait révolu.

— C'est pour cela qu'il voulait tant récupérer la maison, n'est-ce pas ? Pour que je reparte à Atlanta.

Reid hocha la tête.

— C'est aussi pour cela qu'il a tenté de m'éloigner de toi. Il aurait pourtant dû savoir que c'était impossible.

— Tu le penses vraiment ?

Reid souleva doucement le menton d'Arden et la regarda droit dans les yeux.

— Nous sommes faits l'un pour l'autre, lui dit-il. J'ai passé quatorze ans à t'attendre sans même le savoir. Mais maintenant que tu es revenue, je suis bien décidé à ne plus jamais te laisser partir.

— Tu me le promets ?

Reid secoua la tête.

— Je l'ai déjà fait, lui rappela-t-il. Un jour où nous regardions les étoiles filantes sur les marches du pavillon d'été.

— Je ne pensais pas que tu t'en souvenais, murmura-t-elle.

— Pourquoi crois-tu que c'est cet endroit que j'ai choisi pour notre premier baiser ? répliqua-t-il. Mais je ne veux plus me contenter de promesses, Arden. Je veux te prouver chaque jour que tu es la femme de ma vie, la seule que j'aie jamais aimée et la seule que j'aimerai jamais. Qu'est-ce que tu en dis ?

Arden se pencha vers lui pour effleurer ses lèvres d'un baiser.

— Je suis d'accord, Reid Sutton. Mais à une condition.

— Laquelle ?

— Que tu me laisses te prouver chaque jour que la réciproque est vraie.

Vous avez aimé ce roman ?
Retrouvez en numérique les autres titres de votre série « Les mystères de Charleston » !

1. *Unis dans l'adversité*
2. *La photo du passé*
3. *Le poids du souvenir*

CARLA CASSIDY

# Un allié si attirant

*Traduction française de*
CAROLE PAUWELS

BLACK ROSE

HARLEQUIN

*Titre original :*
COWBOY DEFENDER

# 1

Miranda Silver était de mauvaise humeur et elle essayait désespérément de le cacher à ses deux enfants : Henry, huit ans, et Jenny, sept ans, qui couraient devant elle sur le trottoir.

En fait, elle était épuisée, et ça la rendait toujours irritable.

Sa fatigue était en partie due au fait que les lycéens à qui elle enseignait la littérature s'étaient montrés particulièrement turbulents toute la journée, tellement ils avaient hâte de voir arriver les vacances scolaires.

Il leur restait encore deux semaines à tenir bon. Et à elle aussi.

Mais en réalité, le vrai coupable de son épuisement était son ex-mari, Hank.

Il avait débarqué chez elle à 1 h 30 du matin, complètement ivre, en pensant que c'était le moment idéal pour réparer le perron en bois de la maison où il avait autrefois vécu.

Il avait fallu qu'elle le menace d'appeler Dixon Bowie, le chef de la police de Bitterroot, Oklahoma, pour que Hank accepte finalement de rentrer chez lui. Par chance, il n'avait pas réveillé les enfants, sinon elle se serait vraiment mise en colère.

— Moins vite, cria-t-elle aux enfants.

Si elle avait eu seulement la moitié de leur énergie, cela aurait bien fait ses affaires.

Elle fit passer son sac de courses d'une main à l'autre et s'efforça de ne pas s'inquiéter pour l'argent qu'elle venait de dépenser.

La veille, les enfants et elle avaient fait le tri dans leurs vêtements d'été de l'année précédente, et elle avait eu la mauvaise surprise de découvrir que presque plus rien ne leur allait.

Un voyage au centre commercial avait donc été nécessaire, et elle avait dépensé plus que prévu. Le prix de nouvelles baskets avait suffi à lui seul à lui couper le souffle.

Naturellement, ça l'aurait aidée que Hank lui verse une pension alimentaire, mais il ne travaillait pas pour le moment, et elle ne pouvait pas compter sur une quelconque aide financière de sa part.

À dire vrai, elle n'avait jamais pu compter sur lui pour quoi que ce soit.

Durant les deux dernières années de leur mariage, il n'avait jamais été capable de garder un emploi plus de quelques mois, et ça ne s'était pas arrangé depuis qu'ils avaient divorcé, un peu plus d'un an auparavant.

Les enfants s'arrêtèrent brutalement devant un magasin, dont la devanture était ornée de rideaux à carreaux roses et blancs.

— Maman, on peut entrer ? demanda Jenny, ses grands yeux bleus brillant d'excitation.

Henry revint en arrière, prit la main de Miranda, et la regarda d'un air adorablement charmeur.

— Allez, maman. On a été vraiment gentils toute la semaine. On a fait nos devoirs, et nos lits, et tout… S'il te plaît ? S'il te plaît ?

Malheureusement, le Cupcake Palace était un peu cher.

— Oui, vous avez été très gentils tous les deux, mais je viens de dépenser beaucoup d'argent pour vos nouveaux vêtements d'été.

Elle eut de la peine en voyant la déception assombrir leurs petits visages.

Fichu Hank, qui ne s'inquiétait jamais de savoir si ses enfants avaient besoin de quelque chose.

— Je serais ravi d'offrir une pâtisserie à deux enfants adorables et à leur maman.

Une voix caressante aux accents traînants s'était élevée dans le dos de Miranda, et elle se crispa aussitôt.

— C'est vrai, monsieur Madison ? demanda Henry.

Il laissa tomber la main de sa mère.

— Ce serait trop génial.

— Oui, génial, répéta Jenny.

Miranda se tourna vers le cow-boy qui faisait tourner la tête de quasiment toutes les femmes dans leur petite ville.

Clay Madison était ridiculement séduisant, avec ses cheveux blonds en bataille qui lui frôlaient les épaules, et ses yeux d'un bleu étincelant. Son chapeau brun était légèrement incliné, lui donnant un air insolent, et le sourire qui étirait ses lèvres, outre qu'il creusait deux charmantes fossettes dans ses joues, semblait illuminer toute la zone autour d'eux.

— Bonjour, Miranda, dit-il, avec un petit signe de tête courtois.

— Bonjour Clay, marmonna-t-elle, d'un air pincé.

— Maman, monsieur Madison a dit qu'il voulait nous offrir un cupcake, dit Henry. Tu as entendu ?

Le petit garçon trépignait d'excitation.

— Comment se fait-il que tu connaisses M. Madison ? demanda-t-elle.

Bitterroot était une petite bourgade, mais il n'y avait pas de raison que son fils de huit ans connaisse un cow-boy qui travaillait au Holiday Ranch, à la sortie de la ville.

— Il est venu dans notre classe la semaine dernière, pour parler de son métier, répondit Henry. Moi aussi, quand je serai grand, je veux être un cow-boy comme M. Madison.

Elle était surprise que Clay n'ait pas expliqué aux enfants comment devenir un homme à femme et un fêtard.

D'après la rumeur, il maîtrisait ces deux comportements à la perfection.

— Et j'étais sérieux, dit Clay. Ça me ferait plaisir de vous inviter tous les trois.

Il fit un geste vers la porte de la boutique.

— Maman, s'il te plaît ? demanda Jenny, d'un ton suppliant.

Comme Miranda hésitait, Clay se pencha vers elle, le regard narquois.

— Ce n'est qu'une pâtisserie, Miranda.

— Très bien.

Elle avait capitulé parce qu'elle savait que refuser maintenant ferait d'elle la mère la plus méchante du monde entier.

Henry et Jenny sautillèrent de plus belle.

— N'oubliez pas vos bonnes manières, leur murmura-t-elle, tandis que Clay ouvrait la porte et s'effaçait pour les laisser entrer.

*
* *

Des myriades de senteurs les accueillirent, toutes plus délicieuses les unes que les autres. L'odeur du chocolat se mêlait à celle d'un doux mélange fruité. La cannelle et le sucre ajoutaient à l'appétissante combinaison.

Des petites tables carrées en formica blanc, et des chaises en skaï rose, invitaient à s'asseoir et à profiter des lieux.

Miranda retint une grimace en découvrant le couple âgé installé au fond de la salle.

Wally Stern travaillait au bureau de poste, et l'occupation préférée de sa femme consistait à colporter des ragots à travers toute la ville.

À tous les coups, on ne parlerait plus que d'elle et de Clay d'ici le lendemain matin.

Henry et Jenny se précipitèrent vers le comptoir, où étaient exposés des cupcakes monstrueusement gros. En outre, ils étaient servis avec une copieuse coupe de glace, ce qui en faisait un dessert totalement décadent.

Mandy Booth, une jolie brune moulée dans un jean et un T-shirt rose portant le logo du Cupcake Palace, les accueillit avec un grand sourire.

— Vous n'avez pas suffisamment de travail avec le café ? demanda Miranda.

Mandy avait acheté le bistrot local six mois auparavant et avait ouvert la pâtisserie le mois dernier.

Elle éclata de rire.

— Le café est mon gagne-pain, mais le Cupcake Palace est mon bébé. J'avais pensé ouvrir une sorte de salon de thé un peu chic, mais ce n'est pas vraiment le genre de Bitterroot. Et le Tammy's Tea House fait déjà le plein de clients. Alors, j'ai eu cette idée qui me permet de laisser libre cours à mon inspiration en matière de pâtisserie.

— Et que pense Brody de votre frénésie de travail ?

Mandy et Brody Booth s'étaient mariés deux mois auparavant.

— Oh ! croyez-moi, je sais toujours trouver du temps pour mon cow-boy, répliqua-t-elle, avec des étoiles au fond de ses yeux verts. Et maintenant, dites-moi ce qui ferait plaisir à ces deux charmants enfants.

Au cours de la brève conversation, Miranda avait été excessivement sensible à la présence de Clay. Il se tenait si près d'elle qu'elle pouvait sentir, en dépit des odeurs de la boutique, l'odeur de savon et d'eau de Cologne qui émanait de lui.

— Euh…, murmura Henry.

Jenny et lui observaient toutes les pâtisseries, comme s'il s'agissait de la décision la plus importante de leur vie.

— J'aimerais ce gâteau bleu, fit finalement Henry. Le bleu est ma couleur préférée.

— Excellent choix, déclara Mandy. C'est un gâteau au fromage frais, avec un glaçage à la myrtille.

— Et moi, je veux un rose, dit Jenny.

— Je parie que c'est ta couleur préférée, répliqua Mandy, d'un ton amusé.

— Oui, j'aime le rose. Mais, j'aime aussi le violet.

— Eh bien, le rose est également un excellent choix. Il est au chocolat, avec un nappage à la framboise.

Mandy déposa les cupcakes sur des assiettes.

— Et pour vous, Miranda ?

— Rien, merci, s'empressa-t-elle de répondre.

Elle ne serait jamais entrée si Clay n'avait pas fait en sorte de la placer dans une situation embarrassante vis-à-vis de ses enfants.

Il pouvait offrir des gâteaux aux enfants si cela lui chantait, mais elle ne voulait rien de Clay Madison.

— Allons, vous avez sûrement envie de quelque chose, protesta Clay.

— Non, merci. C'est très bien comme ça.

Clay parut déçu, mais son lumineux sourire ne tarda pas à réapparaître.

— Comme vous voudrez. Allez-vous asseoir. J'apporte les cupcakes.

Miranda dirigea les enfants vers une table éloignée de celle de Wally et de Dinah, sa commère de femme.

Calée sur sa chaise, elle observa Clay au comptoir. Sa chemise bleue était tendue sur ses larges épaules et les muscles de son dos, et personne ne portait mieux le jean que lui.

Il dit quelque chose à Mandy qui rit aux éclats. Ce type était indéniablement un charmeur… Le don Juan de la ville.

Eh bien, Miranda n'était pas intéressée par ce qu'il avait à proposer.

Clay Madison était le dernier homme sur terre avec qui elle voudrait être en relation, dans quelque domaine que ce soit.

Avec un peu de chance, les enfants allaient dévorer leurs gâteaux en un rien de temps, et on n'en parlerait plus.

Elle détacha les yeux de Clay et, tournant la tête vers le fond de la salle, surprit Dinah qui les observait. Puis la vieille dame se pencha vers son mari et lui chuchota quelque chose.

Parmi tous les couples de la ville qui auraient pu se trouver là à ce moment précis, pourquoi fallait-il que ce soit justement celui-là ?

— C'est trop cool, déclara Henry. On a demandé à papa de nous emmener ici le week-end dernier, mais il a dit non.

— Il dit toujours non quand on veut faire des trucs avec lui, ajouta Jenny. Et puis, quand on va chez lui, il dort presque tout le temps.

— Et il ronfle vraiment fort, dit Henry, en gloussant. Mais Lori joue avec nous et tout. Elle est vraiment gentille.

Lori Stillwell était la nouvelle compagne de Hank, et elle vivait avec lui dans le modeste ranch qu'il louait. Elle travaillait à domicile comme correctrice pour des revues médicales et ne semblait pas s'offusquer que Hank soit porté sur la boisson, ni qu'il lui laisse payer toutes les factures.

Mais Miranda considérait que cela ne la regardait pas. Tout ce qui lui importait, c'était que Lori soit gentille avec ses enfants quand ils passaient le week-end chez leur père.

Clay revint avec un plateau contenant les desserts des enfants et deux autres cupcakes.

Il déposa un gâteau nappé de chocolat devant Miranda.

— Je ne connais aucune femme qui dit non à du chocolat, dit-il, l'air très sûr de lui.

— Et vous en connaissez un rayon en ce qui concerne les femmes, répliqua sèchement Miranda.

— Aïe. Je vois que ma réputation m'a précédé.

L'étincelle de gaieté dans ses yeux se ternit un peu.

— Et vous devriez savoir qu'il ne faut pas croire tout ce qu'on entend.

— Vous avez pris quoi, comme goût, monsieur Madison ? demanda Jenny.

— Banane-rhum.

S'ensuivit une conversation entre lui et les enfants, à propos des fruits qu'ils aimaient, et de ceux qu'ils trouvaient dégoûtants.

Miranda écoutait d'une oreille discrète. Elle était

tout simplement soulagée qu'il n'ait plus les yeux rivés sur elle.

Même si elle souhaitait de toutes ses forces le contraire, quelque chose en elle se réchauffait subtilement quand il la regardait, comme s'il l'avait caressée avec ses mains rugueuses de travailleur manuel.

Ça devait être ça, son pouvoir sur les femmes. Il suffisait qu'il les regarde pour qu'elles se sentent les personnes les plus importantes du monde.

Elle ne savait pas pourquoi il les avait invités tous les trois à déguster des pâtisseries. Mais s'il avait derrière la tête l'idée de la séduire, il n'était pas au bout de ses peines.

Elle refusait d'être un numéro de plus sur la liste des conquêtes de Clay Madison.

Que ce Roméo de pacotille ne compte pas sur elle pour être sa Juliette.

Aux yeux de Clay, Miranda Silver n'était pas seulement l'une des plus belles femmes de la ville.

C'était aussi une enseignante respectée, et elle avait la réputation d'être une mère extraordinaire.

Cela faisait un an qu'il était à la recherche de la femme de sa vie, et il s'intéressait tout particulièrement à Miranda depuis son divorce.

Il avait vu ses collègues du ranch Holiday trouver le bonheur, et commencer à bâtir leur avenir, chacun avec la femme de ses rêves. Mais jusqu'à présent, il n'avait pas trouvé celle avec qui il passerait le reste de sa vie.

Pourtant il le voulait.

Il attendait impatiemment de la rencontrer.

En revanche, s'il trouvait Miranda extrêmement

attirante, sa froideur l'avait toujours intimidé, l'empêchant de lui proposer un rendez-vous.

Offrir des pâtisseries à toute la famille était l'opportunité idéale pour briser la glace et apprendre à la connaître un peu mieux.

Avec un peu de chance, il se sentirait suffisamment à l'aise, à l'issue de ce temps passé ensemble, pour l'inviter vraiment.

— Alors, vous avez des projets pour vos vacances d'été ? demanda-t-il.

Miranda glissa derrière son oreille une mèche de ses soyeux cheveux blonds et souleva sa fourchette à dessert.

— Les enfants participent à de nombreuses activités, et cela m'occupe bien. Je fais aussi du bénévolat au centre communautaire, quand je le peux.

Elle croisa son regard un court instant et baissa les yeux vers son assiette.

Se trouver à proximité de Miranda était encore mieux que ce qu'il s'était imaginé. Elle sentait comme un champ de fleurs en été, et sa peau semblait tellement douce qu'il avait terriblement envie de la toucher. Mais il était évident qu'elle aurait préféré être n'importe où ailleurs plutôt qu'avec lui.

Au moins, elle avait commencé à goûter le cupcake qu'il lui avait offert.

— C'est bon ? demanda-t-il.

— Très, répondit-elle à contrecœur.

— Le mien est délicieux, dit Jenny.

Sa lèvre supérieure s'ornait d'une moustache de glaçage rose, et Miranda tendit une serviette à sa fille.

— Le mien aussi, dit Henry.

Avec le plus grand sérieux, il s'essuya la bouche avec la serviette que sa mère lui avait également tendue.

Clay se creusa la tête pour trouver un sujet de conversation.

— Je sais que vous enseignez au lycée. Vous aimez votre travail ?

— Beaucoup.

Elle fixait son cupcake, comme s'il s'agissait de la chose la plus étonnante qu'elle ait vue de sa vie.

— Vous enseignez la littérature, n'est-ce pas ?

— Oui.

Clay retint un soupir de frustration.

À l'évidence, elle n'avait pas envie de faire la conversation avec lui. Il n'avait pourtant jamais rien fait ou dit pour la mettre en colère. Était-elle comme ça avec tous les hommes ? Il n'avait jamais entendu dire qu'elle était sortie avec quelqu'un depuis son divorce.

— Monsieur Madison ? demanda Henry, avec un regard empli d'espoir. Vous savez jouer au base-ball ?

— Eh bien, il se trouve que oui.

Quand il était plus jeune, il passait beaucoup de temps sur le terrain, car c'était le seul endroit où il pouvait échapper aux violentes colères de son père.

L'odeur de l'herbe fraîchement coupée remplaçait le doux parfum de violette de sa mère absente, et la tape amicale d'un coach sur son épaule était la seule marque de gentillesse qu'il recevait.

— Monsieur Madison ?

La voix de Henry l'arracha à ses pensées.

— Vous voudriez venir à la maison, et m'apprendre comment mieux jouer ? J'ai demandé à mon papa de m'aider, mais il m'a dit qu'il n'aimait que le football, et qu'il ne connaissait rien au base-ball.

— Je suis certaine que M. Madison a des choses beaucoup plus importantes à faire que de t'apprendre à améliorer ton jeu, intervint Miranda.

Elle semblait totalement paniquée à l'idée qu'il puisse aider son fils.

— En fait, ça me ferait très plaisir, répondit-il à Henry. Si tu veux, je pourrai venir chez toi deux jours par semaine après l'école.

— Ce serait génial, répondit Henry.

— Nous pourrions même commencer demain.

Clay avait sincèrement envie d'aider le jeune garçon. Non seulement ça lui rappellerait de bons souvenirs, mais ça lui donnerait peut-être une chance de mieux connaître Miranda.

Et ça permettrait aussi à cette dernière de savoir qui il était vraiment, sans se laisser influencer par sa réputation.

Le sourire de Henry s'évanouit.

— Je ne peux pas, demain. On va toujours chez papa le samedi et le dimanche.

— Eh bien, que dirais-tu de lundi après l'école ?

Il adressa à Miranda son plus beau sourire.

C'était vraiment une belle femme. Le chemisier bleu qu'elle portait s'accordait à la couleur myosotis de ses yeux bordés d'épais et longs cils noirs.

Malheureusement, elle ne lui rendit pas son sourire.

À plusieurs reprises, il essaya d'engager la conversation avec elle. Mais, quelles que soient ses questions, elle répondait chaque fois le plus brièvement possible.

Les enfants terminèrent leur gâteau bien trop vite à son goût, et tout le monde se leva.

— C'était une rencontre inattendue, dit-il, mais très plaisante.

— Pour le moins inattendue, répliqua Miranda. Merci, Clay.

— Je vous en prie.

Il s'adressa à Henry.

— On se voit lundi après-midi.

— C'est promis ? demanda l'enfant, le regard empli d'espoir.

— Promis.

Les enfants coururent devant eux pour sortir de la boutique.

— Vous n'êtes pas vraiment obligé de venir lundi, murmura Miranda, pour que ses enfants ne l'entendent pas.

— J'ai fait une promesse, répliqua-t-il. Et vous devez savoir une chose à mon sujet, c'est que j'honore toujours une promesse.

Ils sortirent dans l'air tiède de la fin d'après-midi.

— Merci encore, dit-elle. C'était vraiment gentil pour les enfants.

— Je suis un garçon gentil. Bonne soirée, Miranda. On se voit lundi.

Il tourna les talons et se dirigea vers son pick-up, garé devant le General Mercantile Store.

Tandis qu'il roulait vers le ranch, il ne pouvait s'empêcher de penser à Miranda. Il y avait quelque chose chez elle qui l'attirait incroyablement, mais il était évident qu'elle ne ressentait pas la même chose pour lui.

Il baissa la vitre et laissa la brise de cette belle soirée de mai emplir l'habitacle. L'air portait l'odeur fraîche et un peu âcre des sapins, et celle plus sucrée des fleurs en pleine éclosion.

Il adorait le printemps, quand les pâtures gorgées d'eau boueuse se transformaient en immenses tapis verts, et que les arbres se paraient à nouveau de feuilles. C'était généralement la saison des naissances. Les vaches vêlaient, les juments poulinaient, et il y avait des lapins partout. Tous les cow-boys regorgeaient d'énergie et de projets, après un hiver vécu au ralenti.

Quinze minutes plus tard, Clay franchit l'entrée du Holiday Ranch.

C'était son foyer depuis qu'il avait treize ans et qu'il avait trouvé le courage de quitter Fox Hill, une petite ville à trente kilomètres d'Oklahoma City. Il s'était enfui pour échapper à la maltraitance physique et émotionnelle de son père, et il avait vécu dans la rue pendant trois mois. Lucky l'avait tiré de là et l'avait confié à Cass Holiday qui avait déjà recueilli au ranch onze autres garçons perdus. Cass n'était plus de ce monde, mais le ranch continuait à vivre grâce à sa nièce, Cassie.

Il passa devant la grande maison blanche à deux étages où vivaient Cassie et son mari, le chef de la police, Dillon Bowie.

Un peu plus loin, quelques lampes commençaient à s'allumer dans le baraquement des cow-boys. Le bâtiment, tout en longueur, rassemblait des chambres individuelles, un réfectoire, et un salon commun.

Clay se gara et se dirigea vers le salon, où il savait que la plupart de ses collègues seraient en train de se détendre après une journée de travail.

Comme il s'y attendait, il retrouva Jarod Steen, Flint McCay et Mac McBride, affalés sur les canapés ou dans les fauteuils.

— Hé, salut vieux, dit Mac. Quoi de neuf ?

— Rien de spécial.

Clay se laissa tomber sur le canapé à côté de Jarod.

— J'ai juste mangé des cupcakes avec Miranda Silver et ses deux enfants.

Les trois hommes le dévisagèrent avec stupéfaction.

— Toi et Miranda Silver ? Impossible ! décréta Flint.

— En tout cas, c'est probablement la seule femme de tout l'état avec qui Clay n'est pas sortie, remarqua Jarod.

— Très drôle ! répliqua Clay.

Puis il lui parla de sa rencontre fortuite avec Miranda et ses enfants.

— J'admets que je ressens un truc pour elle depuis un moment, et ça a été une vraie chance de pouvoir lui parler. J'aimerais vraiment beaucoup la connaître mieux.

— Et est-ce qu'elle ressent un truc pour toi ? demanda Mac.

Clay songea à leur conversation embarrassée, et aux subtiles critiques qu'elle lui avait faites.

— C'est sûr qu'elle ressent un truc pour moi : elle me déteste.

— Ça risque de compliquer vos relations, ironisa Mac.

— La bonne nouvelle, c'est que Henry m'a demandé de l'entraîner au base-ball, et du coup je vais la voir plusieurs fois par semaine.

— Quel dommage que le père du gamin soit un tel crétin, dit Jarod. Henry et sa sœur ont participé à des activités au centre communautaire. Ce sont des enfants formidables. Ils méritent mieux que Hank.

— Alors, tout ce que j'ai à faire, c'est de convaincre Miranda que je ne suis pas un crétin de plus, dit Clay. Il va falloir que je déploie tout mon charme légendaire.

— Tout le monde sait que tu as du succès avec

les femmes, dit Mac, mais j'ai le sentiment que tu n'arriveras à rien avec Miranda.

Plus tard, étendu dans son lit, Clay repassa la conversation dans sa tête.

Il est vrai qu'il était sorti avec beaucoup de femmes, surtout l'année dernière. Mais comment un homme pourrait-il trouver la femme de sa vie s'il ne la recherchait pas activement ?

*Deux heures plus tôt, Miranda avait quitté le Cupcake Palace avec Clay Madison.*

*Comme toujours, elle était l'élégance même avec son pantalon noir et son chemisier en soie bleu vif.*

*Ses cheveux blonds coupés aux épaules étincelaient dans le soleil déclinant, et elle était aussi jolie et mince qu'elle l'était au lycée, comme si le temps n'avait pas d'emprise sur elle.*

*Il fallait qu'elle meure.*

*Ou alors, qu'elle soit atrocement mutilée.*

*C'était vraiment satisfaisant de prendre enfin des décisions sur ce qu'il convenait de faire.*

*Maintenant, ce n'était plus qu'une question de temps et d'opportunité.*

*La belle Miranda Silver ne le savait pas, mais elle portait désormais une date d'expiration tamponnée sur le front.*

# 2

Le samedi matin, Miranda se réveilla avec un léger sentiment de culpabilité à propos de la façon dont elle avait agi la veille.

Il était indéniable qu'elle s'était montrée grossière avec Clay, et ça ne lui ressemblait pas.

Quoi qu'il en soit, il y avait chez lui quelque chose qui l'agaçait prodigieusement. Peut-être parce qu'elle n'était pas aussi insensible à son charme qu'elle l'affirmait.

Bon d'accord, elle l'admettait, elle avait toujours été secrètement attirée physiquement par lui. Mais elle pensait aussi que c'était un homme futile, qui comptait un peu trop sur sa beauté pour le faire avancer dans la vie.

Qui plus est, elle n'avait pas envie d'une nouvelle relation sentimentale. Son mariage avec Hank l'avait quelque peu dégoûtée de l'idée du couple.

Elle avait renoncé à sa dignité et au respect d'elle-même en restant aussi longtemps avec Hank.

Maintenant, elle voulait juste être une bonne mère et une bonne prof. Elle n'avait pas besoin d'un homme pour accomplir cela.

À 10 heures, les enfants étaient dans le salon avec leurs sacs à dos.

— Vous avez pris vos brosses à dents ? demanda Miranda.

Ils répondirent que oui.

— Et des chaussettes propres et des sous-vêtements, ajouta Henry.

Puis il gloussa.

— Je savais que ce serait la prochaine question, parce que tu demandes toujours la même chose tous les samedis.

— Et ensuite, ajouta Jenny, tu vas nous dire que tu nous aimes, et qu'on doit être gentils avec papa et Lori.

— Très bien. Je n'ai donc pas à répéter les mêmes vieilles rengaines, répliqua Miranda, en riant.

On frappa à la porte, et elle alla ouvrir.

Sur le seuil se tenait son ex-mari, le garçon dont elle était tombée amoureuse à seize ans, et qu'elle avait cessé d'aimer après quelques années d'un mariage malheureux.

— Salut, Miranda.

Il avait ce sourire en coin, qui avait autrefois le don de faire battre son cœur plus vite, et qui maintenant la rendait simplement triste.

Ses yeux étaient injectés de sang et ses paupières bouffies, mais au moins il ne sentait pas l'alcool.

— Bonjour, Hank, répondit-elle.

Par-dessus son épaule, elle vit Lori assise au volant de l'énorme pick-up à double cabine du couple, et elle lui fit un signe de la main.

Les enfants déboulèrent. Un flot de baisers et quelques recommandations de dernière minute furent échangés.

Miranda les regarda monter à bord de l'imposant véhicule et suivit celui-ci des yeux, jusqu'à ce qu'il disparaisse au coin de la rue. Puis elle ferma la porte et se dirigea vers la cuisine.

Le samedi, en général, elle nettoyait la maison et faisait du tri dans ses papiers. Mais, avant qu'elle ait pu commencer quoi que ce soit, le téléphone sonna.

— Bonjour, maman, dit-elle en décrochant.

— Bonjour, ma ravissante fille.

Miranda sourit en imaginant sa mère assise dans son fauteuil préféré, recouvert d'un tissu à fleurettes bleues, ses cheveux blancs parfaitement coiffés, un discret maquillage rehaussant ses pommettes ciselées et ses yeux couleur myosotis.

Personne ne voyait jamais Katherine Albright tant qu'elle n'était pas absolument tirée à quatre épingles. Même quand elle avait soigné pendant des mois son mari, aujourd'hui enterré au cimetière de Bitterroot, jamais elle ne s'était laissée aller.

Aux yeux de Miranda, sa mère était la femme la plus forte qui soit.

— J'ai entendu une petite rumeur ce matin, chez la manucure, dit Katherine.

Miranda grimaça.

— Quelle rumeur ?

Elle connaissait déjà la réponse.

— Il paraît que les enfants et toi avez mangé des cupcakes avec ce beau cow-boy, Clay Madison.

— C'est vrai, mais c'était juste une rencontre fortuite. Cela ne signifie rien. Il n'y a pas de quoi en faire toute une histoire.

— Eh bien, c'est dommage. Tu pourrais trouver bien pire que Clay. Non seulement il est agréable à regarder, mais c'est un travailleur acharné. Et il est toujours si aimable et charmant quand je le croise dans la rue.

Il ne manquait plus que cela !

Ce type avait apparemment charmé sa mère, en plus de toutes les autres femmes de la ville.

— En fait, Henry lui a demandé de l'aider à mieux jouer au base-ball, et Clay a accepté.

— Ce serait plutôt à son père de le faire.

S'ensuivit une diatribe de plusieurs minutes contre l'homme qui avait été son gendre.

Comme d'habitude, Katherine lui reprochait d'avoir trompé Miranda, de ne pas pourvoir aux besoins de sa famille, d'être un père absent, et d'avoir des problèmes d'alcool.

— Tu as fini ? demanda sèchement Miranda, lorsque sa mère s'arrêta enfin pour reprendre son souffle.

— Pour le moment. Je ne comprends pas comment un homme avec un tel potentiel peut gâcher sa vie comme ça.

— La bonne nouvelle, c'est qu'il ne gâche plus la mienne.

— C'est un soulagement. Et maintenant, venons-en à la raison de mon appel. As-tu l'intention d'emmener les enfants au carnaval de printemps, ce week-end ?

— Pourquoi ? Tu veux venir avec nous ? Tu sais que ça nous ferait plaisir.

— En fait, je vais aider Halena et Mary sur leur stand. Elles ont toujours beaucoup de monde.

— Tu es sûre que tu es en état de le faire ?

Sa mère souffrait de polyarthrite rhumatoïde entraînant des crises inflammatoires qui limitaient sa mobilité. Certains jours, elle souffrait tellement qu'elle était incapable de sortir de son lit.

— On ne peut pas s'arrêter de vivre à cause de quelques douleurs, répliqua Katherine. Je serai sur leur stand.

— Eh bien nous passerons te voir.

Appartenant à la tribu Choctaw, Halena Redwing et sa petite-fille, Mary Nakni, proposaient de l'artisanat amérindien ainsi que des tableaux peints par Mary, et leur stand avait toujours beaucoup de succès.

Les deux femmes discutèrent encore pendant une dizaine de minutes puis raccrochèrent.

Le reste de la journée se déroula sans événement marquant. Miranda fit le ménage et s'attaqua à la pile de linge à repasser, qui semblait ne jamais connaître de fin avec deux enfants très actifs.

Et bientôt, sans qu'elle ait vu le temps passer, ce fut l'heure de se coucher.

Il était 18 heures, le dimanche soir, quand Hank et les enfants apparurent sur le seuil. Tandis que Jenny et Henry se ruaient dans la maison, Miranda sortit pour parler avec son ex-mari.

— J'espère qu'ils ont été sages.

— Ils le sont toujours. Mais, c'est quoi cette histoire ? Clay Madison va venir à la maison enseigner le base-ball à mon fils ?

— Henry lui a demandé, et il a accepté. Je te rappelle que Henry t'a demandé plusieurs fois de l'aider à améliorer son jeu, et tu l'as systématiquement envoyé promener.

— Admettons. Mais je n'ai pas très envie que ce cow-boy traîne par ici. Tu devrais te méfier, Miranda. Il a la réputation de faire tourner la tête des femmes. Il est du genre à prendre et à jeter.

— Crois-moi, ma tête ne risque pas de tourner. Elle est solidement ancrée sur mes épaules.

La dernière chose dont elle avait envie, c'était de donner son cœur à un autre homme qui pourrait ne pas en prendre soin.

Et le risque était encore plus grand avec un homme de la réputation de Clay Madison.

Hank sortit son portefeuille de sa poche et l'ouvrit.

— Les enfants m'ont dit que tu leur avais acheté des vêtements pour l'été.

Il lui tendit un billet de vingt dollars.

— Je sais que ce n'est pas beaucoup, mais je fais ce que je peux. Dès que j'aurai retrouvé du travail, je t'aiderai davantage.

— Je sais Hank.

Il était pétri de bonnes intentions, mais elle avait cessé d'attendre quoi que ce soit de sa part.

— J'ai prévu d'emmener les enfants au carnaval de printemps, vendredi soir.

Les vingt dollars combleraient une partie des dépenses.

— C'est bien. Ils vont passer un bon moment. Ils sont déjà en train de parler des manèges, des gaufres et de la barbe à papa. Nous irons peut-être y faire un tour, Lori et moi. Sinon, on se verra samedi prochain, quand je viendrai chercher les enfants.

Le reste de la soirée passa très vite, entre les bains des enfants et les lectures du coucher.

Ce ne fut qu'une fois dans son lit à son tour que Miranda prit conscience d'une chose : dans quinze heures environ, Clay Madison frapperait à sa porte.

Et elle ne savait pas du tout ce qu'elle devait en penser.

Le lundi, à 15 h 30, Clay se doucha et enfila un jean et un polo bleu marine à manches longues.

Quand il monta dans sa voiture et prit la direction de la maison de Miranda, un frisson d'excitation bourdonnait en lui.

Sur le siège passager se trouvait tout l'équipement qu'il avait acheté la veille pour Henry et pour lui : des gants de batteur et un gant de receveur, des balles et une batte en bois.

Il avait oublié combien il avait aimé jouer au base-ball, jusqu'à ce qu'il essaie un gant dans le magasin, et il avait vraiment hâte de jouer avec l'enfant.

Le cœur léger, il s'engagea dans la rue tranquille bordée d'arbres où vivait Miranda.

C'était un jour idéal pour faire du sport. Le ciel était bleu comme un œuf de rouge-gorge, et la température avoisinait les 18 degrés.

Il se gara le long du trottoir. La maison était peinte en blanc, avec des volets vert sapin et une galerie ouverte. Des suspensions fixées sous l'avant-toit accueillaient des pots de pétunias, ajoutant du charme à l'ensemble.

De loin, la maison semblait en bon état, mais Clay ne tarda pas à constater que les marches du perron de bois avaient besoin d'être consolidées, et que la peinture des volets s'écaillait.

La porte s'ouvrit avant qu'il ait eu le temps de frapper, et Henry jaillit à l'extérieur. Vêtu d'un bermuda beige et d'un T-shirt rayé bleu et blanc, il avait l'air prêt à jouer.

— Bonjour, monsieur Madison. Je suis tellement content de vous voir. Je n'étais pas sûr que vous alliez venir.

Il tenait à la main un gant de base-ball qui semblait avoir été acheté dans un magasin de jouets.

— Je te l'avais promis. Que dirais-tu d'échanger ton gant contre celui-ci ?

Il lui tendit le nouveau gant.

Henry ouvrit de grands yeux.

— C'est vrai ?

— C'est vrai, répondit Clay.

Il regarda par-dessus l'épaule de l'enfant, espérant apercevoir Miranda, mais il n'y avait aucun signe d'elle.

— Je peux le garder pour toujours ?

Clay éclata de rire.

— Bien sûr.

Une émotion inattendue noua la gorge de Clay lorsque le jeune garçon passa les bras autour de sa taille et le serra de toutes ses forces.

— Merci, monsieur Madison.

— Tu peux m'appeler Clay, tu sais.

Henry s'écarta, posa son ancien gant sur le perron et enfila le nouveau.

— Ta maman sait que je suis là ?

— Oui. Je lui ai dit quand j'ai vu votre voiture.

— Eh bien, allons-y, alors.

Pendant l'heure qui suivit, ils échangèrent des balles, et Clay comprit très vite que l'enfant avait de bonnes bases mais manquait tout simplement de pratique.

Il était presque 17 heures quand Miranda apparut sur le perron. Son pantalon bleu marine et son chemisier blanc lui donnaient l'air un peu sévère qu'on attendait d'un professeur, mais elle n'en demeurait pas moins féminine et ravissante.

— Clay, dit-elle, sèchement.

— Bonjour, Miranda.

Il aurait voulu aller s'asseoir dans l'un des fauteuils à bascule de la terrasse et discuter avec elle. Mais, rien dans son accueil distant et dans sa posture crispée ne laissait augurer une telle invitation.

— Henry, il faut rentrer, maintenant. Merci à vous, Clay, de l'avoir aidé.

Elle tourna les talons et disparut dans la maison, le laissant vaguement désappointé.

— Vous allez revenir ? demanda Henry, d'un ton vibrant d'espoir.

— Bien sûr. Que dirais-tu de demain, à la même heure ?

— Génial. Maman va bientôt m'inscrire dans une équipe, et je veux être un vraiment bon joueur.

Henry donna une rapide accolade à Clay.

— À demain.

Le lendemain et le surlendemain se déroulèrent à l'identique. Henry et Clay s'entraînèrent dans le jardin devant la maison, et Miranda ne se montra pas, sauf pour rappeler à son fils qu'il était l'heure de rentrer.

Cependant, Clay apprécia le temps passé avec Henry. Il avait l'air d'un bon garçon, soucieux de faire plaisir, et débordant de gratitude.

Il avait aussi un rire merveilleux, dont l'innocence touchait Clay. Peut-être parce qu'il avait à peu près le même âge que Henry quand sa mère était partie, en emportant la gaieté avec elle.

Le jeudi, lorsque Clay arriva pour une nouvelle séance d'entraînement, Jenny était assise à côté de Henry sur le perron. Ils se levèrent tous les deux d'un bond et coururent vers lui, alors qu'il descendait de voiture.

— Vous avez dit qu'on allait travailler le frapper de balle aujourd'hui, dit Henry. Donc, Jenny va faire le joueur de champ extérieur.

— Je ne sais pas ce que ça veut dire, champ extérieur, ajouta Jenny. Mais je vais courir après les balles quand Henry va les lancer.

— Tu as tout compris, répondit Clay, en riant.

Il ne chercha même pas à apercevoir Miranda. S'il avait eu d'autres idées en tête en proposant d'aider Henry, il s'était réellement pris d'affection pour le petit garçon et il avait à présent à cœur de faire de lui le meilleur joueur possible.

Clay fut agréablement surpris par l'habileté de Henry à la batte, tandis que Jenny était fort occupée à courir après les balles que son frère touchait. Ils jouaient depuis une heure, quand Miranda les rejoignit, avec un plateau garni de verres en plastique colorés.

Clay sentit son pouls s'accélérer en la découvrant moulée dans un jean et un débardeur noir. Ses cheveux étaient relevés en un chignon désordonné et, aussi incroyable que ça puisse paraître, elle lui adressa un sourire.

— Il fait un peu chaud aujourd'hui, dit-elle, et j'ai pensé que vous auriez tous envie d'une boisson fraîche.

Elle souleva l'un des verres et le tendit à Clay.

— Merci.

Soudain, il se sentait tout intimidé en sa présence. Pourtant, il avait l'habitude de faire la conversation à quantité de femmes. D'ailleurs, il avait espéré toute la semaine qu'il pourrait discuter avec Miranda.

Pourquoi alors ne trouvait-il rien à lui dire ?

Miranda distribua les verres à ses enfants qui allèrent s'asseoir avec sur la terrasse et lui sourit à nouveau.

— C'est une belle journée, n'est-ce pas ?

— Plus chaude que d'habitude.

La brise rabattit vers lui les effluves de son parfum, et il les respira à pleins poumons.

— C'est vraiment gentil à vous d'aider Henry comme vous le faites. Il passe toutes ses soirées à parler de vous et de base-ball.

— Ça doit vous rendre folle, répliqua-t-il, sur un ton ironique.

— Pas tant que ça. C'est agréable de le voir aussi enthousiaste. Vous l'aidez à prendre confiance en lui, et j'apprécie beaucoup cela.

— C'est un bon garçon.

Clay but une gorgée de limonade, ravi de l'agréable conversation qu'ils partageaient.

Henry ne tarda pas à les rejoindre.

— Clay, on va au carnaval demain soir. Est-ce que tu veux venir avec nous ? Ce serait tellement bien. Hein, maman ? On pourrait y aller ensemble.

Clay se demanda qui de lui ou Miranda était le plus surpris.

Quoi qu'il en soit, il n'allait pas laisser passer cette chance.

— J'aimerais beaucoup me joindre à vous mais je crois que c'est quelque chose dont ta mère et moi devons discuter en privé.

— Oh ! d'accord.

Henry tourna les talons et courut vers la terrasse.

— Maintenant, vous pouvez parler, cria-t-il.

— Je ne voudrais pas vous mettre dans l'embarras, dit Clay.

— Vous voulez dire, comme vous l'avez fait au Cupcake Palace ?

Il lui sourit.

— Si nous n'avions pas mangé de cupcakes ensemble, Henry n'aurait pas de coach.

— C'est vrai, admit Miranda.

Et, pour son plus grand plaisir, elle lui sourit à son tour.

— Vous savez, j'adorerais vous emmener tous les trois au carnaval. Ce n'est jamais drôle d'aller tout seul à ce genre de manifestation.

Elle se rembrunit.

— Je suis sûre que vous pourriez facilement trouver quelqu'un pour vous accompagner, si vous le vouliez.

— C'est sans doute vrai. Mais, il n'y a rien de mieux pour apprécier un carnaval que la présence d'enfants.

Il jeta un coup d'œil vers la terrasse, où Jenny et Henry étaient assis.

— S'il vous plaît, accordez-moi le plaisir de sortir demain soir avec les enfants et vous.

Il retint son souffle en attendant la réponse.

— Ce ne sera pas un rendez-vous galant, dit-elle finalement.

Il s'empressa de la rassurer.

— Bien sûr que non !

— Parce que je n'en accepte jamais.

— Pas de problème.

Elle l'observa un long moment, avant de hocher la tête.

— Très bien. Nous irons avec vous, à condition que vous compreniez que je le fais pour mes enfants. Il n'est pas question que nous ayons une quelconque relation vous et moi.

— Je comprends parfaitement. À quelle heure voulez-vous que je vienne vous chercher ?

— 18 heures. Et nous resterons jusqu'à ce que la nuit tombe. Les enfants adorent regarder les lumières du carnaval.

Clay hocha la tête.

— Ça fait partie du spectacle.

Il se tourna vers les enfants.

— Nous allons au carnaval ensemble, demain soir.

— Génial ! s'écria Henry, avant de dévaler les marches et de courir vers eux.

Jenny était juste derrière, son adorable frimousse piquetée de taches de rousseur illuminée de joie.

— Est-ce que tu aimes les montagnes russes ? demanda-t-elle.

— Beaucoup. Ça fait partie de mes attractions favorites.

— Oh ! super. Parce que maman et Henry n'aiment pas ça. Ils sont trop peureux.

— Eh bien, je serai ton coéquipier.

Clay rit en voyant la fillette taper dans ses mains et sautiller.

— Est-ce que tu aimes les beignets ? demanda Henry.

— J'adore. Et… En parlant de nourriture, je ferais bien de rentrer au ranch, avant que Cookie ne débarrasse la table.

Cord Cully, alias Cookie, était le vieux cuisinier irritable qui servait les repas des cow-boys du Holiday Ranch, et il était très strict au sujet des horaires.

— On se retrouve demain, à 18 heures.

Quelques minutes plus tard, tandis qu'il se dirigeait vers le ranch, Clay bouillait d'excitation.

Quel que soit le nom que lui donnait Miranda, demain il aurait son premier rendez-vous avec elle.

# 3

D'accord, elle avait eu un moment de faiblesse.

C'était la seule façon d'expliquer qu'elle ait accepté d'aller avec Clay au carnaval.

Durant toute la journée du vendredi, Miranda lutta contre l'envie de prendre son téléphone et de l'appeler ou de lui envoyer un texto pour annuler la soirée.

C'était probablement la chose la plus raisonnable à faire, mais elle ne put finalement s'y résoudre.

Il est vrai que ça ne l'aidait pas non plus que Jenny et Henry soient surexcités à l'idée de passer la soirée avec lui. Non seulement les enfants n'avaient parlé que de cela la veille mais, dès 17 h 30, ils s'étaient plantés devant la fenêtre pour guetter son arrivée.

Si elle avait annulé la sortie, les enfants auraient été amèrement déçus.

Il y aurait beaucoup de spéculations quand on les verrait tous ensemble. Les gens allaient parler…

Mais pourquoi s'en soucier ? Elle était habituée à ça. Elle avait souvent été la cible des ragots quand elle était mariée avec Hank.

Miranda reporta son attention sur le miroir de la salle de bains.

Il était supposé faire un peu froid ce soir, et elle avait choisi de porter un jean, un T-shirt à manches longues bleu ciel et un gilet blanc.

Elle ne savait pas si elle redoutait cette soirée, ou si elle l'attendait avec impatience. Ce qui était sûr, c'était qu'elle avait envie de voir Jenny et Henry s'amuser.

Elle n'avait pas vraiment peur de passer du temps avec Clay.

Elle était juste prudente.

Très prudente.

Chaque après-midi, quand Clay venait entraîner son fils, elle avait passé un long moment à l'observer, cachée derrière les rideaux du salon.

La première chose qu'elle avait remarquée, c'était la façon dont sa chemise était tendue sur ses larges épaules et les muscles de son dos, et celle dont son jean épousait ses fesses et ses longues jambes.

Oui, ce type était indéniablement sexy.

Mais, ce qui comptait le plus, c'était sa patience avec Henry, et sa capacité à lui faire des compliments. Il y avait aussi beaucoup de rires entre eux durant l'entraînement.

C'était difficile de détester un homme qui possédait ce genre de qualités.

Pour le bien de Henry et Jenny, elle s'accommoderait de la présence de Clay ce soir. Mais, à l'avenir, il n'y aurait pas d'autres activités sociales entre eux.

Elle n'avait pas besoin, à nouveau, d'un homme à femmes et d'un fêtard dans sa vie. Elle était passée par là et elle ne voulait plus jamais connaître ça.

Elle quitta sa chambre et se rendit dans le salon pour attendre l'arrivée de Clay.

La conversation tourna autour de la barbe à papa, des gaufres, et des montagnes russes. Cela faisait longtemps que Miranda n'avait pas vu ses enfants aussi enthousiastes,

— Il va y avoir beaucoup de monde au carnaval, les prévint-elle. Donc, il est important que nous restions toujours ensemble. Ça veut dire qu'il ne faut pas courir dans tous les sens. C'est bien compris ?

C'était surtout Jenny qui avait pour mauvaise habitude de détaler comme un poulain échappé de son corral, et de vagabonder d'un centre d'intérêt à un autre.

C'est pourquoi elle tenait à s'assurer qu'ils aient bien assimilé cette règle avant de partir. Ils hochèrent tous les deux la tête.

À 18 heures précises, Miranda fut surprise par la sensation qu'une nuée de papillons s'envolait au creux de son ventre, quand le pick-up bleu de Clay s'engagea dans son allée.

Avant qu'il ait eu le temps de sortir, elle attrapa son sac et poussa les enfants dehors.

— Bonjour.

Il l'accueillit avec ce sourire qui creusait des fossettes dans ses joues et semblait tout illuminer autour de lui.

— Vous êtes prêts à aller vous amuser ?

Henry et Jenny hurlèrent d'excitation, étouffant la réponse de Miranda.

— Vous êtes ravissante, dit-il, en démarrant la voiture.

— Merci.

Il n'était pas mal non plus. Et il sentait bon.

— Si ça ne vous ennuie pas, j'aimerais que nous commencions par le stand d'Halena et Mary. Ma mère les aide ce soir, et elle aimerait que nous nous y arrêtions.

— Avec plaisir. J'adore votre mère.

Tandis qu'ils roulaient vers l'ancien stade de rodéo, la conversation resta superficielle et agréable.

Miranda commença à se détendre, même si son cœur s'emballait à chaque fois que Clay tournait la tête vers elle.

Parmi tous les hommes de Bitterroot, pourquoi fallait-il que Clay Madison lui fasse cet effet-là ?

Il était le contraire de ce qu'elle recherchait chez un homme… Si toutefois elle avait recherché un homme, ce qui n'était pas le cas.

Elle fut soulagée quand ils arrivèrent. La musique des manèges concurrençait les cris des bateleurs, qui haranguaient la foule. Des odeurs de barbe à papa, de hot dogs, et de pop-corn envahissaient l'air.

— Est-ce que tu veux bien aller sur le manège avec moi ? demanda Henry. On dira que je suis un cow-boy, et que je chevauche dans la prairie.

Clay passa un bras autour des épaules du jeune garçon.

— Je serai honoré de chevaucher avec toi, partenaire.

Ce geste aurait dû être fait par Hank, songea Miranda. Mais son ex-mari préférait la compagnie d'une bouteille de gin.

Cela faisait un moment qu'elle s'était résignée aux défaillances de Hank, et elle essayait de tenir à la fois le rôle de la mère et du père pour ses enfants.

Toutefois, elle ne voulait pas que son fils s'attache trop à Clay, au risque de souffrir. C'était déjà bien assez que Hank le déçoive régulièrement.

Tandis qu'ils se mêlaient à la foule, elle ne tarda

pas à être confortée dans sa méfiance à l'égard du trop séduisant cow-boy.

— Bonsoir, Clay.

Sur leur gauche, Bonnie Abrahams jouait avec une mèche de ses cheveux blond platine et battait des cils.

— Bonsoir, Bonnie, répondit Clay, avec son grand sourire habituel. Tu as réussi à faire réparer ta vieille voiture ?

— Larry s'en est occupé, et elle ronronne maintenant comme un chaton.

Clay se tourna vers Miranda.

— Bonnie possède une superbe Mustang cabriolet de 1969. J'ai essayé de l'aider, mais je ne suis pas mécanicien.

Il grimaça un sourire d'excuse, qui ne fit qu'ajouter à son charme.

— Demandez-moi de prendre une vache au lasso ça, oui, je sais faire. Mais les voitures, ce n'est pas trop mon truc.

— Quand même, j'ai apprécié tes efforts, dit Bonnie, en minaudant de plus belle.

Tandis qu'ils continuaient vers le stand de Mary et Halena, Clay fut salué par plusieurs autres femmes.

— Y a-t-il une seule femme dans cette ville que vous ne connaissez pas ? finit par demander Miranda, d'un ton pincé.

Cette remarque le fit éclater de rire.

— Je pense qu'il doit y en avoir quelques-unes…

Il haussa les épaules.

— Que voulez-vous que je vous dise ? Je passe beaucoup de temps en ville quand je ne travaille pas au ranch. Je traîne au café, ou au Watering Hole, donc je rencontre beaucoup de gens. Et je pense que je dois connaître autant d'hommes que de femmes.

Il lui adressa un sourire ravageur, accompagné d'un petit clin d'œil.

— Je suis du genre amical.

Heureusement, ils étaient arrivés devant le stand et ils n'eurent pas à poursuivre cette conversation.

Les enfants se ruèrent vers leur grand-mère qui les enveloppa dans une accolade groupée.

Mary regarda d'abord Miranda, puis Clay, sans cacher sa surprise.

— Quelle surprise ! déclara Halena. Clay, tu as intérêt à bien la traiter. C'est une femme exceptionnelle.

— Oh ! ce n'est pas ce que vous croyez ! protesta Miranda. Clay aide Henry à s'améliorer au base-ball, et il a proposé de nous accompagner. Mais, nous ne sommes pas ensemble.

— Ah… Eh bien, c'est dommage. Vous formez un joli couple.

Soucieuse de changer de sujet, Miranda s'adressa à Mary.

— Comment vont les affaires ?

— Comme vous le voyez, c'est un peu calme pour le moment.

Henry s'impatienta.

— Dis, maman, je peux avoir un hot dog ? Je meurs de faim.

— Pourquoi pas…

La foule avait pris de l'ampleur depuis leur arrivée. Ils n'étaient plus très loin du stand de hot dogs, quand ils tombèrent sur Hank et Lori.

— Papa !

Les enfants se ruèrent vers lui pour l'embrasser.

— Voyez-vous ça !

Miranda devina à son regard brouillé et à son intonation belliqueuse qu'il avait bu.

— Je t'avais pourtant mise en garde contre ce cow-boy, Miranda. Qu'est-ce que tu fiches ici avec lui, bon sang ?

— Hank, quel que soit votre problème avec moi, ce n'est pas le moment, dit posément Clay, en désignant les enfants, qui, apeurés, s'étaient rapprochés de Miranda.

Lori glissa son bras sous celui d'Hank.

— Tu m'as promis un tour dans le train fantôme. Allons-y.

Hank marmonna entre ses dents, tout en regardant méchamment Clay, mais Lori parvint à l'entraîner plus loin.

— Venez les enfants, allons manger des hot dogs, dit Clay, en brisant la tension d'un sourire chaleureux.

Miranda lui sourit, reconnaissante qu'il n'ait pas envenimé la situation, en voulant jouer les machos.

Quelques minutes plus tard, l'incident était déjà oublié.

— Alors, par quel manège vous voulez commencer ? demanda Clay, tandis qu'ils prenaient place à une table de pique-nique.

— L'Octopus, dit Jenny.

— Le Carrousel, dit Henry.

— Et vous, Miranda ?

— Je suis un peu comme mon fils. Rien de trop rapide ni de trop dangereux. Pourquoi pas les autos tamponneuses ?

Le regard de Clay s'éclaira.

— Qu'est-ce que vous en pensez les enfants ? Si on s'amusait tous les trois à tamponner votre mère ?

— Oui ! cria Henry.

— Ne t'inquiète pas, maman, dit Jenny. Je vais te défendre en tamponnant Clay très fort.

Des défis furent lancés en riant, et l'ambiance fut résolument à la fête.

Durant une heure, ils testèrent diverses attractions puis firent une pause au stand de gaufres.

— J'adore les gaufres, dit Henry.

Le bas de son visage était couvert de sucre glace.

— Je crois que c'est mon dessert préféré. Et toi, Clay ?

— J'aime bien les pâtés de sable, dit-il.

Ça lui valut de grands éclats de rire

— Moi aussi, j'aime bien en faire, dit Jenny. Mais je ne les mange pas.

— Encore heureux, dit Miranda, en riant.

Après cette pause, ils se décidèrent pour un tour de manège.

Henry choisit un cheval blanc, avec une guirlande de fleurs bleues dans la crinière, et Clay monta sur le noir juste à côté. Miranda et Jenny prirent place sur le duo de chevaux derrière eux.

Alors que la musique commençait et que le manège se mettait à tourner, Miranda constata qu'elle s'amusait beaucoup… et qu'elle appréciait la compagnie de Clay.

Il avait énormément d'humour et ne cessait de la faire rire, ainsi que les enfants.

Avec la musique et le bruit de la foule, il n'était pas facile d'avoir une vraie conversation, mais leur interaction paraissait tellement simple et naturelle…

C'était étrange. Elle ne pensait pas qu'il la séduisait délibérément, et pourtant elle était séduite.

Elle le regarda qui se penchait sur l'encolure de son cheval, comme pour l'encourager à aller plus vite. Henry rit de contentement, et l'imita aussitôt.

Ça la touchait qu'il soit aussi gentil avec les enfants. Et il paraissait tellement sincère…

Ses yeux magnifiques pétillaient de malice, et il avait un sourire qui aurait déridé même le pire des misanthropes.

Elle fut surprise de comprendre combien elle était attirée sexuellement par lui. Il est vrai que cela faisait deux ans qu'elle n'avait pas fait l'amour. Ses relations avec Hank avaient cessé un an avant leur divorce.

Clay était beau et sexy. Pourquoi ne serait-elle pas attirée par lui ?

Cela ne signifiait pas pour autant qu'elle allait passer à l'acte…

— Je propose que Henry et moi allions essayer de gagner quelques peluches pour ces dames, dit Clay, tandis qu'ils descendaient du manège.

— Ça l'air amusant, dit Henry. On peut, maman ?

Miranda avait l'intention d'éviter les jeux d'adresse, mais elle capitula devant la majorité.

Ils étaient presque arrivés à l'une de ces attractions, quand trois adolescents déboulèrent face à eux.

Jason Rogers, Robby Davies, et Glen Thompson étaient tous en terminale. C'étaient de grands gaillards qui adoraient terroriser les plus jeunes et les plus petits qu'eux.

— Hé, du calme, dit Clay, tandis qu'ils se donnaient l'un l'autre des coups d'épaule, précipitant Jason contre Henry.

— Tiens donc, mais c'est Miss Coincée, ironisa Robby, faisant glousser bêtement ces copains.

Miranda rougit d'embarras.

Elle savait que certains de ses élèves la surnommaient ainsi dans son dos, mais c'était la première fois qu'on le lui disait en face.

— Ce n'est pas tellement malin de mal parler à un professeur juste avant le diplôme de fin d'études, remarqua Clay, d'un ton qui contenait une note d'avertissement.

— C'est toi qui n'es pas malin, pauvre type, rétorqua l'adolescent, avec une animosité qui surprit Miranda. Je ne suis pas dans sa classe.

— Allez viens, Robby, intervint Jason, comme s'il percevait la tension qui flottait soudain dans l'air.

— Ouais mec, allons-y, ajouta Glen. Je crève de faim.

— Vous avez bu ? demanda Miranda.

Elle était certaine de sentir une odeur d'alcool.

— Consommer de l'alcool quand on est mineur est un délit, dit Clay. Je devrais peut-être appeler le chef Bowie.

— Allons-y, dit Glen. Je ne veux pas d'ennuis. Mon père me tuerait.

— Avant de partir, je crois que vous devez des excuses à Mme Silver, dit Clay.

Une lueur de colère passa dans le regard de Robby. Puis il fourra les mains dans ses poches et baissa la tête.

— Désolé, m'dame, marmonna-t-il, d'un ton ostensiblement narquois.

— Laisse-moi te donner un conseil, ajouta Clay. Fais bien attention avant de traiter quelqu'un de pauvre type. Tu pourrais te prendre une belle correction.

Clay soutint le regard frondeur de l'adolescent, jusqu'à ce que celui-ci baisse les yeux.

— Venez les gars, dit finalement Robby. On a mieux à faire que de perdre notre temps ici.

— Quelle bande d'idiots, dit Clay, tandis que les trois adolescents disparaissaient dans la foule.

— Je crois qu'ils étaient désinhibés par l'alcool. Je ne les avais jamais vus aussi irrespectueux.

— Oublions cela.

Clay passa un bras autour des épaules de Miranda, et regarda les enfants.

— Et maintenant, voyons si nous pouvons gagner quelques peluches.

Elle se dit qu'elle devrait repousser son bras et s'écarter de lui. Mais la nuit était fraîche, et il émanait de son corps une agréable chaleur.

Et elle n'était absolument pas troublée…

Quoi qu'il en soit, ce fut lui qui retira son bras lorsqu'ils approchèrent du premier stand. Il fallait viser une cible avec de l'eau, afin de remplir un ballon, et Clay insista pour qu'ils y jouent tous. Finalement, il gagna un bracelet en plastique fluo, qu'il donna à Jenny.

— C'était juste un échauffement dit-il.

Puis il désigna le stand voisin, où des animaux en peluche étaient suspendus à des crochets au-dessus de leurs têtes. Chiens et tigres, éléphants et ours… Tous semblaient les supplier de les rapporter à la maison.

À la fin de la soirée, Jenny et Henry avaient tous les deux une peluche dans les bras. Et, si elle ne connaissait pas davantage Clay qu'avant, Miranda ressentait une étrange proximité avec lui… Une complicité forgée par le rire et l'amusement.

Et ils s'étaient vraiment bien amusés.

Elle avait apprécié sa compagnie, et c'était pour cette

raison qu'elle ne voulait pas se retrouver à nouveau dans ce genre de situation avec lui.

Il pourrait continuer à venir donner des leçons de base-ball à Henry, mais ça s'arrêterait là.

Ils se frayèrent un passage dans la foule pour regagner le parking et prirent le temps d'admirer les illuminations de la fête.

Les enfants s'exclamèrent devant les magnifiques couleurs des lumières de la grande roue et des diverses attractions, qui se détachaient sur le ciel assombri. Mais Miranda se rendit compte qu'ils étaient fatigués. Et c'était tout à fait compréhensible. La soirée avait été longue pour eux.

Tandis qu'ils se remettaient en chemin, Miranda fut violemment bousculée et reçut un jet de liquide sur le devant de son gilet.

Au début, elle crut que quelqu'un avait renversé sa boisson sur elle.

Puis une odeur nauséabonde emplit l'air.

— Bon sang ! cria Clay.

Il saisit son gilet par l'arrière du col, le fit glisser le long de ses bras, et le jeta par terre.

— Vous en avez sur votre T-shirt ? Sur votre peau ?

— Non.

Elle le dévisagea sans comprendre.

— Qu'est-ce que c'est ? Ça sent l'œuf pourri.

— C'est de l'acide sulfurique.

— Quoi ?

Elle baissa les yeux vers son gilet, abandonné au sol.

L'acide avait déjà commencé à ronger la laine.

Elle vacilla sur ses jambes, tandis que la foule qui l'entourait disparaissait dans une sorte de brouillard.

Songeant à ce qui se serait passé si l'acide avait atteint son visage, elle fut envahie par un froid intense et se mit à trembler.

Clay l'attira contre lui, ainsi que les deux enfants, qui avaient compris qu'il se passait quelque chose d'anormal.

Elle prit appui contre son flanc, ressentant le besoin d'être réchauffée et rassurée.

— J'appelle Dillon, dit-il, en sortant immédiatement son téléphone de sa poche.

— Est-ce qu'il faut ramasser le gilet ? demanda-t-elle, en claquant des dents.

— Non ! N'y touchez pas.

En ligne avec le chef de la police, Clay expliqua où ils se trouvaient et ce qui s'était passé.

— Il sera là dans quelques minutes, dit-il, après avoir mis fin à la communication.

Puis il resserra son bras autour d'elle comme s'il sentait qu'elle avait besoin de sa force pour ne pas sombrer dans l'hystérie.

Ce devait être une horrible erreur.

Sinon, cela signifiait que quelqu'un avait essayé de la défigurer avec de l'acide.

# 4

Clay et Miranda suivaient la voiture de Dillon jusqu'au poste de police, afin de remplir une déposition.

Peu avant, Miranda avait appelé sa mère pour lui demander de venir chercher les enfants et de les garder chez elle pour la nuit.

Après avoir déposé le gilet dans un sachet, Dillon avait questionné un grand nombre de personnes, tandis que Clay gardait un bras autour de la taille de Miranda, ce qui ne l'empêchait pas de trembler comme un chien effrayé par l'orage.

Il était toujours horrifié par ce qui s'était passé, parvenant à peine à y croire.

Quel monstre pouvait faire une telle chose ?

Il jeta un coup d'œil à Miranda.

Dans le halo du tableau de bord, elle était aussi pâle qu'un fantôme et triturait sans relâche ses doigts fins.

Il avait augmenté le chauffage, car la nuit s'était rafraîchie, et Miranda n'avait plus de gilet. Mais elle continuait à trembler.

— Comment ça va ? demanda-t-il gentiment.

Elle laissa échapper un soupir tremblant.

— Je ne sais pas. Je suis toujours en état de choc. J'essaie encore de comprendre comment quelqu'un a pu faire ça. Vous n'avez vu personne transportant quelque chose de bizarre ?

Clay serra un peu plus fort le volant.

— Pour être honnête, je ne faisais pas attention aux gens autour de nous. J'essayais juste de nous extirper de la foule tous ensemble. Je suis désolé.

— Ne vous excusez pas.

Elle eut un petit rire amer.

— Qui aurait pu deviner que nous aurions dû guetter la présence d'un psychopathe ?

Elle frissonna à nouveau, et Clay posa une main sur les siennes, jointes sur ses genoux.

— Dillon trouvera une piste, dit-il, avec plus de conviction qu'il n'en ressentait. Au moins, il n'y a pas eu d'éclaboussures sur votre peau.

— Non, mais mon gilet préféré est fichu.

Il pressa sa main et la libéra, tandis qu'il entrait sur le parking du poste de police.

— Dites-vous que vous pourrez toujours racheter un gilet, mais pas un autre joli visage.

Il coupa le moteur, et ils descendirent de voiture.

À l'accueil, Annie O'Brien parut surprise de les voir.

Avant qu'ils aient eu le temps de parler, Dillon, qui s'était garé derrière le bâtiment, sur le parking réservé au personnel, apparut sur le seuil de son bureau et leur fit signe d'entrer.

La pièce de travail de Dillon était spartiate. Pas de photos intéressantes sur les murs. Pas de documents officiels exposant ses compétences, ni d'articles de journaux encadrés soulignant ses exploits. Il n'y avait qu'un grand bureau avec un ordinateur, un fauteuil de cuir, et deux chaises pour les visiteurs.

— Bien, racontez-moi à nouveau ce qui s'est passé, demanda Dillon, quand tout le monde se fut assis.

Tandis qu'elle racontait comment elle avait été bousculée puis aspergée d'acide, Clay serra les poings.

Si, comme il le croyait, elle avait été poussée pour l'isoler des enfants et de lui, alors il s'agissait d'une attaque très personnelle.

Et cette idée lui glaçait le sang.

— Et aucun de vous deux n'a rien vu ? demanda Dillon.

— Non, répondit Clay, avec une moue désolée.

— Je n'ai pas la moindre idée de qui a pu faire ça, dit Miranda. Il y avait tellement de monde.

— Savez-vous si quelqu'un aurait des raisons de vous en vouloir ?

— Je ne vois pas…

— Et ces ados que nous avons croisés ? suggéra Clay.

— Quels ados ? demanda Dillon.

— Nous sommes tombés sur Robby Davies, Glen Thompson et Jason Rogers, répondit Miranda. Ils faisaient les fiers-à-bras et se sont montrés irrespectueux. Je pense qu'ils avaient bu.

— J'ai dit à Robby que quelqu'un finirait par lui donner une correction, dit Clay.

Une horrible sensation de culpabilité l'envahit.

— Oh non… J'espère que je ne suis pas responsable de cette agression.

— Ne pensez pas une telle chose ! protesta Miranda. Je ne peux pas croire que ces garçons y soient pour quelque chose. Ils peuvent être bruyants et mal élevés, parfois même un peu méchants. Mais ça, c'est beaucoup trop vicieux pour eux.

— J'ai déjà été obligé de rappeler plusieurs fois Robby à l'ordre.

Le regard de Dillon était sombre et soucieux.

— Mais il s'agissait pour l'essentiel de bagarres entre jeunes. Rien d'aussi grave.

— Et Hank ? suggéra Clay. Il n'était pas du tout content de me voir avec Miranda.

— Hank ne me ferait jamais une chose pareille, protesta Miranda, avec force.

— Avez-vous eu un désaccord ou une querelle avec un parent d'élève ? demanda Dillon. Ou peut-être un collègue ?

— Non, rien de la sorte.

Miranda blêmit un peu plus.

— Mais… Vous avez l'air de penser qu'il s'agit d'une attaque personnelle, plutôt que l'acte d'un déséquilibré agissant au hasard.

Le front de Dillon était creusé par un pli soucieux.

— Pour le moment, je ne sais pas quoi penser. Je vais envoyer votre gilet au laboratoire, mais ça va prendre du temps pour avoir les résultats.

Il se leva.

— Je vais interroger les garçons, et continuer à enquêter. En attendant, je vous conseille de rester sur vos gardes, et de me prévenir si vous remarquez quelque chose de suspect, ou si un autre incident se produit.

Miranda fut choquée par les paroles du policier. Clay le vit à son regard assombri, et à la façon dont elle tituba en se levant. Il se précipita pour l'aider à retrouver son équilibre, mais elle s'était déjà raccrochée à sa chaise.

— Je n'y crois pas, dit Miranda, le souffle court, tandis que Clay démarrait la voiture.

— Je suis persuadé qu'il s'agit d'un acte de folie

aléatoire, répliqua-t-il, afin d'alléger un peu son angoisse. Vous êtes très aimée et respectée dans cette ville.

— Mais, quel genre de personne peut faire une chose pareille ? On se croirait dans un film d'horreur. Je ne peux même pas croire que je connaisse quelqu'un qui soit capable de faire ça.

Elle serra ses bras autour d'elle, comme pour se protéger.

— Excusez-moi, je divague.

— Ne vous excusez pas. C'est bien compréhensible. La plupart des femmes seraient hystériques à votre place.

— Je n'ai jamais été du genre hystérique. Mais, je me réserve le droit de l'être si autre chose de ce genre se produit.

— Espérons que non.

Clay s'arrêta dans l'allée, et Miranda observa un long moment sa maison plongée dans l'obscurité, avant de se tourner vers lui.

— Euh… Voudriez-vous entrer un moment ?

Elle eut un petit rire gêné.

— Je crains de n'avoir que du café à vous offrir, ou du sirop de grenadine.

Il savait qu'elle ne l'aurait pas invité si la nuit s'était terminée sans incident. Mais elle avait peur, et il s'inquiétait pour elle.

— Je n'ai jamais pu résister à une bonne grenadine, répliqua-t-il, avec un clin d'œil.

Elle lui adressa un petit sourire crispé.

Ils sortirent ensemble de la voiture et montèrent les marches chancelantes du perron.

— Vous auriez bien besoin d'un nouvel escalier et d'une rampe, remarqua-t-il, tandis que Miranda déverrouillait la porte.

— Cela fait des mois que Hank promet de les réparer. Il a même débarqué ici au milieu de la nuit, la semaine dernière, pour le faire. Il sentait l'alcool à plein nez, et je l'ai renvoyé chez lui.

Elle soupira.

— Je commence à me dire qu'il va falloir que je fasse appel à un artisan.

Elle ouvrit la porte et l'invita à entrer.

Le salon correspondait totalement à l'impression de simplicité et de convivialité qui se dégageait de Miranda.

Un grand canapé de velours bleu recouvert de coussins fleuris invitait à s'asseoir. Deux bibliothèques emplies de livres et de DVD encadraient une télévision, offrant l'embarras du choix pour un moment de détente. Une odeur de cannelle flottait dans l'air, comme si on avait récemment fait de la pâtisserie.

Immédiatement, Clay se sentit chez lui.

— Vous voulez vraiment de la grenadine, ou bien vous préférez un café ?

— Pour commencer, je voudrais visiter votre maison.

Il tenait surtout à s'assurer, après la mésaventure qu'ils venaient de vivre, qu'il n'y avait pas d'intrus sur place.

Elle le regarda avec surprise.

— Oh… D'accord.

Elle le précéda dans l'escalier et ouvrit la première porte sur la droite.

C'était une explosion de rose… Couvre-lit, rideaux, et même le tapis en fausse fourrure… Tout était rose.

— C'est une super chambre pour une petite fille.

Il se dirigea vers la penderie et l'ouvrit.

— Avec un bel espace de rangement.

Une lueur de suspicion passa dans le regard de Miranda.

— Ce n'est pas ma décoration qui vous intéresse, ni la disposition des pièces.

Clay soupira. Il pensait avoir été assez subtil pour qu'elle ne remarque rien mais, apparemment, il avait échoué.

— Vous avez raison. Je veux m'assurer que personne ne se cache dans la maison.

— Merci, dit-elle, d'une petite voix.

Quinze minutes plus tard, ils étaient assis à la table de la cuisine, devant une tasse de café. Clay avait vérifié toutes les pièces.

Il avait été rassuré de constater que toutes les portes avaient de bonnes serrures et des verrous. Toutes les fenêtres du rez-de-chaussée étaient aussi équipées d'une fermeture sécurisée.

— On peut dire que vous savez comment pimenter un premier rendez-vous, dit-il.

— Ce n'était pas un rendez-vous !

— Ah oui, c'est vrai. Vous n'acceptez pas d'invitations des hommes. Pourquoi ? Une femme comme vous devrait aimer et être aimée.

Non seulement elle était belle, mais elle était aussi intelligente et elle avait un rire délicieusement musical.

— La principale raison, c'est que je ne cherche pas de relation. Je n'ai pas envie de me remarier et donc je ne vois pas l'intérêt de rencontrer des hommes.

Elle but une gorgée de café et lui lança un coup d'œil tout en reposant sa tasse.

— Et vous, pourquoi sortez-vous autant ? Vous devez savoir qu'on vous surnomme Roméo.

— Justement, je cherche ma Juliette. Et comment faire pour la trouver, sans rencontrer des femmes ?

— Selon la rumeur, vous vous êtes attaqué à une bonne partie de la population féminine du coin.

— Je n'ai pas couché avec toutes les femmes de la ville, si c'est ce que vous insinuez. Ce qu'il y a, c'est que je sors deux, trois fois avec une femme, je me rends compte que ce ne sera pas pour la vie et j'arrête là.

— Eh bien, j'espère que vous trouverez votre femme idéale.

— J'y travaille.

Il n'allait certainement pas lui dire qu'il y travaillait en ce moment même, et qu'il cherchait un moyen d'obtenir un deuxième rendez-vous avec elle.

— Il se fait tard, dit-elle. Et, pour être honnête, je suis épuisée.

Il n'y avait pas à s'y tromper : elle le mettait à la porte. Il finit son café d'un trait et se leva.

— Vous me raccompagnez à la porte ?

Elle hocha la tête et se leva à son tour.

Sur le seuil, Clay se tourna vers Miranda.

— Essayez de ne pas trop vous inquiéter. Je reste persuadé qu'il s'agit d'une attaque aléatoire et que cela n'a rien à voir avec vous.

— J'ai tellement envie de le croire.

Elle semblait si fragile…

Tout en sachant qu'il risquait une rebuffade, il ne résista pas à son envie de la prendre dans ses bras.

Au début, elle se crispa. Puis elle se laissa aller, trouvant sa place comme si elle était faite pour ses bras. Son corps était chaud et souple, et il sentait la pression de ses seins contre son torse.

Au début, il voulait simplement la réconforter. Puis une vague de désir le traversa.

Miranda soupira et leva son visage vers lui pour le regarder. Ses lèvres s'entrouvrirent, et il saisit cette opportunité pour y poser les siennes.

Elle eut un mouvement de recul, et il laissa immédiatement retomber ses bras.

— Ça n'aurait pas dû se produire, dit-elle.

— Considérez cela comme le baiser d'un ami. Nous pouvons être amis, n'est-ce pas ?

Elle eut une moue hésitante.

— Nous verrons. Bonne nuit, Clay. Et merci pour tout.

— Bonne nuit, Miranda.

*Bon sang, c'était complètement raté.*

*L'acide n'avait pas atteint son visage, comme c'était prévu.*

*L'idée, c'était que le produit dévore les traits magnifiques de Miranda.*

*L'idée, c'était qu'elle soit horriblement défigurée, et devienne un objet de pitié à travers tout Bitterroot.*

*Plus aucun homme ne voudrait d'elle. Ils la regarderaient tous avec répulsion.*

*Mais l'attaque de ce soir avait été un échec total.*

*Avec la foule au carnaval, c'était l'opportunité idéale. Et ça ne se reproduirait probablement pas de sitôt.*

*Il était temps de passer au plan B.*

*Et dans ce plan, Miranda Silver allait mourir.*

***

Miranda sortit du lit après une nuit quasiment blanche.

À chaque fois que la vieille maison craquait, elle se redressait dans son lit, le cœur battant à tout rompre. Elle s'était levée plusieurs fois pour vérifier que les portes et les fenêtres étaient bien fermées.

Et, comme si la crainte que quelqu'un en ait après elle ne suffisait pas, ses pensées avaient été consacrées presque exclusivement à Clay et à cette ébauche de baiser.

À présent, elle se trouvait attablée dans la cuisine avec sa mère, devant une tasse de café. Les enfants, étaient montés préparer leurs sacs pour passer le week-end chez leur père.

Katherine tendit le bras au-dessus de la table et prit la main de sa fille.

— Je suis tellement heureuse que tu n'aies rien eu. Comment te sens-tu ce matin ?

— Fatiguée et toujours un peu effrayée. Je n'ai quasiment pas dormi.

— Je n'arrive pas à croire que quelqu'un dans cette ville puisse t'en vouloir de quoi que ce soit.

— Moi non plus. Je me suis creusé la tête toute la nuit pour essayer de trouver une personne qui pourrait avoir des griefs contre moi. Et il ne m'est pas venu un seul nom.

— Ce doit être une terrible erreur.

Katherine lui pressa la main et la libéra, se laissant aller contre le dossier de sa chaise.

— Et qu'en pense Dillon ?

— Je n'ai pas encore eu de nouvelles ce matin. Mais il m'a dit de rester sur mes gardes.

Elle frissonna en prononçant ces mots.

— Tu as de bonnes serrures ?

Miranda hocha la tête.

— Hank s'en est occupé juste après le divorce. Il voulait être sûr que les enfants et moi soyons en sécurité.

— Au moins une chose de bien venant de sa part, répliqua sèchement Katherine.

— Désolée de t'avoir imposé les enfants, dit Miranda, en cherchant à changer de sujet.

— Tu sais bien que ça ne me dérange pas. Ils n'ont pas arrêté de répéter qu'ils s'étaient amusés comme des petits fous avec Clay. Ils ont l'air de l'adorer.

Katherine haussa un sourcil.

— Et toi ? Que penses-tu du beau cow-boy ?

Miranda haussa les épaules.

— C'est juste un ami. Il n'y a absolument rien de romantique entre nous. Tu sais ce que je pense du couple.

— C'est ridicule. Tu es une femme belle et intelligente qui mérite d'avoir un homme dans sa vie. De plus, tu es encore assez jeune pour me donner d'autres petits-enfants.

— Maman, il n'y aura pas d'autres petits-enfants.

— Sait-on jamais…

Katherine se leva.

— Et maintenant je m'en vais, car je ne tiens pas à croiser ton ex-mari. Je ne suis pas d'humeur à être aimable avec lui, aujourd'hui.

— Tu n'es jamais d'humeur à être aimable avec lui, rétorqua Miranda, en riant.

— Tu as raison.

Miranda raccompagna sa mère à la porte, et celle-ci la prit dans ses bras.

— Fais attention à toi, mon bébé.

— Ne t'inquiète pas, maman. Ça va aller.

*
* *

Hank arriva quinze minutes après le départ de Katherine, l'air hagard.

— Miranda, je suis tellement soulagée que tu sois saine et sauve. Quand j'ai appris ce qui t'est arrivé la nuit dernière, j'ai appelé Dillon pour lui dire que nous avions besoin de réponses très vite.

— Je suis sûre qu'il m'appellera dès qu'il saura quelque chose.

Il n'y avait aucune raison que Hank s'occupe de ça.

— Les enfants, votre père est là, appela-t-elle, en direction de l'escalier.

Ils dévalèrent les marches et, en quelques minutes, ils furent partis.

D'ordinaire, elle attendait avec impatience d'avoir la journée rien que pour elle, mais aujourd'hui le silence l'oppressait.

Elle envisagea de passer au centre communautaire pour voir si elle ne pouvait pas aider à quelque chose. Elle songea aussi à appeler une collègue pour déjeuner avec elle mais, à dire vrai, elle avait un peu peur de s'aventurer hors de la maison.

Était-ce à cela que sa vie allait ressembler tant qu'elle n'aurait pas de réponse ?

Est-ce que la peur allait diriger chacun de ses actes ?

Comment pourrait-elle être un bon professeur et une bonne mère si elle avait peur en permanence ?

Miranda venait de s'asseoir à la table de la salle à manger pour trier des papiers administratifs, quand on sonna à la porte.

Elle regarda dans l'œilleton et découvrit Clay sur

le perron. Elle ouvrit la porte et vit qu'il avait son gant de base-ball à la main.

Avec le souvenir de leur baiser en tête, il était vraiment la dernière personne qu'elle avait envie de voir.

— Bonjour.

Il ôta son chapeau et lui adressa son plus beau sourire.

— Henry est là ?

Elle le regarda avec surprise.

— Les enfants passent toujours le week-end chez Hank.

— Oh ! c'est vrai. J'avais oublié.

Son expression s'assombrit.

— Vous avez eu des nouvelles de Dillon ?

— Non. Et vous ?

— Non plus.

Elle n'avait pas envie qu'il entre dans la maison mais, maintenant qu'il était là, elle n'était pas certaine non plus de vouloir qu'il s'en aille.

— Euh… Vous voulez vous asseoir sur la terrasse et boire une limonade ?

— Avec plaisir.

Il se dirigea vers un des fauteuils à bascule, posa son chapeau et son gant par terre et s'installa.

— Je reviens, annonça Miranda.

Tout en se dirigeant vers la cuisine, elle se maudit de l'avoir invité.

Elle avait passé toute la matinée à se dire qu'elle devait garder ses distances avec lui. Et pourtant, il avait suffi qu'il lui sourît pour que sa peur se dissipe, et qu'un sentiment de bien-être se diffuse en elle.

Qu'est-ce que cela pouvait bien signifier ?

En tout cas, cela ne pouvait pas faire de mal de

passer un peu de temps à discuter avec lui. Et puis s'ils s'asseyaient sur la terrasse, personne ne pourrait gloser sur le fait qu'elle avait fait entrer Clay dans la maison en l'absence des enfants.

Elle remplit deux grands verres de limonade et rejoignit Clay.

— Quelle est votre couleur préférée ? demanda-t-il.

Elle le dévisagea avec une surprise.

— C'est une drôle de question pour entamer une conversation.

— Si nous devons être amis, alors j'ai besoin de connaître ce genre de choses.

— Turquoise. Et je suis balance. Et j'adore la cuisine italienne. Voilà ! Vous savez tout ce qu'il y a à savoir sur moi.

Il rit.

— C'est largement insuffisant. Mais, disons que c'est un bon début.

— Pourquoi voulez-vous absolument être mon ami ?

— Pourquoi je ne le voudrais pas ? Vous êtes jolie, intelligente, et je trouve qu'on n'a jamais trop d'amis.

— Vous n'aviez pas vraiment oublié que Henry ne serait pas à la maison, n'est-ce pas ?

— D'accord, vous avez raison. La vérité, c'est que je voulais prendre de vos nouvelles. Je m'inquiétais pour vous. Vous étiez assez secouée la nuit dernière.

Son regard chaleureux et son expression attentionnée provoquèrent une accélération de son pouls. Elle ne se rappelait pas la dernière fois qu'un homme s'était inquiété pour elle.

— C'est gentil, mais je vais bien.

— Alors, venez dîner avec moi ce soir au café.

— Oh ! non !

— Pourquoi pas ? Ne me dites pas que vous préférez rester ici toute seule.

— Vous essayez de me manipuler en utilisant mes propres peurs contre moi !

Il afficha une mimique contrite.

— Vous avez raison. Ce n'était pas très *fair-play*. Vous voulez bien dîner avec moi quand même ? Je sais que ça ne serait pas un rendez-vous, car vous ne sortez pas avec les hommes. Nous serions juste deux amis qui partagent un repas.

Miranda devait admettre qu'elle hésitait.

Elle redoutait vraiment de passer la soirée sans les enfants. Un dîner en ville était cent fois plus tentant...

Mais, si les gens la voyaient au café un samedi soir, ils penseraient que Clay et elle sortaient ensemble. D'autant plus qu'on les avait déjà vus ensemble au carnaval.

Compte tenu des circonstances, elle n'était pas certaine de se soucier de ce que les gens pensaient. Ce qui comptait, c'était que Clay et elle soient sur la même longueur d'onde. Et elle lui avait clairement fait comprendre qu'elle n'était pas intéressée par une relation sentimentale.

— Allez, Miranda. C'est juste un dîner.

Elle finit par capituler.

— Très bien. Puisque vous insistez.

— Je passe vous chercher à 18 h 30 ?

— Parfait.

Elle fut étonnée de voir qu'il ne se levait pas pour s'en aller.

Après un long silence gêné, elle dit ce qui lui passa par la tête.

— Et vous, quelle est votre couleur préférée ?

— Bleu ciel. Je ne crois pas qu'il existe un plus joli bleu que celui du ciel de l'Oklahoma au printemps.

— Vous avez toujours voulu être cow-boy ?

— Pas du tout. Quand j'étais plus jeune, je voulais devenir, soit joueur de football professionnel, soit psychiatre.

— Psychiatre ?

Elle le dévisagea avec surprise.

Il hocha la tête.

— Vraiment. Je voulais essayer de comprendre pourquoi les gens agissaient comme ils le faisaient. Par exemple, pourquoi un père battait son enfant. Ou pourquoi une mère décidait d'abandonner son fils.

Il haussa les épaules et eut un rire qui ne semblait pas tout à fait sincère.

— Et puis j'ai rencontré Cass Holiday et j'ai décidé que la vie de cow-boy était faite pour moi.

— Je ne connaissais pas Cass, mais j'ai entendu beaucoup d'histoires à son sujet. J'ai été désolée d'apprendre son décès l'année dernière.

— Oui, elle pouvait être dure, mais elle était comme une mère pour moi et les autres garçons du ranch.

Il se leva d'un bond.

— Je ferais mieux d'y aller. Merci pour la boisson fraîche. On se voit tout à l'heure.

Elle le suivit des yeux tandis qu'il marchait vers sa voiture. Mais, avant qu'il ait démarré, elle retourna dans la maison et verrouilla la porte.

Elle resta un moment dans l'entrée, à penser à l'homme qui venait de partir.

À l'homme avec qui elle allait dîner tout à l'heure.

Celui qu'elle avait cru superficiel, le cow-boy qu'elle soupçonnait de naviguer dans la vie grâce à son sourire et ses fossettes, avait laissé transparaître une faille.

Et elle fut surprise de découvrir qu'elle était impatiente d'explorer cette faille.

Sur un plan purement amical, bien sûr.

# 5

Clay était très enthousiaste et vaguement surpris que Miranda ait accepté de dîner avec lui.

Non seulement il avait hâte de passer plus de temps avec elle, mais il savait aussi qu'elle serait en sécurité avec lui.

Il passa le reste de l'après-midi à vaquer à ses occupations, avec un peu de vague à l'âme en songeant à Cass Holiday.

Il avait été terrifié lors de leur première rencontre. Figé sous son regard scrutateur, il se tenait devant elle dans le salon du ranch, attendant qu'elle le renvoie à la rue. « Tu es bien maigrichon, avait-elle fini par trancher. Ne t'inquiète pas, nous allons te remplumer et faire de toi un homme formidable et un bon cow-boy. »

Et c'était exactement ce qu'elle avait fait.

Il n'était pas sûr pour l'aspect formidable, mais elle lui avait appris à monter à cheval et à capturer les vaches au lasso.

Elle avait été un employeur sévère mais juste, et aussi un mentor et une figure maternelle qui s'était prise d'une affection féroce pour les garçons dont elle avait la charge.

***

Depuis son décès, elle lui manquait terriblement. Il savait que tous ceux qu'elle avait élevés ressentaient aussi cela. Elle avait tant représenté pour eux… Clay arrêta de travailler à 17 heures et alla au baraquement se doucher et se changer.

Il ne cessait de penser à Miranda et il avait hâte de la retrouver.

Au moment où il s'apprêtait à partir, il reçut un appel de Dillon.

— Je n'ai rien, dit le chef. J'ai interrogé des dizaines de personnes au carnaval, ainsi que les trois ados dont vous m'avez parlé.

Sa voix était emplie de frustration.

— Malheureusement, ça n'a rien donné. Je n'ai rien de plus à vous apprendre.

L'espoir que Clay avait entretenu en voyant le nom de Dillon s'afficher sur son écran se volatilisa.

— Donc, nous ne savons toujours pas s'il s'agit d'une attaque aléatoire ou d'une vengeance personnelle.

— Exact. Je n'ai pas assez d'informations pour répondre à cela. Je viens d'avoir Miranda au téléphone et je lui ai dit la même chose.

Il soupira.

— Je voudrais bien mettre la main sur le coupable. Jeter de l'acide sur quelqu'un est un acte grave. Je n'aime pas savoir qu'un criminel se promène tranquillement dans les rues de la ville.

— Espérons que quelqu'un finisse par se souvenir de quelque chose.

— Ou que le coupable se soûle au Watering Hole et se vante de ses exploits…

La conversation se termina, et Clay se dirigea vers le hangar où était garé son pick-up.

L'appel de Dillon le perturbait. Il pensait qu'à

présent le coupable aurait dû être découvert et placé derrière les barreaux.

Il n'imaginait pas que Miranda puisse avoir des ennemis.

À sa connaissance, tout le monde l'aimait. Mais peut-être avait-elle des secrets…

Il préférait privilégier la piste de l'attaque aléatoire. Après tout, Bitterroot avait son lot de déséquilibrés.

Comme Leroy Atkinson, par exemple, qui était persuadé que des extraterrestres se posaient la nuit dans son champ. Pour se protéger des ondes de l'espace, il avait doublé tout l'intérieur de sa maison de feuilles d'aluminium.

Il y avait aussi Raymond Humes, et les hommes qui travaillaient pour lui. Ils n'étaient pas fous, mais ils étaient tous animés de mauvaises intentions.

Le simple fait de penser au vieil homme qui possédait la ferme voisine du Holiday Ranch le mettait en colère.

Même si les choses avaient été relativement calmes cet hiver, le beau temps réveillerait les bas instincts des hommes de Humes, et les incivilités reprendraient.

Par le passé, ces types avaient abattu des clôtures, déclenché des incendies et volé du bétail. Raymond Humes haïssait Cass et, même après sa mort, il voulait détruire tout ce qu'elle avait créé.

Mais il était difficile de croire qu'un de ses hommes avait attaqué Miranda. Ils n'avaient absolument aucune raison de faire ça.

Le Watering Hole était le bar le plus populaire de la ville, avec des boissons bon marché et une vaste piste de danse. Il espérait que le coupable y boive quelques verres de trop et finisse par se trahir.

Lorsqu'il s'arrêta devant chez Miranda, Clay avait fait le vide dans sa tête et s'était débarrassé de ses sombres pensées.

Comme toujours, une légère excitation courait dans ses veines à la pensée de passer du temps avec elle.

Elle devait bien l'apprécier un peu quand même, pour avoir accepté son invitation. Et il n'en était que plus impatient de voir ce qui en ressortirait.

La porte s'ouvrit avant qu'il l'ait atteinte, et Miranda sorti.

Il faillit perdre le souffle devant tant de beauté. Le soleil déclinant parait son visage d'un halo doré, et allumait des reflets dans sa chevelure. Un pantalon noir ajusté mettait en valeur ses longues jambes, tandis qu'un sweat rose pâle soulignait la finesse de sa taille et la plénitude de sa poitrine.

— Vous êtes ravissante, dit-il.

— Merci. Vous n'êtes pas mal non plus.

Il se réjouit d'avoir opté pour son plus beau jean et une chemise à carreaux bleus et blancs.

— Vous avez faim ? demanda-t-il, tandis qu'ils s'installaient dans la voiture.

— Très. J'étais tellement occupée à trier des papiers que j'ai oublié de déjeuner ce midi.

Il rit.

— Je ne sais pas comment font les gens pour sauter un repas. Je suis généralement le premier arrivé au réfectoire. Il est vrai que nous avons la chance d'avoir un excellent cuisinier. Même s'il n'a pas très bon caractère, il faut reconnaître qu'il s'y connaît pour régaler une douzaine de cow-boys affamés. Et vous ? Vous savez cuisiner ?

— Je me débrouille. Mes enfants ne se plaignent pas.

— Vous avez une spécialité ?

— Mes enfants diraient que ce sont les hamburgers. Mais, j'avoue que je suis assez fière de ma sauce spaghettis.

— J'adore les hamburgers. Et, parler de nourriture me donne encore plus faim.

Le parking du café attestait de la popularité de l'endroit, surtout les week-ends. En dépit de la foule, ils parvinrent à trouver une table au fond de la salle.

Ils s'étaient à peine installés que la serveuse, Carlie Martin, se présenta à leur table.

La jeune et jolie blonde leur tendit à chacun un menu.

— Quelle boisson prendrez-vous ?

— Un thé glacé, s'il vous plaît, répondit Miranda.

— Moi aussi.

Dès qu'elle se fut éloignée, Miranda interrogea Clay.

— Je suppose que Dillon vous appelé aussi ?

— Oui. Mais ne parlons pas de choses négatives pendant le repas.

— Bonne idée.

Durant le dîner, Miranda lui dit combien elle aimait son métier d'enseignante, mais aussi qu'elle avait hâte que l'été arrive, afin de passer plus de temps avec ses enfants.

— C'est dur, parfois de jongler avec toutes mes activités, et j'ai l'impression d'accorder plus d'attention aux enfants des autres qu'aux miens. C'est pour cela que, l'été, je fais le plus possible de choses avec eux.

— Quoi, par exemple ?

— Nous aimons bien aller à la piscine municipale.

— Ça a l'air amusant.

Il essaya de ne pas l'imaginer en maillot de bain.

— Et quoi d'autre ? reprit-il en essayant de bannir les visions qui se formaient dans son esprit.

— Nous faisons des balades dans la nature. Un

jour, j'aimerais les emmener au zoo, à Oklahoma City. Mais, parlez-moi un peu de vous. Que faites-vous exactement au Holiday Ranch ?

Il lui raconta son quotidien, et elle posa des questions, lui prouvant qu'elle s'intéressait sincèrement à lui. Il lui expliqua aussi qu'il était proche des autres hommes qui avaient grandi avec lui au ranch. Aujourd'hui, certains ne travaillaient plus là, mais ils restaient tous en contact et partageaient encore des liens très forts.

Au cours du repas, plusieurs personnes s'arrêtèrent à leur table pour les saluer. Certains dirent à Miranda combien ils étaient désolés de ce qui s'était passé au carnaval.

Heureusement, ces interruptions furent de courte durée, et n'entamèrent pas la bonne humeur qui régnait sur leur conversation.

Miranda lui parla de l'amour qu'elle portait à ses parents, et lui dit combien son père lui manquait.

— Il était le centre de mon monde, dit-elle.

— Je ne le connaissais pas. Que faisait-il ?

— Il était facteur. À la fin de la journée, il rapportait toujours à la maison un courrier spécial pour moi, soit une carte postale, soit un petit mot pour me dire qu'il m'aimait.

— Ce devait être un homme formidable.

— Oui. Et ça a été horrible de le voir mourir du cancer à petit feu. Ma mère a beaucoup souffert de son décès, mais elle a réussi à tenir le coup pour moi.

Après un silence, elle demanda.

— Et vos parents ? Vous avez encore des liens avec eux ?

— Non. Je suis sûr que vous connaissez l'histoire des garçons perdus de Cass…

C'était une histoire que beaucoup de gens en ville connaissaient.

Après la mort de son mari, beaucoup d'employés avaient quitté le ranch, car ils ne voulaient pas travailler sous les ordres d'une femme. Douze jeunes fugueurs qui vivaient dans les rues d'Oklahoma City lui avaient été confiés pour qu'elle les éduque et leur apprenne un métier.

— Vous savez que je suis un de ces garçons perdus, continua-t-il. Je me suis enfui de chez mon père quand j'avais treize ans. Je traînais dans la rue depuis quelques mois quand un travailleur social qui était ami avec Cass m'a conduit chez elle.

Elle le regarda avec curiosité.

— Pourquoi vous étiez-vous enfui ?

Le souvenir des coups infligés par son père déferla dans la tête de Clay. Mais, le pire était le harcèlement moral qu'il subissait, le dénigrement systématique qui entamait sa confiance en lui et le laissait désespéré.

Le contact doux et chaud d'une paume sur sa main le rappela à la réalité.

— Vous n'êtes pas obligé d'en parler, si c'est trop douloureux.

— Non, ça va. Je suis parti parce que mon père me battait et m'insultait.

— Et votre mère ?

— Elle est partie quand j'avais huit ans. Je ne l'ai jamais revue.

— Oh ! je suis désolée.

— Mais tout finit bien, non ? J'ai eu un départ difficile dans la vie, mais aujourd'hui je suis heureux. Et j'espère travailler encore longtemps au ranch.

***

Ils venaient de terminer leur dessert et sirotaient un café, lorsque Robby, Jason et Glen s'arrêtèrent à leur table.

Robby prit la parole.

— Madame Silver, nous voudrions vous parler. Je sais que nous avons mal agi, la nuit dernière. En fait, on avait pas mal bu…

Son visage devint écarlate.

— Mais, on ne vous aurait jamais fait de mal, déclara Glen. Ce n'est pas notre genre.

— Le chef Bowie nous a dit ce qui vous était arrivé, reprit Robby. Jeter de l'acide sur quelqu'un… c'est n'importe quoi. Il faut être fou pour faire ça.

— Ouais, renchérit Jason. Et on ne ferait jamais ça.

Clay avait envie de les croire, mais il savait aussi qu'un ado était capable de vous regarder innocemment dans les yeux et de mentir.

— Je vous remercie de vous être arrêtés pour me le dire, répondit Miranda.

— Si on ne vous avait pas vue ici, on avait prévu de passer chez vous, dit Robby.

Puis il se tourna vers Clay, l'air embarrassé.

— Je suis désolé de vous avoir manqué de respect. Je voulais avoir l'air cool, mais c'était stupide.

— Excuses acceptées.

— Bon, ben on y va maintenant, dit Glen.

Tandis qu'ils s'installaient au bar, Miranda remarqua :

— Ce ne sont pas de mauvais garçons. Je ne les crois pas coupables.

Elle se rembrunit soudain et posa une main sur sa joue, comme si elle imaginait les ravages de l'acide sur sa peau.

— Hé, ne faites pas cette tête-là. Nous étions d'accord pour ne pas parler de choses négatives, ce soir.

— Vous avez raison.

Elle laissa retomber sa main et lui adressa un sourire.

— Merci de m'avoir obligée à sortir de chez moi. J'ai passé une très bonne soirée.

Pour lui, la soirée avait été plus que bonne.

Il n'avait cessé de guetter un signe, l'impression familière que ce n'était pas la personne qui lui fallait.

Mais ce soir, rien ne l'avait rebuté.

Au contraire, à mesure que le temps passait, il se demandait déjà quand il pourrait la revoir.

Une demi-heure plus tard, Clay engageait sa voiture dans l'allée de la maison de Miranda.

— Ce n'est pas la peine de descendre de voiture, dit-elle, en ouvrant déjà sa portière.

— Et puis quoi, encore ? Je raccompagne toujours les dames à leur porte.

C'était une magnifique soirée. La lune était presque pleine, et le ciel était piqueté d'étoiles.

Le cadre était propice à un autre baiser.

Tandis qu'ils avançaient dans l'allée, il ne pensait qu'à ça.

Ses lèvres auraient probablement la saveur de la cannelle contenue dans la tarte aux pommes qu'elle avait prise en dessert.

Il avait envie d'y goûter. De savourer à nouveau sa bouche.

— Merci, Clay, pour cette merveilleuse soirée, dit-elle, quand ils furent à la porte.

Puis elle se tourna pour tourner la clé dans la serrure.

— Je vous en prie. Ça m'a beaucoup plus aussi. Je suppose qu'on se verra lundi, quand je viendrai pour l'entraînement de Henry ?

— Bien sûr.

Elle ne se retourna pas et s'engouffra dans la maison, le laissant comme un idiot sur le seuil, avec une envie qui ne serait pas satisfaite ce soir.

Miranda soupira de soulagement quand la cloche annonça la fin des cours. Les lundis étaient généralement difficiles, mais cette journée avait battu des records.

Elle avait mal dormi la nuit précédente, toujours angoissée par son agression, et avait fait des rêves peuplés de monstres qui voulaient la défigurer.

En se rendant au travail ce matin, elle redoutait à moitié qu'on s'en prenne de nouveau à elle. Elle avait eu peur en voiture, puis quand il lui avait fallu traverser le parking à pied.

Était-elle vraiment la cible de cette agression ? Chercherait-on de nouveau à s'en prendre à elle ? Quand et où cela aurait-il lieu ?

Comment faire pour se protéger d'un agresseur non identifié ?

Et comme si elle n'avait pas assez de soucis comme ça, elle pensait à Clay, à ses yeux pétillants, à son magnifique sourire… Il lui avait été d'un réel soutien, passant prendre de ses nouvelles et l'invitant à dîner pour qu'elle se sente moins seule.

Il fallait qu'elle cesse de le voir.

C'était trop dangereux pour sa tranquillité d'esprit et sa résolution de ne pas s'impliquer avec lui.

Chaque petite chose qu'elle découvrait à son sujet lui donnait l'envie d'en savoir davantage. L'aperçu qu'elle avait eu de son enfance lui avait serré le cœur, mais elle s'était aussi demandé quel genre de blessures émotionnelles il avait pu conserver des mauvais traitements subis.

Et le fait de s'interroger sur lui était dangereux. Cela impliquait un intérêt, une envie de mieux le connaître. Elle n'avait pas envie de s'avouer qu'elle ressentait cela.

Lorsqu'il l'avait raccompagnée, elle lui avait volontairement tourné le dos. L'ambiance de clair de lune était beaucoup trop romantique, et elle avait deviné qu'il chercherait à l'embrasser.

Et elle ne voulait pas que cela se produise. Des amis ne devraient pas s'embrasser de cette façon…

Paula Durrand, une des collègues de Miranda, entra dans sa classe. C'était une petite brune un peu ronde, qui enseignait les mathématiques. Tout comme Miranda, elle était divorcée et elle avait deux jeunes enfants, et il leur arrivait souvent de se lamenter sur le sort des parents célibataires.

— Eh bien, tu as l'intention de rester dormir ici ce soir ? lança Paula, d'une voix impétueuse.

— Si je devais passer une nuit loin de mes enfants, ce n'est sûrement pas l'endroit que je choisirais. J'en ai eu plus que mon compte aujourd'hui.

— D'habitude, tu pars toujours avant moi.

Paula se percha sur le bord du bureau.

— Tu es sûre que tout va bien ?

— Aussi bien que possible. J'étais simplement

perdue dans mes pensées et j'ai perdu la notion du temps.

— Je suis sûre que tu ne peux pas t'empêcher de songer à ce qui s'est passé au carnaval. J'ai été horrifiée quand j'ai appris ça.

— Et moi donc ! Je voudrais tellement que Dillon arrête le coupable.

— Je n'en reviens pas que quelqu'un soit capable de faire ça à Bitterroot. On entend parler de ça dans les grandes villes, mais c'est souvent l'acte d'un amoureux éconduit.

— Et je n'ai jamais éconduit personne.

Paula se leva.

— Prends tes affaires. Je t'accompagne à ta voiture.

Dehors, il faisait un soleil splendide. L'air était doux, et le ciel d'un bleu parfaitement uni.

Tandis qu'elles traversaient le parking, les deux collègues se plaignirent de certains de leurs élèves.

— Parfois, j'ai envie de prendre une corde et de ligoter Bret Samuels à sa chaise pour la durée de mon cours. Ce gamin passe son temps à se lever et à distraire toute la classe.

— Et tu te ferais renvoyer, répliqua Miranda, en riant. Courage. Rappelle-toi qu'il ne reste plus que sept jours. À partir de lundi prochain, nous pourrons nous détendre.

— Et nous préparer à une nouvelle année d'enfer.

Paula éclata de rire et s'empressa de rectifier.

— Tu sais que c'est une façon d'évacuer mon stress. En fait, j'adore mon métier.

— Je le sais. Comment vont les enfants ?

— Très bien. Jimmy a décidé qu'il voulait devenir

astronaute et il porte un casque en permanence, y compris dans son lit.

Miranda éclata de rire.

— Henry veut devenir cow-boy, comme Clay Madison.

Les yeux noirs de Paula s'enflammèrent de curiosité.

— Qu'est-ce qu'il y a entre vous deux ? Je sais que vous êtes allés au carnaval ensemble, et on vous a vu dîner au café samedi soir.

— Nous sommes seulement amis. Il n'y a pas de quoi en faire toute une histoire.

Immédiatement, Miranda songea à leur baiser, et ne put s'empêcher de rougir.

— Aucun de mes amis masculins ne me fait rougir comme ça, commenta Paula, narquoise.

— Jamais je ne pourrais avoir une relation romantique avec Clay. Il ressemble beaucoup trop à Hank. Je sais qu'il traîne beaucoup au Watering Hole, et tout le monde connaît sa réputation avec les femmes.

— Clay n'a rien à voir avec ton ex-mari. Il travaille dur et, s'il veut se détendre en prenant un verre ou en multipliant les aventures, au moins il est célibataire.

Elles étaient arrivées devant la voiture de Miranda.

— Je me demande pourquoi nous avons cette conversation, étant donné qu'il n'y a rien entre Clay et moi.

— Si tu le dis.

— À demain, Paula.

Tandis que sa collègue se dirigeait vers sa propre voiture, Miranda se mit au volant.

Elle mit le contact et regarda l'heure sur le tableau de bord.

Heureusement que Paula l'avait tirée de sa rêverie.

Cass avait été la première personne à lui dire qu'il était beau.

Au début, il avait pensé qu'elle était cruelle, car tout ce qu'il voyait, c'était le garçon laid moqué par son père. Mais il n'avait pas fallu longtemps pour qu'il commence à attirer l'attention des filles, et il avait commencé à se voir autrement.

Une question demeurait toutefois.

S'il n'était pas laid, pourquoi sa mère l'avait-elle quitté ? Dans ses souvenirs, elle l'aimait et le cajolait. Et puis un jour, elle s'était volatilisée.

Il se concentra sur sa tâche et tenta de faire le vide dans son esprit. Mais il n'y parvenait plus comme autrefois, maintenant qu'il avait fait la connaissance de Miranda. Quoi qu'il fasse, elle occupait toujours un coin de sa tête.

— Hé, Clay !

Flint entra dans la sellerie, l'air inquiet.

— Je viens d'avoir un appel de Dixie qui faisait ses courses dans Main Street. Elle m'a dit que Miranda venait de percuter l'arrière d'un camion de livraison avec sa voiture, et ça a l'air assez grave.

Clay laissa tomber la brosse qu'il tenait, tandis que son cœur s'emballait.

— Miranda va bien ?

— Dixie n'a pas pu me le dire. Mais quelqu'un ait appelé une ambulance, et Miranda a été conduite 'hôpital.

'lint avait à peine fini sa phrase, que Clay se préci-it à l'extérieur, saisi de panique.

ndis qu'il démarrait en trombe, les questions oyaient dans sa tête.

mment avait-elle pu percuter un camion de on ?

La navette scolaire allait déposer les enfants devant la maison quinze minutes après.

Elle allait devoir se dépêcher pour arriver avant eux.

Elle sortit du parking et s'engagea sur Main Street. Il n'y avait qu'un feu de circulation au centre de la ville. Avec un peu de chance, il serait au vert.

Elle accéléra et songea à ce qu'elle allait cuisiner pour le dîner. Elle avait mis des cuisses de poulet à décongeler ce matin. Peut-être pourrait-elle les servir avec des spaghettis au parmesan ? Les enfants adoraient ça. Ils aimaient tout ce qui était à base de pâtes.

Elle voulait à tout prix éviter de penser à sa conversation avec Paula.

Tout le monde en ville devait penser qu'elle sortait avec Clay, et c'était une raison de plus pour garder ses distances avec lui.

Un coup d'œil au compteur lui apprit qu'elle roulait trop vite, tandis qu'au loin le feu était au rouge.

Elle freina.

La pédale s'enfonça jusqu'au plancher, mais la voiture ne ralentit pas.

La panique l'envahit.

Elle écrasa à nouveau la pédale de frein.

Un frisson glacé d'horreur se répandit en elle.

Oh ! Seigneur, elle n'avait plus de freins.

Elle allait trop vite.

Devant elle, un camion de livraison ralentit dans le carrefour pour tourner à gauche.

Horrifiée, elle comprit qu'elle allait le percuter.

— Non… Non… Non !

Soudain, le camion fut juste devant elle. Si volumineux qu'elle ne voyait plus rien d'autre.

Le choc fut violent.

Une douleur intense s'abattit sur elle, et tout se mit à tourner dans sa tête.

Heureusement, les douces ténèbres de l'inconscient l'envahirent.



# 6

Il y avait une corvée que Clay ne cherchait jamais à esquiver, c'était l'entretien du harnachement.

Assis dans la sellerie qui sentait le cuir, le polish, les chevaux et la paille, il s'acharnait à nettoyer et faire briller selles et harnais.

Prendre quelque chose de sale, et le rendre propre et brillant l'apaisait et lui donnait la satisfaction du devoir accompli.

Il y voyait un parallèle avec sa vie.

Il était arrivé en loques au ranch, croyant qu'il étai comme le lui martelait son père, un gosse idiot et la Et ce devait être vrai, puisque son père le batta que sa mère était partie.

Cass Holiday lui avait appris à monter à c et à devenir un bon employé de ranch. Mais elle lui avait appris la dignité et la confianc

Il avait aimé Cass comme une mère ressenti un immense chagrin lorsqu'elle ét un an auparavant.

Une violente tempête lui avait ôté la avait été retrouvé au sol, entre la mais le baraquement des employés. On av courait prévenir ses garçons qu'une quand une branche l'avait frappé sur le coup.

Était-elle blessée ? Si elle avait été emmenée en ambulance, ça devait être grave.

Et qu'allaient devenir Jenny et Henry ? Si Miranda était à l'hôpital, il n'y aurait personne pour les accueillir à la maison.

Même s'il avait envie de filer tout droit à l'hôpital, il fit un détour par la maison de Miranda. Lorsque Clay s'engagea dans l'allée, s'arrêtant dans une projection de gravillons, Jenny et Henry étaient assis sur le perron.

Leurs visages inquiets s'éclairèrent quand ils le virent.

— Maman n'est pas là, dit Jenny.

— Tu sais où elle est ? ajouta Henry.

— Elle a été retenue pour un petit moment, et elle m'a demandé de venir vous chercher pour vous emmener chez votre grand-mère.

Il espérait que Katherine était chez elle et disponible. Même s'il ne voulait pas inquiéter les enfants, il bouillait d'impatience de prendre des nouvelles de Miranda.

*Pourvu, oh pourvu, qu'elle ne soit pas grièvement blessée.*

Tandis qu'ils roulaient, les enfants lui racontèrent leur journée à l'école. Il n'écoutait que d'une oreille, tant son esprit était occupé par Miranda.

Lorsqu'ils arrivèrent devant chez Katherine, il demanda aux enfants d'attendre dans la voiture et alla frapper à la porte.

Katherine ouvrit et ne put masquer sa surprise.

— Clay ?

— Katherine, je suis désolé d'être aussi brutal, mais Miranda a eu un accident.

Katherine porta une main à sa bouche, comme pour étouffer un cri.

— Je me rends à l'hôpital, mais quelqu'un doit garder les enfants, reprit-il.

Il voulait éviter qu'elle ne pose des questions auxquelles il n'avait pas de réponse.

— Bien sûr, parvint-elle finalement à dire. Je les garderai autant que nécessaire. Savez-vous si elle est blessée, et si c'est grave ?

— Malheureusement, je sais uniquement qu'elle a été conduite à l'hôpital. Plus vite j'y serai, mieux ce sera.

— Faites entrer les enfants.

Clay se tourna vers la voiture et fit signe aux enfants de descendre.

— Je ne leur ai rien dit, à part que leur mère a été retenue. Je vous appelle dès que je sais quelque chose.

— Je compte sur vous.

Tandis qu'elle accueillait les enfants, Clay regagna précipitamment sa voiture.

Il ne savait pas combien de temps s'était écoulé depuis l'accident de Miranda, mais chaque minute qui passait l'emplissait d'effroi.

Il avait besoin de la voir.

Il avait besoin que quelqu'un lui dise qu'elle allait bien… Peut-être un peu contusionnée, mais rien de plus grave que cela. Clay déboula aux urgences et vit Dillon assis dans la salle d'attente.

— Comment va-t-elle ?

Il se laissa tomber sur une chaise le cœur battant à tout rompre.

— Je ne sais pas encore. J'attends que quelqu'un

vienne me donner des informations. Elle était inconsciente quand elle a été amenée.

— Inconsciente ? Mais… Elle respirait ?

— Bien sûr. Son pronostic vital ne semble pas engagé, mais elle a indéniablement reçu un choc.

— Que s'est-il passé, exactement ? On m'a dit qu'elle avait heurté un camion de livraison.

— J'ai parlé à plusieurs témoins de l'accident. Un camion s'apprêtait à tourner à gauche. Miranda n'aurait pas freiné du tout. Elle aurait foncé droit dessus. Et, pour comble de malchance, son airbag ne s'est pas déclenché.

Pendant quelques secondes, Clay ne trouva pas ses mots.

— Avez-vous fait remorquer sa voiture ? finit-il par demander.

Dillon hocha la tête.

— Elle est au garage de la police. Elliot Truman va la passer au peigne fin.

Clay se leva et se mit à faire les cent pas, moins intéressé par la voiture que par l'état de Miranda. Était-elle toujours inconsciente ? Pourquoi cela prenait-il tant de temps ?

Son téléphone sonna. C'était Katherine.

— Je n'en pouvais plus d'attendre. Vous avez des nouvelles ?

— Non, toujours rien. Je suis aux urgences, avec Dillon. On attend que quelqu'un vienne nous parler. Comment vont les enfants ?

— Ils sont un peu perturbés par le changement dans leurs habitudes, mais ça va. Tandis que moi, je suis une loque. Il faut que ma fille s'en sorte.

— Croyez-moi, je ressens la même chose. Je vous promets de vous appeler dès que j'ai du nouveau.

Il venait de raccrocher quand le Dr Wendall Johnson entra dans la salle d'attente.

— Comment va-t-elle ? demanda Clay, le cœur battant si fort qu'il l'entendait résonner dans ses tempes.

— Elle est réveillée. Aucune fracture, mais elle s'est cogné les genoux et tordu la cheville. Ma principale préoccupation, c'est qu'elle s'est violemment cogné le front sur le volant et qu'elle souffre d'une commotion cérébrale. Heureusement, le scanner n'a révélé aucune hémorragie dans le cerveau, ni fracture du crâne.

Clay était si soulagé qu'il sentit ses jambes flancher.

— Je peux la voir ? demanda-t-il.

— J'aimerais lui poser des questions, ajouta Dillon.

— Je ne crois pas qu'elle puisse vous être d'une grande utilité maintenant, protesta le médecin. Elle est encore confuse, elle n'arrête pas de réclamer ses enfants, et il faut lui éviter tout stress.

— Je ne la bousculerai pas, c'est promis, affirma Dillon.

— Elle a été transférée à la chambre 105. Je veux la garder cette nuit pour observation.

Tandis que Dillon se dirigeait vers la chambre, Clay passa un appel rapide à Katherine pour la rassurer. Puis il se hâta dans les couloirs, anxieux de revoir Miranda. Le lit d'hôpital semblait l'engloutir. Elle semblait si fragile… La seule couleur sur son visage était l'hématome violet qui s'étirait sur son front.

— Où sont mes enfants ? demanda-t-elle, tandis qu'ils étaient rejoints par le Dr Johnson. S'il vous plaît, que quelqu'un me le dise.

— Ils sont en sécurité chez votre mère, dit Clay.

Elle soupira et parut se détendre.

— Miranda, pouvez-vous me dire ce qui s'est passé ? demanda Dillon.

Elle plissa le front puis porta la main à sa tête, comme si cette mimique lui avait fait mal.

Clay ne souhaitait rien tant que s'asseoir à côté d'elle et lui prendre la main, mais il ne voulait pas la distraire.

— J'ai eu un accident de voiture, dit-elle.

— Vous vous souvenez de ce qui s'est passé ? demanda Dillon.

— Non… Non. C'est le Dr Johnson qui me l'a dit. Je ne me souviens plus de rien. Est-ce que j'ai blessé quelqu'un ?

— Non, rassurez-vous. Et, ce n'est pas grave si vous n'avez aucun souvenir pour le moment. C'est le choc. Nous en reparlerons demain, quand vous vous serez reposée. Docteur Johnson, vous me raccompagnez ?

Dès que les deux hommes eurent quitté la chambre, Miranda réclama à nouveau ses enfants.

Supposant que c'était dû à la commotion, Clay tira une chaise pour s'asseoir près du lit.

— Les enfants vont bien. Ne vous inquiétez pas.

— Je me sens tellement confuse. J'ai mal à la tête et je crois que j'ai aussi un peu envie de vomir.

Elle s'agita entre les draps.

— Je veux rentrer à la maison. Mes enfants ont besoin de moi.

Il lui prit la main entre les deux siennes.

— Vous devez rester ici et vous reposer.

Elle tourna la tête vers lui, les yeux écarquillés.

— Clay, j'ai peur.

— Il ne faut pas. Je suis avec vous et je ne bouge pas d'ici.

— Vous avez un travail, protesta-t-elle faiblement.

— Pour le moment, mon seul travail, c'est de veiller sur vous.

Elle le regarda longuement puis finit par s'endormir.

Clay en profita pour sortir dans le couloir et passer quelques appels.

Le premier fut pour Katherine, afin de prendre des nouvelles des enfants.

Puis il appela Rudy Bailor, le proviseur du lycée et lui expliqua ce qui s'était passé.

Enfin, il appela sa patronne, Cassie, pour lui demander quelques jours de congé.

— Dillon m'a prévenue. Tu as l'intention d'aider Miranda ?

— Absolument. Elle va probablement sortir de l'hôpital demain et elle va avoir besoin de quelqu'un pour s'occuper des enfants et de la maison.

— Tu sais que ça ne pose pas de problèmes que tu prennes quelques jours. Les autres employées se répartiront ton emploi du temps. Et je suis contente que tu aides Miranda. Katherine n'a malheureusement plus la force physique pour accomplir les tâches du quotidien.

Il ne savait pas comment Miranda accueillerait sa décision, mais ce n'était pas une femme avec des genoux contusionnés, une cheville tordue et une commotion qui allait le faire changer d'avis.

Il retourna dans la chambre, où Miranda dormait toujours, et s'assit sur la chaise.

Clay avait dû s'endormir sur la chaise, car le jour se levait quand il ouvrit les yeux et vit Dillon entrer dans la chambre.

Le policier lui fit signe de le suivre dans le couloir.

— Que se passe-t-il ?

Clay sentit son estomac se nouer, en découvrant la sombre expression sur le visage de Dillon.

— Elliot a passé les dernières heures à inspecter la voiture de Miranda. Il a constaté que le câble de freins a été coupé, et l'airbag désactivé.

Clay le dévisagea avec horreur.

— Donc, ce n'était pas un accident. C'est une volonté délibérée de blesser Miranda.

Dillon hocha la tête, et un muscle joua dans sa mâchoire.

— Il s'agit d'une tentative de meurtre.

*Tentative de meurtre*

Les mots résonnèrent dans la tête de Clay comme une déflagration.

Qui pouvait souhaiter la mort de Miranda ?

Cela semblait tellement surréaliste.

C'était un cauchemar.

— Et cela nous oblige à considérer autrement l'attaque à l'acide, continua Dillon. Je pense que nous pouvons maintenant en conclure qu'il ne s'agissait pas d'une agression aléatoire. C'était dirigé contre Miranda.

Deux attaques…

Mais qui se cachait derrière ça ? Et surtout, que risquait-il de se passer la prochaine fois ?

Clay était rongé d'angoisses et de questionnements.

— Vous pouvez envoyer quelqu'un monter la garde devant sa porte ? J'ai prévu de m'installer chez elle le temps de sa convalescence et je dois retourner au ranch prendre quelques affaires. Mais, en attendant, je ne veux pas qu'elle reste seule. Il ne faut pas non plus qu'elle reçoive de visite, puisque nous ne savons pas qui lui en veut.

— Je vais envoyer l'officier Ramirez, le temps que vous fassiez ce que vous avez à faire.

Quinze minutes plus tard, ayant été relevé par l'officier Ramirez, Clay quitta l'hôpital.

Durant le trajet jusqu'au ranch, il ne put s'empêcher de ressasser des questions dont il ne possédait pas les réponses.

Heureusement, Miranda avait survécu à l'accident.

Cela aurait pu être tellement pire…

Clay achevait de jeter quelques effets dans un sac de voyage, quand Flint et Mac apparurent sur le seuil de sa chambre.

— Qu'est-ce que tu fais ? demanda Mac.

— Je m'installe chez Miranda.

Il leur expliqua ce qui s'était passé.

— Mais, qui peut bien vous en vouloir ? demanda Mac, incrédule.

— Si seulement je le savais.

— Et elle sait que tu as l'intention de t'installer chez elle ? demanda Flint.

— Non, mais je pense qu'elle ne s'y opposera pas quand elle saura pourquoi elle a eu cet accident.

Clay ouvrit le tiroir supérieur de sa commode et en sortit son holster et son arme.

— Par deux fois, on a essayé de lui faire du mal. La troisième fois, je serai là et je n'hésiterai pas à tirer.

Miranda ouvrit les yeux et sentit comme un poignard lui transpercer la tête.

Elle cilla et tourna la tête vers la fenêtre.

À sa grande surprise, elle vit que le soleil était levé.

Quel jour était-on ?

Était-elle allée au lycée la veille ? Le jour d'avant ?

Depuis combien de jours et de nuits était-elle ici ?

Est-ce que ses enfants allaient bien ?

Tout était tellement confus.

Tournant la tête de l'autre côté, elle vit Clay endormi sur une chaise.

Elle savait qu'il avait passé la nuit à côté d'elle, mais elle ne savait pas pourquoi. Elle ne savait pas non plus ce qu'elle devait penser de lui.

Soudain, elle s'aperçut qu'il avait ouvert les yeux.

— Bonjour, dit-il, en se redressant sur sa chaise.

— Je ne suis pas sûre que ce soit une bonne journée, répliqua-t-elle.

Aussitôt, le sourire de Clay s'évanouit, tandis qu'il l'enveloppait d'un regard inquiet.

— Vous souffrez ?

— J'ai mal partout. J'ai l'impression d'être passée dans une essoreuse.

— Vous voulez que j'appelle une infirmière ? On peut peut-être vous donner un cachet.

— Non, je ne veux rien prendre. Je veux seulement qu'on me dise quand je vais rentrer chez moi. Il y a tellement de choses dont je dois m'occuper.

— Oh ! doucement. Il n'y a rien d'urgent. Vous rentrerez chez vous quand le médecin aura donné son feu vert, et pas une minute avant.

Elle fit un effort de réflexion, mais tout était tellement confus…

— Il faut que j'appelle quelqu'un pour venir me chercher.

— Inutile. Je suis votre chauffeur. Je vous ramènerai chez vous, le moment venu.

Il se tut un instant et tendit l'oreille.

— Je crois que j'entends le chariot du petit déjeuner. Vous avez faim ?

— Pas du tout.

L'idée même de la nourriture lui donnait envie de vomir.

— Vous devriez essayer de manger quelque chose.

Elle secoua la tête et tiqua sous l'effet de la douleur.

— Peut-être plus tard.

Il était tout juste midi quand le Dr Johnson entra dans la chambre.

— Comment vous sentez-vous, aujourd'hui ?

— Courbaturée, et les idées un peu confuses. Mais, je veux rentrer chez moi.

— C'est d'accord, à condition que vous reposiez votre cerveau pendant une dizaine de jours. Pas de jeu vidéo, pas de surf sur Internet… Vous devez aussi éviter de prendre appui sur votre cheville et la laisser surélevée.

Miranda dévisagea le médecin avec stupéfaction. Comment allait-elle faire avec toutes ces restrictions ?

— Et mon travail ? demanda-t-elle finalement.

— Pas de travail pour le moment.

— Je m'en suis occupé, dit Clay. J'ai appelé Rudy pour lui dire de vous trouver un remplaçant.

Elle se demanda si elle devait lui en vouloir de s'être occupé de tout ou lui en être reconnaissante.

— Je veux vraiment rentrer chez moi, insista-t-elle.

— Très bien, dit le médecin. Je vous laisse sortir. En attendant, je vous envoie Katie pour vous aider à vous habiller.

Katie Francis était jeune et souriante. Elle avait

été l'élève de Miranda, cinq ans auparavant, et elle était brillante.

Elle entra dans la chambre avec des béquilles.

— Le Dr Johnson a pensé que vous en auriez besoin, à cause de votre cheville.

— Oh ! je ne pense pas que ce soit bien méchant.

Ça l'était. Et plus encore.

Lorsqu'elle fut prête à partir, sa seule envie était de se recoucher. Elle n'avait pas d'équilibre, et son mal de tête était épouvantable.

Jamais elle ne s'était sentie aussi mal de sa vie, et elle avait le plus grand mal à retenir ses larmes.

Clay revint dans la chambre.

— Prête à y aller ?

Il s'avança et grimaça.

— On dirait que vous êtes sur le point de vous évanouir.

— Je vais bien, dit-elle, en essayant de sourire. Ou, en tout cas, j'irai bien quand je serai rentrée chez moi.

Pour la première fois, elle nota qu'il portait un revolver à la ceinture.

— Vous vous attendez à une fusillade en sortant d'ici ?

— Non, mais je préfère être prêt à toute éventualité. Vous connaissez la devise des boy-scouts : toujours prêt.

— Vous n'avez jamais été scout.

Il ne fallut pas deux pas à Miranda pour comprendre que marcher avec des béquilles était une vraie torture.

— Arrêtez, dit Clay, avant même qu'ils aient atteint le bout du couloir.

Il prit les béquilles, les tendit à Katie, qui les

accompagnait jusqu'à la sortie, et souleva Miranda dans ses bras.

Elle voulait protester, mais elle avait aussi envie de poser la tête sur son épaule.

Elle se dit que c'était la gratitude qui lui permettait de se détendre dans ses bras. Il ne signifiait rien pour elle. Il lui rendait simplement service à un moment particulier. Si elle rentrait chez elle, il allait pouvoir retourner à ses occupations, et elle aux siennes.

À nouveau, elle sentit les larmes lui monter aux yeux.

Pourtant, elle n'était pas une pleurnicheuse.

Quand Hank s'était enivré nuit après nuit durant leur mariage, elle n'avait pas versé une larme. Quand elle avait réalisé qu'il la trompait, elle n'avait pas pleuré.

Alors, pourquoi avait-elle envie de pleurer maintenant ?

Tandis que Clay la conduisait chez elle, Miranda essaya de trouver un sens à tout ce qui s'était passé.

— Où est ma voiture ?

— Elle a dû être remorquée.

— Il va falloir que j'appelle mon assurance. Mais, comment vais-je leur dire ce qui s'est passé, alors que je ne me souviens de rien ?

— Ne vous inquiétez pas pour ça. Le médecin a dit que vous deviez laisser votre cerveau au repos.

— Je ne suis pas responsable des pensées qui traversent mon esprit.

Elle l'observa un moment puis tourna la tête vers sa vitre.

Être avec Clay en ce moment était aussi surprenant que tout ce qui lui était arrivé en l'espace de vingt-quatre heures.

Quand il s'arrêta dans son allée, elle le regarda à nouveau.

— Pourquoi faites-vous ça, Clay. Pourquoi m'aidez-vous ?

Il coupa le moteur et se tourna vers elle.

— Parce que vous avez besoin d'aide et que je peux vous aider.

— Je ne vais pas coucher avec vous, dit-elle, avec fermeté.

Si rien n'était clair dans sa propre tête, il lui semblait important d'être claire avec lui.

Il lui adressa un sourire dévastateur.

— Je ne vous l'ai pas demandé, ma belle.

Il ouvrit sa portière.

— Et maintenant, donnez-moi votre clé, que nous puissions entrer.

Heureusement, son sac avait été apporté à l'hôpital.

— Lit ou canapé ? demanda Clay, quand ils furent à l'intérieur.

— Canapé.

Il l'aida à s'installer et cala un oreiller sous sa cheville.

— Vous avez besoin d'une couverture, ou de quelque chose à boire ?

— Non, merci. Tout va bien. Je pense que vous pouvez retourner au ranch, maintenant.

Il prit place dans le fauteuil le plus proche.

— En fait, je suis en vacances pendant deux semaines. Il n'y a rien qui m'empêche de rester avec vous et de vous aider avec les enfants jusqu'à ce que vous alliez mieux.

Elle le dévisagea avec surprise.

— Oh ! mais ce n'est pas la peine que vous restiez ici.

Elle n'avait surtout pas envie d'avoir Clay chez elle en permanence, de sentir son odeur, d'entendre son rire…

Elle ne voulait pas s'attacher à lui plus qu'elle ne l'était déjà. Il représentait un danger pour son confort émotionnel.

— Comment allez-vous gérer le quotidien ? demanda-t-il. Pour le moment, vous ne pouvez pas poser le pied par terre. Vous ne serez pas capable de monter l'escalier. De plus, le médecin a dit que vous devez vous reposer pendant au moins dix jours, et ne pas faire travailler votre cerveau.

— Ma mère peut m'aider.

Clay secoua la tête.

— Pas avec ses problèmes de santé. J'ai mon sac de voyage dans la voiture et je suis prêt à m'installer.

— Je persiste à croire que ce n'est pas une bonne idée.

Il l'observa un long moment, et soupira.

— Miranda, je ne voulais pas vous le dire tout de suite, mais il faut que vous le sachiez.

Son expression assombrie provoqua une accélération de son pouls, et une soudaine bouffée d'anxiété.

— De quoi s'agit-il ?

— Ce n'était pas un accident. Votre câble de frein a été coupé et l'airbag désactivé. Quelqu'un a essayé de vous tuer, Miranda. Et je ne vous lâcherai pas d'une semelle tant que Dillon n'aura pas arrêté le coupable.

Elle le dévisagea, assimilant ce qu'il venait de dire, et les larmes qui avaient menacé toute la journée jaillirent sans retenue.

# 7

Bon sang ! Son intention n'était pas de la faire pleurer.

Il ne souhaitait même pas lui apprendre tout de suite la vérité sur l'accident. Il aurait préféré attendre qu'elle aille mieux.

Mais elle devait comprendre pourquoi il fallait qu'il reste avec elle.

— Allons, allons, ne pleurez pas.

Il se leva d'un bond et vint s'asseoir à côté d'elle sur le canapé.

Les larmes roulaient sur ses joues, tandis qu'elle était secouée de sanglots.

Elle le chassa d'un geste impatient puis se couvrit le visage de ses mains.

— Je ne pleure jamais, parvint-elle à prononcer entre deux sanglots.

— Je crois que, compte tenu des circonstances, vous en avez le droit, dit-il gentiment.

Il avait terriblement envie de la prendre dans ses bras, et de la serrer contre lui.

Mais il ne le fit pas.

Ce n'était pas ce dont elle avait besoin pour le moment. À la place, il se leva et retourna dans son fauteuil.

Miranda s'essuya les joues d'un geste rageur.

— Comment êtes-vous au courant pour la voiture ?

Il lui expliqua et il vit ses yeux se remplir de crainte.

— Non seulement j'aurais pu être tuée, mais j'aurais pu aussi tuer quelqu'un d'autre. Je n'y comprends rien. Pourquoi moi ?

Ses yeux se posèrent sur le revolver à sa ceinture.

— C'est pour ça que vous portez une arme.

Il hocha la tête.

— Je ne laisserai personne faire du mal aux enfants ou à vous. C'est pour ça que je m'installe ici.

Il se pencha vers elle.

— Vous avez besoin de quelqu'un ici en permanence. Et ce quelqu'un, c'est moi.

— La chambre d'amis se trouve à l'étage. C'est la première porte sur la gauche.

Elle laissa aller sa tête en arrière et ferma les yeux.

Lorsqu'il comprit que Miranda s'était endormie, Clay alla chercher son sac et les béquilles dans sa voiture. Puis il vérifia que tous les accès étaient bien verrouillés et monta s'installer dans sa chambre.

C'était une pièce agréable, avec un lit double recouvert d'un plaid bleu ciel. Il ne lui fallut pas longtemps pour suspendre ses vêtements dans la penderie, ranger ses chaussettes et sous-vêtements dans un tiroir de la commode et se sentir comme chez lui.

Il alla ensuite déposer sa trousse de toilette dans la salle de bains, avec l'idée de déballer ses produits, mais il comprit que c'était celle des enfants. Le rideau de douche était à l'effigie d'un héros de dessin animé, et les serviettes de toilettes étaient assorties. Sur le rebord de la baignoire trônaient de grands flacons de bain moussant et de shampooing aux couleurs vives, au milieu de jouets en plastique.

Pas question de laisser ses rasoirs là. Il remporta sa

trousse dans la chambre sans l'avoir vidée et redescendit au salon.

À nouveau, les questions se mirent à virevolter dans sa tête, le laissant à demi étourdi.

Soudain, on frappa violemment à la porte, et Miranda se réveilla en sursaut.

Il était trop tôt pour que ce soit Katherine. Clay lui avait parlé au téléphone un peu plus tôt, et il avait été convenu qu'elle garde les enfants jusqu'au dîner.

Il regarda dans l'œilleton et ouvrit la porte à Hank et Lori.

— Où est-elle ?

Hank le bouscula au passage. Lori le suivit, les bras chargés d'une lourde cocotte en fonte.

Hank s'arrêta net en découvrant Miranda sur le canapé.

— Bon sang, tu as une sale mine.

— Hank, voyons ! protesta Lori, d'une voix flûtée.

— C'est la vérité, rétorqua Hank. Regarde cette bosse à la tempe.

Miranda porta une main à sa tête et grimaça.

— Au moins, ce n'est qu'une bosse, pas une fracture, tempéra Lori

— Encore heureux ! s'exclama Hank

Lori se tourna vers Miranda.

— Je vous ai apporté du pot-au-feu. Vous n'aurez qu'à le réchauffer. Et, n'hésitez pas à nous dire si vous avez besoin de quelque chose. Si vous voulez que nous gardions les enfants quelques jours, il suffit de le demander.

— Merci, mais nous avons pris des dispositions, répondit Clay.

Il prit la cocotte et alla la déposer dans la cuisine, tandis que Hank interrogeait Miranda sur son accident.

Il trouva intéressant que Miranda lui dise qu'elle ne se rappelait rien, et qu'elle ne savait donc pas ce qui s'était passé.

— Vous ne leur avez pas dit qu'on avait saboté votre voiture, remarqua Clay, quand les visiteurs furent partis.

— Je sais qu'il finira par le découvrir, mais je n'ai pas envie qu'il aille embêter Dillon en lui reprochant de ne pas avancer assez vite dans son enquête. J'ai suffisamment mal à la tête sans l'entendre perdre les pédales. En revanche, c'était gentil de la part de Lori d'apporter du pot-au-feu.

— En parlant de nourriture, vous voulez manger quelque chose ?

— Je n'ai toujours pas faim.

— Vous ne pouvez pas laisser votre estomac crier famine. Vous avez de la soupe ?

— Il y a du bouillon de poule aux vermicelles.

— Eh bien, c'est parti.

Avant qu'elle ait pu protester, il se dirigea vers la cuisine.

Quelques minutes plus tard, Clay servait sa soupe à Miranda avec quelques crackers à part et se laissait tomber dans le fauteuil en face d'elle.

— Vous êtes inquiète, dit-il.

Elle avala une cuillère de soupe et soupira.

— Je me fais du souci pour Jenny et Henry.

— Il n'y a aucune raison. Ils ne sont pas en danger.

— Ce n'est pas ce qui m'inquiète.

Elle prit une deuxième cuillerée et le regarda.

— Vous n'êtes pas précisément connu pour vos talents domestiques.

— Et alors, quoi ? Vous avez peur que je ne sache pas m'occuper des enfants ? Ne vous en faites pas. Je vais me débrouiller.

Elle eut une moue dubitative.

— Je gère des troupeaux de centaines de vaches. C'est sûrement plus compliqué que de s'occuper de deux enfants.

— J'attends de voir.

À 18 heures, Katherine arriva avec les enfants.

Ils se précipitèrent vers Miranda.

— Oh ! c'est une grosse bosse, s'exclama Jenny. Ça te fait mal ?

— Un petit peu, avoua Miranda.

— Et, qu'est-ce que tu as au pied ? demanda Henry.

— Je me suis tordu la cheville, et le docteur a fait un bandage. J'ai aussi des béquilles pour m'aider à marcher.

— Est-ce que ça va aller ? demanda Henry, l'air inquiet.

Miranda sourit à son fils.

— Tout va bien, mon poussin. Ne t'en fais pas.

— Et si vous alliez jouer un peu dans vos chambres ? suggéra Katherine.

Dès que les enfants furent partis, elle s'exclama :

— Oh ! ma chérie, tu as eu tellement de chance que ce ne soit pas pire que ça. Seigneur, tu aurais pu être tuée.

Miranda grimaça.

— Ne me le rappelle pas.

— Qu'est-ce que Dillon en dit ? demanda Katherine.

— Il doit passer demain pour faire le point sur la situation, répondit Clay.

— J'espère qu'il aura des réponses.

Elle enveloppa Clay d'un regard empli d'attentes.

— Et vous veillerez bien sur elle, n'est-ce pas ?

— Vous pouvez compter sur moi.

— J'aimerais pouvoir être plus utile. Appelez-moi si vous êtes débordé par les enfants.

— Je suis certain que tout va bien se passer.

Katherine resta encore une demi-heure, avant de s'en aller.

— Les enfants vont devoir prendre leur bain, dit Miranda. Mais avant j'aimerais me doucher rapidement.

Elle s'assit et bascula les jambes par-dessus le rebord du canapé.

— Vous êtes sûre que c'est une bonne idéc ?

— Je pense que je me sentirai mieux après.

— Vous avez besoin d'aide ?

— En fait, si vous pouviez aller dans ma chambre, là-haut, et me rapporter ma chemise de nuit et mon peignoir qui sont accrochés derrière la porte. Je vais dormir sur le canapé. L'escalier me fait trop peur pour le moment.

— Dites-moi s'il vous faut autre chose, je serai ravi de vous l'apporter.

— Non, merci.

Elle resta assise, tandis qu'il se précipitait à l'étage.

La chemise de nuit bleue et son peignoir assorti étaient là où elle l'avait dit. Lorsqu'il les ôta de la patère, le parfum de Miranda s'en échappa, et un désir inattendu réchauffa son sang.

Il savait que c'était déplacé, compte tenu des

circonstances, et il s'exhorta à contrôler l'envie qu'il avait d'elle.

Ce n'était pas ce dont elle avait besoin pour le moment.

Ce qu'il lui fallait, c'était sa tendresse et son attention.

Ce qu'il lui fallait, c'était un ami.

Il descendit et lui tendit ses vêtements.

— Si vous pouviez me passer mes béquilles…

Tandis que Miranda se trouvait dans la salle de bains du bas, Clay était remonté pour voir ce que faisaient les enfants.

Il les trouva tous les deux dans la chambre de Henry, en train de jouer à un jeu vidéo.

— On doit attraper le poisson, expliqua Henry.

Clay s'assit sur le lit de l'enfant.

— Vous aimez pêcher ?

— On n'a jamais pêché, à part dans ce jeu, répondit Jenny.

— Quand votre mère ira mieux, nous pourrons peut-être aller pêcher dans l'étang du Holiday Ranch. Il y a beaucoup de bars communs dedans. Savez-vous qu'on l'appelle aussi loup, ou perche, et que sa taille moyenne est de soixante-dix centimètres pour un kilo ? Mais il y en a des plus gros.

— J'aimerais bien en attraper un très gros, dit Henry.

Ils parlèrent de pêche pendant quelques minutes, puis la conversation dévia sur les projets pour les vacances.

— J'ai oublié de te dire… Maman m'a inscrit dans une équipe de base-ball, les Buffalos.

— C'est formidable.

— Et notre premier match d'entraînement est jeudi.

Jeudi ? Comment Clay allait-il faire pour emmener

Henry à son match et veiller en même temps sur Miranda ?

Avant qu'il ait eu le temps d'y réfléchir, il entendit que l'eau s'était arrêtée en bas et descendit aussitôt. Miranda était assise sur une chaise, dans la salle à manger. Ses cheveux étaient humides, et elle sentait comme un bouquet de fleurs. Enveloppée dans son peignoir, elle réveilla en lui un nouvel élan de désir totalement déplacé.

Comment pouvait-elle lui inspirer une telle envie, alors qu'elle était en si piteux état ?

Une fois encore, il se dit qu'il devrait avoir honte de lui.

— Vous vous sentez mieux demanda-t-il ?

Elle sourit faiblement.

— Un peu.

Les enfants dévalèrent l'escalier et se ruèrent dans la pièce.

— Clay a dit qu'il allait nous emmener pêcher quand tu iras mieux, déclara Henry, tout excité.

— Ça m'a l'air très amusant. Mais ce que je voudrais savoir pour le moment, c'est qui va prendre son bain le premier.

— Moi ! cria Jenny.

Elle commença à se diriger vers l'escalier puis se ravisa.

— Est-ce que Clay va rentrer chez lui, ce soir ?

— Non, répondit l'intéressé. Je m'installe ici pour quelque temps. Est-ce que ça te va ?

— C'est super !

— Et tu vas t'occuper de nous pendant que maman se repose ? demanda Henry.

— Je vais m'occuper de vous et de votre maman.

— Et j'espère que vous allez être très gentils tous les deux, ajouta Miranda. Et maintenant, le bain !

— Dites-moi ce qu'il faut faire. Je m'occupe de tout, proposa Clay.

— Juste vérifier la température de l'eau avant qu'ils n'entrent dans la baignoire, et s'assurer qu'ils ont bien mis leur pyjama.

— Compris. Et maintenant, reposez-vous et ne pensez plus à rien. Vous avez besoin d'aide pour vous étendre sur le canapé ?

— Non, merci.

Il se tourna vers Jenny.

— On y va, petite luciole ?

— Pourquoi tu m'appelles comme ça ?

— C'était le surnom que ma mère me donnait. Elle disait que j'éclairais sa vie. Et je suis sûr que tu éclaires la vie de ta maman.

Clay avait prononcé ces mots sans réfléchir. Aussitôt, son cœur se serra, et il ressentit de la colère.

Oui, sa mère lui avait dit cela tous les soirs, et pourtant elle était partie sans même lui dire au revoir. Elle avait disparu de sa vie, et il n'avait plus jamais entendu parler d'elle.

Comment une mère pouvait-elle disparaître de la vie de son enfant ? Était-il si monstrueux qu'elle ne pouvait l'aimer ? Après le bain, Clay redescendit avec les enfants, et ils firent un jeu de société sur la table du salon.

*
* *

Henry fut ravi de gagner la première partie, et Jenny afficha ostensiblement son succès quand elle remporta la seconde.

— Maintenant, il est temps d'aller vous coucher, décréta Miranda, avant qu'il soit question d'une nouvelle partie.

— Mais maman, protesta Henry, il faut laisser à Clay une chance de gagner.

— On verra ça demain dit Clay. Embrassez votre mère, et je viendrai vous border.

— Je suis désolée de ne pas pouvoir le faire ce soir, dit Miranda à ses enfants. Je ne peux pas monter l'escalier, à cause de ma cheville.

— Ce n'est pas grave, dit Jenny.

— On va voir comment Clay se débrouille, dit Henry.

Clay commença par lui, remontant la couette sous le menton du petit garçon et lui passant la main dans les cheveux.

— Je te souhaite de faire de beaux rêves. Dors bien, mon grand.

Il quitta la chambre et se dirigea vers celle de Jenny. Elle était déjà couchée et lui fit un adorable sourire Il fit de la même façon avec elle qu'avec Henry.

— Et toi, demanda la fillette, est-ce que tu vas faire de beaux rêves ?

— J'espère.

— Et, tu vas nous faire le petit déjeuner demain matin ?

— Bien sûr. Ta maman a besoin de se reposer, et je vais m'occuper de vous quelques jours. Qu'est-ce que tu veux pour le petit déjeuner ?

— Des pancakes. Henry et moi, on adore les pancakes.

Clay grommela *in petto*. Elle n'aurait pas pu choisir

un bol de céréales ? Il n'avait jamais fait de pancakes de sa vie.

— C'est d'accord, dit-il. Et maintenant, il faut dormir.

— Tu ne me fais pas un bisou ? Maman le fait toujours pour me souhaiter une bonne nuit.

— Eh bien, je vais faire comme maman, alors.

Il se pencha et déposa un baiser sur la joue de la fillette.

Elle passa ses petits bras autour de son cou et le serra fort. Puis elle le lâcha et sourit.

— Je suis content que tu sois ici. Bonne nuit, Clay.

— Bonne nuit, mon petit cœur.

Une douce chaleur avait envahi le cœur de Clay, tandis qu'il retournait au rez-de-chaussée. Il serait si facile d'aimer les enfants de Miranda. Ils étaient tellement adorables et semblaient l'accepter sans difficulté.

— Je crois que je vais essayer de dormir, dit Miranda.

Elle grimaça en changeant de position.

— Si la douleur ne m'en empêche pas.

— Vous ne voulez pas prendre un des cachets que le Dr Johnson vous a prescrits ?

Il détestait la voir souffrir ainsi.

— Pas question. Imaginez qu'un de mes enfants appelle et que je ne l'entende pas.

— Moi, je les entendrai. Vous avez eu une longue journée, Miranda. Cessez de faire la têtue et prenez un cachet.

— Très bien, capitula-t-elle.

Il alla chercher un verre d'eau dans la cuisine et le lui apporta.

— Je peux faire quelque chose d'autre pour vous ?

— Ça vous ennuierait d'aller chercher une couverture dans le placard de l'entrée ?

Il s'exécuta aussitôt et drapa la douce couverture en polaire rose sur les jambes de Miranda.

— Avant de vous endormir, parlez-moi un peu de la routine matinale des enfants.

Tandis qu'elle lui décrivait leurs habitudes alimentaires et les horaires du bus scolaire, il ne pouvait penser à rien d'autre qu'à son désir de se blottir contre elle sous la couverture, et de la tenir dans ses bras toute la nuit.

— Ça ne me dérange pas si vous voulez rester et regarder la télévision, dit-elle.

— Vous êtes sûre ?

— Croyez-moi, il faudrait un tremblement de terre pour m'empêcher de dormir.

Clay prit la télécommande sur la table basse, alluma la télévision et baissa le volume pour que le son soit à peine audible.

Il n'avait pas vraiment envie de regarder un programme, mais il n'était pas prêt à se coucher déjà. Il avait besoin d'un peu de temps pour digérer tout ce qui s'était passé et réfléchir à la façon dont allait se passer son temps avec Miranda.

Au bout de quarante-cinq minutes, Clay décida d'aller se coucher et éteignit la télévision. Miranda dormait paisiblement, mais ça l'ennuyait de la laisser seule en bas.

Il alla chercher une chaise dans la cuisine et la cala sous la poignée de la porte. Au moins, il entendrait si quelqu'un essayait d'entrer.

Il fit la même chose avec la porte de service, même s'il ne croyait pas vraiment à une intrusion alors que son pick-up était garé dans l'allée, indiquant que Miranda n'était pas seule.

Il éteignit la lumière et monta dans sa chambre. Là, il posa son revolver sur la table de chevet, là où il serait facile à saisir en cas de besoin, et commença à se déshabiller.

Ça allait être difficile pour lui de rester ici. Il était venu pour la protéger et la défendre, pas comme son amant. Pourtant, il ne pouvait empêcher son cœur de battre plus vite à chaque fois qu'il la regardait.

Il n'avait aucun contrôle sur le désir qui prenait vie à chaque fois qu'il se tenait près d'elle, respirant son parfum fleuri. Il avait tellement envie de l'embrasser, de caresser sa peau qui paraissait si douce…

Il se coucha et ferma les yeux, cherchant le sommeil.

Mais au lieu d'être emporté par des rêves plaisants, il fut envahi par une effrayante pensée qui avait tenté d'infiltrer son esprit toute la journée.

Il y avait eu deux tentatives manquées d'agressions. Pour le moment, le coupable avait été mis en échec. Mais il ne renoncerait pas tant qu'il ne serait pas parvenu à ses fins. Quand frapperait-il à nouveau ?

Miranda était étendue sur le canapé et écoutait les bruits que faisait Clay en rangeant la cuisine.

C'était le troisième matin qu'il préparait le petit déjeuner pour les enfants, s'assurait qu'ils étaient correctement vêtus et surveillait qu'ils montaient sans encombre dans le bus scolaire.

Si elle s'était méfiée de lui à cause de son charme et de son *sex-appeal*, elle était maintenant stupéfaite par cet aspect de sa personnalité.

Il l'avait surprise par ses qualités domestiques. Il

était aussi à l'aise dans une cuisine qu'il devait l'être au Watering Hole. Les repas se déroulaient toujours dans la bonne humeur, réveillant en elle d'anciens rêves.

Avant la naissance des enfants, elle avait envisagé ce genre de vie : sa famille rassemblée autour d'une table, partageant les événements de la journée et riant ensemble.

Mais lorsque Jenny était arrivée, Hank avait déjà commencé à boire. Au moment du dîner, il était généralement affalé sur le lit.

Elle voulait un conte de fées, et Hank avait brisé son rêve.

La présence de Clay dans sa maison ravivait tout doucement ce rêve, et ça lui faisait peur.

Sa tête lui disait que c'était simplement une illusion, mais son cœur lui susurrait qu'elle avait peut-être mal jugé le beau cow-boy.

Personne d'autre dans son entourage n'aurait proposé de faire ce qu'il avait fait pour elle. Personne n'aurait mis sa propre vie entre parenthèses comme lui.

Derrière le personnage d'homme à femmes que tout le monde connaissait, se cachait-il quelqu'un d'autre ?

Certes, elle n'était pas intéressée par une relation romantique avec lui, mais elle était curieuse d'en savoir plus sur lui.

— La vaisselle est finie, annonça Clay.

Il se laissa tomber dans le fauteuil en face de Miranda, et lui sourit.

— Votre hématome au front prend une intéressante couleur de jaune.

— Je l'ai vu ce matin. D'ici une semaine, il devrait avoir complètement disparu. En tout cas, je commence à me sentir mieux.

— J'en suis heureux. Ça me faisait de la peine de vous voir dans cet état.

Avait-il une telle habitude de dire des choses gentilles que cela paraissait sincère ?

— Vous voulez quelque chose ? demanda-t-il. Un autre café, ou un jus de fruit ?

— Non, merci. Tout ce que je veux, c'est un peu de conversation. Ces derniers jours, j'ai l'impression d'avoir passé ma vie à dormir.

— Vous aviez besoin de vous reposer. Mais, la conversation, voilà quelque chose que je sais faire. De quoi voulez-vous parler ?

Avant qu'elle ait eu le temps de répondre, on frappa à la porte.

Clay bondit de son fauteuil, la main sur la crosse de son arme et alla ouvrir. Il se détendit en découvrant Dillon sur le seuil.

— Bonjour, dit le policier. J'ai pensé qu'il était temps que je vienne faire un point avec vous.

— Asseyez-vous, dit Miranda.

Elle se redressa sur le canapé, pour que Clay puisse s'asseoir à côté d'elle.

— Voulez-vous une tasse de café ? proposa Clay.

Dillon hésita un moment, puis hocha la tête.

— Avec plaisir. Je n'en ai bu qu'un ce matin, avant de quitter la maison.

Il prit place dans le fauteuil que Clay avait libéré.

— Comment vous sentez-vous ? demanda-t-il, tandis que Clay disparaissait dans la cuisine.

— De mieux en mieux chaque jour, mais je n'ai toujours aucun souvenir de l'accident.

— Ne vous inquiétez pas pour ça.

— Alors, comment avance votre enquête ? demanda Clay, en revenant avec le café.

Dillon prit la tasse qu'il lui tendait, et soupira.

— J'ai interrogé tout le personnel du lycée…

— Et ? s'impatienta Clay.

— Rien. Tout le monde apprécie Miranda. Personne ne comprend que quelqu'un puisse lui en vouloir.

Il testa prudemment une gorgée de café et dut le trouver trop chaud, car il reposa sa tasse.

— Moi non plus, je n'ai aucune idée de la personne qui se cache derrière les agressions, dit Miranda.

Elle avait l'impression de faire un horrible cauchemar et de ne pas pouvoir se réveiller.

Elle ne reconnaissait même pas sa vie.

— Je n'ai pas cessé d'y réfléchir, mais aucun nom ne me vient.

— Je dois reconnaître que mon enquête est au point mort. Une partie du problème vient du fait que la voiture a été sabotée sur le parking du lycée. Ça peut donc être un élève, un professeur… ou n'importe qui puisque le parking n'est pas sécurisé.

— Le champ des suspects est large, constata Clay.

— Oui…

Dillon s'interrompit pour boire une gorgée de café.

— C'est la même chose pour le carnaval. La moitié de la ville s'y trouvait quand vous avez été attaquée.

— Et la voiture ? demanda Clay. Vous n'avez pas trouvé d'empreintes ?

— Non. La personne qui a fait cela portait probablement des gants.

Miranda observa Clay, l'air soucieux.

— Peut-être que nous abordons la question sous le mauvais angle.

— Que voulez-vous dire ? s'étonna Dillon.

— Au lieu de regarder de mon côté, il faudrait peut-être regarder du côté de Clay.

Il la regarda avec stupéfaction.

— Qui pourrait me vouloir du mal ?

— Peut-être une femme avec qui vous êtes sorti, qui ne comprends pas que nous sommes justes amis, et qui me voit comme une rivale.

— Ça m'étonnerait. Aucune ne s'est attachée à ce point à moi.

Dillon posa sa tasse sur la table basse et sortit un crayon et un stylo de sa poche.

— Je vais quand même prendre les noms des femmes avec qui vous êtes sorti ces six derniers mois.

Miranda fut surprise de le voir rougir.

— Tanya Baker, Christi Landon, Mary Jo Atkins, Kelli Carson et Bonnie Abrahams, récita-t-il. Mais elles sont toutes passées à autre chose, tout comme moi.

Cette litanie de noms rappela à Miranda pourquoi elle ne voulait pas s'impliquer sentimentalement avec lui.

— Je n'ai eu que deux ou trois rendez-vous avec chacune, continua Clay. Et quand j'ai décidé d'arrêter, elles l'ont bien pris.

Il haussa les épaules.

— C'était assez superficiel, de toute façon. Je n'en imagine aucune s'attaquer à Miranda. Les choses n'étaient pas assez pas passionnées ni profondes avec ces femmes.

— Je vais quand même les interroger, décréta Dillon.

Il se leva.

— Je vous tiens au courant. Et, merci pour le café.

Clay se leva à son tour.

— Je vous raccompagne.

Miranda se dit qu'il voulait probablement apporter à Dillon plus d'informations sur ses relations avec ces femmes.

Non que ça lui pose un problème.

Pas du tout.

Clay reprit sa place dans le fauteuil en face de Miranda.

— Je suis sorti avec elles, mais nous n'avons pas couché ensemble.

— Ça ne me regarde pas.

— Mais c'est important pour moi que vous le sachiez.

— C'est noté.

Un silence gêné s'installa entre eux.

— Henry a son match d'entraînement demain, reprit finalement Clay. Il faut que je trouve le moyen d'être à deux endroits en même temps.

— Comment cela ?

— Il faut que je conduise Henry au match, et il faut que reste ici pour veiller sur vous.

— Mais pas du tout. Je veux aller au match.

— Vous êtes sûre que vous êtes en état ?

— Ma cheville va beaucoup mieux, et mon cerveau ne va pas entrer en surchauffe en regardant un match.

Il n'était pas question qu'elle manque le premier match de son fils.

— Très bien. Alors nous irons ensemble.

— Je vais essayer de me rappeler tout ce que tu m'as appris, dit Henry, tandis qu'ils roulaient vers le stade.

— C'est bien, approuva Clay. Mais, le plus important, c'est que tu écoutes ton coach.

— Est-ce que papa vient ? demanda Jenny.

— Je ne sais pas.

Miranda doutait que son ex-mari vienne, mais ça aurait été gentil de sa part.

Son fils ne l'embrassa pas, tout occupé qu'il était à

se précipiter vers son équipe, et le cœur de Miranda se serra.

Son petit garçon grandissait si vite… Aujourd'hui, un match de base-ball… Demain il conduirait une voiture et se marierait.

Elle rit intérieurement de son excès d'émotivité.

Puis elle comprit que quelqu'un avait l'intention de la tuer, et qu'elle ne verrait peut-être pas grandir ses enfants.

Elle ne voulait pas les imaginer être élevés par Hank.

Qui pouvait manquer de cœur au point de vouloir priver des enfants de leur mère ?

Était-ce quelqu'un qu'elle voyait au lycée tous les jours ? Un ou une collègue ?

Tandis qu'ils prenaient place sur les gradins de bois, Miranda ressentit la tension qui irradiait de Clay, alors qu'il balayait les lieux du regard.

Elle comprit qu'il était en mission de protection, observant tout le monde d'un œil soupçonneux.

Une immense gratitude l'envahit tandis que, pour la première fois depuis l'attaque à l'acide, elle s'autorisait à reconnaître qu'elle avait peur.

Elle avait peur parce qu'elle savait qu'une nouvelle attaque se préparait.

Elle ignorait seulement quand et où elle arriverait.

# 8

Ils débordaient encore d'enthousiasme quand ils revinrent à la maison. L'équipe de Henry avait gagné cinq à trois, et Henry lui-même n'avait pas démérité.

Ils fêtèrent cela avec des cupcakes achetés chez Mandy et, sans que Clay ne s'en rende compte, ce fut bientôt l'heure du bain et du coucher des enfants.

Assis dans les gradins avec Miranda et Jenny, il s'était senti comme un membre de la famille, plutôt que comme un homme seul, et il avait apprécié.

C'était de cela dont il avait envie à ce stade de sa vie. Il avait toujours voulu une vraie famille pour remplir le vide que sa mère avait laissé en partant.

On disait que le quotidien engendrait de l'agacement et du mépris, mais il ne ressentait rien de cela.

C'était tout le contraire.

Miranda le charmait par ses sourires. Son rire lui faisait le cœur léger. Son amour pour ses enfants l'ébahissait.

Et il éprouvait pour elle un désir fou.

Il avait appris qu'elle n'était pas matinale, qu'elle aimait son café sans sucre… et aussi que la fatigue la rendait un peu ronchon, mais cela faisait partie de son charme.

Oui, Miranda lui faisait ressentir des choses qu'il n'avait jamais ressenties pour aucune femme.

Malheureusement, elle semblait vouloir s'en tenir à l'amitié.

— Fatiguée ? demanda-t-il.

— En fait, je crois que l'excitation du match m'a donné un second souffle.

Elle tapota le coussin du matelas à côté d'elle.

— Venez me tenir compagnie un moment, et racontez-moi ces anecdotes improbables dont vous avez le secret.

Pendant plus d'une demi-heure, Clay lui raconta la vie de certains des fugitifs qui avaient trouvé un foyer au ranch de Cassie et en vint à évoquer l'ancien contremaître du ranch, Adam Benson, qui s'était avéré être un tueur en série.

— Vous avez dû être choqué quand vous avez appris pour Adam.

Il hocha la tête.

— Autant que lorsque j'ai découvert que je n'étais pas aussi laid que je le redoutais quand j'étais petit.

Elle le regarda avec un mélange de curiosité et de stupéfaction.

— Mais pourquoi pensiez-vous une telle chose ?

Clay lutta contre une vague d'émotion qui s'élevait soudain en lui.

Il ne l'avait jamais dit à ses collègues du ranch, ni aux femmes avec qui il était sorti.

C'était l'essence même de son identité. Une part de lui qu'il ne révélait jamais.

Et cependant, il avait soudain envie de partager cela avec Miranda.

Pour la première fois de sa vie, il n'avait pas peur de révéler son secret le plus profond.

— Mon père m'a toujours dit que j'étais laid. Et quand ma mère est partie, il m'a dit qu'elle ne pouvait pas m'aimer parce que j'étais affreux. Et ces mots m'ont fait plus mal que les coups qu'il me donnait.

Les souvenirs déferlaient en lui. De mauvais souvenirs qui l'accompagneraient toujours.

Son enfance avait laissé des cicatrices dans son cœur, mais aussi dans son âme.

Elle posa une main sur son bras.

— Oh Clay, je suis tellement désolée, dit-elle d'une voix douce.

— Merci.

Il laissa passer un silence.

— Vous savez, les gens ne se rendent pas compte du pouvoir de leurs mots. Et pourtant ils peuvent faire plus mal que des poings. J'ai grandi en pensant que j'étais l'enfant le plus laid de la terre, et que même mes parents ne pouvaient pas m'aimer.

— Ça ne m'étonne pas que vous ayez voulu vous enfuir.

Elle ôta sa main, mais son regard était toujours empli de compassion.

— Votre père était-il déjà comme ça quand votre mère était là ?

— Oui, il me disait des choses horribles. Mais le soir, elle venait me border et me disait de ne pas prendre à cœur ses paroles. Puis elle est partie.

Sa voix se brisa.

— Elle était ma seule source de douceur et d'amour, et elle m'a abandonné.

— Votre père était-il violent avec elle aussi ?

— Je ne l'ai jamais vu la frapper, mais il y avait des jours où elle avait un coquard ou les lèvres enflées et des bleus sur les bras et les jambes. Il n'était pas difficile de comprendre qu'il se passait des choses affreuses entre eux quand j'étais couché.

— Et vous n'avez plus jamais eu de nouvelles de votre mère ?

Il secoua la tête.

— Cet abandon était si brutal que j'ai décidé de ne plus jamais aimer personne, pour être sûr de ne pas connaître à nouveau cette souffrance de l'abandon.

Il sentit les larmes lui monter aux yeux et détourna le regard.

Elle l'attira dans ses bras, et il fut embarrassé par cette soudaine démonstration de faiblesse.

Il essaya de s'écarter mais elle s'agrippa à lui, et il finit par céder à la chaleur et au réconfort qu'elle lui offrait.

— Vous ne méritiez pas une enfance comme celle-là. Votre père aurait dû être envoyé en prison.

Ces paroles l'apaisèrent, tout comme les mains de Miranda qui frottaient son dos de bas en haut.

C'était comme si elle avait trouvé le petit garçon blessé qui vivait en lui, et lui donnait l'amour qu'il n'avait jamais reçu.

Mais les vestiges de ce petit garçon ne tardèrent pas à s'estomper quand il prit conscience de la douceur de ses seins contre son torse.

Son parfum l'enveloppa, et le désir prit possession de lui, remplaçant son chagrin.

Il leva la tête et, pendant un long moment, leurs regards restèrent rivés l'un à l'autre.

Dans les profondeurs de ses prunelles bleues, il vit de la compassion, de la sympathie.

Mais il découvrit aussi quelque chose d'autre : une émotion hésitante qu'il crut reconnaître.

Les lèvres de Miranda étaient si proches des siennes, qu'il ne pensait plus qu'à y goûter à nouveau. Elle les entrouvrit, comme si elle attendait qu'il l'embrasse, et il s'empara de sa bouche.

Loin de reculer, elle prit appui contre lui et ouvrit la bouche pour accueillir la caresse intime de sa langue.

Un élan de chaleur l'envahit, et son pouls s'accéléra.

Glissant les doigts dans ses cheveux, il se laissa emporter par la passion.

Il avait follement envie d'elle. Et il savait qu'elle le désirait aussi.

Le fait qu'elle ne mette pas fin à leur baiser lui donna du courage.

Il glissa les mains sous son T-shirt. La peau de son dos était chaude et souple, et d'une douceur bouleversante.

Il avait envie de la soulever dans ses bras, et de la porter jusqu'à son lit.

Des visions d'elle nue dans ses bras venaient le torturer.

Il déplaça sa main et l'arrondit sur un sein.

— Clay, arrêtez !

Il rejeta la tête en arrière.

Elle regardait par-dessus son épaule et pointait un doigt tremblant vers la fenêtre.

— Je… Je viens de voir un visage. Il y a quelqu'un dehors.

Clay bondit du canapé, animé par un autre genre d'adrénaline.

Heureusement, il n'avait pas encore coincé la chaise sous la poignée de la porte. Il l'ouvrit donc à la volée, et se précipita dehors.

Il lui fallut quelques instants pour que ses yeux s'habituent à l'obscurité. Il vit alors une silhouette sombre qui courait sur le trottoir.

Il s'élança à sa poursuite et put déterminer, à sa taille et à sa corpulence, qu'il s'agissait d'un homme.

Soudain, le fuyard bifurqua dans une ruelle. Clay accéléra et eut l'impression que son cœur explosait dans sa poitrine.

L'homme était rapide, mais Clay était déterminé et il ne tarda pas à rattraper du terrain.

Lorsqu'il fut suffisamment proche, il plongea vers les épaules de l'homme. Ils tombèrent ensemble à terre et roulèrent.

Clay se releva et sortit son arme, la braquant sur… Robby Davis.

— Ne tirez pas !

Robby se recroquevilla en position fœtale.

— Je vous en supplie, ne me tuez pas.

— Lève-toi, dit Clay.

— Je n'ai rien fait.

— À part espionner la maison de Miranda. Et maintenant, lève-toi, avant que je te tire une balle dans la jambe.

Robby obéit aussitôt.

— Je n'ai rien fait de mal, gémit-il, tandis que Clay lui faisait signe de faire demi-tour vers la maison de Miranda.

Robby refusa de leur parler ou de les regarder, tandis qu'ils attendaient l'arrivée de Dillon.

Que faisait-il à rôder dans l'ombre autour de la maison ? Cherchait-il un moyen d'entrer ? Espérait-il qu'elle serait seule ?

Miranda observa l'adolescent qu'elle voyait chaque jour dans les couloirs du lycée. Ses cheveux noirs étaient gras et en désordre, et il arborait une expression butée.

Elle n'avait jamais rien fait pour attirer sa colère.

Était-ce lui qui avait essayé de l'asperger d'acide ?

Qui avait saboté sa voiture ? Il était au carnaval cette nuit-là et il avait accès à sa voiture. Et que faisait-il dans le jardin à l'espionner ?

Clay aussi gardait le silence, en attendant l'arrivée du chef de la police.

Sa sombre expression et l'énergie qui émanait de lui la plongeaient dans l'angoisse.

Elle savait que Clay songeait lui aussi à la culpabilité de Robby.

Heureusement qu'il avait réussi à l'attraper. Sinon, ils n'auraient jamais su qui les observait. Au moins, ils avaient un suspect maintenant.

Ils furent soulagés lorsque Dillon arriva. Clay lui expliqua rapidement la situation, et le policier observa Robby avec sévérité.

— Que faisais-tu devant la maison de Miranda ?

— Rien.

L'adolescent gardait les yeux baissés.

— Je sais que tu regardais par la fenêtre, Robby. Je t'ai vu, répliqua Miranda.

— Je n'avais pas de mauvaises intentions.

Robby rougit et se décida enfin à regarder Dillon.

— Je peux vous parler en privé ?

Dillon hésita puis finit par hocher la tête.

— Nous allons sortir. Mais ne crois pas que tu vas pouvoir t'enfuir. Où que tu ailles, je te retrouverai.

— Je ne vais pas m'enfuir.

— Je me demande quelle excuse il va fournir à Dillon, dit Miranda, lorsqu'elle se retrouva seule avec Clay.

— En tout cas, il n'avait rien à faire ici. Ça m'incite à me demander…

— Oui, moi aussi. Vous avez vu quelqu'un avec lui ?

— Non. Mais quelqu'un s'est peut-être enfui par l'arrière de la maison, pendant que je le poursuivais.

Était-il possible qu'une bande d'adolescents soit derrière tout ça ? Était-ce le résultat d'un pari stupide ?

Se passait-il quelque chose au lycée qu'elle ignorait ?

Cette idée la terrifia.

Clay faisait les cent pas devant elle, et les quelques instants avant qu'elle ne voie un visage à la fenêtre lui revinrent.

Elle savait maintenant ce que cela faisait d'être embrassée vraiment par lui. Et elle avait été si profondément troublée par ses baisers et ses caresses.

Si elle n'avait pas repéré l'intrus, elle n'aurait pas demandé à Clay de s'arrêter.

Elle lui aurait permis…

Non. Elle l'aurait encouragé à continuer de l'embrasser, et à lui faire l'amour.

Et cela aurait été une terrible erreur.

Si les baisers de Clay en étaient une indication, faire l'amour avec lui serait magique et inoubliable. Et alors, elle voudrait le faire et le refaire encore.

Et finalement, il lui briserait le cœur.

Sans doute devait-elle remercier Robby pour son interruption, songea-t-elle, avec ironie.

— Où est Robby ? s'étonna, Clay, en voyant Dillon revenir seul.

— Je l'ai laissé repartir, après une ferme mise au point. Je n'avais rien contre lui qui aurait justifié une arrestation.

— Si vous l'aviez mis en prison, les menaces contre Miranda se seraient peut-être arrêtées.

Clay se laissa tomber sur une chaise, visiblement frustré.

— Je n'aurais pas pu le garder indéfiniment sur de simples présomptions.

— Et alors ? Que faisait-il là ? demanda Clay.

— Je pense que nous sommes face à ce qu'on appelle un béguin d'adolescent.

Miranda écarquilla les yeux.

— Un béguin ?

Dillon hocha la tête.

— Ça m'a pris un moment pour lui faire avouer, mais il a finalement admis qu'il était inquiet pour vous, après l'accident, et qu'il voulait prendre de vos nouvelles.

Une lueur amusée s'alluma dans l'œil du policier.

— Il m'a aussi dit qu'il vous considérait comme la plus belle femme de la ville.

— Si je partage son impression, je crois que ce gamin nous cache quelque chose. Vous lui avez demandé s'il y avait quelqu'un d'autre avec lui ?

— Oui, et il m'a dit qu'il était seul. Il ne voulait pas que ses amis sachent qu'il venait prendre des nouvelles de Miranda.

Dillon soupira.

— Écoutez, je ne veux pas gâcher la vie d'un gamin si son seul crime est d'avoir un béguin pour une jolie professeure et de regarder par sa fenêtre.

— Vous ne pouvez vraiment rien faire ? insista Clay.

— Si, je peux toujours charger un de mes adjoints de surveiller ses allées et venues pendant quelques jours…

— Eh bien, faites cela, dit Clay.

— Merci d'être venu, Dillon, ajouta Miranda. C'était vraiment effrayant de voir quelqu'un à la fenêtre.

Un frisson la traversa, tandis qu'elle repensait à ce moment.

— Je ne pense pas que vous ayez à vous inquiéter à propos de Robby. Je lui ai fait suffisamment peur pour lui faire passer l'envie de revenir.

Dillon s'adressa à Clay.

— Juste par mesure de sécurité, voulez-vous que nous fassions rapidement le tour de la maison pour être sûr que tout est normal ?

— Allons-y.

Clay tourna les yeux vers Miranda.

— Je vais verrouiller la porte derrière nous.

Miranda avait soudain l'envie de se lever et de l'accompagner à la porte. Elle ressentait le besoin de l'embrasser pour lui dire adieu, comme si elle n'allait jamais le revoir.

Elle se raisonna vite, et les deux hommes sortirent. Assise sur le bord du canapé, Miranda attendait le retour de Clay.

Une telle confusion agitait ses émotions.

Elle avait envie de mettre cela sur le compte de sa commotion cérébrale. Mais elle savait que ce n'était pas la raison.

Comme si le fait d'être la cible de la haine de quelqu'un ne suffisait pas, ses sentiments pour Clay perturbaient le fonctionnement de son cerveau.

Elle avait presque peur que Dillon s'en aille. Une fois qu'il ne serait plus là, elle se retrouverait seule avec Clay et elle n'avait pas envie de parler de ce qui s'était passé… et ce qui aurait pu se passer.

En parler donnerait de la substance aux faits, et elle voulait oublier que cela s'était produit.

La porte s'ouvrit, l'arrachant à ses pensées.

— Nous n'avons rien trouvé, annonça Clay, avant de verrouiller à nouveau derrière lui.

— Eh bien, dans ce cas, je crois que je vais essayer de dormir. Je suis épuisée.

Volontairement, elle évita son regard.

— Et ce soir, je veux dormir dans mon lit.

— Vous êtes sûre de pouvoir monter l'escalier ?

— Ma cheville va beaucoup mieux. Ça ne devrait pas être un problème.

Le drame étant désormais derrière elle, sa seule préoccupation était d'éviter Clay.

— Très bien. Dans ce cas, je vais me coucher aussi.

Il la suivit à l'étage, où elle vérifia si Jenny et Henry dormaient.

Heureusement, ils n'avaient pas été réveillés par le fracas.

Elle se dirigea vers sa chambre et se retourna sur le seuil.

— On se voit demain matin.

Il soutint son regard un long moment, et elle eut peur qu'il dise quelque chose à propos de ce qui s'était passé entre eux.

Elle avait peur aussi qu'il essaie de l'embrasser à nouveau.

Car alors elle serait perdue.

— À demain, dit-il finalement, avant de s'éloigner dans le couloir.

Elle soupira de soulagement et se dirigea vers sa commode pour y prendre une tenue de nuit propre, puis elle alla dans la salle de bains.

Elle ne voulait pas penser au fait que quelqu'un voulait sa mort. Elle ne voulait pas non plus spéculer sur la possibilité qu'il pouvait s'agir de Robby.

Elle ne voulait pas non plus penser à Clay, mais ses pensées la ramenaient constamment à lui.

Son enfance avait été horrible, et elle n'en appréciait que plus d'avoir été élevée par des parents qui l'adoraient, qui lui faisaient sentir chaque jour de sa vie qu'elle était spéciale.

Les confidences de Clay lui avaient serré le cœur, lui donnant l'envie de retrouver le petit garçon en lui et de lui dire qu'il était beau et qu'il méritait d'être aimé.

Était-ce pour cela qu'il sortait avec autant de femmes ? Cherchait-il la confirmation qu'il n'était pas laid ? C'était possible. Miranda se doucha, enfila sa chemise de nuit et son peignoir et, pour la première fois depuis l'accident, se coucha dans son lit. Le matelas sembla l'accueillir comme un vieil ami, et elle commença à se détendre.

Elle voulait désespérément s'endormir, arrêter de penser, mais son cerveau continuait à fonctionner en surrégime.

Elle songea à Clay en train de jouer avec ses enfants, à sa façon de les écouter avec intérêt quand ils lui parlaient, à sa patience infinie…

Elle savait que ses enfants l'adoraient…

Des visions d'eux assis à table et riant ensemble lui vinrent à l'esprit. Des visions de bonheur familial.

Finalement, une plaisante chaleur l'envahit, quand elle se rappela les baisers de Clay, et ce qu'elle avait ressenti dans ses bras.

Levant les yeux vers le plafond, où la lumière de la lune qui filtrait à travers les stores dessinait des ombres dansantes, elle fut envahie par un flot d'émotion quand elle comprit ce qui était en train de se passer.

Elle était dangereusement proche de tomber follement et totalement amoureuse de Clay Madison, alias Roméo.

# 9

Samedi matin, Hank vint chercher Henry et Jenny comme d'habitude. Lori l'accompagnait et avait cuisiné un nouveau plat pour Miranda.

— C'est du poulet et du riz à réchauffer.

— Lori, il ne fallait pas, protesta Miranda.

Clay prit le plat pour elle.

— Comment te sens-tu ? demanda Hank.

— Beaucoup mieux, maintenant.

— Ça fait plaisir à entendre, dit Hank. Ton hématome au front a presque disparu.

— Tant mieux. Et ma cheville ne me fait presque plus mal.

— Nous nous sommes inquiétés pour vous dit Lori.

— J'en étais malade, ajouta Hank.

Clay déposa le plat dans le réfrigérateur et revint au salon, où le couple et les enfants s'apprêtaient à partir.

— Vous nous préviendrez si Dillon trouve quelque chose ? demanda Lori.

— Je veux être tenu au courant de tout, ajouta Hank.

Lorsqu'ils furent partis, Clay et Miranda retournèrent dans la cuisine, où ils étaient précédemment en train de prendre de prendre un café.

— Flint devrait arriver d'un moment à l'autre, dit Clay.

— Qui est-ce ?

— Flint McCay, un de mes collègues au ranch.

— Je ne crois pas l'avoir déjà rencontré.

— C'est un type bien. C'est une star des rodéos. Il chevauche des taureaux et il a gagné des tas de médailles.

— Je ne crois pas avoir de taureaux à chevaucher, dit-elle, malicieusement. Il vient nous rendre visite ?

— Pas exactement. Je lui ai demandé de venir m'aider à réparer le perron.

— Oh ! Clay, vous n'avez pas à faire ça, protesta-t-elle.

— Bien sûr que si.

Clay avait vraiment besoin de sortir, et de respirer l'air frais plutôt que son parfum. Il avait besoin d'une activité physique qui lui permettrait d'évacuer l'adrénaline qui le dévorait.

Il avait désespérément besoin de se concentrer sur autre chose que son envie d'elle.

C'était pour cela qu'il avait appelé Flint à l'aube, afin d'organiser cette journée de travail.

— Ce n'est pas grand-chose, dit-il. Quelqu'un va finir par se blesser sur ses marches, et ça pourrait être un de vos enfants. Et je sais que vous ne voulez pas cela.

— Bien sûr que je ne le veux pas. Il n'empêche que ce n'est pas à vous de le faire. J'avais l'intention d'appeler un artisan.

— Ça a besoin d'être fait, et je suis là.

La sonnette retentit, et il se leva.

— Voilà Flint. Ça ne sert plus à rien de protester maintenant.

Il ouvrit la porte, révélant un grand cow-boy à l'allure nonchalante.

— Hé, Flint.

Clay accueillit son ami et le conduisit à la cuisine.

— Je te présente Miranda. Miranda, voici Flint.

— Ravi de vous rencontrer, dit Flint, en pinçant le rebord de son chapeau entre le pouce et l'index.

— Moi aussi. Mais, je viens de dire à Clay que ce n'était pas nécessaire.

— Excusez-moi de vous contredire, mais je viens de monter ces marches et je vous assure qu'il y a des réparations à faire.

— Dans ce cas, je tiens à vous payer, aussi bien pour les matériaux que pour vos heures de travail.

— Vous verrez ça avec Clay.

— Nous en parlerons plus tard, dit l'intéressé

— Je pense que nous avons tout ce qu'il faut, dit Flint, tout en observant les marches et la rampe.

Clay regarda en direction du pick-up garé dans l'allée, chargé de matériaux de construction et d'outillage.

— Merci, vieux. J'apprécie vraiment ton aide.

— Pas de problème. Et tu sais que je ne veux pas d'argent pour ça. J'aime bien l'idée que tu me doives quelque chose. Comme ça, je pourrai te demander de nettoyer les écuries à ma place le jour où ce sera mon tour.

— Tu peux toujours rêver.

C'était une belle et chaude journée, et Clay ne tarda pas à transpirer. Tandis qu'ils travaillaient à démonter la rampe et les anciennes marches, Flint lui raconta tout ce qui se passait au ranch.

— Cassie a engagé un nouveau. Il s'appelle Alex Scott et il vient du Texas.

— Qu'est-ce qui l'amène chez nous ?

— Abe Breckinridge est son grand-oncle.

— Pourquoi ne travaille-t-il pas pour lui ? Son domaine est aussi grand que le Holiday Ranch.

— Il dit qu'il n'aime pas mélanger le travail et la famille.

— Qu'est-ce que tu penses de lui ?

— Ça va. Il travaille bien, mais il est un peu secret.

Ils se turent et se consacrèrent à leur tâche. Ils travaillaient bien ensemble. Ils le faisaient souvent autrefois dès qu'il s'agissait de réparer quelque chose au ranch. Il était midi passé lorsque Miranda apparut à la porte.

— Et si vous faisiez une pause pour déjeuner ? J'ai fait des sandwichs fromage-jambon et du thé glacé.

Flint posa son marteau.

— Je ne vais pas me le faire répéter deux fois.

— Pareil pour moi, dit Clay.

Miranda avait dressé une table avec une pile de sandwichs, un paquet de chips et des boissons fraîches. Ils se lavèrent les mains à l'évier de la cuisine et s'installèrent.

— C'est vraiment gentil à vous, dit Flint.

— C'est la moindre des choses.

— Vous ne déjeunez pas avec nous ? demanda Clay.

— Je n'ai pas faim.

Elle se tenait dos à l'évier, et le soleil qui entrait par la fenêtre dansait dans ses cheveux.

Bon sang, même en mangeant un sandwich, il avait envie d'elle.

— Clay m'a raconté tout ce qui vous est arrivé, dit Flint. J'espère que vous allez bien.

— Beaucoup mieux. Mais, je ne sais pas ce que

j'aurais fait sans Clay. Il a été formidable avec mes enfants, et il a bien pris soin de nous.

Elle lui sourit.

— Ça m'a fait plaisir, répondit-il, avant de détourner les yeux.

Depuis la nuit où ils avaient commencé quelque chose qui avait été interrompu par Robby, il avait du mal à penser à autre chose.

Ils n'en avaient pas reparlé, et elle faisait comme si ça ne s'était jamais produit, ce qui l'incitait à croire qu'elle le regrettait. Clay avait accueilli avec soulagement le moment de se remettre au travail. Il avait besoin de s'occuper. À la fin de la journée, sans doute parviendrait-il à contrôler ce désir qui le saisissait à chaque fois qu'il était en sa présence.

— Tu sais qu'elle est folle de toi, dit Flint.

Il éclata de rire, malgré la brutale accélération de son pouls.

— Je ne crois pas.

— Je sais ce que je vois. Sa façon de te regarder quand elle croit que tu ne la vois pas ne trompe pas.

Les paroles de Flint continuèrent à tourner dans l'esprit de Clay tandis qu'ils travaillaient.

Serait-il possible que Miranda soit prête à donner à leur relation un tour plus sérieux ?

C'était en tout cas ce qu'il avait pensé quand elle l'avait embrassé avec tant de passion.

Tandis que l'après-midi avançait, le soleil gagna en intensité, et Clay ôta sa chemise. Flint l'imita.

— Je ne pensais pas qu'il allait faire si chaud aujourd'hui, remarqua Clay.

— On risque d'avoir de l'orage dans la soirée.

— Ah, le printemps…

À cette époque de l'année, il fallait toujours craindre

de forts orages en Oklahoma. Peut-être passeraient-ils à côté ce soir.

L'heure du dîner était presque arrivée quand les deux hommes terminèrent de charger le pick-up. Des nuages sombres s'accumulaient au sud-ouest, promettant au minimum une bonne averse.

Miranda sortit pour admirer son nouveau perron, et ses yeux s'emplirent de larmes.

— Je ne sais pas comment vous remercier tous les deux.

— Pas la peine de me remercier, dit Flint. Ça m'a permis d'échapper au ranch pendant une journée, et de travailler avec celui-ci.

Il passa le bras autour du cou de Clay, et les deux hommes chahutèrent quelques instants comme des adolescents.

Clay s'extirpa de la poigne de Flint et sourit à Miranda.

— Maintenant, si quelqu'un trébuche dans l'escalier, ce sera par maladresse.

Flint leur dit au revoir, et ils se retrouvèrent dans la cuisine, où Miranda avait cuisiné un rôti et de la purée.

— Il faut que je prenne une douche, dit Clint.

— Il faut aussi que vous me disiez ce que je vous dois.

— Très bien. Quand nous aurons dîné, vous me donnerez un baiser. C'est le paiement que je demande.

Elle rougit.

— Clay, je suis sérieuse.

Il sourit.

— Moi aussi. Embrassez-moi, et nous serons quittes.

— Allez prendre votre douche, dit-elle, en essayant de le frapper avec un torchon à vaisselle. Clay riait encore sous le puissant jet d'eau tiède de la douche.

C'était si bon de voir à nouveau pétiller le regard de Miranda, et de savoir qu'elle se sentait mieux. Il était également sensible au fait qu'elle se sentait maintenant assez à l'aise pour plaisanter avec lui.

Les enfants étaient chez Hank, et cela voulait dire que Miranda et lui seraient seuls cette nuit.

Elle n'avait pas dit non pour le baiser, et il avait bien l'intention de l'obtenir.

Miranda essayait de ne pas penser à la nuit à venir. Elle passerait de longues heures, seule avec Clay. Et, s'il avait été dehors une grande partie du temps, elle avait senti son désir pour lui s'amplifier.

Elle avait passé beaucoup trop de temps à regarder par la fenêtre et à l'observer en train de travailler. Elle avait admiré la beauté de son dos et la façon dont ses muscles roulaient sous sa peau bronzée.

Tandis qu'elle rêvait de se trouver à nouveau dans ses bras, elle avait compris que ce qu'elle éprouvait pour lui n'avait rien à voir avec de la reconnaissance pour tout ce qu'il avait fait pour elle et ses enfants.

Ce qu'elle voulait, c'était faire l'amour avec lui.

Voilà, c'était dit.

Cela faisait longtemps qu'elle n'avait pas ressenti cela. Clay réveillait des sentiments qu'elle pensait ne plus jamais connaître. Il apparut dans la cuisine avec les cheveux humides et nimbé d'une odeur de gel douche et de mousse à raser.

— Ça fait du bien, dit-il, en s'asseyant à table. Rien de tel qu'une bonne douche pour remettre les idées en place.

— Je préfère les bains. Avec beaucoup de mousse.

Miranda prépara une assiette et la posa devant lui.

— J'espère que vous avez faim.

Sous l'intensité de son regard, elle avait du mal à retrouver son souffle.

— Croyez-moi, j'ai une faim de loup, répondit-il.

Elle soutint un court instant son regard.

— Vous devez arrêter de me regarder comme ça.

— Je vous regarde comment ?

— Vous le savez bien.

Elle rougit.

— Comme un gâteau que vous voudriez pour le dessert.

Il rit.

— Je ne vous vois pas comme un gâteau, mais comme une femme belle et désirable, mais aussi forte et courageuse. Et maintenant asseyez-vous et partagez ce repas avec moi.

Elle se servit une assiette et le rejoignit à table.

— Les nuages s'accumulent. On dirait qu'il va y avoir de l'orage cette nuit, dit-elle.

Elle voulait éviter de penser aux mots merveilleux qu'il venait de prononcer.

— Vous avez peur de l'orage ?

— Pas vraiment. Sauf s'il y a une menace de tornade.

— Et les enfants ?

— Jenny n'y prête pas attention du tout. Henry a peur du tonnerre.

Elle plissa le front, inquiète pour son petit garçon.

— Je suis sûr que Lori et Hank vont le réconforter s'il a peur, dit gentiment Clay, comme s'il avait lu dans ses pensées.

— Vous avez raison, dit-elle.

Mais la perspective de ne pas pouvoir prendre son petit garçon dans ses bras raviva la pensée que quelqu'un avait essayé de l'arracher pour toujours à ses enfants.

Et que cette personne était toujours là à rôder dans l'ombre, avec cette intention à l'esprit.

Quand essayerait-elle à nouveau de s'en prendre à elle ?

Elle avait survécu à deux agressions et s'en était tirée sans trop de mal. Aurait-elle autant de chance la prochaine fois ?

— Et vous ? demanda-t-elle, que ressentez-vous à propos des orages ?

Elle voulait essayer de penser à autre chose.

Il hésita.

— C'est un peu compliqué. D'un côté, je n'en ai pas peur mais, de l'autre, ça me rappelle le départ de ma mère. Il y avait un orage, la dernière fois qu'elle m'a bordée. Et c'était aussi la dernière fois que je l'ai vue.

Elle tendit le bras et lui effleura le dos de la main.

— Je suis désolée, Clay.

Il haussa les épaules.

— C'est juste quelque chose qui m'est arrivé. Ça ne définit pas ce que je suis, ou ce que je suis devenu.

— Et vous êtes devenu un homme formidable, répliqua-t-elle.

À cet instant, elle ne pouvait imaginer qu'il ne soit pas là avec elle. Ça présence lui permettait de bien dormir, en sachant qu'il était là pour la protéger.

En dehors de l'intrusion de Robby, les choses avaient été calmes. Mais elle ne pouvait oublier qu'elle était toujours en danger.

Elle tourna la tête vers la vitre, ses pensées agitées comme de sombres nuages annonciateurs de tempête.

À part pour aller au match de Henry, elle était restée enfermée chez elle. Mais elle ne pourrait pas toujours se terrer comme un animal pris au piège. Et Clay ne pourrait pas rester éternellement.

— Hé…

La voix de Clay la rappela à la réalité.

— Je n'aime pas les pensées qui tournent dans votre tête.

— Comment savez-vous à quoi je pense ?

— Quand vous avez des soucis, un petit pli se forme entre vos sourcils.

Elle soupira et posa sa fourchette.

— Je pensais aux agressions, et aussi à vous.

— À moi ?

Il la regarda avec surprise.

— Pourquoi ?

— Vous n'allez pas pouvoir rester indéfiniment. Vous avez une vie. Et moi, je ne peux pas me cacher dans la maison en permanence. Ce ne serait pas juste pour mes enfants qui ont plein d'activités prévues pour les vacances.

— Prenons les choses comme elles viennent, jour après jour.

Il hésita quelques instants, et ses yeux s'assombrirent légèrement.

— Je ne pense pas que cela va prendre très longtemps avant qu'une autre attaque se produise.

— Merci de me rassurer, dit-elle, sèchement.

— Je crois qu'il vaut mieux être franc. Vous avez été attaquée un vendredi soir, puis le lundi suivant. Je pense que la personne est impatiente, et cela veut dire qu'elle va bientôt recommencer.

— Et s'il ne se passait rien jusqu'à la fin de vos vacances ?

— Eh bien, j'irai travailler et je reviendrai ici tous les soirs. Personne ne peut trafiquer vos serrures et, tant que vous n'ouvrez pas la porte, tout ira bien.

— Et si je dois sortir dans la journée ? Jenny et

Henry ne vont pas passer tout l'été enfermés dans la maison.

Il soupira.

— Nous trouverons une solution. Il me reste encore une semaine complète de vacances. Et si j'ai besoin de quelques jours de plus, je suis sûr que ce ne sera pas un problème.

— Je pense que vous avez d'autres choses à faire que de rester ici.

— En fait, ce n'est pas vrai. Que pourrais-je faire de mieux que de passer mon temps avec une belle femme ? Et en bonus, je profite de la compagnie de deux enfants incroyables.

Il semblait si enthousiaste que les peurs de Miranda s'évanouirent. Il avait raison. La seule chose à faire était de prendre les choses comme elles venaient. Sinon, elle deviendrait folle. Après avoir terminé de dîner, ils avaient fait la vaisselle et s'étaient installés dans le salon, où une nouvelle forme de tension avait pris place entre eux.

Assis sur le canapé, ils discutaient de tout et de rien, mais Miranda ne pouvait s'empêcher de penser qu'ils étaient seuls dans la maison, sans les enfants.

Si elle en croyait ce qu'il lui avait dit avant, elle lui devait un baiser.

Elle savait que, s'ils échangeaient ce baiser, cela risquait de partir dans une spirale incontrôlable.

Ils finirent par allumer la télévision et tombèrent sur une série policière.

Peu après, les premiers signes de l'orage résonnèrent au-dessus de leurs têtes.

— On dirait que nous allons avoir de la pluie, dit-elle.

— Ça ne fera pas de mal. Jusqu'à présent, le printemps a été sec.

Clay se rapprocha sur le canapé.

— Vous savez que je vais réclamer mon baiser, dès que la série sera terminée.

Il parlait lentement, la voix plus enrouée qu'à l'accoutumée.

Une chaleur délicieuse envahit son corps.

Elle fixa la télévision, mais elle aurait été bien incapable de dire de quoi cela parlait.

Elle ne pensait qu'à se retrouver dans ses bras, et à sentir sur les siennes la caresse de ses lèvres.

Lorsque le programme se termina, l'orage était au-dessus d'eux. Le tonnerre roulait, et les éclairs déchiraient le ciel.

— Vous voulez regarder autre chose ? demanda-t-elle.

— Non.

Il se leva et s'étira, les bras au-dessus de la tête. Puis il les laissa retomber et lui tendit la main.

Le regard de Clay se posa sur ses lèvres et s'y arrêta.

Un lent sourire retroussa le coin de ses lèvres.

— Je suis prêt à recevoir le paiement pour mon dur travail de la journée.

Elle hésita, ne sachant pas si ses jambes allaient la soutenir. Puis elle hocha la tête, prit sa main et se laissa soulever contre lui.

Prenant appui contre son torse, elle lui donna un petit baiser sur la joue.

— Voilà. Vous êtes payé.

Il rit, les yeux pétillants.

— Ça ne me paie même pas ma première heure de travail.

Elle savait ce qu'il voulait, et elle avait envie de le lui donner aussi.

Nouant les bras autour de son cou, elle effleura sa lèvre inférieure du bout de la langue puis couvrit sa bouche de la sienne.

Il eut un petit sursaut d'étonnement, puis il serra les bras autour de sa taille.

Ce fut elle qui donna à leur baiser un tour plus passionné. Sous la caresse de sa langue qui jouait avec la sienne, un son guttural sortit de la gorge de Clay, affolant un peu plus ses sens.

Il s'arracha finalement à ce baiser et dessina un chemin de baisers tout le long de son cou.

— Miranda…

Son prénom était un soupir enfiévré près de son oreille.

— J'ai tellement envie de vous.

C'était le moment pour elle de tout arrêter. S'il fallait que ça s'arrête…

Elle savait qu'il risquait de lui briser le cœur.

Elle savait aussi que faire l'amour avec lui signifierait beaucoup plus pour elle que pour lui.

Mais, elle n'avait pas envie de le repousser.

— Moi aussi, j'ai envie de vous.

Le regard de Clay s'embruma, et il l'embrassa éperdument. Puis il la souleva dans ses bras et l'emmena dans la chambre qu'il occupait. Clay la déposa sur le lit, dans la chambre plongée dans l'obscurité et, quand un éclair l'illumina momentanément, elle vit une faim dévorante sur ses traits.

Un frisson de ravissement courut le long de sa colonne vertébrale. Jamais elle n'avait ressenti cela pour un homme auparavant, comme s'il était une nourriture essentielle à sa survie, l'air qu'elle respirait.

Elle fit passer son T-shirt au-dessus de sa tête, et le laissa tomber à terre.

Elle avait hâte d'être nue dans ses bras.

Ils furent bientôt enlacés dans le lit, s'embrassant passionnément.

Elle aimait le contact de sa peau et celui de ses mains qui la caressaient inlassablement, éveillant des sensations qu'elle avait presque oubliées.

— Tu es tellement belle, murmura-t-il.

Ses mains se déplacèrent sur ses seins, et elle gémit tandis que ses doigts commençaient à taquiner doucement les pointes dressées. Il les remplaça par sa bouche, les agaçant tour à tour de la langue, les mordillant, tandis que des éclairs intermittents éclairaient la chambre, ajoutant mystère et romantisme à la scène.

Quand une main glissa vers son ventre, pour la toucher aussi intimement qu'un homme pouvait toucher une femme, elle gémit à nouveau de ravissement.

Il savait comment la caresser, quelle pression exercer pour lui procurer le plus intense des plaisirs.

La flamme en elle brûlait de plus en plus fort, puis vinrent les magnifiques vagues de l'orgasme qui la laissa faible et gémissante.

Ne lui laissant pas le temps de récupérer, il prit un préservatif, là où il l'avait posé sur la table de chevet, et se positionna entre ses cuisses.

— Je ne peux plus attendre, Miranda.

Elle souleva les hanches à sa rencontre et crispa les mains sur ses fesses musclées.

Enfin, il se perdit en elle et l'entraîna dans une danse sauvage, lui imposant un rythme rapide et puissant. Exprimant son plaisir par des gémissements rauques, elle ne tarda pas à chavirer et cria son prénom.

Quand moururent les derniers soubresauts de leurs corps, elle se blottit contre Clay, ivre de bonheur,

— C'était vraiment… incroyable, déclara-t-il.

— Je suis d'accord.

Miranda constata qu'elle avait du mal à parler, bien plus émue qu'elle ne l'aurait voulu.

Jamais elle ne s'était sentie aussi aimée qu'à cet instant.

C'était comme si elle avait attendu Clay toute sa vie.

— Il pleut toujours, remarqua-t-il.

— Je sais. Et je me disais que j'avais envie de sortir danser nue sous la pluie.

Se redressant sur un coude, il suivit du bout des doigts le contour de son visage.

— Il y a quelque chose de spécial entre nous… Non ?

Ces mots remplirent d'allégresse le cœur de Miranda et, à cet instant, elle sut qu'elle était amoureuse de Clay.

*Elle voulait le voir de plus près.*

*Il fallait absolument qu'elle lui parle.*

*Elle savait que Miranda Silver avait des ennuis, mais elle ne s'attendait pas à ce qu'il s'installe chez elle.*

*Elle aurait dû l'approcher plut tôt.*

*Maintenant qu'il passait ses journées et ses nuits chez Miranda, il était impossible de lui parler.*

*Jour après jour, elle restait garée dans la rue à surveiller la maison, guettant une opportunité… attendant le bon moment pour agir.*

*À présent, tandis que la pluie résonnait sur le toit*

*de sa voiture, elle essayait de réfléchir à la manière de procéder.*

*Quelque chose lui disait qu'elle n'aurait droit qu'à une seule chance.*

*Il était impératif qu'elle ne la laisse pas passer.*

# 10

Ils firent à nouveau l'amour à l'aube. Ce fut une étreinte languide et tendre, qui laissa Clay plus satisfait qu'il ne l'avait jamais été.

Plus tard, lorsque Miranda quitta le lit pour commencer sa matinée, il resta étendu sous les draps qui portaient à présent l'odeur de Miranda.

Faire l'amour avec elle avait été extraordinaire. Il se sentait plus intime, plus connecté émotionnellement à elle, qu'il ne l'avait été avec les autres.

*C'est la bonne. L'élue de ton cœur.*

Les mots explosèrent dans sa tête.

Et il en ressentit de la peur.

*Elle est ta Juliette.*

Il se rembrunit, soudain déstabilisé par ses propres sentiments.

Était-ce vraiment ce qu'il voulait ?

L'idée de construire un avenir avec elle lui faisait peur.

Comment expliquer cela ?

Une odeur de café et de bacon frit incita finalement Clay à se lever. Il était temps pour lui de s'habiller et de descendre.

Le temps… Peut-être avait-il besoin d'un peu plus

de temps pour comprendre ce qui se passait dans son propre cœur.

Et puis, pour être l'élue de son cœur, encore fallait-il que Miranda soit d'accord. Ce n'était pas parce qu'elle avait fait l'amour avec lui qu'elle était amoureuse de lui.

Vêtue d'un T-shirt rose qui lui descendait à mi-cuisses, les cheveux relevés en chignon approximatif, Miranda se tenait devant la plaque de cuisson.

En l'entendant entrer, elle se retourna et lui adressa un magnifique sourire.

— Bonjour.

— Oui, je crois que la journée va être bonne.

Il se dirigea vers le comptoir où était posée la cafetière.

— J'espère que tu as faim. J'ai fait des pancakes et des œufs au bacon.

— Quel festin ! Je peux t'aider à faire quelque chose ?

— Ne reste pas dans le passage, c'est tout ce que je te demande. Tu as tellement cuisiné pour nous, c'est à mon tour maintenant.

Il se servit un café et s'assit.

— Je suis content de voir que tu te sens mieux.

— En fait, je me sens tellement bien que j'éprouve de la culpabilité à ne pas aller travailler demain. C'est le dernier jour de l'école et, même si les cours sont terminés, j'aimerais bien y passer une heure ou deux pour dire au revoir à tout le monde.

Il eut une moue pensive.

— Je pense que nous pouvons arranger ça. Je pourrais te déposer, et faire un saut au ranch pendant que tu seras au lycée.

En fait, il n'était pas contre l'idée de passer un peu de temps loin d'elle, afin de faire le tri dans ses pensées et sentiments.

Il avait besoin de comprendre pourquoi, s'il croyait qu'elle était la femme de sa vie, il était aussi effrayé par cette idée.

Heureusement, elle n'était pas le genre de femme à vouloir discuter longuement de ce qui s'était passé entre eux et à exiger des promesses ou de grandes déclarations.

Tandis qu'ils prenaient le petit déjeuner, elle lui parla des projets qu'elle avait pour Jenny et Henry.

— Ils font toujours deux semaines de centre aéré en juillet. Ils adorent ça. On leur fait faire plein d'activités créatives.

— Jarod y travaille pendant ces deux semaines, dit Clay, en faisant référence à un des cow-boys du Holiday Ranch.

Elle sourit.

— Les enfants adorent Jarod, même s'il est parfois sévère avec eux.

— Oui, c'est vraiment un type bien. Je pense que nous nous en sommes tous bien sortis.

Le petit déjeuner terminé, Clay avait de nouveau éprouvé le besoin de s'éloigner de Miranda.

Il était donc sorti dans le jardin pour passer la tondeuse, même si la tâche était un peu compliquée par la pluie qui était tombée la veille.

Cela eut au moins le mérite de l'occuper jusqu'au déjeuner.

Après quoi, il prit des cisailles et entreprit de tailler

tous les petits arbustes du jardin, et notamment les buis, qu'il s'amusa à façonner en boules parfaites.

Même s'il aimait passer du temps avec Miranda, le grand air et les travaux physiques lui manquaient.

Dès son arrivée au ranch de Cass, il avait adoré être sur le dos d'un cheval, avec le soleil qui lui cuisait les épaules. S'il passait au ranch le lendemain, la première chose qu'il ferait serait de prendre son cheval, Rowdy, et de faire une balade à travers champs.

Il se sentait profondément cow-boy et ne voulait rien faire d'autre. Il n'envisageait pas non plus de travailler pour quelqu'un d'autre que Cassie.

Si sa relation avec Miranda évoluait, il avait l'intention d'aller travailler tous les jours au ranch, et de rentrer le soir à la maison, pour y retrouver Miranda et les enfants.

Tout en travaillant dans le jardin, il observait régulièrement les alentours, afin de s'assurer que personne ne cherchait à s'approcher de la maison.

Il avait toujours à l'esprit l'agresseur de Miranda, éprouvant la sensation d'un compte à rebours jusqu'à la prochaine attaque.

Un jet d'acide, un sabotage de voiture… À quoi fallait-il s'attendre ensuite ? Une bombe jetée par la fenêtre ? Un tireur embusqué sur le toit d'une maison voisine ?

Il posa les cisailles et regarda de chaque côté de la rue.

Il n'y avait qu'une voiture garée le long du trottoir.

Il ne savait pas à qui appartenait la berline noire, mais il l'avait vue tous les jours au même emplacement. Elle était immatriculée au Texas, et il en avait déduit qu'un des voisins avait de la visite.

Un 4x4 familier apparut soudain. Comme il se

garait devant la maison, Clay agita la main et s'avança jusqu'à la vitre du conducteur.

— Salut, Tony. Comment ça va ?

Tony Nakni était le mari de Mary, la peintre, et l'un des « frères » de Clay au ranch.

— Je suis en ville pour acheter des fournitures et je voulais passer te dire bonjour. Alors, comment ça se passe, ici ?

— Bien. En tout cas, il n'y a pas eu d'autres incidents. Mais je suis toujours à l'affût du moindre problème.

— Dillon n'a toujours pas de piste ?

— Ce n'est pas évident. Il n'y a pas d'indice, pas de vrai suspect…

— On y a tous réfléchi au ranch, mais on ne voit pas qui pourrait en vouloir à Miranda. Quant à toi, la liste de tes conquêtes est tellement longue que ça nous donnait le vertige, alors on a arrêté.

— Très drôle !

— Alors ? Comment ça se passe entre Miranda et toi ?

Clay grimaça.

— Je ne sais pas trop…

Il hésita un moment, avant de poursuivre.

— Je pense que c'est la bonne, Tony. Mais, je me dis aussi que je ne suis peut-être pas prêt pour ça.

Tony le dévisagea avec surprise.

— Je croyais que tu cherchais la femme de ta vie. Ça fait un an que tu n'arrêtes pas de nous en parler. Qu'est-ce qui te fait dire que tu n'es pas prêt ?

À nouveau, il hésita avant de répondre.

Il ne voulait pas admettre qu'il avait peur, et qu'il ne savait pas pourquoi.

— Je ne sais pas ce que j'ai, finit-il par dire.

— Et Miranda ? Qu'est-ce qu'elle ressent ?

Clay songea à leurs étreintes passionnées de la veille, et à son magnifique sourire au réveil.

— Je crois qu'elle est amoureuse de moi.

— Alors, tu devrais être heureux.

— Je sais et je le suis en partie. Mais il y a une autre partie de moi qui a envie de prendre la fuite.

Il grimaça à nouveau, en ayant l'impression de mettre son âme à nu.

— Ne t'inquiète pas. Je vais finir par y voir clair.

— Clay, je sais que c'est dur d'engager son cœur mais, je peux te dire que ça en vaut la peine. J'avais une peur bleue de m'engager avec Mary. Mais je suis content de l'avoir fait, car je ne peux pas imaginer ma vie sans elle maintenant. Si tu crois que Miranda est en train de tomber amoureuse, ne tarde pas à te décider.

— Je sais…

Clay soupira.

— Mais ça arrive tellement vite.

Tony éclata de rire.

— C'est comme ça que ça se passe. Tout d'un coup, tu comprends que tu es fou amoureux.

— Pour le moment, je me sens fou tout court.

Les deux hommes discutèrent encore quelques minutes, puis Tony s'en alla, et Clay reprit la taille des buissons.

Qu'est-ce qui n'allait pas chez lui ?

Il était plus épris de Miranda qu'il ne l'avait été d'aucune autre femme auparavant.

Alors, qu'est-ce qui le retenait ?

La maison sentait la cire d'abeille, et de délicieuses odeurs de tomate et d'ail s'échappaient de la cuisine.

Visiblement, Miranda avait été aussi active à l'intérieur que lui dans le jardin, nettoyant la maison, et exerçant ses talents culinaires.

— Ça sent bon ! s'exclama Clay, en entrant dans la cuisine.

— Sauce tomate maison.

Elle désigna la table.

— Tout est prêt.

— Ça tombe bien, parce que j'ai faim.

Il se lava les mains à l'évier de la cuisine.

— Je peux faire quelque chose ?

— Sortir la salade du réfrigérateur. J'apporte le pain à l'ail.

Quelques instants après, ils étaient à table.

— Tu as passé beaucoup de temps dehors, remarqua-t-elle.

— La pelouse avait besoin d'être tondue, dit-il, en évitant son regard. C'est bien que j'aie trouvé tout l'outillage dont j'avais besoin dans le garage.

— Hank n'a rien emporté quand il est parti. Je crois que Lori prend quelqu'un pour entretenir le jardin chez eux.

Elle hésita et regarda son assiette.

— J'ai l'impression que tu m'as évitée toute la matinée.

Quand elle releva enfin les yeux vers lui, il lui sourit. Il était impossible de ne pas lui sourire.

Avec son T-shirt jaune et son jean blanc, elle lui faisait penser à un rayon de soleil, et son cœur se réchauffait à sa vue.

— Je ne t'évitais pas. Le jardin avait vraiment besoin d'entretien.

*
* *

Ce n'était qu'un demi mensonge. Effectivement, le jardin avait vraiment besoin d'entretien. L'ambiance du dîner était bizarre.

Clay était anormalement calme, et leur conversation semblait un peu forcée. Ça n'avait jamais été comme ça entre eux avant, et ça rendait Miranda nerveuse.

Il l'ignorait mais son cœur lui appartenait désormais. Et, ces deux derniers jours, elle avait eu l'impression qu'il l'aimait aussi. Elle l'avait vu dans ses yeux, et elle l'avait senti irradier de lui quand ils avaient fait l'amour.

Mais elle ne sentait pas du tout d'amour à cet instant.

Elle voulait lui demander ce qui se passait, mais Hank choisit ce moment précis pour arriver avec les enfants.

— Le jardin a belle allure, dit Hank, d'un ton bourru, tandis que les enfants se ruaient dans la maison, comme de jeunes chiens fous.

— Clay y a travaillé toute la journée.

Hank l'observa longuement.

— Tu as des sentiments pour lui, n'est-ce pas ?

Elle envisagea de mentir, mais elle décida finalement d'être honnête.

Après tout, elle n'avait pas à avoir honte de ce qu'elle ressentait pour Clay.

— C'est vrai, dit-elle.

— J'espère qu'il ne va pas te briser le cœur.

Hank eut une mimique attristée.

— Je t'ai fait suffisamment souffrir pendant notre mariage. Tu ne le méritais pas, et je voudrais que tu sois heureuse pour le reste de ta vie.

— Merci, Hank.

C'était la première fois qu'il reconnaissait qu'il lui avait fait du mal.

— Si tu l'aimes, j'espère pour toi qu'il t'aime aussi.

— Moi aussi.

— En tout cas, les enfants l'adorent et ne parlent que de lui quand nous les avons.

— Et les enfants aiment beaucoup Lori aussi. Je crois pouvoir dire que nous avons beaucoup de chance dans ce domaine.

— En parlant de Lori, elle m'attend dans la voiture. On en reparle plus tard.

Lori était garée le long du trottoir dans sa petite citadine bleu ciel. Miranda lui fit un signe de la main, et dit au revoir à Hank.

Elle verrouilla la porte et alla dans le salon, où Clay avait installé un jeu de société.

Une fois de plus, alors qu'elle le regardait interagir avec ses enfants, elle eut la confirmation qu'il avait entièrement gagné son cœur.

Et pourtant, même en jouant, il semblait un peu distant avec elle.

Était-ce ainsi qu'il se comportait, après avoir fait l'amour avec une femme ? Devenait-il froid, cherchant à fuir tout engagement émotionnel ?

Ou bien, se faisait-elle des idées, par excès de sensibilité.

Il avait travaillé dur dehors, toute la journée. Peut-être était-il seulement fatigué… Quand elle était fatiguée, elle devenait bougonne. Peut-être se mettait-il en retrait, gardant le silence.

Pour finir, elle se dit qu'il valait mieux ne pas essayer d'interpréter son humeur.

*
* *

— J'aimerais aller au lycée vers 10 heures, demain. Si ça te va…

Ils venaient de coucher les enfants et se trouvaient dans le couloir

— Comme ça, tu pourrais revenir me chercher vers 12 h 30…

— Pas de problème, dit-il. Sur ce, je vais aller me coucher. Le jardinage m'a fatigué.

— Hank a dit que le jardin était bien entretenu. Merci de t'être donné autant de peine.

— Ce n'est rien.

Il l'attira dans ses bras.

— J'ai vraiment besoin d'un baiser de bonne nuit.

Elle sourit.

— Et je suis ravie de te le donner.

Le baiser fut doux et tendre et apaisa les craintes qu'elle avait ressassées toute la journée.

Lorsque leur baiser prit fin, il repoussa gentiment une mèche de cheveux derrière son oreille.

— Dors bien. On se voit demain.

Tandis qu'elle regagnait sa chambre, Miranda ne savait toujours pas à quoi s'en tenir.

Il lui avait envoyé des signaux contradictoires, d'abord en semblant l'éviter toute la journée, puis en lui donnant un baiser incroyablement tendre.

Elle se changea pour la nuit et se coucha en pensant à Clay.

L'intensité de l'amour qu'elle éprouvait pour lui la choquait. Elle ne se rappelait pas avoir ressenti la même chose pour Hank. Et pourtant elle lui avait donné deux enfants.

Elle avait l'impression qu'elle était tombée sous

le charme de Clay le jour où il leur avait offert des cupcakes. Sa séduction avait continué à s'exercer jour après jour, jusqu'à ce qu'elle en soit irrémédiablement amoureuse.

Et maintenant, allait-il la laisser tomber ?

Était-il vraiment ce genre d'homme qui prenait et jetait ? C'était l'idée qu'elle se faisait de lui avant de le connaître. Puis elle avait changé d'avis.

L'avait-il bernée ?

Son cœur se serra à l'idée qu'il ne fasse plus partie de leurs vies.

S'il n'avait pas de vrais sentiments pour elle, alors ce serait bizarre qu'il continue à assurer sa protection. Et cela ne ferait que raviver jour après jour son chagrin.

Elle n'osait même pas imaginer ce que ressentiraient ses enfants.

Elle finit par s'endormir, et ses rêves se mélangèrent. Un instant elle était en sécurité dans les bras de Clay, et la minute suivante elle était poursuivie par une silhouette sombre armée d'un grand couteau. Le lendemain matin, Miranda se réveilla plus tard qu'à l'accoutumée.

Attrapant son peignoir, elle dévala l'escalier, et arriva en bas au moment où Clay refermait la porte, après avoir envoyé les enfants prendre le bus scolaire.

— J'ai trop dormi, dit-elle.

Il lui sourit.

— Tu devais avoir du sommeil en retard.

— Sans doute, mais je ferais bien d'aller me doucher et m'habiller très vite, si je veux être au lycée à 10 heures

— Tu veux que je te prépare quelque chose pour le petit déjeuner ?

— Non, merci. Mais, laissez-moi vous dire, monsieur Madison, que vous êtes aussi utile qu'une poche dans une veste.

— Et vous, mademoiselle Silver, vous êtes aussi jolie qu'un arc-en-ciel après l'orage.

En montant l'escalier, Miranda avait le cœur plus léger que la veille. Le regard de Clay était empli d'une chaleur qui l'avait enveloppée comme une douce couverture par une nuit froide.

Il n'était peut-être pas encore amoureux d'elle mais, quand il la regardait comme ça, elle pensait qu'il finirait par avoir un avenir commun.

Il était 9 h 30 quand elle descendit, portant un pantalon à pinces noir, et un chemisier à pois noir et blanc. Son maquillage était discret, et ses cheveux tirés en chignon.

C'était comme un jour de travail ordinaire, mais aujourd'hui elle allait dire au revoir à ses élèves et à ses collègues. Clay était assise à la table de la cuisine. Il se leva quand elle entra.

— Oh ! tu es magnifique ! s'exclama-t-il.

Elle rougit.

— Merci. Eh bien, je suis prête à y aller.

Quelques minutes plus tard, ils se trouvaient dans le pick-up et se dirigeaient vers le lycée.

C'était encore une belle journée, avec un soleil éclatant et un ciel sans nuage, d'un bleu incroyablement vif.

— Ça fait du bien de sortir de la maison, dit-elle. Je suis sûre que ça va te faire du bien aussi de te retrouver au ranch.

— Je dois avouer que j'ai hâte d'aller faire un tour avec mon cheval.

— Tu sais, j'apprécie vraiment ce que tu fais pour moi.

Il tourna la tête pour lui sourire.

— Ça me fait plaisir.

L'amour qu'elle éprouvait pour lui s'épanouit dans son cœur telle une fleur, emplissant tout l'espace.

Clay s'arrêta devant le lycée.

— Je viens te chercher vers 12 h 30. Attends de voir ma voiture avant de sortir du bâtiment. Je viendrai te chercher à l'intérieur.

— Je t'attendrai.

Elle descendit de voiture et ferma la portière. Puis elle se pencha à la vitre, restée ouverte.

— Je veux juste te dire que je suis follement amoureuse de toi.

Il la dévisagea d'un air horrifié.

Elle n'attendit pas qu'il dise quelque chose. Son expression était explicite.

Elle se retourna et courut vers l'entrée du bâtiment.

Quand elle fut à l'intérieur, Clay s'en alla, et elle le suivit des yeux le plus longtemps possible.

Bon sang ! Elle n'aurait jamais dû dire cela. C'était stupide de sa part.

Elle était tellement persuadée qu'il ressentait la même chose qu'elle. Sans doute avait-elle pris le désir de Clay pour de l'amour, et vu dans l'aide qu'il lui apportait autre chose que de l'amitié.

Seigneur, elle ne pouvait pas se sortir de l'esprit l'expression horrifiée qu'il avait eue.

Elle s'apprêtait à se tourner pour emprunter le couloir, quand elle repéra une voiture familière.

Lori ? Que faisait-elle là ?

La compagne de son ex-mari ouvrit la portière et agita frénétiquement le bras.

Intriguée, Miranda sortit.

— L'école vient d'appeler Hank. Henry est tombé à l'école et s'est cogné la tête. Il faut que vous alliez à l'hôpital immédiatement.

*Henry ? Blessé ?*

Totalement paniquée, Miranda n'hésita pas. Elle se précipita vers la voiture de Lori et s'engouffra à l'intérieur.

— Où est Hank ? demanda-t-elle, tandis que Lori démarrait en trombe.

— Malheureusement, il n'est pas en état de gérer ça. Vous savez bien ce qu'il en est.

— Ils ont dit si Henry était sévèrement blessé ?

Le cœur de Miranda battait à une allure folle. Tout ce qu'elle voulait, c'était prendre son petit garçon dans ses bras.

— Tout ce que je sais, c'est qu'il est tombé et qu'il a été conduit à l'hôpital.

— Mais, pourquoi ce n'est pas moi que l'école a appelée ?

— Ils ont dit qu'ils ne réussissaient pas à vous joindre. Je me suis précipitée chez vous et j'ai vu la voiture de Clay qui démarrait. Du coup, je vous ai suivis.

Lori tourna brièvement la tête vers elle.

— J'aimerais pouvoir vous rassurer, mais c'est tout ce que je sais.

— Oh ! j'espère qu'il n'a rien.

Des larmes d'inquiétude lui brûlaient les yeux.

— Moi aussi, dit Lori.

Elle désigna son sac sur le plancher, du côté passager.

— Vous voulez bien prendre la seringue dans mon

sac. Je n'ai pas eu le temps de faire mon injection avant de partir.

Miranda la regarda avec surprise.

— Vous êtes diabétique ?

— Oui.

— Vous êtes sûre que ça ne vous dérange pas que je fouille dans votre sac ?

— Pas du tout. La seringue doit être sur le dessus. Je l'ai jetée dans le sac à la hâte, avant de quitter la maison.

Elle avait raison. Ce fut la première chose que Miranda vit.

Elle la sortit du sac et la tendit à Lori.

— Merci.

Lori la plaça sur ses genoux.

— Merci. Je vais l'utiliser dès que j'aurai arrêté la voiture devant l'hôpital.

Miranda hocha la tête d'un air absent.

Elle était obsédée par l'état de santé de son fils. La seule chose qui comptait, c'était de le rejoindre au plus vite.

Il était probablement en train de pleurer et de réclamer sa maman.

À moins qu'il ne soit inconscient…

Cette pensée lui donna envie de hurler de douleur.

Elle faillit s'évanouir de joie en voyant l'hôpital au loin.

*Tiens bon, Henry, maman est là.*

Elle récita un millier de prières, espérant que l'école s'était affolée pour rien. Peut-être n'était-ce qu'une mesure de précaution. En réalité, Henry allait bien.

Oh ! elle le souhaitait tellement.

Elle voulait… Non, elle avait besoin qu'il aille bien.

Tandis qu'elles approchaient de l'hôpital, Lori accéléra et passa en flèche devant.

— Lori ! Qu'est-ce que vous faites ? s'affola Miranda. Pourquoi vous ne vous êtes pas arrêtée ?

Elle essaya d'agripper le volant, mais Lori lui tapa sur la main.

— Arrêtez ! Vous allez provoquer un accident.

— Qu'est-ce que vous faites ? répéta Miranda, en criant sa question.

Lori attrapa la seringue et la planta dans le bras de Miranda.

— Que… Qu'est-ce qui se passe ?

Miranda arracha la seringue, à présent vidée, et voulut saisir la poignée de la porte.

Elle découvrit qu'il n'y en avait pas. Elle avait été enlevée.

Il fallait qu'elle sorte de là !

Lori avait visiblement perdu l'esprit.

Il fallait qu'elle trouve un moyen d'arrêter la voiture.

Mais ce qu'il y avait dans la seringue commençait à faire effet.

Ses membres devenaient lourds. Ses paupières se fermaient.

Oh ! Seigneur, elle n'avait jamais pensé à Lori.

Personne n'avait pensé à Lori.

Pourquoi cette femme faisait-elle ça ? Elle ne lui avait jamais fait de mal.

Tandis que son esprit commençait à sombrer dans l'inconscient, la seule pensée qui surnageait, c'était qu'elle était dans un sacré pétrin.

# 11

« Je veux juste te dire que je suis follement amoureuse de toi. »

Ces mots l'avaient médusé.

Tandis que Clay s'arrêtait près des écuries, la déclaration de Miranda occupait encore son esprit.

Il ne s'attendait pas à cela.

Oh ! bien sûr, il savait qu'elle avait de l'affection pour lui, mais il ne se doutait pas qu'elle était déjà amoureuse.

Et maintenant il devait décider ce qu'il allait faire.

Il savait qu'elle n'était pas femme à donner son cœur à la légère et il avait conscience du cadeau qu'elle lui faisait.

Allait-il prendre bien soin de son cœur, ou allait-il le briser ?

Une brise tiède transportait les bruits familiers du ranch : le ronronnement lointain d'un tracteur, l'aboiement d'un chien, et Clay se sentait parfaitement dans son élément. Cependant, il était presque soulagé qu'aucun de ses collègues ne soit là pendant qu'il sellait son cheval.

Il ne voulait pas parler. Il ne se sentait pas d'humeur sociable. Il avait besoin de penser et il ne réfléchissait jamais aussi bien que lorsqu'il chevauchait Rowdy.

Sans effort, il enfourcha son alezan et, d'une pression des jambes, dirigea le cheval vers un chemin à travers champ. Rowdy était inhabituellement nerveux, comme s'il sentait son anxiété, et il le lança au galop vers un petit bois au loin.

Savourant la brise fraîche qui lui sifflait aux oreilles, menaçant de faire envoler son chapeau, Clay ne tarda pas à atteindre le bois.

Ralentissant son cheval, il le fit marcher quelques minutes pour le calmer, s'enfonçant bientôt dans une pinède odorante et fraîche.

En foulant le chemin silencieux encadré de fougères les sabots de Rowdy faisaient craquer les feuilles, les brindilles et les pommes de pin qui jonchaient le sol.

Finalement, il mit pied à terre et attacha son cheval à une branche basse. Puis il se jeta sur un épais tapis de mousse au pied d'un arbre et observa le feuillage au-dessus de sa tête.

Depuis cet après-midi plutôt étrange où il avait offert des cupcakes à Miranda et aux enfants, cette dernière l'avait enchanté. Chaque moment passé avec elle avait vu ses sentiments pour elle s'amplifier.

Il avait l'impression qu'il pourrait parler avec elle tous les jours de sa vie, sans jamais manquer de sujets de conversation, et sans qu'il ne se lasse de l'écouter.

Il aimait son esprit, son rire… Elle faisait ressortir chez lui une douceur qu'il ne pensait pas posséder. Et il appréciait qu'elle soit une aussi bonne mère.

Il ne put s'empêcher de faire le parallèle avec la sienne.

La dernière fois qu'il l'avait vue, elle portait un jean et un T-shirt rose. Ses cheveux d'un blond presque blanc dessinaient autour de sa tête un halo de boucles. Ses yeux bleus débordaient d'amour, et elle portait un parfum évoquant son prénom.

Il avait pensé que Violet Madison était la plus belle femme du monde.

Elle avait été son premier véritable amour et elle l'avait abandonné.

Quand il avait compris qu'elle ne reviendrait jamais, il s'était promis qu'il ne serait plus jamais abandonné, qu'il n'aimerait jamais une femme d'un amour aussi profond.

Était-ce à cause de cela qu'il refusait de s'avouer qu'il aimait Miranda ?

Les craintes du petit garçon entraient en conflit avec les sentiments de l'homme adulte.

Il se leva d'un bond et enfourcha Rowdy.

Il aimait Miranda et il voulait le lui dire le plus vite possible. Il ne pouvait pas attendre le moment d'aller la chercher au lycée. Il devait y aller maintenant et lui dire qu'il l'aimait et qu'il voulait faire sa vie avec elle. Lorsque Clay arriva aux écuries, Mac était là.

— Salut, Clay. Je ne savais pas que tu étais là aujourd'hui.

— Je suis là, mais je pars.

Clay descendit de cheval.

— Tu peux me rendre un service ?

— Tout ce que tu veux, mon vieux.

— Tu peux t'occuper de Rowdy ? Je suis assez pressé.

— Pas de problème.

Mac prit les rênes de Rowdy.

— C'est quoi ton urgence ?

— Je dois dire à une femme que je l'aime, lança Clay par-dessus son épaule, alors qu'il se dirigeait vers la sortie.

— Vas-y, cow-boy, cria Mac, avec des vivats d'encouragements.

Clay en avait bien l'intention.

Il courut vers sa voiture, se précipita sur le volant et prit la direction du lycée.

Délivré de ses craintes d'enfant, son cœur était totalement ouvert à l'amour.

Il ne pouvait pas revenir en arrière et réparer l'abandon qu'il avait subi, mais il n'était plus un enfant.

Il était un homme qui savait ce qu'il voulait.

Il voulait un avenir avec Miranda et ses enfants.

Il voulait être celui sur qui elle pourrait compter, celui qui serait toujours là pour elle.

S'il était Roméo, alors elle était incontestablement sa Juliette.

Il n'avait rien dit quand elle lui avait révélé son amour. Il était tellement sous le choc qu'il n'avait pas trouvé les mots. Et maintenant qu'il y pensait, elle avait paru attristée.

Elle devait penser qu'il ne l'aimait pas.

Il devait la rassurer. Tout de suite. Le cœur gonflé d'allégresse, Clay entra dans le bureau d'accueil.

Abbie Lauper, la secrétaire du lycée, lui adressa un grand sourire. C'était une veuve proche de la retraite, qu'il avait quelques fois aidée à charger ses courses dans sa voiture.

— Clay Madison ! Quelle surprise. Que puis-je faire pour vous ?

— Je cherche Miranda. Je l'ai déposée un peu plus tôt. Elle voulait venir dire au revoir à ses élèves et à ses collègues.

Abbie plissa le front et remonta ses lunettes à montures métalliques sur le haut de son nez.

— Je ne l'ai pas vue ce matin. Mais elle est peut-être allée directement à sa classe.

— Où se trouve sa classe ?

— Deuxième étage, salle 210.

— Merci Abbie.

Il sortit précipitamment du bureau et se rua dans l'escalier, montant deux marches à la fois.

Il frappa deux coups secs à la porte et entra sans attendre.

Une jeune femme qu'il ne connaissait pas se tenait près du tableau. C'était la remplaçante de Miranda. Il n'y avait aucune trace de celle qu'il voulait voir.

— Quelqu'un a vu Mme Silver, ce matin ? demanda-t-il.

Un ensemble de voix, y compris celle de la professeure, répondit « non ».

Soudain, Clay eut un mauvais pressentiment.

Il s'efforça de ne pas céder à la panique et essaya de réfléchir.

Il se fit indiquer la salle des repos des professeurs, et s'y précipita.

Il fallait qu'elle y soit. Elle ne pouvait pas être ailleurs. Clay ouvrit la porte et fut aussitôt assailli par une odeur de vieux café et de thon.

Assise à l'une des trois tables rondes, deux femmes grignotaient un sandwich.

Miranda n'était pas là.

— Vous avez vu Miranda Silver, ce matin ? demanda-t-il.

Elles répondirent toutes les deux par un signe de tête négatif.

L'inquiétude que Clay essayait de contenir explosa dans sa poitrine.

Il ne lui restait plus qu'un endroit à vérifier.

Il prit la direction du réfectoire.

On approchait de midi, et une odeur de tacos emplissait l'air.

Il virevolta dans la pièce, désorienté par le bruit et la foule des élèves attablés.

Il balaya désespérément des yeux la salle, mais Miranda ne s'y trouvait pas.

Il regagna le hall et prit appui contre un mur.

Tout indiquait qu'elle n'était jamais arrivée au lycée. Cela voulait dire qu'elle avait disparu depuis une heure et demie.

Il sortit son téléphone et appela Dillon.

Le policier répondit à la deuxième sonnerie.

— Miranda a disparu.

Elle avait mal à la tête.

Sa bouche était sèche comme du carton.

Ses paupières étaient si lourdes.

Mais une petite voix hurlait au fond de sa tête : *Miranda, réveille-toi ! Danger ! Danger ! Il faut te réveiller.*

Était-elle encore à l'hôpital ?

Peut-être n'en était-elle jamais sortie.

Le temps qu'elle avait passé avec Clay, son amour pour lui… Tout cela n'était-il qu'une hallucination provoquée par les médicaments ?

Elle parvint à soulever une paupière et la referma aussitôt.

Rien n'avait de sens, et elle avait si mal à la tête…

Elle essaya à nouveau de regarder autour d'elle.

Une chose était sûre, elle n'était pas à l'hôpital.

Où était-elle ?

La brume qui noyait son cerveau commençait à s'estomper.

Elle était au lycée, mais elle n'y était pas entrée… Henry ! Henry était blessé. Non… Non, ce n'était pas vrai. C'était un mensonge, un horrible mensonge.

Lori.

Le nom explosa dans sa tête comme un coup de tonnerre.

Elle ouvrit les yeux.

Le soleil frappait une vitre sale, ne laissant filtrer qu'une lumière chiche sur une pièce inconnue.

Elle était assise sur une chaise, dans une cuisine. La peinture des placards était écaillée, et l'équipement semblait dater des années 1960.

La pièce sentait le renfermé et, dans un coin, une grande toile d'araignée pendait au plafond.

Ce fut quand elle essaya de porter sa main à son front qu'elle comprit qu'elle était ligotée.

La panique obstrua sa gorge, gênant sa respiration.

Elle regarda autour d'elle.

Le dessus de la table et des plans de travail était vide. Il n'y avait rien qu'elle pouvait utiliser pour couper ses liens.

Comment allait-elle faire pour s'échapper ?

Y avait-il quelqu'un d'autre dans la maison ?

Lori était-elle la ?

Et Hank ?

Oh ! Seigneur, son ex-mari était-il lié à tout cela ? Comment pouvait-il lui faire une chose pareille ? Pourquoi ?

Elle retint son souffle et écouta.

Il n'y avait pas un bruit.

Elle expira.

Apparemment, elle était seule, coincée sur cette chaise, dans une cuisine délabrée.

Combien de temps s'était écoulé depuis que Clay l'avait déposée au lycée ?

Qu'y avait-il dans cette seringue ? Avait-elle été inconsciente pendant des minutes… Pendant des heures… Pendant une journée entière ?

S'il faisait sombre dans la pièce, c'était à cause de la saleté de la fenêtre, ou parce qu'il faisait nuit ?

Clay savait-il seulement qu'elle avait des ennuis ?

Oh ! Seigneur, comment allait-il la retrouver ?

Lori n'était même pas sur la liste des suspects. Et en plus, elle n'avait cessé de dire que Hank ne ferait jamais une chose pareille.

Alors, c'était ça, la dernière trahison de Hank : la tuer et l'éloigner à jamais de leurs enfants ?

Était-ce Lori qui l'avait convaincu ?

Lori voulait ses enfants ?

Son sang se glaça de pure terreur.

Elle fit alors la seule chose qu'elle pouvait faire.

Rejetant la tête en arrière, elle se mit à hurler de toutes ses forces.

# 12

Clay était fou d'inquiétude.

Il n'avait pas fallu longtemps à Dillon pour arriver au lycée et commencer à questionner tout le monde. Et cela n'avait fait que confirmer ses craintes : personne n'avait vu Miranda.

— Il faut faire savoir qu'elle a disparu, dit Clay. Plus il y aura de personnes pour la chercher, mieux ce sera.

Il saisit le bras du policier.

— Il faut la retrouver, Dillon. Nous savons tous les deux qu'elle a des ennuis.

Dillon lui tapota la main.

— Nous la retrouverons.

— Et si nous allions au café ? C'est le meilleur endroit pour diffuser l'information.

Clay suivit Dillon jusque là-bas, son cœur battant si bruyamment qu'il entendait à peine le bruit du moteur.

Que lui était-il arrivé ? Où était-elle ?

Il était tellement rongé d'angoisse qu'il en avait mal au ventre. Il avait envie de se jeter à genoux et de pleurer.

Mais il savait qu'il devait rester fort pour Miranda.

Il était prêt à retourner toute la ville pour la retrouver. Le lundi, il y avait toujours beaucoup de monde au café, et c'était une bonne chose. Plus il y aurait de personnes qui se joindraient à eux, plus ils auraient de chance de retrouver Miranda.

— Hé, tout le monde, cria Clay, pour se faire entendre dans le brouhaha des conversations et les bruits de vaisselle. Hé !

Le silence se fit. Les gestes restèrent suspendus, tandis que les têtes se tournaient vers lui.

— Miranda Silver a disparu. Je crois qu'elle est en danger.

Pour sa plus grande horreur, sa voix se brisa, et ses jambes vacillèrent.

Dillon lui prit le haut du bras.

— Allez vous asseoir, je prends le relais.

Mac, qui était assis un peu plus loin à une table avec Flint, lui fit signe.

Clay les rejoignit, tandis que Dillon expliquait la situation.

— Que tous ceux qui ont des informations viennent me parler en privé, conclut-il. Je serai dehors.

Lorsque Dillon sortit du café, une femme brune le suivit. Clay voulut se lever, mais Mac le retint.

— Qu'est-ce qu'on peut faire pour aider ? demanda-t-il.

— Je ne sais pas.

Clay avait l'impression d'être dans un cauchemar et de ne pas pouvoir se réveiller.

Il avait promis de veiller sur Miranda et il avait échoué.

Bon sang, il aurait dû attendre un peu plus longtemps quand il l'avait déposée devant le lycée. Il aurait dû entrer avec elle.

— Clay ?

La voix de Flint l'arracha à ses pensées.

— Et si on rassemblait les hommes du ranch pour fouiller les granges abandonnées du secteur ?

Au même moment, Dillon entra et lui fit signe.

Clay se précipita vers lui.

— J'ai une piste. Une femme se trouvait au lycée en même temps que vous, et elle a vu Miranda monter dans une petite citadine bleu ciel. Elle n'a pas vu la plaque, mais il y avait une femme au volant. Une femme aux cheveux bruns.

— Où est le témoin ? Qui est-ce ?

— Elle veut rester anonyme pour le moment.

Clay réfléchissait à toute allure.

— En tout cas, si Miranda est montée dans la voiture, c'est qu'elle était en confiance.

Il songea à toutes les femmes brunes qu'il connaissait…

*Lori.*

Le nom lui apparut comme une évidence.

— Ça ressemble à la voiture de Lori, dit Dillon, apparemment sur la même longueur d'onde. Je me rends immédiatement chez elle.

— Je vous accompagne ou vous préférez que je vous suive ?

— Je préfère que vous m'attendiez ici, répondit Dillon, en se dirigeant vers sa voiture de patrouille.

— Et vous savez bien que ça ne se passera pas comme ça.

Clay ouvrit la portière passager et s'installa dans l'habitacle.

Tandis que Dillon démarrait, le doute commença à s'insinuer en lui. Et s'ils se trompaient ? Si ce n'était pas Lori et qu'ils perdaient du temps sur une fausse piste ?

Quel genre de témoin voulait rester anonyme dans une petite ville comme celle-ci ?

Était-ce la femme qui avait suivi Dillon à l'extérieur ? Qui était-elle ? Que faisait-elle au lycée ?

Et si elle était de mèche avec le ravisseur et les avait intentionnellement envoyés sur une fausse piste ?

Il laissa échapper un soupir d'anxiété.

Il ne voulait même pas formuler ses doutes à haute voix, de peur de leur donner de la substance.

C'était forcément Lori. Il fallait que ce soit elle.

Il se pencha en avant, comme si cela pouvait faire que Dillon conduise plus vite.

Hank était-il impliqué ?

Machinalement, Clay posa la main sur la crosse de son arme.

— Vous réalisez que, si Hank a quelque chose à voir dans tout ça, je suis capable de tirer une balle dans son cœur de pierre.

Dillon lui lança un regard sévère.

— Contrôlez-vous. Je vous jure que, si vous causez le moindre trouble, je vous menotte à l'arrière de la voiture.

Clay savait que Dillon disait vrai.

Il se cala dans son siège et tenta de respirer calmement.

Rationnellement, il savait qu'il ne tuerait pas Hank. Mais, uniquement parce qu'il ne voulait pas finir ses jours en prison.

La maison de Lori et Hank se trouvait au fond d'une impasse. Tandis qu'ils approchaient, Clay sentait monter l'adrénaline.

— Pas de geste inconsidéré, le prévint Dillon. Je vais frapper à la porte et me comporter comme une personne civilisée. Je compte sur vous pour en faire autant.

Clay jaillit hors de la voiture avant même que Dillon ait coupé le moteur et courut jusqu'à la porte. Puis il se tourna et attendit Dillon.

— Lori ? Hank ? Il y a quelqu'un à la maison ? appela le policier, après avoir frappé sur le battant de bois.

Dillon frappa plus fort, et la porte s'entrebâilla.

Ils attendirent un moment.

— Ils n'ont pas l'air d'être là, finit par dire Dillon.

Clay essaya de jeter un coup d'œil à l'intérieur.

Soudain, un gémissement s'éleva.

— Vous avez entendu ? demanda-t-il à Dillon. Quelqu'un souffre.

Clay avait envie d'entrer en trombe. Seul le fait que Dillon se trouvait devant lui l'en empêchait.

— Faites quelque chose, mon vieux, cria-t-il frénétiquement.

— Je vais entrer faire un contrôle de sécurité.

Dillon sortit son arme et poussa la porte.

Ils se trouvèrent directement dans le salon. Il y avait une couverture et un oreiller sur le canapé, mais personne n'y dormait pour le moment.

— Les chambres, murmura Clay, comme si Dillon était un novice et avait besoin d'instructions.

À son tour, il sortit son arme, tandis qu'il suivait Dillon à travers la maison.

Les deux premières chambres étaient vides. Clay serra les doigts autour de la crosse de son arme tandis qu'ils approchaient la dernière.

Dillon entra le premier et jura entre ses dents. Puis il rengaina son arme.

La pièce sentait la transpiration et l'alcool. Hank

était affalé en travers du lit, vêtu d'un boxer et d'un T-shirt sale. Il était visiblement ivre.

— Où est Lori ? demanda Dillon.

Hank entrouvrit les yeux.

— Partie.

— Hank, nous avons besoin de votre aide, intervint Clay, en se rapprochant du lit. Où est Lori ?

Il avait envie de le secouer pour le faire réagir.

— Lori ? Elle est… Elle est…

Hank ferma les yeux.

— Mais bon sang, espèce d'ivrogne ! s'exclama Clay, à bout de patience. Lori a enlevé Miranda. Dites-nous où elle est.

Hank rouvrit les yeux, affichant une expression médusée.

— Quoi ? Lori a enlevé Miranda ? Mais pourquoi elle a fait ça ? C'est horrible.

Il se mit à pleurnicher.

— Oh ! mon Dieu, pourquoi ?

— Hank, ressaisissez-vous, bon sang, l'exhorta Dillon. Nous avons besoin de votre aide.

Il s'adressa à Clay.

— Voyez s'il y a de quoi préparer un café très fort.

Du café ? Mais ils n'avaient pas le temps de faire du café.

Miranda était épuisée.

Elle n'avait pas la moindre idée du temps qui s'était écoulé, mais elle l'avait employé à tirer sans relâche sur ses cordes.

Elle avait crié jusqu'à en voir mal à la gorge. Mais il était évident que, là où elle était, personne ne pouvait l'entendre.

À présent, elle se tenait tranquille, essayant de retrouver l'énergie qu'elle avait dépensée.

Elle avait besoin de force et d'être prête si une occasion se présentait.

Cependant, elle ne pouvait faire taire la voix fataliste qui lui murmurait à l'oreille que c'était trop tard, que personne ne viendrait la chercher, et qu'elle ne reverrait plus ses enfants.

Elle avait été tellement stupide de monter dans la voiture de Lori. Elle n'aurait jamais dû lui faire confiance.

Elle essaya à nouveau de faire taire la voix dans sa tête, qui lui disait qu'elle ne reverrait pas ses enfants.

Même si Clay ne l'aimait pas, il la chercherait. Il retournerait toute la ville.

Mais, la retrouverait-il à temps ?

Qu'avait-elle fait pour mériter ça ?

Un chien aboya à proximité. Ça avait l'air d'être un gros chien. Il aboya peut-être pendant une minute, puis se tut.

Miranda se crispa soudain en entendant le bruit d'une clé dans une serrure. Il y eut un déplacement d'air tandis que la porte s'ouvrait.

Oh ! Seigneur. Les muscles de son ventre se crispèrent de terreur.

Des bruits de pas approchèrent, et Lori apparut, transportant plusieurs sacs.

— J'ai dû aller jusqu'à Clutter Creek pour faire des courses, dit-elle, en posant les sacs sur les plans de travail.

Clutter Creek ? Ça se trouvait à une heure de route de Bitterroot. Où se trouvait-elle, exactement ?

— Lori ? Pourquoi faites-vous ça ?

Lori garda le silence, tandis qu'elle sortait de la nourriture d'un des sacs.

— Lori… Pourquoi ?

Elle se tourna, le visage déformé par la colère.

— Taisez-vous ! Vous ne voyez pas que je suis occupée ? Je n'ai pas envie de vous parler.

Elle se retourna et se remit à la tâche.

Miranda l'observa, en proie à un sentiment grandissant d'impuissance. Elle avait espéré pouvoir raisonner Lori avant que ça n'aille trop loin.

— Est-ce que Hank est votre complice ? ne put-elle s'empêcher de demander.

Lori se tourna à nouveau, en brandissant un couteau.

— Je vous ai dit de vous taire. Si vous ne vous tenez pas tranquille maintenant, je vous éventre comme un poisson.

Miranda chercha son souffle. Le venin dans la voix de Lori et la cruauté sur son visage lui laissaient penser qu'elle était tout à fait capable de mettre sa menace à exécution.

Sans rien dire, elle la regarda ranger du lait et du fromage dans le réfrigérateur, et des plats cuisinés dans le congélateur.

Combien de temps avait-elle prévu de passer là ?

Combien de temps avait-elle prévu de la garder prisonnière ? Qu'avait-elle l'intention de faire d'elle ?

Quand Lori commença à vider le second sac, Miranda fut encore plus perplexe. Un marteau, des clous, un pot de peinture… Que diable Lori avait-elle l'intention de faire avec tout ça.

Les minutes s'écoulaient, et Lori ne disait toujours rien.

Finalement, elle tira une chaise et s'assit en face de Miranda.

— Maintenant, je suis prête à vous écouter.

— C'est vous qui avez projeté de l'acide sur moi, au carnaval ?

Lori hocha la tête.

— On peut dire que j'ai mal visé. Je voulais vous défigurer.

Tout en parlant, Lori faisait passer son couteau d'une main à l'autre.

— J'ai aussi saboté votre voiture.

— Mais pourquoi ? Qu'est-ce que je vous ai fait ?

— Vous m'empêchez d'avoir Hank pour moi seule.

— Je ne comprends pas. Il vit avec vous, il vous aime… Il n'y aura plus jamais rien entre Hank et moi. Je… Je suis amoureuse de quelqu'un d'autre.

La voix de Miranda se fit suppliante.

— Laissez-moi partir maintenant. Je ne dirai rien à personne.

— Je ne peux pas. Il faut que vous disparaissiez.

Elle se leva, et Miranda se crispa. Finalement, elle se mit à faire les cent pas devant elle.

— Vous êtes très difficile à tuer, Miranda. À chaque fois que j'ai essayé, j'ai échoué.

— Quel est cet endroit ?

Miranda avait besoin de temps, et la seule façon de s'en sortir était peut-être de créer un lien avec Lori.

Lori s'arrêta et sourit.

— C'était la maison de mes grands-parents. À leur mort, j'en ai hérité et je l'ai louée. Mes derniers locataires sont partis, en laissant un désordre incroyable. Vous voyez, c'est mon alibi. J'ai fait des courses à Clutter Creek, et j'ai le ticket de caisse pour le prouver. Puis j'ai passé deux jours ici à rénover la maison pour la mettre à nouveau en location.

Elle sourit à nouveau.

— J'étais ici avec mon chien. Vous l'avez entendu aboyer ? Hank déteste Duke. Bref, j'ai passé toute la journée ici et ne suis pas avertie de votre enlèvement.

— Où se trouve cet endroit ?

Tant qu'elles parlaient, il ne se passerait rien. S'il existait une petite chance qu'on vienne à sa rescousse, alors il était vital qu'elle continue à faire parler Lori.

— À cinquante kilomètres de Bitterroot, et ce chalet est niché dans les bois. On ne le voit pas de la route. Personne ne va vous retrouver, Miranda.

Elle s'efforça de ne pas céder au désespoir.

— Vous étiez proche de vos grands-parents ?

— Pas vraiment, mais je leur suis reconnaissante de m'avoir laissé cet endroit. Les loyers m'aident à pourvoir aux besoins de Hank et à le rendre heureux.

— Est-ce qu'il a quelque chose à voir dans tout ça ?

— Non. Et il ne saura jamais ce qui vous est arrivé. Personne ne le saura.

— Il connaît ce chalet ?

— Il y est venu deux fois, mais il était ivre et il ne retrouvera jamais le chemin tout seul.

— Où était-il quand vous êtes partie ?

— À votre avis ? Effondré sur le lit, en train de cuver.

— Lori, vous n'êtes pas obligée de faire ça. Pour l'amour du ciel, pensez aux enfants.

— J'ai pensé à eux. Je sais qu'ils seront très tristes mais, avec le temps, et avec mon amour, ils finiront par s'en remettre. Je les aime, Miranda, et je m'occuperai bien d'eux.

Ces paroles brisèrent un peu plus le cœur de Miranda.

Ses enfants seraient élevés par une criminelle, et un jour ils finiraient par oublier qu'ils avaient eu une mère. Mais, que se passeraient-il s'ils mettaient Lori en colère ?

Les ferait-elle disparaître aussi ?

— Vous n'êtes pas obligée de faire ça, répéta-t-elle. Je vous dis que Hank vous aime. Il est avec vous.

— Oui, il est avec moi. Il dort avec moi, mais il est obsédé par vous. Il parle de vous sans cesse. Il s'inquiète pour vous, comme si vous étiez encore un couple.

Les yeux de Lori lancèrent des étincelles.

— Je n'ai jamais détesté une femme comme je vous déteste.

— Je suis sûre qu'il s'inquiète parce que je suis la mère de ses enfants.

— Non, non… C'est vous. Et ça ne s'arrangera pas tant que vous n'aurez pas disparu.

Miranda retint le cri qui montait dans sa gorge lorsque Lori s'approcha d'elle.

— Et maintenant, je vais vous expliquer comment ça va se passer.

Elle crispa les doigts autour du manche, tout en tremblant de rage et se pencha jusqu'à ce que son visage ne soit plus qu'à quelques centimètres de celui de Miranda.

— Vous allez passer l'après-midi avec moi. Puis, à la tombée de la nuit, je vous tuerai et je vous mettrai dans un trou que j'ai déjà creusé.

Elle leva le couteau et appuya la pointe contre la joue de Miranda.

— Et si vous vous demandez ce que nous allons faire en attendant, je vais vous le dire : je vais faire un peu de peinture, et vous allez me regarder. Et, avant de vous tuer, je vais vous faire souffrir un peu.

Comme pour le prouver, elle fit glisser le fil du couteau le long de la joue de Miranda qui hurla de douleur tandis que le sang coulait.

Oh ! Seigneur, elle avait besoin d'aide.

Elle ne savait pas quelle heure il était, ni combien d'heures elle avait devoir endurer la torture de Lori, avant que le crépuscule et la mort arrivent.

# 13

De précieuses minutes s'étaient écoulées, se transformant en heure.

Hank était maintenant assis à la table de la cuisine, une tasse de café devant lui et se tenait la tête dans les mains.

Clay et Dillon l'avaient tiré du lit, et lui avaient fait prendre une douche froide pour le réveiller. Puis ils l'avaient gavé de café.

— Je ne peux pas croire que Lori soit capable de faire une chose pareille, finit-il par dire.

Il releva la tête, et ils virent que ses yeux étaient emplis de larmes.

— Comment pouvez-vous affirmer que c'est elle ?

— Un témoin a vu Miranda monter dans la voiture de Lori, répondit Dillon. Maintenant, êtes-vous assez sobre pour nous dire où Lori aurait pu l'emmener ?

— Réfléchissez, mon vieux, insista Clay. Miranda est en danger, et vous être notre seule chance de la sauver.

Hank fit un effort de réflexion.

— Peut-être le chalet.

— Quel chalet ? demandèrent d'une même voix Clay et Dillon.

— Il appartenait à ses grands-parents et il se trouve à une cinquantaine de kilomètres d'ici. Ses anciens locataires ont laissé du désordre, et elle est partie là-bas faire des travaux.

— Vous avez l'adresse ? demanda Dillon.

— Non.

— Vous y êtes déjà allé ? Vous pouvez nous y emmener ? demanda Clay.

— Oui, j'y suis allé, mais j'avais pas mal bu…

— Vous croyez que vous pouvez retrouver la route ?

— Je peux essayer.

— Dans ce cas, allons-y.

Clay fut le premier à s'installer dans la voiture de Dillon. Il prit place à l'arrière, de façon à ce que Hank puisse indiquer la route.

Il lui semblait que cela faisait des heures depuis qu'il avait quitté le lycée pour partir à la recherche de Miranda.

Malgré tous leurs efforts, allaient-ils arriver trop tard ?

Il ferma les paupières.

Non. Non. Il ne pouvait pas être trop tard.

Miranda n'était pas morte. Ce n'était pas possible.

Si c'était le cas, il ne serait plus jamais le même. Il ne pourrait plus aimer personne.

Il rouvrit les yeux et regarda par la vitre le paysage qui défilait.

La sirène de la voiture de patrouille hurlait, et les voitures s'écartaient pour les laisser passer.

Personne ne parlait, tandis que la voiture avalait les kilomètres.

Dillon conduisait vite, mais ce n'était pas assez vite pour Clay.

Au bout de trente minutes, Hank demanda à Dillon de ralentir.

— Je sais qu'il va falloir tourner à droite prochainement.

— Et ensuite, nous serons encore loin du chalet ? demanda Dillon.

— Peut-être cinq kilomètres…

Dillon coupa la sirène.

— Inutile d'annoncer notre arrivée, avant d'avoir une idée de la situation. Quand vous serez sûr que nous sommes proches, Hank, nous laisserons la voiture et nous irons à pied.

Clay approuvait ce plan. Avec l'élément de surprise de leur côté, ils pourraient entrer et sauver Miranda, avant que Lori ait compris ce qui se passait.

— À droite, cria soudain Hank.

Ils s'engagèrent dans un étroit chemin de terre, et Clay sentit son pouls s'accélérer.

Il ne voulait même pas envisager la possibilité que Lori n'ait pas amené Miranda ici, et qu'ils avaient suivi une fausse piste.

— Attendez…, dit soudain Hank, ce n'est pas la bonne direction. Je me suis trompé.

— Bon sang !

Frustré, Clay donna un coup de poing dans l'arrière du dossier de Hank.

— Désolé, je fais ce que je peux.

Dillon fit demi-tour et regagna la route. Ils arrivèrent à la hauteur d'un autre croisement, mais Hank dit à Dillon de continuer.

Hank savait-il vraiment où il les emmenait ? S'il était ivre la dernière fois qu'il était venu, comment pourrait-il se souvenir de quoi que ce soit ?

Finalement il leur indiqua une bifurcation.

— Cette fois, je suis sûr que c'est le bon chemin, affirma-t-il.

Clay espérait qu'il disait vrai. La panique le submergeait. Son front était couvert de sueur. Son besoin de revoir Miranda était plus fort que tout ce qu'il avait vécu jusqu'à présent.

— Vous pouvez vous garer maintenant, dit Hank.

— Vous êtes sûr ? demanda Dillon.

— Certain.

Clay descendit de la voiture avant l'arrêt et attendit les deux autres.

— On y va doucement et on évalue la situation, recommanda Dillon. Il ne faut rien faire qui pourrait l'empirer. J'ouvre la voie. Heureusement, il y a assez de végétation pour nous cacher.

Empruntant un chemin envahi par les mauvaises herbes, ils purent bientôt apercevoir le chalet.

Vu de l'extérieur, l'endroit semblait abandonné. La peinture grise avait pâli et s'était ternie par endroits et de la moisissure apparaissait sur le bois.

En apercevant la voiture de Lori garée sur le côté, Clay reprit espoir. Elle était la dernière personne à avoir été vue avec Miranda, et il y avait de forte chance que Miranda soit bien ici.

Soudain, un rottweiler se leva sur la terrasse. Il était attaché à une chaîne et montait apparemment la garde. À la consternation de Clay, il se mit à aboyer.

Une fenêtre s'ouvrit.

— Qui que vous soyez, partez ! cria Lori.

Dillon quitta l'abri d'un arbre et s'avança.

— Lori, je veux juste vous parler.

Un coup de feu partit.

Dillon se remit à couvert.

— Je vous ai dit de partir. Je suis occupée. Je n'ai pas le temps de faire dans les mondanités.

— Je n'en ai que pour quelques minutes.

— Je n'ai pas quelques minutes à perdre.

Elle tira à nouveau.

Oh ! Seigneur, c'était mal parti !

Clay n'avait pas du tout envisagé que Lori aurait une arme, et qu'elle n'hésiterait pas à s'en servir.

— Est-ce que Miranda est avec vous ? demanda Dillon. Nous savons qu'elle est montée dans votre voiture.

— Je ne sais pas de quoi vous parlez. Je suis ici depuis ce matin.

— Un témoin a vu Miranda monter dans votre voiture, devant le lycée, insista Dillon.

— Lori, mon cœur, si Miranda est avec toi, laisse-la partir.

— Il n'y en a toujours que pour Miranda, cria Lori, folle de rage.

Un autre coup de feu fut tiré.

— Allez-vous-en.

— Voyons, Lori, il est trop tard, et vous le savez.

La voix de Dillon était calme et apaisante.

— Si vous laissez sortir Miranda maintenant, la justice sera plus clémente.

— Tout ce que je veux, c'est l'amour de Hank. Mais il faut toujours que Miranda se mette entre nous.

— Ce n'est pas vrai, protesta Hank. Tu sais que je t'aime, Lori. Je n'ai jamais aimé Miranda comme je t'aime, toi. Aujourd'hui, elle est juste la mère de mes enfants. Elle ne signifie rien pour moi.

— Dites-nous si Miranda est là, et si elle est en vie, demanda Dillon.

— Mouais, la garce est vivante. Mais elle n'est plus aussi jolie qu'avant.

L'estomac de Clay se noua. Qu'est-ce que Lori avait fait à Miranda ? Était-elle gravement blessée ?

— Libérez-la, demanda Dillon, et nous trouverons une solution.

— S'il te plaît, mon cœur, insista Hank. Sors, et reprenons notre vie ensemble. Si tu tues Miranda, tu iras en prison à perpétuité, et nous ne serons plus jamais ensemble.

Un long silence suivit, seulement troublé par les grognements du chien.

— Je pensais que si elle n'était plus là, ça irait mieux entre nous, dit finalement Lori.

— Si tu sors, je te promets que ce sera différent. J'ignorais que tu ressentais cela. Mais, tu sais bien que je t'aime.

— Tu le penses, Hank ? Ça va vraiment changer ? Tu vas arrêter de me parler d'elle sans arrêt ?

— Je te le promets.

Rien ne se passa pendant quelques minutes.

Clay retint son souffle.

Finalement, la porte s'ouvrit, et Lori apparut, les mains en l'air.

— Allez-y, dit Dillon à Hank. Éloignez-la du chalet.

Hank sortit du couvert des arbres et ouvrit ses bras.

— Viens, mon bébé, dit-il. J'ai vraiment besoin de te prendre dans mes bras.

Lori courut vers lui, le visage radieux. Mais, quand elle fut dans ses bras, Hank la remit à Dillon qui la menotta.

Ne voulant pas prendre le risque de passer devant le chien, Clay fit le tour du chalet et trouva un autre accès.

Il ramassa une pierre et la jeta dans une fenêtre.

— Miranda, cria-t-il, en enjambant le rebord.

Il n'y eut pas de réponse.

Il entra dans une petite chambre vide, gagna le couloir et courut à travers toute la maison.

Il finit par découvrir Miranda dans la cuisine, ligotée et bâillonnée.

Du sang coulait dans ses yeux, l'aveuglant et dessinant une fleur écarlate sur son chemisier.

Il tomba à genoux devant elle, ne pouvant retenir ses larmes, tandis qu'il lui ôtait son bâillon.

— Est-ce que ça va ? Qu'est-ce que cette folle t'a fait ?

— Ça va. Détache-moi s'il te plaît, dit-elle entre deux sanglots. Fais-moi sortir d'ici.

Clay comprit que Hank venait d'entrer dans la pièce.

— Oh ! mon Dieu ! Qu'est-ce que je peux faire pour aider ?

— Donnez-moi ce couteau et appelez une ambulance.

Lorsqu'elle fut libérée de ses liens, Miranda se jeta dans les bras de Clay, en larmes. Il fit de son mieux pour la réconforter en attendant l'arrivée de l'ambulance.

Lorsqu'il voulut monter avec elle à l'arrière du véhicule, elle refusa, au prétexte qu'elle voulait se reposer et lui proposa de la retrouver plus tard à l'hôpital, quand on l'aurait examinée.

Il la regarda partir, déçu qu'elle n'ait pas voulu de lui.

Maintenant que le danger était vraiment écarté, allait-elle prendre ses distances ?

Assise sur la table d'examen, Miranda essayait de ne pas crier de douleur, tandis que le Dr Johnson recousait sa plaie au visage. L'estafilade sur son front n'avait requis que des sutures adhésives.

— Heureusement, la coupure est propre, dit le médecin. C'est facile à refermer, et ça ne vous laissera pas une grosse cicatrice.

Il acheva sa tâche et se cala contre le dossier de son fauteuil.

— Avez-vous besoin d'un soutien psychologique ?

— Non, ce n'est pas nécessaire. Tout ce que je veux, c'est retrouver ma vie.

Et surtout, elle avait envie de revoir ses enfants.

Après avoir cru qu'elle ne les reverrait jamais, son cœur souffrait du besoin de les serrer dans ses bras et d'embrasser leurs petits visages.

— J'aurai besoin de vous revoir dans dix jours pour enlever les fils, dit le médecin, en l'aidant à descendre de la table d'examen.

— D'accord.

Elle se dirigea vers la salle d'attente pour y retrouver Clay.

Il se leva en la voyant, visiblement soulagé.

— Te voilà enfin, ma beauté.

Elle effleura la gaze qui recouvrait ses points de suture.

— Plus si belle que ça.

— Tant que tu peux sourire, tu es belle.

Elle grimaça un sourire.

— Allons au poste de police maintenant, pour que Dillon prenne ma déposition. J'ai vraiment envie d'en finir avec les formalités et de retrouver mes enfants.

Clay se gara sur le parking du poste de police, coupa le moteur et se tourna vers Miranda.

— On peut prendre juste une minute pour parler de nous ? Je veux que tu saches que je t'aime.

Au lieu de lui faire plaisir, les mots de Clay lui firent mal, et elle se rendit compte qu'elle était en colère contre lui.

Où était son amour quand elle lui avait ouvert son cœur ? Son expression horrifiée quand elle lui avait dit qu'elle l'aimait était marquée au fer rouge dans sa mémoire.

— Je crois que nous avons besoin d'un peu de distance, dit-elle.

— Un peu de distance ?

— Je pense qu'il vaut mieux que tu fasses tes bagages et que tu rentres chez toi. J'ai vraiment envie de retrouver ma vie, mes habitudes.

Il la fixa, et elle vit de la peine dans ses yeux.

— Je ne comprends pas. Ce matin, tu me dis que tu m'aimes et, là, je viens de te dire que moi aussi…

— Clay, je viens de vivre une journée traumatisante et je n'ai pas envie de discuter de ça maintenant.

Elle sortit de la voiture sans attendre sa réponse et se dirigea vers le bâtiment.

Elle ne croyait pas à l'amour qu'il venait de lui déclarer. Il n'avait rien dit ce matin et, comme par hasard, il le faisait après qu'elle avait été enlevée.

Elle était certaine qu'il s'agissait d'un mélange de pitié, et de soulagement d'avoir réussi à la sauver.

Dillon les attendait dans son bureau.

— Je dois savoir tout ce qui s'est passé. Pourquoi avez-vous accepté de monter dans la voiture de Lori ?

Il prit des notes tandis qu'elle s'expliquait et continua à lui poser des questions.

Malgré ce qu'elle avait dit à Clay dans la voiture, il prit ses doigts froids et tremblants dans sa grande main chaude, et son cœur se serra devant cette marque de soutien.

— Vous n'aurez plus à vous inquiéter d'elle, conclut Dillon. Elle a commis assez de crimes pour ne pas ressortir de sitôt.

— Nous pouvons y aller ? demanda Clay. Je sais que Miranda est pressée de rentrer chez elle.

— Avant que vous ne partiez, le témoin veut vous parler. Elle attend dans la salle de conférences.

Clay échangea un regard curieux avec Miranda. Pourquoi voulait-elle leur parler maintenant ? Dillon leur avait dit qu'elle voulait rester anonyme.

— Je suis ravie d'avoir cette chance de la remercier, dit Miranda.

— Moi aussi, dit Clay. Elle a sauvé la femme que j'aime.

Il adressa un regard empli d'espoir à Miranda, mais elle tourna ma tête.

Ils suivirent Dillon dans un couloir, et il leur fit signe d'entrer dans une pièce, où était assise une femme aux cheveux bruns.

Elle se leva en les voyant, et leur adressa un sourire timide. Elle était très belle, avec un visage en forme de cœur, et des yeux de la couleur des myosotis.

— Je suis Rachel Jones, dit-elle en tendant la main à Clay.

Il la serra, mais elle ne le libéra pas tout de suite.

— Autrefois, je m'appelais Violet Madison.

Clay retira sa main comme s'il avait reçu une décharge électrique, et Miranda resta bouche bée en comprenant qu'elle était devant la mère de Clay. Clay dévisagea la femme qui était sortie de sa vie quand il avait huit ans.

Une myriade d'émotions bataillaient dans sa tête, dans son cœur.

Il était partagé entre l'envie de fuir, et celle d'avoir enfin les réponses dont il avait tant besoin.

Il fourra les mains dans ses poches et la toisa.

Malgré les années passées, et le fait que ses cheveux étaient maintenant bruns au lieu de blonds, il se rappelait ses traits, ses yeux magnifiques…

— Qu'est-ce que tu fais ici ? demanda-t-il finalement.

— Pouvons-nous nous asseoir ? demanda-t-elle.

— Je devrais peut-être sortir, suggéra Miranda.

— Non, protesta Clay. Reste.

Il ne pensait pas pouvoir affronter ce rebondissement sans elle.

Elle hocha la tête et s'assit. Il prit place à côté d'elle, tandis que sa mère se mettait en face.

— Cela fait quelques semaines que je suis en ville, commença-t-elle. Je te suivais. C'est comme ça que j'ai vu Miranda monter dans la voiture de Lori.

— Pourquoi me suivais-tu ?

— J'essayais de trouver le courage de te parler. Il y a certaines choses que je dois te dire.

Il croisa les bras sur son torse.

— Et si je ne veux pas les entendre ?

— Alors, je m'en irai et je ne te dérangerai plus.

— Je t'écoute.

— Je… Je ne sais pas par où commencer.

— Peut-être par ta disparition.

Il décroisa les bras et les posa sur la table. Il fut surpris et réconforté quand Miranda lui prit la main et entrelaça ses doigts aux siens.

— Cette nuit-là, je t'ai mis au lit comme tous les

soirs. Et ton père m'a battue, en me disant qu'il me tuerait si je le quittais. Je l'ai cru. Et j'ai compris aussi qu'il me tuerait si je restais avec lui. Je lui ai dit que je devais rentrer le linge. Je suis sortie et j'ai marché. Sans réfléchir, sans aucun plan. Et je suis partie.

— Et tu as décidé comme ça de me laisser avec ce salaud.

— Quand j'étais avec lui, il n'a jamais levé la main sur toi.

— Eh bien, les choses ont changé après ton départ.

Des larmes apparurent dans les yeux de Violet.

— J'avais l'intention de revenir te chercher.

— Que s'est-il passé ? J'ai besoin de savoir pourquoi tu m'as laissé là-bas.

Elle raconta qu'elle avait fait du stop jusqu'à Oklahoma City, où elle avait trouvé un foyer pour la nuit. Le jour, elle vivait dans la rue. Au bout de quelques jours, elle avait développé une pneumonie et s'était retrouvée à l'hôpital pendant deux semaines. On lui avait aussi diagnostiqué un stress post-traumatique, et des troubles de l'anxiété.

— Je n'étais pas en état de venir te chercher, ni physiquement, ni mentalement, ni matériellement. Je n'avais pas d'endroit où vivre et je n'aurais pas pu te nourrir.

Clay aurait voulu la détester, sortir de la pièce en l'ignorant, mais il était sensible à sa détresse.

— Je me suis retrouvée dans un foyer pour femmes battues, reprit-elle, et j'ai commencé à reconstruire ma vie. Je me suis teint les cheveux pour que ton père ne me retrouve pas et j'ai trouvé du travail dans un restaurant. Quand j'ai eu assez d'argent, j'ai acheté une voiture, et loué une chambre dans un quartier miteux.

Elle le regardait avec tellement d'amour qu'il en eut le souffle coupé.

— Tu me manquais tellement… Un jour, j'ai trouvé le courage de venir assister à un de tes matchs de base-ball.

— Pourquoi tu ne m'as pas fait savoir que tu étais là ?

— À cause de ton père. Et puis tu semblais si heureux. Je n'avais pas le droit de t'arracher à ta vie. Je n'avais rien à t'offrir.

— Le terrain de base-ball était le seul endroit où j'étais heureux, parce que je pouvais échapper à mon père.

Violet se mit à pleurer, et il sentit le pardon emplir son cœur. Ils avaient été tous les deux les victimes d'un homme brutal.

— Comment m'as-tu retrouvé ?

Elle essuya ses larmes et se redressa sur sa chaise.

— Grâce aux réseaux sociaux. Il y a quelques semaines, tes amis et toi avez apporté une grosse contribution pour sauver des chevaux maltraités. Il y avait une photo de vous avec vos noms. Je suis venue aussitôt.

— Et que veux-tu, maintenant ?

— Avoir une place dans ta vie. C'est pour cela que je voulais que Miranda assiste à la conversation. Il est évident que vous êtes amoureux et, si tu m'acceptes dans ta vie, je ferai aussi partie de celle de Miranda.

Un silence passa.

— Je sais que ça prendra du temps, reprit Violet. Mais je suis prête à prendre tout ce que tu voudras me donner. Je veux retrouver ma petite luciole. Et je crois qu'un jour, la cicatrisation se fera.

Une fois encore, Clay étudia les traits de sa mère. Elle avait toujours les beaux yeux dont il avait gardé le souvenir, mais une douleur secrète les assombrissait maintenant.

N'avaient-ils pas tous les deux assez souffert ?

— La cicatrisation a déjà commencé, dit-il finalement.

C'était la vérité. Le pardon était tellement préférable à la colère.

— Moi aussi, je veux que tu fasses partie de ma vie, dit-il. Même si je ne sais pas encore à quoi elle va ressembler. Mais, pour le moment, je dois raccompagner Miranda. Elle a vécu une journée traumatisante, et je sais qu'elle veut voir ses enfants.

— Bien sûr.

Violet se leva.

— Je peux t'appeler demain ?

Ils échangèrent leur numéro, et Violet s'en alla.

— Désolé, dit-il à Miranda.

— Il ne faut pas être désolé. C'était magnifique. Je ne sais pas ce que tu en penses, mais je la crois. Elle t'aimait, et il est évident qu'elle t'aime encore.

— Je le crois aussi.

Il avait perdu tant d'années avec sa mère, mais il espérait construire une nouvelle relation en tant qu'adulte. Le trajet de retour à la maison fut silencieux.

Clay savait que Miranda était épuisée, mais une dernière chose devait être clarifiée avant qu'elle ne retrouve ses enfants.

Il attendit qu'ils soient entrés dans la maison et posa les mains sur ses épaules.

— Si tu crois que je vais faire mes bagages et partir, tu te trompes. Je t'aime, Miranda, et je veux passer le reste de ma vie avec toi.

— Je ne t'ai jamais autant aimé que lorsque je t'ai

vu trouver le pardon dans ton cœur pour ta mère. Mais, es-tu sûr que tu ne confonds pas la pitié et l'amour ?

Il la dévisagea avec surprise.

— Tu crois que j'ai pitié de toi ? Mais, pour quelle raison ?

Elle porta une main à sa joue.

— J'aurai peut-être une cicatrice.

— Ça m'est égal.

— Mais, ce matin, quand je t'ai dit que je t'aimais, tu as eu l'air horrifié.

— J'étais sous le choc, c'est différent. Il m'a fallu un peu de temps pour assimiler la nouvelle et comprendre que je ressentais la même chose. Je suis retourné au lycée pour te dire que je t'aimais, mais tu n'y étais pas.

Il l'attira contre lui, et les larmes lui montèrent aux yeux en songeant à ce qu'il avait ressenti quand il avait découvert sa disparition.

— Nous sommes faits l'un pour l'autre, Miranda. Ne le sens-tu pas dans ton cœur, dans ton âme ?

Elle hocha la tête.

— Tu te souviens que je tiens toujours mes promesses ?

— Oui.

— Eh bien, je promets de t'aimer tout le reste de ma vie.

— Et je te promets la même chose.

— Dans ce cas, je crois que c'est le moment du baiser.

Elle lui tendit les lèvres, et ils s'embrassèrent longuement, passionnément.

Oh oui, c'était assurément la femme qu'il attendait.

# Épilogue

Cela faisait deux semaines que Miranda avait été séquestrée par Lori.

Ses points de suture lui avaient été retirés, et les blessures sur son visage cicatrisaient correctement.

Elle se tenait à présent à la fenêtre de son salon et regardait Clay jouer avec Henry et Jenny.

Son cœur débordait de bonheur… Un bonheur qui l'accueillait chaque matin quand elle se réveillait dans les bras de Clay.

Dans la journée, il travaillait au ranch. Quand son travail était terminé, il revenait à la maison qu'il emplissait de ses grands éclats de rire.

Les enfants étaient fous de joie.

Et le soir, il la ravissait par ses baisers, ses étreintes et les plans qu'il faisait pour leur avenir commun.

Elle se redressa en voyant le pick-up de Hank.

Son ex-mari se gara le long du trottoir et descendit.

Ils l'avaient très peu vu au cours des deux dernières semaines. Il n'avait même pas pris les enfants pour les week-ends.

Hank salua Clay de loin et monta les marches du perron.

Miranda ouvrit la porte et le fit entrer.

— Tu as l'air beaucoup mieux que la dernière fois que je t'ai vue, dit-il.

À l'inverse, Hank avait une mine affreuse. Ses paupières étaient bouffies, ses yeux injectés de sang, et son visage s'était creusé.

— Ça ne te dérange pas si on s'assied quelques minutes pour discuter ? demanda-t-il, d'un ton hésitant.

— Bien sûr que non.

Elle le conduisit au salon, où il s'assit au bord d'un fauteuil, tandis qu'elle se laissait tomber sur le canapé.

— Je te jure que je ne savais pas commença-t-il. Miranda, tu dois me croire. Je n'avais pas la moindre idée de ce que mijotait Lori.

Des larmes commencèrent à couler sur ses joues.

— Je l'aurais arrêtée. Si j'avais eu connaissance de ses projets, je l'aurais ligotée à une chaise et je l'aurais livrée à Dillon.

— Hank, je te crois, répondit-elle doucement. C'est pour ça que tu n'es pas venu me voir ? Que tu n'as pas pris les enfants ? Tu avais peur que je te croie coupable de quelque chose ?

Il hocha la tête en sanglotant.

— Si je n'avais pas été ivre la plupart du temps j'aurais peut-être pu deviner ce qu'elle manigançait. Quelque part au fond de ton esprit, tu dois m'en vouloir aussi.

— Hank, je t'en prie, ressaisis-toi. Je ne te reproche rien de ce que cette femme a fait. Elle était sournoise, et personne ne pouvait deviner qu'elle se cachait derrière ses agressions.

Il essuya ses joues humides d'un revers de main et prit plusieurs inspirations profondes pour se calmer. Puis il la regarda longuement et soupira.

— Je suis content pour Clay et toi. Je suis content que tu aies trouvé un homme digne de ton amour. Je te souhaite d'être toujours heureuse, Miranda.

— Je le sais, Hank. Et j'espère que toi aussi tu trouveras le bonheur.

— Je ne suis pas juste un ivrogne, tu sais. Je suis un alcoolique. Et je suis venu vous dire au revoir, à toi et aux enfants.

— Au revoir ?

Elle le regarda avec inquiétude.

— Je pars pour le Texas. Il y a une clinique là-bas qui a accepté de me prendre dans son programme de quatre-vingt-dix jours. Je dois le faire pour les enfants.

Miranda lui sourit.

— Tu dois le faire pour toi. Je suis tellement fière que tu aies pris cette décision.

— Oui je me sens bien de l'avoir fait.

Il se leva.

— Mes bagages sont chargés, et je suis prêt à prendre la route. J'avais juste besoin de m'arrêter ici et de te mettre au courant.

Elle l'accompagna à la porte.

— Bonne chance dans cette nouvelle aventure. Et tu sais que tu peux compter sur notre soutien.

Il paraissait si vulnérable qu'elle ne put se retenir de le prendre dans ses bras pour une accolade.

— Porte-toi bien, Hank.

Elle le libéra, et il sourit.

C'était le premier véritable sourire qu'elle lui voyait depuis très longtemps.

Ensemble, ils sortirent sur le perron, où Hank embrassa les enfants, leur dit combien il les aimait et leur expliqua qu'il allait devoir s'absenter un moment.

Il serra la main de Clay, monta dans sa voiture et démarra.

Quand il fut parti, Clay passa un bras autour des épaules de Miranda.

— Tout va bien ? demanda-t-il.

— Il part en cure de désintoxication au Texas.

— C'est bien. Tu sais que j'aime tes enfants, mais ils ont besoin que leur père s'implique dans leur vie.

— En parlant de ça, tu ne devais pas retrouver ta mère pour le déjeuner ?

Clay regarda sa montre et jura entre ses dents.

— Je n'ai pas vu la matinée passer.

— Dépêche-toi d'aller te changer et vas-y

— Tu es sûre que tu ne veux pas venir avec moi ?

Elle secoua la tête.

— J'aurai tout le temps de mieux la connaître plus tard. Mais pour le moment, je pense qu'il est important que vous ne soyez que tous les deux.

En deux semaines, il avait rencontré Violet à deux reprises ; une fois pour le petit déjeuner, et l'autre pour le déjeuner.

Clay la prit dans ses bras.

— Est-ce que je t'ai dit aujourd'hui que je t'aime ?

— Tu l'as peut-être mentionné, mais ça ne fait jamais de mal de le redire.

Il prit son visage dans le creux de ses mains.

— Je t'aime, Miranda Silver, et j'ai hâte de changer ton nom en Miranda Madison. Dis-moi que tu vas m'épouser, et faire de moi un homme honnête.

Elle rit.

— Si c'est pour sauver ta réputation alors, oui, je vais t'épouser.

— Vous allez vous marier ?

La voix surexcitée de Jenny les fit se retourner.

— C'est vrai ? demanda Henry.

— Oui, c'est vrai, dit Clay. Et ensuite, on va essayer de convaincre votre maman de vous donner un petit frère ou une petite sœur.

Tandis que les enfants se mettaient à danser de joie, Miranda comprit que son cœur n'aurait pas pu être davantage empli de bonheur.

Les rires excités de ses enfants et les regards débordant d'amour de Clay lui donnaient l'impression qu'elle était la femme la plus heureuse de la terre.

Si Clay Madison était Roméo, alors elle était ravie qu'il l'ait choisie pour être sa Juliette.

Quand elle regardait dans ses magnifiques yeux bleus, elle voyait un avenir empli d'amour et de rire, de tendresse et de passion.

Elle y voyait aussi se réaliser ses rêves de famille idéale.

Quand il se pencha pour lui donner un tendre et doux baiser elle sut qu'elle allait aimer ce cow-boy pour le reste de sa vie.

Ne manquez pas dès le mois prochain
dans votre collection

# BLACK ROSE

le premier tome de la nouvelle série

***Enquête à Eagle Mountain***

Quand la neige enfouit les secrets…

Un roman inédit chaque mois
d'avril à mai 2020

Retrouvez en avril 2020,
dans votre collection

# BLACK ROSE

**La menace du froid, de Cindi Myers - N°583**

SÉRIE ENQUÊTE À EAGLE MOUNTAIN 1/2

Eagle Mountain… Dans son écrin de montagnes, la ville semble assoupie. Mais bientôt, une femme est retrouvée morte dans la forêt. Puis une autre, et une troisième enfin… Missionné pour enquêter sur les crimes, Ryder Stewart fait la connaissance de Darcy, amie de la première victime. Troublé par la jeune vétérinaire, il réalise avec effroi qu'elle ressemble aux cibles du tueur et pourrait bien être sa prochaine proie…

**Viens à mon secours, de Rachel Lee**

« J'ai besoin de toi »… En entendant l'appel au secours de Blaire, la jeune ranger qui surveille la zone de montagne proche de la sienne, Gus sent les battements de son cœur s'accélérer. Quel danger a poussé Blaire, si sauvage, si solitaire, à faire appel à lui ? Et ne tient-il pas là, enfin, l'occasion de l'aider, de la protéger, et – qui sait – de transformer leur relation distante en quelque chose de plus profond ?

---

**Un protecteur aux abois, de Beverly Long - N°584**

Un garde du corps ! Pour Megan, l'idée semble une aberration. Et qu'importe que Seth Pike, l'agent que sa sœur a recruté pour elle, soit l'homme le plus sexy de la terre… Bientôt cependant des événements inquiétants – accident de voiture, menaces nocturnes – la contraignent à changer d'avis. À contrecœur, elle accepte que Seth l'accompagne dans la tournée de présentation des magasins de prêt-à-porter qu'elle vient d'ouvrir…

**Ensemble face au risque, d'Elle James**

Où est Riley ? A-t-elle été enlevée, se cache-t-elle pour protéger sa vie ? C'est la double question qui hante Grace depuis que son amie a disparu sans laisser de trace. Alors que la police piétine, elle demande son aide à Declan, chef de la sécurité de la société pour laquelle elle travaille. Côte à côte, ils se lancent alors dans une enquête aussi complexe que dangereuse. Une mission qui peu à peu les rapproche…

Retrouvez en avril 2020,
dans votre collection

# BLACK ROSE

**Le sceau de la vérité, de Jennifer D. Bokal - N°585**

Partagé entre doute et compassion, Wyatt fixe Everly, venue de Chicago pour identifier le corps de son frère. D'une voix tremblante, elle lui fait part de son intime conviction : la mort de son frère n'est pas naturelle et, en tant qu'ex-agent du FBI, Wyatt doit l'aider à trouver son meurtrier. Ébranlé par sa détresse, Wyatt se laisse convaincre et accepte de sortir de sa retraite pour découvrir la vérité…

**Un impitoyable piège, de B.J. Daniels**

Jamais Hank n'aurait dû revenir à Big Sky, la ville qu'il a quittée après la mort brutale de Naomi, sa fiancée… Et jamais il n'aurait dû confier à Frankie, la séduisante détective, l'enquête sur les circonstances de ce drame. Car, tandis que le voile se lève petit à petit, Hank comprend qu'il connaissait peu Naomi. Et que les révélations sur son pseudo-suicide vont les entraîner, Frankie et lui, dans une spirale dangereuse…

---

**Le venin du soupçon, de Robin Perini - N°586**

Erin et Brandon ont été enlevés ? Lorsqu'on lui transmet cette information, l'agent spécial Hunter Graham est sous le choc. Tout cela est arrivé par sa faute… Car s'il n'avait pas séduit Erin, deux ans plus tôt, elle n'aurait jamais été repérée par les criminels qui le traquaient alors. Et pas un instant sa vie – et celle de Brandon, le petit garçon qu'ils ont conçu cette nuit-là – n'aurait été menacée…

**Coupable héritage, de Linda Turner**

Mackenzie est furieuse. Patrick O'Reilly, un agent spécialisé dans le trafic d'œuvres d'art, vient non seulement de lui révéler qu'il la surveille depuis qu'elle a repris la librairie historique de son père, mais aussi qu'il la soupçonne d'avoir vendu des documents volés par ce dernier. Résolue à laver l'honneur de sa famille, Mackenzie accepte de collaborer avec O'Reilly…

Composé et édité par HarperCollins France.

Achevé d'imprimer en février 2020.

CPI
BLACK PRINT

Barcelone
Dépôt légal : mars 2020.

FSC
www.fsc.org
MIXTE
Papier issu de sources responsables
FSC® C108412

Pour limiter l'empreinte environnementale de ses livres, HarperCollins France s'engage à n'utiliser que du papier fabriqué à partir de bois provenant de forêts gérées durablement et de manière responsable.

*Imprimé en Espagne.*